위쳐

5 | 호수의 여인 상

위쳐

5 | 호수의 여인 상

초판 1쇄 | 2021년 12월 10일
초판 3쇄 | 2024년 1월 24일

지은이 | 안제이 사프콥스키
옮긴이 | 이지원

펴낸이 | 서인석
펴낸곳 | 제우미디어
출판등록 | 제 3-429호
등록일자 | 1992년 8월 17일
주소 | 서울시 마포구 독막로 76-1 한주빌딩 5층
전화 | 02-3142-6845
팩스 | 02-3142-0075
홈페이지 | www.jeumedia.com

ISBN | 979-11-6718-071-1
978-89-5952-511-9(set)
• 파본은 본사나 구입하신 서점에서 교환해드립니다.

제우미디어 트위터 | twitter.com/Jeumedia

만든 사람들
출판사업부 총괄 손대현 | **편집장** 전태준 | **책임 편집** 안재욱 | **기획** 홍지영, 신한길, 양서경, 황진희
디자인 총괄 디자인수 | **제작** 김용훈 | **영업** 김금남 | **도움주신 분** 강신후, 이민수, 임예원, 최광민

위쳐

5 | 호수의 여인

상

안제이 사프콥스키 지음 · 이지원 옮김

THE WITCHER

제우미디어

우리는 꿈을 구성하는 재료로 만들어진 존재,

또한, 우리의 작은 삶은 잠으로 둘러싸여 있다.

윌리엄 셰익스피어

그리고 그들은 물이 가득한 넓은 호수에 다다를 때까지 달렸다. 바로 그 호수 한복판에서 아서는 흰 비단에 감싸인 팔과 그 팔이 들고 있는 기가 막힌 기예로 만들어진 칼을 보았다. 그러고는 거울과 같은 물에서 발걸음을 옮기는 여인을 보았다.

"저 아름다운 여인은 누구인가?" 아서가 물었다.

"호수의 여인이라고 불립니다." 멀린이 대답했다.

토마스 말로리, 〈아서의 죽음〉 중

제 1 장

그것은 마법의 호수였다. 의심의 여지가 없었다.

첫째로, 호수는 영원히 안개에 싸여 있는, 마법과 초현실적인 현상으로 유명한 비밀의 계곡인 츠빔 프브차로 가는 길목 바로 앞에 있었다.

둘째로, 한 번 보기만 해도 충분히 알 수 있었다. 물은 깊었고 생기가 넘치면서도 탁하지 않은 푸른색으로 사파이어처럼 빛나고 있었다. 그 표면은 마치 거울 같아서 이비드파 산맥 산봉우리의 반영이 실제 산보다도 더 아름답게 보일 지경이었다. 호수에서는 차갑고도 상쾌한 바람이 불어왔는데 장엄한 침묵을 깨는 것은 아무것도 없었다. 물에서 첨벙거리는 물고기의 소리도, 물새들의 외침도, 그 어떤 소리도 없었다.

기사는 감상을 떨쳐버렸다. 그러나 능선을 따라 언덕을 달려가는 대신 말의 머리를 아래로, 호수 쪽으로 향했다. 마치 호수 아래 심연에서 잠든 마법의 힘에 이끌리는 것만 같았다. 말은 겁을 내며 부서진 바위 사이를 지나 작게 씩씩거리며 마법의 오라를 느끼는 듯한 신호를 보냈다.

호수 아래, 기슭에 다다라서야 기사는 말에서 내렸다. 순종 말의 고삐를 잡아당겨 색색의 조약돌 사이, 잔잔한 물결이 이는 물가로 이끌었다.

기사는 사슬갑옷을 절그럭거리며 무릎을 꿇었다. 두 손을 모아 물을 뜨자 살아 있는 바늘처럼 보이는 새끼 물고기들이 달아났다. 기사는 조심스럽게, 그리고 천천히 물을 마셨다. 얼음처럼 차가운 물이 입술과 혀를 마비시키고 이 사이를 차갑게 찔렀다.

물을 한 번 더 떠 마시려던 순간, 호수 표면을 타고 어떤 소리가 들려왔다. 기사는 고개를 들었다. 말도 그 소리를 들었다는 듯 콧김을 뿜었다.

기사는 귀를 기울였다. 환청은 아니었다. 들려온 것은 분명 노랫소리였다. 여자가 노래를 부르고 있었다. 아니, 여자라기보다는 소녀의 목소리였다.

모든 기사들이 그렇듯 기사는 음유시인들의 노래와 기사담을 들으며 자라왔다. 그런 이야기에서 여자의 목소리에 홀린 기사들은 십중팔구 함정에 빠졌다. 그 이야기들 중에는 죽음에 이르는 경우도 드물지 않았다.

하지만 호기심을 이길 수는 없었다. 기사는 고작 열아홉 살이었던 것이다. 매우 용감하고 매우 비이성적이었다. 그 열아홉 살의 기사는 용감한 것으로도 유명했지만, 비이성적인 것으로도 잘 알려져 있었다.

기사는 칼이 칼집에서 잘 뽑히는지 확인하고, 말을 끌어당겨 노랫소리가 들려오는 호수의 기슭으로 향했다. 멀리 갈 필요는 없었다.

호숫가에는 반짝반짝 빛나는 검은 바위들이 흩어져 있었는데, 그 바위들은 마치 거인들이 놀이를 끝마친 뒤 아무렇게나 던져놓고 잊어버린 것처럼 보였다. 어떤 바위들은 호수의 물속, 투명한 물살 아래에서 붉게 빛났다. 어떤 바위들은 수면 위로 튀어나와 있었는데 물살에 씻긴 모습이 리바이어던의 등처럼 보였다. 하지만 가장 많은 바위들이 흩어져 있는 곳은 호숫가에서 숲에 이르는 구간이었다. 어떤 바위들은 모래에 파묻혀 있어서 그 일부만 보이는 탓에 실제로는 얼마나 클지 짐작만 할 뿐이었다.

기사가 들은 노랫소리는 그 호숫가의 바위 뒤쪽에서 흘러나오고 있었다. 하지만 노래를 부르고 있는 여자아이의 모습은 보이지 않았다. 기사는 말의 고삐를 당겨 말이 히힝 소리를 내거나 거친 숨소리를 내지 못하게 조심했다.

물 위로 식탁처럼 평평하게 솟아 있는 바위 위에 여자아이의 옷이 놓여 있었다. 곧이어 여자아이의 모습이 기사의 시야 안으로 들어왔다. 아이는 허리까지 물속에 잠긴 채, 나체로 물을 튀기며 노래를 흥얼거리고 있었다. 노랫말은 잘 알아들을 수가 없었다.

사실 이상한 일은 아니었다.

머리를 걸어도 좋았다. 그 여자아이는 피와 뼈로 된 인간은 절대 아니었다. 호리호리한 몸매, 이상한 색의 머리카락과 신비한 목소리가 그 증거였다. 기사가 생각하길, 만약 여자아이가 몸을 돌린다면 거대한 아몬드 모양의 눈을 보게 되리라 확신했다. 그리고 잿빛 머리카락을 넘긴다면 분명 끝이 뾰족하게 생긴 귀가 드러날 거라고 생각했다.

여자아이는 분명 파에리예의 주민일 것이다. 마법사, 틸비트 테그 중 하나. 아일랜드인들과 픽트인들이 다오인 시드헤, 즉 언덕의 사람이라고 부르는 종족. 사스인들이 엘프라고 부르는 바로 그 종족 말이다.

여자아이는 잠시 노래를 중단하더니, 목까지 물에 담그고는 물을 튀기며 콧김을 뿜고는 보통의 인간들처럼 심한 욕설을 내뱉었다. 하지만 기사는 속지 않았다. 요정들은 널리 알려진 바와 같이, 인간의 언어로 욕을 하기도 하니까. 때로는 마구간에서 일하는 사람들보다 더 심한 욕을 하기도 했다. 또한 그러한 욕설은 악의로 가득한 장난질의 서두이기도 했으며, 이런 장난질은 요정들의 특기이기도 했다. 예를 들어 누군가의 코를 잘 익은 오이처럼 부풀린다든가, 아니면 남성의 그곳을 콩알만 한 크기로 줄인다든가 하는 것이었다.

두 가지 가능성 모두 기사는 마음에 들지 않았다. 그래서 눈치채지 못하도록 슬쩍 돌아서려던 순간, 말 때문에 들키고 말았다. 고삐를 잘 잡고 있어서 생쥐처럼 조용히 있던 자신의 종마는 아니었다. 요정의 말인 새카만 암말 때문이었다. 바위 사이에 있어서 기사가 미처 보지 못한 말이었다. 석탄처럼 새카만 암말은 발로 자갈을 차며 인사하듯 울었다. 기사의 수말은 머리를 흔들며 공손히 대답했다. 그 소리들이 어찌나 요란한지 물 위로 메아리칠 지경이었다.

요정은 물을 털고 나와 잠시 동안 기사 앞에 흐뭇한 풍경을 선사했다. 그러더니 옷이 놓여 있는 바위로 몸을 던졌다. 하지만 얇은 면으로 된 윗옷을 붙들고 창피함에 몸을 가리는 대신, 엘프는 씩씩거리며 칼집에서 칼을 뽑아 들더니 놀라운 솜씨로 휘두르기 시작했다. 하지만 그것도 잠시, 요정은 쪼그리고 앉은 것인지, 무릎을 굽힌 것인지 물속에 코까지 담근 채 수면 위로 칼을 든 팔만 쭉 뻗고 있을 뿐이었다.

기사는 놀라서 몸이 굳었으나 재빨리 정신을 차리고, 고삐를 놓은 뒤 축축한 모래밭에 무릎을 꿇었다. 자기 앞에 누가 있는지 알아차린 것이다.

"경의를 표합니다."

기사는 손을 뻗으며 말을 더듬었다.

"제게 이런 영광이…… 무한한 영광입니다, 호수의 여인이여. 그 칼은 제가 받아……."

"일어서서 뒤돌아서 줄래요? 그만 좀 쳐다봐요. 옷 좀 입자고요."

요정이 물 위로 입을 내밀고는 쏘아붙이자 기사는 시키는 대로 했다.

요정이 물 밖으로 나오며 첨벙거리는 소리, 옷이 바스락거리는 소리, 그 옷을 젖은 몸 위로 걸치며 작게 욕설을 내뱉는 소리가 들려왔다. 기사는 두더지의 털처럼 매끈하게 반들거리는 검은 암말을 보고 있었다. 분명히 굉장한 혈통을 가진 말로, 바람처럼 달릴 게 확실했다. 틀림없이 마법의 말이리라. 이 말 역시 자신의 주인처럼 파에리예의 주민임에는 의심의 여지가 없었다.

"이제 돌아서도 돼요."

"호수의 여인이여……."

"먼저 자기소개부터 하세요."

"저는 케어 베니츠의 갤러해드라고 합니다. 카멜롯 성의 성주이며, 여름왕국, 둠노니아, 니프네인트, 포비스, 디페드를 다스리는 아서 왕의 기사로……."

"테메리아는요? 르다니아, 리비아, 에이단은요? 닐프가드는? 이런 나라들을 아나요?"

요정이 끼어들었다.

"아니요, 한 번도 들어본 적이 없습니다."

호수의 여인은 어깨를 으쓱했다. 손에는 칼 외에도 빨래를 하고 물기를 뺀 옷과 신발이 들려 있었다.

"그럴 줄 알았지. 그럼 오늘은 몇 년, 며칠이죠?"

기사는 이상해하며 입을 열었다.

"오늘은…… 벨타네 이후 두 번째 보름이죠. 여인이시여, 당신은……."

"내 이름은 시리예요."

요정은 아무렇지 않게 대답하고는 물기가 마르고 있는 어깨 위로 옷을 좀 더 제대로 걸치기 위해 팔을 흔들었다. 이상한 말투였다. 커다란 눈은 초록빛이었다.

반사적으로 요정이 젖은 머리카락을 넘기자, 기사는 자신도 모르게 한숨을 내쉬었다. 드러난 귀가 어떻게 보아도 엘프의 귀가 아닌, 사람의 귀 모양을 하고 있기 때문만은 아니었다. 요정의 뺨이 거대하고 흉측한 상처로 일그러져 있었기 때문이었다. 누군가가 저런 상처를 냈구나. 요정을 해치는 일도 가능한가?

여자아이는 시선을 느끼고는 눈을 깜빡이더니 코에 주름을 잡았다.

"흉터예요, 그래요! 왜 그렇게 겁에 질린 시선으로 보는 거죠? 기사가 흉터 따위에 그렇게 놀라나요? 아니면 그렇게 놀랄 만큼 흉측한가?"

요정은 특유의 낯선 억양으로 말했다.

기사는 천천히 두 손으로 사슬갑옷의 두건 부분을 내리고는 자신의 머리카락을 넘겼다.

"물론 기사가 놀랄 만한 일은 아닙니다."

관자놀이부터 턱까지 나 있는, 겨우 자리가 잡힌 얼굴의 상처를 드러낸 기사의 말투에는 젊은이 특유의 자부심이 묻어났다.

"흉측한 것은 명예에 난 상처뿐이죠. 저는 갤러해드, 란슬롯 뒤 락과 케어 베니츠의 왕 펠레스의 딸인 일레인의 아들입니다. 저에게 이 상처를 입힌 자는 여자들을 괴롭히는 잔인한 브레우니스로, 제가 정직한 결투로 끝장냈습니다. 그러니 저는 당신의 손에서 그 칼을 받을 만한 자격이 있다고 생각합니다. 오, 호수의 여인이여……."

"뭐라고요?"

"칼이요. 저는 그 칼을 받을 준비가 되어 있습니다."

"이건 내 칼인데요. 내 칼은 아무도 못 만져요."

"하지만……."

"하지만 뭐요?"

"호수의 여인은 항상…… 그러니까 항상 물속에서 나와 칼을 선사하거든요."

잠시 침묵이 흘렀고, 요정이 다시 입을 열었다.

"알겠어요. 뭐, 나라마다 풍습은 다른 법이니까요. 죄송하지만 갤러해드인지 뭔지, 아무튼 나는 당신이 찾던 그 여자가 아니에요. 난 나눠줄 게 없어요. 그리고 나한테서 내 칼을 빼앗아가도록 놔두지도 않을 거고요. 그것만큼은 확실히 해두죠."

"하지만 당신은 파에리예에서 오신 분이 아닙니까, 여인이시여, 그렇지 않습니까?"

기사는 용기를 내어 물었다.

"거기서 왔죠."

여자아이는 잠시 침묵하다가 고개를 끄덕였다. 초록빛 눈은 시간과 공간의 심연을 들여다보는 것만 같았다.

"그리고 리비아, 그런 이름을 가진 곳에서 왔어요. 록 에스칼롯 호수가 있는 곳이죠. 여기는 배를 타고 왔어요. 안개가 자욱했고 호수 끝은 보이지도 않았어요. 내 말, 켈피의…… 소리만 들렸죠. 내 말은 내 뒤를 따라 달려왔어요."

여자아이는 젖은 윗옷을 바위 위에 문질렀다. 기사는 또다시 한숨을 쉬었다. 윗옷인 블라우스는 빨래가 되어 있었지만, 완전히 깨끗해지지는 않았다. 핏자국이 선명히 남아 있었다.

“강의 물살을 따라 떠내려 왔어요.”

여자아이는 이야기를 이어갔다. 기사가 무엇을 보았는지 눈치채지 못한 것일까, 아니면 모르는 척하는 것일까.

“강의 물살, 그리고 유니콘의 마법…… 이 호수의 이름이 뭐죠?”

“저도 모릅니다. 여기 귀네드에는 호수가 하도 많아서…….”

“귀네드?”

“네. 저기 있는 산이 이비드파입니다. 산을 왼쪽에 끼고 숲을 지나면 이틀 뒤 디나스 디늘레우가 나오고 더 가면 케어 다탈이 나오죠. 강은…… 가장 가까운 강은…….”

“궁금하지 않아요, 가장 가까운 강 이름이 뭐든. 갤러해드, 혹시 뭐 먹을 것 좀 없어요? 배가 고파서 죽을 것 같아요.”

“왜 나를 그렇게 쳐다보는 거죠? 내가 사라질까봐 두려운가요? 당신의 마른 빵과 쥬니퍼 소시지를 들고 공중으로? 걱정 말아요. 내가 살던 세계에서 난 꽤나 소동을 일으키고 운명을 방해하는 바람에 한동안은 그곳으로 돌아갈 수 없어요. 그러니까 당분간은 당신 세계에 있으려고요. 밤하늘에 용자리도, 일곱 염소자리도 보이지 않는 이곳에서요. 벨테인이 지나고 두 번째 보름인 이곳, 벨테인을 벨타네라고 말하는 이곳에서 말이죠. 왜 나를 그렇게 쳐다보는 거예요?”

“요정이 음식물을 섭취할 줄은 몰랐어요.”

“요정, 여자 마법사, 엘프, 모두 다 먹고 마셔요. 그리고 기타 등등도.”

“뭐라고요?”

“아무것도 아니에요.”

기사가 여자아이를 점점 더 자세히 살펴볼수록, 마법의 오라는 사라져 가고 점점 더 사람답게, 나중에는 거의 평범하게 보였다. 그러나 기사는 그렇지 않다는 사실을, 그럴 리 없다는 것을 알고 있었다. 여기 이비드파 산의 계곡, 츠빔 프브차에서 평범한 여자아이를 만날 수는 없는 것이다. 산의 호수에서 나체로 목욕을 하고 피에 젖은 옷을 빠는 여자아이가 보통 사람일 리 없었다. 어떻게 보이든 간에, 이 지구상의 생명체일 수는 없었다. 그럼에도 갤러해드는 어느덧 마음껏, 어떤 두려움도 없이 여자아이의 잿빛 머리를 바라볼 수 있었다. 그 머리카락이 마르기 시작하자 놀랍게도 중간중간 하얀 은발로 센 듯한 머리칼이 반짝였다. 가녀린 손, 작은 코와 창백한 입술, 약간 이상한 디자인의 얇지만 튼튼한 꼬임의 직물로 만들어진 남자용 옷, 그리고 이상한 구조와 독특한 장식으로 만들어졌지만 절대로 장식용은 아닌 칼도 마음껏 바라볼 수 있었다. 호숫가의 마른 모래 위에 파묻힌 맨발도.

"확실히 해두기 위해 말하는데, 난 엘프가 아니에요. 난 마법사, 하지만 약간 다른…… 어쩌면 나는 전혀……."

여자아이가 발을 꼬며 말했다.

"정말 유감이군요."

"도대체 뭐가 유감이라는 거예요?"

여자아이의 물음에 기사는 얼굴이 빨개진 채로 말을 더듬었다.

"사람들이 말하기를…… 그러니까…… 요정은 젊은이를 만나면, 엘프랜드로 데려가 그곳에서…… 숲의 무성한 관목 사이, 이끼가 담요처럼 덮여 있는 곳에서 증명을……."

"무슨 말인지 알겠어요."

시리는 기사를 힐끔 바라보고는 소시지를 한입 베어 물더니 꿀꺽 삼키며 말했다.

“엘프가 사는 곳에 대해서 말하자면, 난 조금 전에 그곳을 탈출했기 때문에 지금 당장 돌아갈 생각은 전혀 없어요. 이끼 담요 위에서 증명이라…… 갤러해드, 나는 당신이 생각하는 그 여자가 아니에요. 하지만 선의에 대해서는 감사해요.”

“여인이시여! 모욕할 생각은 아니었…….”

“변명할 필요 없어요.”

“이게 다, 아름다움에 홀려서 생긴 일입니다.”

갤러해드는 내뱉듯이 대꾸했다.

“고맙지만, 그래 봤자 아무 소용없어요.”

둘은 한동안 아무 말도 하지 않았다. 따뜻했다. 수평선 위로 떠오른 태양이 바위를 기분 좋게 데우고 있었다. 가벼운 바람이 호수 표면에 잔물결을 만들었다.

“그건 어떻게 된 건가요?”

갑자기 갤러해드가 흥분한 목소리로 물었다.

“날에 피가 묻은 창은 어떻게 된 건가요? 왜 왕은 허벅지의 창상으로 괴로워하는 거죠? 흰옷을 입고 성배, 그러니까 은으로 만든 잔을 든 여자는 무엇을 의미하는 건가요?”

“아니, 잠시만요. 지금 무슨 말을 하는 거예요?”

시리가 말을 끊었다.

“전 질문을 했을 뿐입니다.”

“질문을 하나도 이해하지 못하겠는데요. 약속된 암호 같은 건가요? 그런 신호를 주면 뭔가의 비밀을 알게 되는 건가요? 설명 좀 해보세요.”

"저도 모릅니다."

"그럼 왜 물어본 거예요?"

갤러해드가 느닷없이 무릎을 꿇었다.

"왜냐하면…… 그러니까…… 짧게 설명하자면…… 우리 중 누군가에게 그럴 기회가 있었지만 물어보지 않았죠. 할 말을 잊은 것인지, 아니면 그냥 창피해서 물어보지 못한 것인지…… 아무튼 물어보지 않았기 때문에 너무나 나쁜 일들이 일어났죠. 그래서 우린 이제 무조건 물어봐요. 무슨 일이 생길지 모르니까요."

"당신의 세상에는 마법사들이 있나요? 그러니까, 마법을 다룰 수 있는 사람들 말이에요. 마법사, 모든 것을 아는 사람들."

"멀린이 있죠. 그리고 모르가나도요. 하지만 모르가나는 나쁜 마법사예요."

"멀린은요?"

"반반이에요."

"어디로 가야 멀린을 찾을 수 있는지 알아요?"

"당연하죠! 카멜롯이에요. 아서 왕의 궁정이죠. 지금 제가 그곳으로 가는 중이에요."

"먼가요?"

"여기서 포비스까지 가서, 하프렌 강에 닿은 후 하프렌 강의 물줄기를 따라 글레붐까지 그리고 사브리나 바다까지, 그런 뒤에 여름 왕국의 평야만 지나면 가깝죠. 다 합쳐서 대략 말을 타고 한 열흘 정도……."

"너무 멀어요."

"지름길이 있어요. 츠빔 프브차를 통해서 가면 약간 단축할 수 있습니다.

하지만 그 계곡은 마법에 걸려 있죠. 끔찍한 곳이에요. 이 디난 바흐 테그, 흉악한 난쟁이들이 사는……."

갤러해드는 말을 더듬었다.

"그 칼은, 장식으로 들고 다니는 건가요?"

"하지만 칼은 마법을 이길 수 없어요."

"이길 수 있어요, 이길 수 있다고요, 걱정 말아요. 난 위쳐예요. 위쳐라고 혹시 들어봤나요? 아, 물론 한 번도 들어본 적이 없겠죠. 당신네 난쟁이는 무섭지 않아요. 내 친구들 중에도 드워프가 있으니까요."

물론 그렇겠지, 갤러해드는 생각했다.

"호수의 여인님?"

"내 이름은 시리예요. 날 호수의 여인이라고 부르지 말아요. 기분 나쁜 이름이에요. 재수 없고 듣기에도 좋지 않아요. 그 나라에서 그들이 나를 그렇게 불렀죠…… 거기를 뭐라고 했죠?"

"파에리에. 드루이드들의 말로는 안븐, 색슨족들은 엘프랜드라고 해요."

"엘프랜드라니……."

시리는 갤러해드가 준 체크무늬 픽트 문양의 천으로 어깨를 감쌌다.

"난 거기 갔었어요. 제비의 탑을 통해 쿵! 하고 떨어졌는데 바로 엘프들 사이였죠. 거기서 날 그렇게 불렀어요. 호수의 여인이라고. 처음엔 그 이름이 괜찮았어요. 뭔가 우러러보는 느낌이기도 했고. 하지만 그 나라, 호수 위에 탑이 서 있던 그곳에서 나는 호수의 주인은커녕, 감옥에 갇혀 있는 죄수와 다를 바 없다는 걸 곧 알게 되었죠."

"그럼 거기서…… 블라우스가 피에 젖은 건가요?"

갤러해드가 참지 못하고 물었다. 시리는 오랫동안 침묵했다. 그리고 한참 뒤에 대답했는데, 목소리가 조금 떨리는 것 같았다.

"아니, 거기가 아니에요. 눈썰미가 좋군요. 사실을 감출 수는 없죠. 머리를 모래밭에 파묻을 수도 없고…… 맞아요, 갤러해드. 최근 피를 묻힐 일이 많았어요. 가까운 사람들의 피, 내가 구하려고 노력했던…… 하지만 내 품에서 죽어갔던…… 왜 그렇게 쳐다보는 거죠?"

"모르겠습니다. 당신은 신인지, 아니면 유한한 인간의 몸인지…… 아니면 여신 중 한 명인지…… 하지만 당신이 인간들이 사는 어떤 곳에서 왔다면……."

"빙빙 돌리지 말고 말해요, 제발."

"당신에게 무슨 사연이 있는지 들어볼 수 있을까요? 저에게 이야기를 해주셨으면 합니다."

갤러해드의 눈이 빛났다.

"긴데요."

"시간은 많습니다."

"그리고 결말이 좋지도 않아요."

"그럴 리 없어요."

"왜요?"

"호수에서 목욕을 하면서 노래를 불렀잖아요."

"주의력이 꽤 좋으시네. 주의력이 좋군요. 하지만 당신은 순진해요."

시리는 고개를 돌리고는 입술을 깨물었다. 얼굴이 갑자기 일그러지며 흉해졌다.

"당신의 이야기를 들려주세요, 간청합니다."

"뭐, 좋아요, 원한다면…… 이야기해주죠."

시리는 한숨을 쉬며 편하게 앉았다. 갤러해드 역시 긴장을 풀고 편하게 자리를 잡았다. 말들은 숲 끝에서 잔디와 풀을 뜯고 있었다.

"처음부터요. 처음에 어떻게 시작됐는지부터 이야기해주세요."

갤러해드가 부탁했다.

시리는 픽트 천으로 어깨를 더 단단히 감싼 후 이야기를 시작했다.

"이 이야기는 지나면 지날수록 처음이 어디인지 알 수 없는 이야기예요. 그리고 이미 끝난 이야기인지, 그렇지 않은지도 알 수 없어요. 과거와 현재가 마구 뒤엉켜 있다는 걸 알아야 해요. 어떤 엘프는 이 이야기에 대해서 자신의 꼬리를 물고 있는 뱀과 같다고 말했어요. 그 뱀은, 알겠지만 이름이 우로보로스예요. 그리고 자신의 꼬리를 물고 있다는 것은, 그 원이 닫혔다는 것을 의미하죠. 어떤 시점에나 과거와 현재와 미래가 모두 숨어 있어요. 어떤 시점에서나 영원이 숨어 있는 거예요. 이해가 되나요?"

"아니요."

"몰라도 상관없어요."

여러분에게 이르노니 꿈을 믿는 것은 마치 바람을 잡거나 그림자를 쥐려고 하는 것과 같다. 그림에 현혹되어 일그러진 상으로 거짓말을 하거나, 처녀가 아이를 낳았다는 등의 말도 안 되는 소리를 하는 것과 같다. 그러므로 꿈을 믿고 상상의 길로 들어서는 이는 어리석다.

그러나 꿈을 가볍게 생각하고 전혀 믿지 않는 사람 역시 현명하지 못한 자이다. 왜냐하면 꿈에 정녕 아무런 의미가 없다면, 우리를 창조한 신들이 우리에게 꿈을 꿀 능력을 왜 주었겠는가?

〈레비오다 예언자의 현언〉, 34.1

우리가 보거나 본 것은
모두 꿈속의 꿈에 지나지 않는다.

에드거 앨런 포

제 2 장

풍차는 솥 표면처럼 김이 모락모락 피어오르고 있는 호수 표면에 주름을 만들고, 물 위를 떠도는 안개 조각을 흩었다. 노를 고정한 고리는 삐걱삐걱 소리를 내고 규칙적으로 퉁퉁거렸으며, 물속에 잠겼다 떠오르는 노 위로 반짝이는 물방울들이 흩뿌려졌다.

콘드비라무르스는 손을 배 옆에 얹었다. 배는 거북이 같은 속도로 움직이고 있었고, 물살이 낮게 일며 손 위로 찰랑였다.

"어머나, 어머나, 이렇게 빠를 수가! 우리가 파도 속으로 전진하고 있네요! 어찌나 빠른지 머리가 핑핑 돌 지경이에요!"

콘드비라무르스는 할 수 있는 최대한 비아냥거리며 말했다.

키가 작고 울퉁불퉁한 근육질로 다부진 몸매의 뱃사공은 화가 난 듯 무슨 말인가를 잘 들리지 않게, 양털처럼 꼬불꼬불한 하얗게 센 머리를 들지도 않은 채 뇌까렸다. 수련생 콘드비라무르스는 이 배를 탄 이후로 자기가 뭘 물어볼 때마다 뱃사공이 무시하고, 우물거리고, 칵칵거리는 소리만 내는 것에 이미 질릴 대로 질려 있었다.

"조심하세요. 그렇게 세게 노를 저었다가는 관절을 다칠 수도 있어요."

콘드비라무르스는 겨우 평정을 유지하며 이를 악물고 말했다.

이번에는 뱃사공이 화가 난 표정으로 가공된 가죽처럼 새카만 얼굴을 들었다. 무어라 낮게 중얼거리고는 기침을 하며 돼지털처럼 뻣뻣한 수염이 난 흰 턱으로 배 옆을 가리켰다. 그가 가리킨 곳에는 줄이 칭칭 감긴 나무 실패 같은 것이 배 옆에 붙어 있었다. 줄은 배의 움직임에 따라 팽팽하게 당겨져 물속에 잠겨 있었다. 이 정도 설명이면 충분하다고 생각한 것인지, 뱃사공은 다시 노를 저었다. 전과 똑같은 리듬에 맞춰 노를 위로 들었다가 잠시 쉬고, 노가 반만 잠기도록 아래로 내렸다가 한참을 쉰 뒤, 다시 당겼다가 더 오랫동안 쉬는 것을 반복했다.

"아하, 알았어요. 지금 중요한 건 배 아래 있는 루어 낚시의 찌란 말이죠. 적당한 깊이의 물속에서 제대로 찌가 움직여야 할 테고요. 낚시가 중요하다, 나머지는 중요치 않고."

콘드비라무르스는 하늘을 보며 내키는 대로 말했다. 너무나 당연한 말에 뱃사공은 킁킁거리거나 우물거릴 필요성도 느끼지 못했다. 콘드비라무르스는 혼잣말을 계속했다.

"그러니 내가 밤새도록 길을 떠나왔다는 게 무슨 상관이겠어요? 배가 고픈 건요? 이 축축하고 딱딱한 배에 앉아 엉덩이가 아프고 가려운 건요? 오줌도 마려워 죽겠는데요? 중요한 건 가는 길에 낚시를 하는 것뿐이죠. 하지만 말도 안 돼요. 20송젠*이나 되는 깊이의 물길에서 어떤 물고기가 루어 찌를 물겠어요."

---

* 송젠(Sążeń): 폴란드의 옛 도량형 단위로 1송젠은 성인 남자가 양팔을 벌렸을 때의 길이인 약 1.786미터이다.

뱃사공은 머리를 들어 콘드비라무르스를 무섭게 노려보고는 뭐라고 거칠게 웅얼거렸다. 콘드비라무르스는 기분이 좋아져 이빨을 드러냈다. 노젓기는 느리기 짝이 없었고, 뱃사공은 화가 난 것 같았다.

콘드비라무르스는 뱃머리 쪽에 걸터앉아 다리를 꼬았다. 원피스의 찢어진 부분 사이로 노출이 많이 되도록.

뱃사공은 킁킁거리는 소리를 내더니 낚싯줄만 보는 척하며 마디가 울퉁불퉁한 손으로 노를 꽉 잡았다. 그러나 당연하게도 노를 더 빨리 저을 생각은 추호도 없었다. 수련생 콘드비라무르스는 이제 포기한 채로 한숨을 쉬며 하늘을 올려다봤다.

노가 걸려 있는 고리는 삐걱삐걱 소리를 내고, 물방울은 노의 움직임을 따라 다이아몬드처럼 흩어지고 있었다.

빠르게 수면 위로 올라오는 안개 사이로 섬의 모습이 아련하게 드러났다. 그리고 섬 위에는 검고 표면에 금이 가 있는 오벨리스크 모양의 탑이 서 있었다. 뱃사공은 뒤편으로 돌아앉은 채 그쪽은 쳐다보지도 않았지만 어째서인지 거의 다 왔다는 것을 아는 것 같았다. 조금도 서두르지 않고 배 옆에 노를 모으고는 자리에서 일어나 천천히 낚싯줄을 감기 시작했다. 콘드비라무르스는 계속 다리를 꼰 채, 하늘을 바라보며 휘파람을 불고 있었다.

뱃사공은 낚싯줄을 끝까지 감고는 루어 낚시 찌를 바라보았다. 세 갈래의 구리 갈고리에 붉은 양털로 만든 장식이 달린 커다란 찌였다.

"어쩌나, 어쩌나, 아무것도 안 잡혔네! 어쩌나, 어쩌나, 재수가 없네! 어쩌다 이런 일이 생겼을까? 배가 너무 빨리 달린 걸까?"

콘드비라무르스가 놀리듯 말했다.

뱃사공은 콘드비라무르스를 향해 시선을 돌렸는데, 그 시선에는 여러 험

악한 지점이 있었다. 그는 다시 자리에 앉아 켁켁거리고는 배 밖으로 침을 뱉더니 마디가 울퉁불퉁한 손으로 노를 잡고 등을 굽혔다. 노는 물 위로 첨벙하고 떨어져 고리 사이에서 덜컹거리고, 배는 갑자기 화살처럼 앞으로 나아가기 시작했다. 뱃머리에서는 거품이 이는 물살 소리가 나고, 뒤편에서는 부글부글 끓는 소리가 났다. 섬까지는 화살을 네 번 정도 쏘아야 닿을 거리였는데, 두 번 툴툴거리는 것보다 더 짧게 걸렸고 가속이 붙은 배가 자갈로 가득한 기슭에 갑자기 닿는 바람에 콘드비라무르스는 의자에서 떨어지고 말았다.

뱃사공은 뭐라고 웅얼거리며 켁켁거리더니 침을 뱉었다. 콘드비라무르스는 이를 문명인의 말로 번역하자면, 내 배에서 당장 꺼져, 잘난 척하는 마녀야, 라는 것을 알았다. 또한 이렇게 되면 자신의 짐들을 육지로 날라주는 건 기대하지 말아야겠다는 것도 알았다. 콘드비라무르스는 슬리퍼를 벗고 자극하듯 원피스 치마를 일부러 높게 추켜올리며 배에서 내렸다. 바닥의 조개껍질이 발바닥을 찌르는 통에 욕설이 나오려는 것을 간신히 참았다.

"데려다주셔서 고마워요."

콘드비라무르스는 이를 악물고 말했다.

대답으로 웅얼거리는 소리 같은 건 기대하지도 않고, 뒤도 돌아보지 않은 채 콘드비라무르스는 돌계단이 있는 곳으로 향했다. 차오르는 흥분으로 이 모든 불편과 힘들었던 기억이 자취도 없이 사라졌다. 록 블레스트 호수에 있는 이니스 비트레 섬에 온 것이다. 극소수의 선택된 이들만 올 수 있는 이곳에, 전설적인 이 장소에 말이다.

아침 안개는 완전히 걷혀 있었고 너른 하늘 위에는 둥그런 빨간 태양이 선명하게 떠오르고 있었다. 탑 벽에 나 있는 총안 주위로 시끄럽게 갈매기들이 울고 있었고 칼새들이 어지럽게 날고 있었다.

계단 맨 위, 해변에서 올려다봐야 하는 발코니에는 무릎을 꿇고 이를 드러낸 키메라 동상이 자리하고 있었고, 그 동상에 니무에가 기대서 있었다.

호수의 여주인이었다.

니무에는 체격이 조그맣고 키가 150센티를 조금 넘는 정도였다. 콘드비라무르스는 니무에의 젊었을 때 별명이 엄지 공주라는 것을 들었기에, 그 별명이 잘 어울린다고 생각했다. 하지만 최근 반세기 동안 이 작은 마법사에게 엄지 공주라고 부를 만한 용기를 가진 사람은 없었을 것이다.

"저는 콘드비라무르스 틸리예요. 선생님의 섬에서 지내게 되어 영광입니다, 호수의 여주인님."

손에 계속 슬리퍼를 들고 있었기 때문에 무릎을 굽혀 인사하는 것이 어색했다.

"니무에라고 불러, 니무에. 그냥 이름만. 호칭도 별칭도 우린 생략하기로 하자, 틸리 양."

키 작은 여자 마법사가 말했다.

"그렇다면 저는 콘드비라무르스라고 불러주세요. 그냥 이름만요."

"그럼 그렇게 하지, 콘드비라무르스. 이야기는 아침을 먹으면서 하자. 분명 배가 고플 거야."

"아니라고는 못 하겠네요."

아침으로는 흰 치즈와 차이브, 계란, 우유와 흑빵이 나왔는데, 전분 냄새를 풍기는 두 명의 어린 아가씨들이 조용히 시중을 들었다. 콘드비라무르스는 키 작은 여자 마법사가 자신을 바라보는 시선을 고스란히 느끼며 아침을 먹었다.

"이 탑은 모두 6층으로 되어 있고 한 층만 지하야. 이 안에는 편안한 생활을 위한 모든 것이 갖춰져 있지. 보다시피 1층은 살림 공간이고, 하인들의 방도 1층에 있어. 지하와 2층, 3층은 실험실, 도서관, 그리고 갤러리로 사용되고 있지. 지금 내가 말한 모든 층에는 네 마음대로 얼마든지 들어가서 무엇이든 사용해도 돼. 그 안에 있는 것이라면 모든지, 어떤 방법이든지 네가 원하는 대로 제한 없이 말이야."

니무에는 콘드비라무르스의 몸동작 하나하나와 콘드비라무르스가 입으로 가져가는 음식 하나하나를 모두 관찰하며 천천히 말했다.

"알겠습니다. 감사해요."

"다만 가장 높은 두 층은 내 개인 방이고 내 연구실이야. 그곳은 완전히 사적인 공간이지. 오해를 피하기 위해 미리 말해두지만, 난 이 문제에 있어서는 아주 예민한 편이야."

"그 말씀, 기억할게요."

니무에는 창을 향해 고개를 돌렸다. 창밖으로 콘드비라무르스의 짐을 나르며 툴툴거리는 뱃사공의 모습이 보였다. 지금은 배 위에 낚싯대와 낚싯줄, 그물, 뜰채 등 물고기를 잡는 데 필요한 각종 도구를 싣고 있었다.

"난 좀 옛날 사람이지. 하지만 어떤 문제에 있어서는 아주 철저하게 개인적이야. 예를 들면 칫솔 같은 것. 내 방, 내 도서실, 내 화장실, 그리고 낚시의 왕. 낚시의 왕을 어떻게 해볼 생각은 하지 마."

니무에는 말끝을 길게 잡아끌었다.

콘드비라무르스는 우유를 마시다가 목이 막힐 뻔했다. 니무에의 얼굴은 무표정했다.

"그리고 만약…… 만약 낚시의 왕이 널 어떻게 해보려고 한다면, 거절해."

니무에는 콘드비라무르스가 정신을 차리고 대답하기 전에 다시 말했다.

콘드비라무르스는 간신히 우유를 삼킨 뒤, 얼른 고개를 끄떡이며 무슨 말이든 내뱉지 않으려고 꾹 참았다. 저 뱃사공한테는 조금도 관심이 없다는 말이 목까지 치밀어 올랐다. 특히 저런 야만인 같은 낚시꾼에게, 심지어 머리카락이 흰 치즈처럼 새하얗게 센 노인에게는 일말의 관심도 없다고 말할 뻔했다.

"그래. 그럼 이제 주의 사항은 끝났고, 본론으로 들어가야지. 수많은 후보자들 중에서 내가 왜 너를 골랐는지 궁금하지 않았니?"

콘드비라무르스가 이 질문에 대한 답을 만약 고민했다면, 그건 단지 너무 교만해 보이지 않기 위한 눈속임이 필요하다고 판단했기 때문일 것이다. 하지만 니무에를 상대로 아주 작은 겸손조차 자칫하면 거짓으로 들릴 수 있으리라는 것을 곧 깨달았다.

"저는 수련원 최고의 꿈꾸는 수련생이었어요. 그리고 3학년 때 해몽에서는 2등을 했고요."

콘드비라무르스는 냉정하게, 있는 그대로, 조금의 자만심도 드러내지 않고 대답했다.

"1등을 한 아이를 데려올 수도 있었지. 사실을 말하자면, 학교에서는 그 아이를 데려가라고 제안했어. 특히나 그 애가 중요한 인물의 딸이었으니까. 하지만 꿈을 꾸는 것과 해몽에 대해 말하자면, 이 재능은 상당히 변덕스러운 능력이라는 것 정도는 알고 있겠지, 콘드비라무르스? 최고의 꿈꾸는 자도 언제든지 실패할 수 있으니까."

니무에는 아플 정도로 솔직했다.

콘드비라무르스는 자신이 실패한 경우는 고작 한 손에 꼽을 정도라고 대꾸하고 싶은 것을 간신히 참았다. 지금 자기 앞에 있는 마법사는 대가였다. 네 주제를 알아야 해, 수련원의 매우 박식한 교수님이 했던 말을 떠올렸다.

니무에는 고개를 살짝 숙여 콘드비라무르스의 침묵을 칭찬했다.

"수련원에서 정보를 좀 얻었지. 약제의 도움 없이도 네가 꿈을 꾼다는 걸 난 알아. 다행이야, 난 환각제는 질색이거든."

"저는 약 없이도 꿈을 꿔요. 해몽에는 고리만 있으면 되니까요."

콘드비라무르스가 약간 잘난 척하듯이 말했다.

"뭐라고?"

"고리요. 그러니까 제가 꿈을 꿔야 하는 대상과 어떤 관계가 있는 물건이나, 아니면 그림 같은……."

콘드비라무르스가 헛기침을 했다.

"그림?"

"네. 그림도 꿈을 꾸는 데 큰 도움이 되죠."

"오, 그림이 만약 도움이 된다면, 아주 잘된 일이네. 이제 밥을 다 먹은 거라면 가자, 최고의 꿈꾸는 수련생, 그리고 두 번째로 해몽을 잘하는 수련생. 그리고 내가 왜 너를 조수로 뽑았는지 다른 이유를 설명해주는 것이 좋을 것 같구나."

니무에가 웃어 보였다.

돌벽에서는 무겁게 드리운 태피스트리도, 검은 나무판으로도 가릴 수 없는 냉기가 뿜어져 나왔다. 슬리퍼 바닥에 닿는 돌바닥이 차가웠다.

"저 문 뒤에는 실험실이 있어. 아까 말했듯이 이용하고 싶으면 얼마든지 이용해. 물론 조심은 해야지. 특히 빗자루가 물을 나르도록 시키는 건 조심하고."

니무에가 대수롭지 않다는 듯 문 쪽을 가리키며 말했다.

콘드비라무르스는 예의 바르게 킥킥댔지만, 이 농담은 너무 오래된 것이었다. 수련원의 모든 선생님들이 수련생들에게 전설적인 마법사의 제자와 그 시련에 대한 농담을 해왔던 것이다.

계단은 탑 위로 뱀장어처럼 구불거리며 뻗어 있었다. 끝이 없는 것만 같았다. 그리고 매우 가팔랐다. 꼭대기에 닿기도 전에 콘드비라무르스는 땀을 흘리며 힘겹게 숨을 몰아쉬었다. 니무에는 지친 티가 전혀 나지 않았다.

"이쪽으로, 문턱 조심하고."

니무에가 참나무로 된 문을 열었다. 콘드비라무르스는 안으로 들어서자마자 한숨을 쉬었다.

이 방은 갤러리였다. 벽 전체가 바닥부터 천장까지 그림으로 뒤덮여 있었다. 커다랗고 오래된, 물감이 벗겨지고 갈라진 유화들, 미니어처, 노랗게 바랜 판화와 목판화들, 하얗게 바랜 수채화와 단색의 그림들이 걸려 있었다. 현대적인 과슈와 템페라도 있었고, 선이 생생한 아쿠아틴트와 아쿠아포르테, 석판화와 명암의 대비가 뚜렷해 시선을 잡아끄는 메조틴트도 있었다.

니무에는 문 앞에 걸린, 커다란 나무 아래 모여 있는 무리를 그린 그림 앞에서 걸음을 멈추었다. 니무에는 그 그림에 잠시 눈길을 준 뒤 콘드비라무르스를 바라보았는데, 말없는 시선이 시사하는 것은 분명했다.

"단델라이온."

콘드비라무르스는 니무에를 기다리게 해서는 안 된다는 것을 바로 깨닫고 말했다.

"블렙헤리스 참나무 밑에서 발라드를 노래하는 단델라이온이에요."

니무에는 웃으며 고개를 끄떡였다. 그러더니 발걸음을 옮겨 다음 그림 앞에서 멈추었다. 수채화, 상징주의. 두 여인의 윤곽선이 언덕에 그려져 있었다. 그 아래를 빙빙 돌고 있는 갈매기, 그리고 그 아래에는 심연이 있었다.

"시리와 트리스 메리골드, 케어 모헨에서의 예언적 환영이죠."

미소, 끄떡끄떡, 한 걸음 옮기고, 다음 그림. 형체를 알아볼 수 없는 두 줄로 늘어선 오리나무들이 가지를 뻗고 있는 가운데 달리고 있는 말 위의 기수. 콘드비라무르스는 온몸에 소름이 돋는 것이 느껴졌다.

"시리…… 흠…… 아마 하플링인 호프마이어의 농장에서 게롤트와 만나기 위해 달리는 시리인 것 같아요."

다음 그림은 시커멓게 바랜 유화였다. 전투 장면을 그린 것이었다.

"게롤트와 카히르가 야루가 강의 다리를 수호하는 장면."

다음 그림부터는 속도가 점점 더 빨라졌다.

"예니퍼와 시리의 멜리텔레 신전에서의 첫 만남. 저건 브로킬론 숲에서의 단델라이온과 드라이어드 에트나네요. 게롤트의 무리들이 말뢰르 산맥에서 눈보라를 만난……."

"좋아, 아주 훌륭해."

니무에가 콘드비라무르스의 말을 끊었다.

"전설을 아주 잘 알고 있구나. 내가 왜 다른 사람이 아닌 널 선택했는지 그 이유를 이제 알겠니?"

둘이 앉아 있는 마호가니 책상에는 아마도 브렌나 전투를 배경으로 한 결정적인 순간, 즉 누군가의 영웅적인 죽음을 그린 유화가 놓여 있었다. 의심할 여지없이 미코와이 체르토사의 작품이었다. 표현 방식과 완벽한 세부 묘사, 그리고 체르토사 특유의 반사광 효과로 알아볼 수 있었다.

"위쳐와 소녀 위쳐의 전설 정도는 저도 알아요. 알긴 알지만, 띄엄띄엄 알고 있을 뿐이죠. 어렸을 때부터 이 이야기를 좋아해서 자주 읽긴 했어요. 그리고 커서 예니퍼가 될 거야, 하고 생각했죠. 하지만 솔직히 말씀드리자면, 그게 저의 첫사랑이기도 하고, 첫 열정이기도 했지만…… 영원히 지속된 건 아니었어요."

콘드비라무르스가 반발하듯 말하자 니무에가 눈썹을 치켜올렸다.

"저는 이 이야기를 청소년을 위한 축약본과 이야기가 조각조각 떨어져 점잖게 고쳐진 〈아드 우숨 델피니〉에서 처음 읽었어요. 당연하게도 그 이후에는 더 심각하고 완벽한 판본을 읽기 시작했고요. 어쩔 때는 도를 넘을 정도로 쓸데없이 너무나 많은 것을 읽었어요. 하지만 지금 그 열정은 냉정한 심사숙고로 대치되었고, 이 이야기에 대한 열정 역시 사랑이 식은 부부의 의무처럼 되어버렸죠. 제가 무슨 생각을 하는지 이해하시려나요?"

니무에는 거의 보이지 않을 정도로 고개를 숙여 이해한다는 것을 밝혔다.

"요약해서 말하자면, 저는 민담과 실제를 혼동하는 것보다 전설의 구조를 제대로 유지하는 그런 전설이 더 좋아요. 역사적 진실이 가지고 있는 매우 비도덕적인 사실과 동화의 단순한 교훈이 섞이지 않은 그런 전설이요. 백과사전주의자나 고고학자, 역사학자들이 뭐라 뭐라 뒷말을 갖다 붙이지 않은 전설이 더 좋아요. 구조가 실험적이지 않은 것들이요. 왕자가 유리 산을 오르고, 잠자는 공주에게 키스를 하면 그 공주가 깨어나고 둘이 오래오래 행복하게 사는 게 더 좋아요. 전설이란 무릇 그렇게 끝나야 한다고요. 이 시리의 초상화는 누가 그린 거죠? 이 전신상은요?"

"시리의 초상화는 하나도 없어."

키 작은 여자 마법사의 목소리는 건조하게 사실을 말하고 있었다.

"여기 뿐 아니라 세상 어디에도 시리의 초상화는 없어. 단 하나의 초상화도, 미니어처도. 시리를 실제로 보았거나, 알았거나, 아니면 기억하는 사람의 손으로 그려진 건 단 한 점도 없지. 여기 이 전신상은 시리의 엄마 파베타 공주야. 신트라의 궁정화가였던 드워프 루이스 도리트의 작품이고. 도리트는 시리가 열 살이 되던 해 초상화를 그렸고 그것 역시 전신상이었지만, '사냥개와 공주'라는 이름이 붙은 그 초상화는 없어지고 말았지. 그보다 지금은 전설과 너의 전설에 대한 생각으로 돌아가자꾸나. 그리고 네 의견에 따르면 전설이 어떻게 끝나야 하는지도."

"전설은 결말이 좋아야 하는 거예요. 선과 옳은 행동이 승리하고, 악은 본보기가 될 수 있도록 벌을 받고, 사랑하는 이들은 죽을 때까지 함께하는 거죠. 그리고 착한 주인공은 절대로, 젠장, 절대로 죽어선 안 되고요! 하지만 시리의 전설은요? 그 끝이 어떻게 되었죠?"

콘드비라무르스는 확신을 가지고 말했다.

"그렇지. 그 끝은 어떻게 되었지?"

콘드비라무르스는 잠시 동안 아무 말도 하지 않았다. 이런 질문은 예상하지 못했던 것이다. 평가, 시험, 혹은 함정의 냄새가 났다. 콘드비라무르스는 걸려들기 싫어서 아무 말도 하지 않은 채 침묵했다.

게롤트와 시리의 전설이 어떻게 끝났냐고? 모두들 알고 있잖아?

콘드비라무르스는 물안개에 뒤덮인 호수의 수면 위로 형체를 알아볼 수 없는 배를, 검은 윤곽선으로만 그려진 여자가 몰고 있는 어두운 색조의 수채화를 바라보았다.

그 전설은 그렇게 끝나는 것이었다. 바로 그렇게.

니무에는 콘드비라무르스의 생각을 읽었다.

"그 끝이 말이다, 그렇게 확실한 것은 아니야, 콘드비라무르스. 전혀 확실하지 않아."

"내가 전설을 처음 들은 건, 떠돌이 이야기꾼 할아버지의 입을 통해서였지. 난 시골 아이였어. 마차를 만드는 장인의 넷째 딸이었지. 우리 마을에 포그비즈드라는 이야기꾼 할아버지가 잠시 머문 적이 있었는데 내 어린 시절을 돌아봤을 때, 그때가 가장 아름다운 순간이었어. 매일의 노동에서 숨을 돌릴 수 있었고, 영혼의 눈으로 그 이상하고도 먼 세상을 바라볼 수 있었지…… 아름답고도 신기한 세상…… 9마일이나 떨어진 도시에서 열리는 시장보다도 더 멀고 더 신기한……."

니무에가 이야기를 시작했다.

"난 그때 여섯, 일곱 살쯤 되었을 거야. 제일 큰 언니는 열네 살이었어. 하지만 하도 등을 굽히고 일을 한 탓에 이미 등뼈가 휘었단다. 여자들의 운명이지! 여자들은 어릴 때부터 그렇게 살도록 준비되어졌어. 허리를 굽힌 채 말이야! 영원히 구부리고, 구부리고, 쭈그려 앉아 일을 하고, 아이를 돌보고, 임신이 가능한 나이가 되자마자 남자가 임신시킨 배가 불러오면 또 몸을 구부리고…… 그 이야기꾼 할아버지의 이야기 덕분에 나는 몸을 굽힌 채 중노동하는 것 말고 다른 것을 꿈꾸기 시작했어. 풍년과 남편과 아이 말고 다른 것을 꿈꾸기 시작한 거지. 숲에서 직접 딴 블루베리를 팔아서 처음으로 내가 산 책이 바로 시리에 대한 전설이었어. 네가 말했듯이 점잖게 고쳐지고 이야기들이 조각조각 떨어진, 어린이를 위한 〈아드 우숨 델피니〉였어. 나에겐 안성맞춤이었지. 난 글을 잘 못 읽었거든. 하지만 그때 난 내가 뭘 원하는지 알았어. 필리파 에일하트 같은, 쉴라 드 탄자빌 같은, 아시르바 아나히드 같은 마법사가 되고 싶었지……."

둘은 키아로스쿠로*로 표현된 성의 홀과 원탁에 둘러앉은 일곱 명의 여인들을 그린 과슈 작품을 바라보았다. 전설적인 여인들이었다.

니무에가 이야기를 계속했다.

"두 번이나 시도한 끝에 겨우 들어갈 수 있었던 수련원에서 난 마법의 역사 수업 시간을 통해 대회합의 전설에 대해서 공부했어. 재미를 위해 뭔가를 읽을 만한 시간은 없었지. 처음엔 그저 미친 듯이 공부를 해야 했으니까. 뭐든 쉽게 배우는 것 같은 공작가의 딸들이나 은행가의 딸들과 나란히 하기 위해서, 시골에서 온 아이를 비웃던 그들을 따라잡기 위해서 말이야."

니무에는 아무 말 없이 손가락의 뼈마디를 꺾어 우두둑 소리를 내고는 다시 말을 이어갔다.

"마침내 책을 읽을 수 있는 시간이 생겼을 때, 나는 게롤트와 시리의 모험에 대해서 어릴 때처럼 열정적으로 집중할 수 없다는 걸 깨달았어. 분명 너와 비슷한 현상을 겪은 것이겠지. 너는 그걸 뭐라고 했지? 사랑이 식어버린 부부의 의무? 그래, 그때까지는 그랬어."

니무에는 입을 다물고 얼굴을 문질렀다. 콘드비라무르스는 호수의 여주인의 손이 떨리는 것을 보고 놀랐다.

"그 일이…… 그 일이 생겼을 때, 난 열여덟 살이었다. 내 안에서 시리의 전설이 되살아나게 된 그 일…… 그 전설에 대해 진지하게 학문적으로 탐구

---

* 키아로스쿠로(chiaroscuro): 묘사 대상을 표현할 때 색채 없이 명암의 대비를 이용하는 회화 기법.

하기 시작하고 그 연구에 내 인생을 바치게 된 그 일 말이야."

콘드비라무르스는 호기심이 부글부글 끓어 넘칠 지경이었지만 아무 말도 하지 않았다.

"모르는 척하지 마. 모두들 호수의 여주인이 시리의 전설에 대해 병적으로 집착한다는 것을 알고 있으니까. 누구나 이 사실에 대해 쑥덕거리잖니. 처음엔 전혀 해로울 것 없었던 집착이 나중에는 마약 중독이나 광기 비슷하게 변질되었다고 수군거리지. 그런 이야기에도 진실은 있어, 콘드비라무르스, 상당한 진실이 말이야! 그럼 너는, 내가 조수로 뽑았으니 그런 광기와 중독에 역시 빠지게 될 거야. 아니, 그렇게 되게끔 내가 요구하겠지. 최소한 실습 기간 동안에는 말이야. 알겠니?"

니무에의 까칠한 말에 수련생 콘드비라무르스는 고개를 끄덕이며 동의했다.

"그 정도는 알고 있다고 생각하겠지. 하지만 내가 말로 설명해줄게, 단계별로. 만약 그럴 수 있는 시간이 온다면, 너에게 모든 것을 설명해주마. 하지만 지금은……."

흥분을 가라앉히고 냉정히 말하던 니무에는 말을 끊고 창밖과 호수를, 황금빛으로 아른거리는 호수 위로 드러난 낚시 왕의 배를 바라보았다.

"일단은 쉬거라. 갤러리를 돌아봐도 좋고. 장과 책장에 화집과 판화집이 주제별로 정리되어 있어. 도서관에는 전설의 모든 버전과 각색본들도 있지만 전설을 다루는 학술서들이 주로 소장되어 있지. 그것들을 좀 훑어보도록 해. 보고, 읽고, 집중하고. 네가 꿈을 꿀 만한 재료가 있길 바란다. 네가 말한 그 고리 말이야."

"그럴게요. 그런데 니무에?"

"왜 그러니?"

"저 두 초상화…… 저기 나란히 걸려 있는 초상화도…… 시리가 아닌가요?"

"시리의 초상화는 없어. 훗날 화가들은 자신의 상상에 따라 특정 장면에만 시리를 그려 넣었어. 저 초상화는 상당히 자유롭게 그려진 작품인데 라라 도렌을 그린 그림이고, 당연하지만 화가가 실제로 보았을 리는 없지. 하지만 저 화가는 전설을 통해 네가 알고 있을 리디아 반 브레데보르트란다. 남아 있는 유화 작품들 중 하나가 아직도 수련원에 걸려 있지."

니무에가 다시 참을성 있게 설명했다.

"알아요. 그럼 저 두 번째 초상화는요?"

니무에는 오랫동안 그림을 바라보았다. 밝은 머리색에 슬픈 눈을 한 마른 소녀의 초상화였다. 초록빛 소매가 달린 흰색 드레스를 입고 있었다.

"저 초상화를 그린 건 로빈 안데리다야."

니무에는 몸을 돌려 콘드비라무르스의 눈을 똑바로 바라보며 말했다.

"저게 누굴 그린 건지는…… 자, 꿈꾸는 아이이자 해몽하는 아이야, 네가 나에게 얘기해줘야 한단다. 그걸 꿈으로 밝혀내. 그리고 네 꿈 이야기를 해 주렴."

화가 로빈 안데리다가 다가오고 있는 황제를 먼저 알아보고 절을 하기 위해 재빨리 몸을 굽혔다. 리데르탈의 백작 부인 스텔라 콘그레브 역시 자리에서 일어나 절을 한 뒤 재빠른 손짓으로 조각된 의자에 앉아 있는 소녀에게 똑같이 하도록 지시했다.

"안녕하신가, 로빈 선생. 작업은 얼마나 진척되고 있소?"

에미르 바 엠레이스 황제는 고개를 끄떡이며 인사를 건넸다.

화가 로빈은 곤란한 듯 헛기침을 하더니 다시 절을 하고 불안한 듯 손가락을 앞치마에 문질렀다. 에미르는 화가가 심각한 광장 공포증이 있는데다가 병적으로 수줍음이 많은 것을 알고 있었다. 그러나 그런 것이 무슨 상관인가. 그림을 어떻게 그리는지가 무엇보다 중요했다.

황제는 여행 중에는 항상 그렇듯 '임페라' 호위대의 장교복을 입고 있었다. 검은 군장과 은색 도마뱀이 수놓아진 외투였다. 황제는 가까이 다가가 초상화를 살펴보았다. 먼저 초상화를, 그 다음에는 모델을. 밝은 머리색을 한 슬픈 눈의 마른 소녀. 초록빛 소매가 달린 흰색 드레스를 입고 있었고, 조금 파인 가슴 위로는 페리도트로 만든 목걸이를 걸고 있었다.

"훌륭하군."

황제는 일부러 허공에 대고 말했다. 칭찬하고 있는 대상이 무엇인지 모르게 하려는 것처럼.

"훌륭하군요, 선생. 신경 쓰지 말고 하던 일을 계속하시오. 백작 부인, 나와 잠시 이야기 좀."

황제는 창가 쪽으로 걸음을 옮기며 백작 부인에게 따라오라고 손짓했다.

"난 떠난다오, 공무로. 접대에 감사하오. 그리고 여자아이도. 공주 말이오. 스텔라, 정말 큰일을 했소. 칭찬할 만한 일이지. 당신도, 여자애도."

황제가 작은 목소리로 말하자 스텔라 콘그레브는 깊숙이 몸을 숙여 우아하게 절을 했다.

"황제 폐하는 저희에게 너무 잘해주시고 계십니다."

"하루가 다 끝나기 전에는 그날을 평가하지 말라는 말이 있소."

"아…… 그런가요?"

스텔라 콘그레브는는 살짝 입술을 깨물었다.

"그렇소."

"그럼 저 아이는 어떻게 되는 건가요, 폐하?"

"나도 모르겠소. 열흘 후 북쪽 지방의 공격을 다시 시작할 거요. 아주 어려운 전투가 되겠지. 바티에 드 리도가 나를 겨냥한 음모와 모략을 쫓고 있소. 이런 국가적 상황 때문에 내가 어쩔 수 없이 아주 다양한 결정을 내리게 될지도 모르오."

"저 아이에게는 아무런 잘못이 없어요."

"말하지 않았소, 국가적 상황이라고. 국가적 상황은 공정함과 아무 상관이 없지. 또한……."

에미르는 손을 휘저었다.

"저 여자애와 이야기를 하고 싶소. 단둘이서만. 공주, 가까이 오시오. 자, 백작 부인은 저쪽으로 더 물러나시오. 황제의 명이오."

여자아이는 깊게 절을 했다. 에미르는 록 그림 회견장에서의 기억과 비교하며 여자아이를 훑었다. 에미르는 스텔라 콘그레브를 인정, 아니 탄복할 수밖에 없었다. 6개월의 시간 동안 미운 오리 새끼를 어린 귀족 처자로 탈바꿈시킨 것이다.

"단둘이 이야기를 나눠야겠소. 로빈 선생, 붓도 씻을 겸 잠시 쉬시오. 백작 부인, 괜찮다면 전실에서 우리를 기다려주시오. 공주는 나와 함께 발코니로 나갑시다."

에미르가 명령했다.

밤새 내린 축축한 눈은 아침 햇살에 녹았지만, 탑의 지붕과 다른 로완의 첨탑에서는 아직도 새하얀 눈이 반짝이고 있었다.

에미르는 발코니의 난간으로 다가갔다. 여자아이는 예의범절에 맞게 한 걸음 뒤에서 따라오고 있었다. 에미르는 참을성을 잃고 가까이 오라며 손짓했다.

황제는 오랫동안 아무 말도 하지 않고, 두 팔을 난간에 걸친 채 언덕과 언덕의 가파른 석회암 절벽에 선명한 초록빛 주목나무들이 자라고 있는 풍경을 바라보았다. 분지의 바닥에서부터 구불거리는 은빛 리본 같은 강이 반짝이고 있었다. 공기 중에서 봄이 느껴졌다.

"여긴 너무 드물게 와서."

에미르가 말문을 열었다. 여자아이는 아무 말이 없었다.

"여기는 아주 가끔만 오지. 이렇게 평화롭고 좋은데. 아름다운 곳이지. 내 말에 동의하나?"

에미르는 몸을 돌리며 물었다.

"네, 폐하."

"공기 중에서는 이미 봄이 느껴지는군. 내 말이 맞나?"

"네, 폐하."

아래쪽 뜰에서 쩔렁거리는 쇳소리와 개 짖는 소리, 말발굽 소리와 함께 노랫소리가 들려왔다. 황제가 출발을 명령했다는 것을 들은 호위대가 길을 떠날 준비를 하는 모양이었다. 에미르는 호위병 중 한 명이 종종 노래하던 것을 기억해냈다. 자주, 상황과 관계없이.

나를 예쁘게 보아주세요,
수레국화처럼 파란 눈으로
나에게 자비롭게

당신의 은혜를

나를 기억해줘요

이 같은 밤 시간에

사랑을 거절하지 말아주세요,

서로 간에 불타오르는 사랑을

"아름다운 발라드로군."

에미르는 생각에 잠긴 채 중얼거리며 황금으로 된 묵직한 황제의 목걸이를 손가락으로 만졌다.

"아름답습니다, 폐하."

바티에 드 리도는 자신이 이미 빌게포츠를 추적하고 있다고 말했다. 그자를 찾아내는 데는 며칠, 최대한 몇 주면 된다고 장담했다. 배신자들의 목은 떨어질 것이다. 그리고 닐프가드로 진짜 시릴라, 신트라의 여왕을 데려올 수 있겠지.

닐프가드에 진짜 시리가 오기 전까지, 가짜는 어떻게든 처리해야 한다.

"고개를 들라."

여자아이는 시키는 대로 했다.

"바라는 것이 있나? 아니면 불평불만이라도? 부탁할 건 없나?"

황제는 갑자기 날카롭게 물었다.

"아니오, 폐하. 없습니다."

"정말인가? 흥미롭군. 원하는 것이든, 불만이든 마음속에 품으라고 내가 명령할 수도 없는 노릇이지. 머리를 들어, 공주답게. 스텔라가 궁중 예법 정도는 가르쳤을 텐데?"

"네, 폐하."

그야말로 잘 가르쳤군, 에미르는 생각했다. 처음엔 리엔스가, 다음엔 스텔라가. 분명 본분을 잊지 말라고, 사소한 실수나 작은 혼동으로도 고문과 죽음을 당할 수 있다고 협박하며 가르쳤겠지. 조금의 실수도 용서하지 않을 엄격한 관중을 염두에 두고서. 무자비한 에미르 바 엠레이스, 닐프가드의 황제 앞에서.

"이름은 뭐지?" 에미르가 날카롭게 물었다.

"시릴라 피오나 엘렌 리아논입니다."

"아니, 진짜 이름."

"시릴라 피오나……."

"내 참을성을 시험하지 말고, 진짜 이름!"

"시릴라…… 피오나……."

여자아이의 목소리는 나뭇가지처럼 갈라졌다.

"그만, 젠장. 그만!"

에미르는 악문 이빨 사이로 소리쳤다. 그리고 요란하게 코를 들이마셨다. 예의범절에 어긋나는 행동이었다. 여자아이의 입술이 떨렸지만, 예의범절에 어긋나는 것은 아니었다.

"진정하고."

명령이었지만 목소리는 조용하고 부드러웠다.

"뭘 무서워하지? 네 진짜 이름을 부끄러워하나? 이름을 말하는 것이 두려운가? 그 이름과 뭔가 좋지 않은 것이 연관되어 있나? 내가 이렇게 묻는 건, 너의 진짜 이름을 부르고 싶어서다. 그러기 위해서는 너의 이름이 뭔지 우선 알아야겠지."

"아무것도 아니에요."

여자아이는 대답했다. 커다란 눈에서 갑자기 에메랄드빛 불꽃이 타올랐다.

"왜냐하면 아무것도 아닌 이름이니까요, 폐하. 그건, 아무것도 아닌 사람의 이름으로 딱 맞는 이름이었어요. 하지만 제가 시릴라 피오나가 된 동안은…… 어떤 의미를 가지게 되었죠."

여자아이의 목소리는 잔뜩 쉬어버렸다. 여자아이는 반사적으로 손을 목으로 가져갔다. 마치 목에 걸린 것이 목걸이가 아니라, 목을 조르는 교수대의 올가미라도 된다는 듯이. 에미르는 계속해서 여자아이를 훑어보며, 스텔라 콘그레브의 솜씨를 인정하는 중이었다. 동시에 화가 났다. 이유가 없는 분노였다. 그렇기 때문에 더 화가 났다.

내가 이 아이에게 대체 뭘 원하는 거지, 에미르는 자신 안에서 분노가 끓어올라 마치 냄비 안의 수프처럼 거품이 부글거리는 것을 느끼며 생각했다. 내가 이 아이에게 뭘…….

"알아두거라. 난 너를 납치해온 일과 아무 관계가 없다는 것을. 널 데려온 것과 나는 아무런 상관이 없다. 난 그런 명령을 내린 일이 없다. 날 속인……."

황제는 매섭게 말했다. 에미르는 자신이 실수하고 있다는 것을 깨닫고 자기 자신에게 화가 나 미칠 지경이었다. 이 대화는 이미 한참 전에 그만두었어야 했다. 위엄 있게, 지배적으로, 위협적으로, 황제답게. 이 여자아이와 그 초록빛 눈에 대해서는 잊어야만 했다. 이 여자아이는 존재하지 않는 아이였다. 가짜, 대용품, 이름마저도 없다. 아무도 아니었다. 황제는 아무도 아닌 이와 이야기를 나누지 않는다. 아무도 아닌 이 앞에서 황제는 자신의 잘못을 인정하지 않는다. 황제는 용서를 구하지 않으며, 자신의 위신을 떨어뜨리지 않…….

"나를 용서해다오."

에미르가 말했다. 그 말은 스스로에게도 너무나 낯설어서 입술 위에 딱지처럼 붙어 있었다.

"실수를 했어. 그래, 너에게 생긴 일은 내 잘못이야. 내가 초래한 일이지. 하지만 앞으로는 어떤 것도 너를 위협하지 못하도록 내가 약속하겠다. 이제 나쁜 일은 일어나지 않을 거야. 어떤 해도 입지 않고, 어떤 명예의 실추도, 어떤 사고도 없을 것이다. 두려워할 것 없다."

"두려워하지 않습니다."

여자아이는 고개를 들고 예법에 어긋나게도 황제를 똑바로 바라보았다. 에미르는 여자아이의 솔직하고도 믿음이 가득한 시선에 몸을 떨었다. 에미르는 곧장 황제답고 위엄 있게 몸을 꼿꼿이 폈다.

"네가 원하는 것을 말하라."

여자아이는 에미르를 다시 바라보았다. 에미르는 자기도 모르게 이러한 방법으로 누군가에게 끼친 해악에 대해 대가를 지불하고 양심의 평화를 얻은 여러 경우를 회상할 수밖에 없었다. 영혼 한구석에서는 못되게도 그 대가가 얼마나 보잘것없는지를 떠올리며 기뻐했던 순간들도.

"네가 원하는 것을 말하라. 너의 소원이라면 뭐든지 들어주겠다."

에미르는 또다시 말했다. 지쳤기 때문인지 그의 목소리가 냉혹함을 잃고 인간적으로 변했다.

날 쳐다보지 마라, 에미르는 생각했다. 너의 시선은 참을 수가 없구나.

사람들은 날 바라보는 것을 두려워하는 것 같던데, 그럼 나는 뭘 두려워하는 거지?

바티에 드 리도든, 그가 주장하는 국가 중대사든, 다른 무엇이든 상관없다. 만약 여자아이가 부탁만 한다면, 여자아이를 납치해온 집으로 돌려보낼 것이다. 그곳으로 황금 마차를 태워서 보내야지. 부탁만 한다면 말이다.

"네가 원하는 걸 말해."

"감사합니다, 폐하. 폐하께서는 너무나 선하시고 아량이 크십니다. 만약 제가 소원을 말해도 된다면……."

여자아이는 눈을 내리깔며 말했다.

"말하라."

"저는 이곳에 머물고 싶습니다. 다른 로완에요. 스텔라 님과 함께요."

황제는 놀라지 않았다. 이와 비슷한 말을 하리라는 것을 이미 예상했다. 요령껏 두 명 모두에게 수치스러운 질문을 하는 상황은 간신히 피했다.

"약속하마. 너의 소원대로 해주지."

황제는 차갑게 말했다.

"감사합니다, 황제 폐하."

"약속했고, 그 약속은 지키겠다. 하지만 너는 잘못된 선택을 했다고 생각한다. 빌어야 할 소원은 빌지 않고. 만약 생각이 바뀐다면……."

황제는 여자아이의 시선을 피하려고 노력하며 말했다.

"바꾸지 않아요."

황제가 더는 말을 이을 생각이 없다는 것이 확실해지자 여자아이가 말했다.

"제가 왜 생각을 바꿔야 하나요? 저는 스텔라 님을 선택했어요. 그리고 지금까지 제 인생에서 너무나 부족했던 것들…… 집, 따뜻함, 선의…… 그리고 진심을 골랐어요. 그런 걸 고르는 것은 절대로 잘못된 선택이 아니에요."

불쌍하고 순진한 존재야, 에미르 바 엠레이스 황제, 데이스웬 아단 인 카른 엡 모르부드, 적들의 무덤에서 춤추는 하얀 불꽃은 생각했다. 바로 그런 걸 고르는 것이 가장 끔찍한 실수지. 하지만 어쩌겠는가. 잊힌 옛 기억이 황제가 이런 생각을 입 밖으로 말하는 것을 막았다.

"흥미롭구나. 정말 흥미로운 꿈이야. 다른 꿈도 꾸었니?"

이야기를 듣던 니무에가 물었다.

"꾸었냐고요!"

콘드비라무르스는 빠르고 정확한 일격으로 삶은 계란의 꼭대기를 쳐냈다.

"아직도 그 장면이 머릿속에서 핑핑 돌아요! 하지만 이게 정상이죠. 낯선 장소에서 첫날을 보낼 때는 항상 미친 듯이 꿈을 꿔요. 니무에, 아시겠지만 우리 꿈꾸는 이들의 이 재능이 꿈을 꾸는 것만은 아니라고들 하죠. 만약 트랜스나 최면 상태에서 보게 되는 환상을 제외한다면, 우리의 꿈은 보통 사람들의 꿈과 비교해서 더 강렬하지도, 더 풍부하지도, 예지력이 있지도 않아요. 우리의 재능은 전혀 다른 데 있다고요. 우리는 꿈을 기억하는 거죠. 꿈꾼 내용을 우리는 거의 잊지 않아요."

"왜냐하면 너희들은 특이하게도 내분비계가 그런 작용을 하니까. 너희들의 꿈은, 낮춰서 말하자면 엔도르핀이 몸속으로 주입되는 것일 뿐, 그 이상도 이하도 아니지. 대부분의 엄청난 마법 재능처럼 너희들의 재능 역시 평범한 신체적 작용일 뿐이야. 하지만 너도 이미 잘 알고 있는 사실을 내가 뭐하러 말하는 거지? 자, 그럼 또 어떤 내용들을 기억하니?"

콘드비라무르스가 눈썹을 찡그렸다.

"젊은 남자요. 종이가 든 통을 어깨에 메고서 텅 빈 들판 위를 헤매고 있어요. 들판엔 봄이 왔어요. 길과 밭의 경계선에 심어진 버드나무…… 밭은 아직 초록빛으로 물들지 않아 벌거숭이에요. 젊은 남자는 가다가 주위를 살펴보죠. 밤이 되었어요. 별이 보여요. 그중 한 개의 별은 움직여요. 유성이죠. 반짝거리는 빨간빛의 불이 하늘을 대각선으로 가로질러요……."

"훌륭해. 누구에 대한 꿈인지 전혀 짐작되진 않는다만, 그래도 날짜는 추정이 가능하겠구나. 빨간 유성은 엿새 동안 관찰되었어. 신트라의 평화조약이 체결된 후의 봄에 말이지. 정확히 말하면 3월의 첫 번째 주야. 다른 꿈에도 날짜를 알려주는 단서가 나왔니?"

니무에가 웃음을 짓자 콘드비라무르스는 계란에 소금을 뿌리며 콧김을 뿜었다.

"제 꿈은 농사력이 아니라고요! 날짜가 적힌 표가 있는 것도 아니고요. 하지만 정확히 말하자면, 브렌나 전투가 나오는 꿈을 꿨어요. 아마 갤러리에서 미코와이 체르토사의 그림을 봐서 그런 것 같아요. 브렌나 전투의 날짜는 잘 알려져 있죠. 유성이 나타난 해와 같은 해, 맞죠?"

"맞다. 그 꿈에서 뭔가 특이한 점은 있었니?"

"아니요, 말들과 사람과 무기들이 뒤엉켜 있었어요. 사람들이 다치고 비명을 질렀죠. 누군가 정신이 이상해졌는지, '독수리! 독수리!' 하고 외쳤어요."

"또? 밤새도록 꿈 때문에 힘들었다며."

"기억나지 않아요……."

콘드비라무르스가 이야기를 중단하자 니무에는 다시 한 번 웃음을 지었다.

"알았어요."

콘드비라무르스는 호수의 여주인이 뭔가 뾰족한 소리를 하기 전에 코를 꼿꼿이 들었다.

"물론, 가끔은 잊어버리는 것도 있어요. 누구도 그건 정확하지 않잖아요. 다시 말씀드리지만 제 꿈은 환상이지, 도서관 카탈로그가 아니라고요."

"나도 알고 있다. 이건 너의 꿈꾸는 능력을 시험하기 위한 것이 아니야. 전설을 분석하려는 거지. 전설의 수수께끼와 빈자리로 남겨진 부분. 하지만 첫 꿈부터 네가 초상화의 소녀, 그러니까 빌게포츠가 에미르 황제를 속이려고 들이댄 시리의 대역을 알아낸 건 아주 훌륭해."

부엌으로 낚시의 왕이 들어오자 둘은 잠시 대화를 멈췄다. 낚시의 왕은 절을 하고는 뭐라고 웅얼거리더니 찬장에서 빵과 두 개의 항아리가 붙어 있는 그릇과 캔버스 천으로 만든 보자기를 꺼냈다. 그러고는 다시 한 번 절을 한 뒤 웅얼거리는 것을 잊지 않고 부엌을 떠났다.

"다리를 심하게 절지."

니무에가 마치 말하기 싫은 듯 얘기했다.

"크게 다쳤어. 멧돼지 사냥을 하다가 다리를 공격당했거든. 그래서 주로 배에서 시간을 보내는 거지. 노를 젓고 낚시를 하는 데 있어서 다리의 상처는 문제가 되지 않고, 배를 타고 있으면 장애에 대해서도 잊게 되니까. 착하고 좋은 사람이야. 그리고 나는……."

콘드비라무르스는 공손히 침묵했다.

"남자가 필요해."

작은 여자 마법사는 사실대로 말했다.

나도요. 콘드비라무르스는 생각했다. 맙소사, 수련원에 돌아가기만 하면 누구든 찾아내야지. 금욕 생활도 나쁘진 않지만, 한 학기 이상은 무리야.

니무에가 헛기침을 했다.

"아침을 다 먹었고 망상을 마친 거라면, 이제 도서관으로 가자."

"다시 네 꿈으로 돌아가보자."

니무에는 파일을 열고 세피아 빛깔로 그려진 수채화 몇 장 중, 한 장을 꺼냈다. 콘드비라무르스는 그것이 무엇인지 바로 알아보았다.

"록 그림에서의 연회죠?"

"물론이지. 시리의 대역이 황제의 궁정에서 소개되는 순간이야. 에미르는 속은 척하며 연기를 하지. 자, 여기는 북쪽 나라 대사들이야. 바로 이들을 위해서 이런 볼거리가 펼쳐진 거지. 이쪽에 서 있는 건 닐프가드의 귀족들이야. 이들은 황제에게 당한 거지. 황제가 자신의 딸들을 거절하고, 결혼으로 생길 수 있는 연합을 무시한 거야. 이들은 서로에게 나직이 쑥덕이며 복수를 꿈꾸고 음모와 살해를 계획하는 중이야. 대역인 여자아이는 고개를 숙이고 서 있는데, 화가는 비밀스러운 분위기를 강조하기 위해 여자아이의 얼굴에 베일까지 씌워놓았지."

잠시 말을 멈춘 여자 마법사가 다시 말을 이었다.

"그러고는 아무것도 없어. 우리는 이 가짜 시리에 대해서는 아무것도 몰라. 전설의 어떤 버전에서도 이 여자애가 어떻게 되었는지는 이야기하지 않아."

"하지만 짐작은 가요. 여자애의 운명이 부러워할 만한 것은 아니었을 거예요. 에미르가 진짜를 얻게 되면, 그리고 우리가 알듯이 진짜를 얻었으니까, 가짜는 없애버렸겠죠. 제가 꿈을 꾸었을 때, 비극은 감지하지 못했지만 사실 그런 일이 일어날 거라면 느껴져야 하는데…… 다른 한편으로는 제가 꿈속에서 보는 광경들이 꼭 진짜만은 아니에요. 다른 모든 이들처럼 저도 꿈을 꿀 뿐이니까요. 바라는 것들, 그리움, 그리고 두려움."

콘드비라무르스가 슬픈 목소리로 말했다.

"알고 있어."

둘은 점심 때까지 토론을 하며 서류와 오래된 판화들을 살펴보았다. 낚시의 왕이 잡은 물고기를 가져온 모양이었다. 점심에 연어 구이가 나왔기 때문이다. 저녁에도 마찬가지였다.

밤에 콘드비라무르스는 잠을 설쳤다. 너무 많이 먹었기 때문이다.

아무 꿈도 꾸지 않았다. 콘드비라무르스는 이 사실에 스트레스를 받고 창피해했지만 니무에는 개의치 않았다. 우리는 시간이 많아, 니무에가 말했다. 우리 앞에는 아직 많은 밤들이 있단다.

이니스 비트레의 탑에는 몇 개의 목욕탕이 있었는데, 밝은 대리석과 번쩍거리는 구리로 만들어졌고 지하실의 온돌을 통해 더운 물이 나오는 매우 호화스러운 장소였다. 콘드비라무르스는 욕조를 몇 시간 동안이나 차지하곤 했다. 또한 호수 위에 작은 다리로 연결된, 나무로 만들어진 자그마한 목욕실에서 니무에와 만나기도 했다. 윤이 나는 돌 위에 치익 하고 김이 오르는 수증기 속에서 둘은 긴 의자에 걸터앉아 자작나무 빗자루로 질릴 때까지 서로를 두들기면 짭짤한 땀이 눈으로 흘러내렸다. 콘드비라무르스는 얼굴을 닦으며 물었다.

"여기, 이니스 비트레에서 제 실습 기간의 목적은, 그러니까 위쳐와 시리에 대한 전설의 빈 공간을 꿈으로 알아내는 것이죠?"

"정확해."

"그러니까 낮에는 그와 관련된 그림을 보고 이야기를 하면서 꿈이 될 만한 것들을 충전해 밤이 되면 지금까지 아무에게도 알려지지 않은, 전설의 사건을 꿈꿔야 하는 거고요?"

이 물음에 니무에는 맞다고 대답할 필요성조차 느끼지 않았다. 자작나무 빗자루로 자신을 몇 번 더 때리듯 두들긴 후 달궈진 돌 위에 물을 튀기며 자리에서 일어났다. 수증기가 피어오르고 잠시 동안 뜨거운 기운에 숨을 쉴 수가 없었다.

니무에는 양동이에 남아 있던 물을 끼얹었다. 콘드비라무르스는 니무에의 몸매에 감탄했다. 키가 작긴 해도 여자 마법사는 경탄할 만큼 비례가 좋았다. 아름다운 몸매와 부드러운 살결은 스무 살 여자애라도 부러워할 지경이었다. 멀리서 찾을 것도 없이 콘드비라무르스가 바로 스물네 살이었고, 부러워하고 있었다.

콘드비라무르스가 땀에 젖은 얼굴을 닦으며 말했다.

"만약 제가 어떤 꿈을 꾼다고 하더라도, 그게 전설에서 실제로 있었던 일이라는 걸 어떻게 알 수 있나요? 사실 저는……."

"그 얘긴 이따가 하자꾸나. 밖으로 나가서. 뜨거운 데 너무 오래 있었어. 나가서 몸을 식히자. 그리고 얘기를 계속하는 게 좋겠다."

이어지는 행동 역시 둘만의 방식이 되었다. 욕실에서 나무로 된 다리에 젖은 발자국을 찍으며 뛰어나와 비명을 지르며 호수에 뛰어드는 것이었다. 물을 첨벙첨벙 튀긴 후 다시 다리로 올라와 머리카락을 꼬았다.

풍덩 소리와 비명 소리에 놀란 낚시의 왕은 자기 배에서 이마에 손을 대고 바라보았지만, 곧 몸을 돌려 낚시 도구를 만지는 데 전념했다. 콘드비라무르스 입장에서는 낚시 왕의 그런 행동이 짜증나고 벌 받아 마땅한 것으로 여겨졌다.

하지만 낚시의 왕이 낚시를 하지 않는 시간에는 책을 읽는다는 것을 알고 낚시 왕에 대한 콘드비라무르스의 평가는 많이 나아져 있었다. 화장실에 갈 때도 책을 들고 갔는데, 그 책은 다름 아닌 어렵고도 심오한 〈스페쿨룸 아우레움〉이었던 것이다. 이니스 비트레에서 지낸 처음 며칠 동안 콘드비라무르스가 니무에를 조금 이상하게 생각했던 것은 사실이었지만, 그 생각은 곧 바뀌었다. 낚시의 왕이 불한당으로, 불평불만주의자로 보이는 건 외견상 그럴 뿐이었다. 안전하기 위한 가면일 수도 있었다.

그럼에도 다리 위에서 님프 같은 몸매의 발가벗은 두 처녀들이 뛰어다니는데도 시선을 돌려 낚시 도구와 물고기를 챙기고 있는 건 용서할 수 없는 모욕으로 생각되었다.

콘드비라무르스는 가슴을 수건으로 닦으며 하던 이야기로 돌아갔다.

"만약 무슨 꿈을 꾸면, 제가 꾼 꿈이 제대로 된 버전이라는 보장이 있나요? 저는 단델라이온이 쓴 〈시의 반세기〉부터 안드레이 라빅스가 쓴 〈호수의 여인〉까지 이 전설의 모든 문학 버전은 다 알고 있어요. 역사가 장의 연구서와 다른 연구서들도 읽었고요. 대중소설 버전은 말할 것도 없죠. 이 모든 책들이 분명 흔적을 남기고 영향을 미쳤을 텐데, 그걸 제 꿈에서 제거할 능력이 전 없어요. 픽션을 뚫고 진짜로 일어난 사실만을 꿈꿀 수 있는 가능성이 있나요?"

"있지."

"얼마나요?"

"낚시 왕의 낚시 같은 거야."

니무에는 고갯짓으로 호수 위에 떠 있는 배를 가리켰다.

"알다시피 저 사람은 별 기대 없이 낚싯줄을 던져. 물풀을 낚기도 하고, 뿌리가 올라오기도 하고, 죽은 오리, 나무 등걸, 오래된 신발, 죽은 사람이나 유품이 걸리기도 하지. 하지만 가끔은 물고기도 낚아오잖니."

"그럼 낚시가 잘되길 바라야겠네요. 미끼를 던지고 제대로 된 물고기를 낚아야겠어요. 전설의 진짜 버전을 찾기 위해서 의자 껍데기와 신발 밑창을 뒤지고 술잔 아래에도 숨겨진 바닥이 있는지 두드려보고요. 하지만 숨겨진 바닥 따위는 없다면요? 니무에, 선생님을 존경하지만 이 낚시터는 우리가 처음이 아니잖아요. 우리보다 앞서 이미 낚시를 했던 수많은 학자들의 주의를 피해간 그런 세부 사항이 있을까요? 우리에게 남겨진 작은 물고기가 단 한 마리라도 있을까요?"

콘드비라무르스가 옷을 입으며 한숨을 쉬었다.

"물론 남겨져 있지. 그들은 자기들도 몰랐던 것들을 지어내고 이야기로 만들면서 아름다운 단어로 덧씌우거나 침묵하며 넘어간 거야."

니무에가 젖은 머리를 빗으며 확신을 가지고 말했다.

"예를 들면요?"

"멀리서 찾을 것도 없이, 위쳐가 투생에서 겨울을 지낸 것부터 이야기해 볼까. 전설의 모든 버전은 이 시간을 '주인공들은 겨울을 투생에서 보냈다'는 짧은 문장으로 처리해버리지. 투생에서 지내는 동안 자신의 활약상에 대해 두 장이나 할애하고 있는 단델라이온마저도 위쳐에 대해서는 희한하게 수수께끼처럼 쓰고 있어. 그렇다면 그 겨울에 무슨 일이 일어났는지 알아볼 만한 가치가 있지 않을까? 티르 나 베아 아라인네의 지하 세계에서 엘프 아발라크와의 만남 이후 벨하벤에서 탈출한 다음에 말이지. 캐드 머크비드에서의 싸움과 드루이드들과의 충돌 이후에는 무슨 일이 생겼을까? 10월부터 1월까지 위쳐는 투생에서 뭘 했을까?"

"뭘 했냐고요? 겨울을 난 거죠! 얼음이 녹기 전까지는 산을 못 넘어가니까 거기서 지루하게 겨울을 난 거예요. 이후의 저자들이 그 지루한 시기를 한가하게 '겨울을 투생에서 보냈다' 이렇게 쓴 것도 당연하다고요. 하지만 필요하다고 하시면, 꿈을 꿔보도록 노력하죠. 스케치나 그림 같은 자료가 있나요?"

콘드비라무르스가 콧김을 뿜으며 툴툴거리자 니무에는 웃어 보였다.

"그림 속에 들어 있는 그림이 하나 있어."

바위 위에 그려진 프레스코화는 사냥 장면을 묘사하고 있었다. 대충대충 붓으로 그린 빼빼 마른 사람들이 활과 창을 들고 뛰어다니며 거대한 보랏빛의 유럽 야생들소를 쫓고 있었다. 유럽 야생들소의 옆구리에는 호랑이처럼 얼룩무늬가 있었고, 비파 모양으로 굽은 뿔 위에는 잠자리 같은 것이 날아다니고 있었다.

"그러니까 이게 그 그림이란 말이죠? 엘프 아발라크가 그린…… 많은 것을 알고 있다는 현자 아발라크 말이에요."

레지스가 고개를 끄떡이며 중얼거렸다.

"그렇지. 이게 바로 그 그림이오."

게롤트가 건조하게 대답했다.

"문제는 우리가 샅샅이 뒤졌는데도 엘프도, 당신이 만났다는 어떤 존재들도 굴 안에 없다는 것이고요."

"여기 있었어. 지금은 숨은 거요. 아니면 어디로 피했거나."

“논쟁의 여지가 없는 사실이죠. 잊지 말아야 할 것은 플라미니카의 소개 때문에 당신과 대화를 했다는 거예요. 얘기를 한 번 나눈 것으로 충분하다고 생각하는 모양이고. 그리고 플라미니카가 이렇게 확정적으로 돕지 않겠다는 뜻을 표한 이상, 이제 뭘 더 할 수 있는지 모르겠군요. 이 동굴 안을 하루 종일 헤매고 있는데, 쓸데없는 짓을 하고 있는 게 아닌가 하는 생각이 드네요.”

“나 역시 그래. 나도 그런 생각을 피할 수 없군. 엘프들은 도저히 이해를 못하겠어. 하지만 최소한 한 가지는 알겠군, 대부분의 사람들이 엘프들을 왜 좋아하지 않는지. 엘프들이 우리를 비웃고 있다는 느낌을 떨쳐내기가 힘드니까. 그들의 행동이나 말이나 생각, 모든 게 우리를 비웃고 있지. 업신여기고, 빈정거리고.”

게롤트가 씁쓸하게 말했다.

“인간의 입장에서 말을 하고 있군요.”

“조금은 그럴지도. 일단 그런 느낌을 받았으니까.”

“이젠 뭘 하면 좋을까요?”

“캐드 머크비드로, 카히르에게로 돌아갑시다. 드루이드들이 이미 벗겨진 머리통을 고쳐놓았을 테니까. 그리고 말에 올라 안나 헨리에타 공작 부인의 초대를 받아들이는 거요. 뱀파이어 양반, 그런 표정하지 말라고. 밀바는 갈비뼈가 부러졌고, 카히르는 머리가 터졌으니 투생에서 조금 쉬어가는 것이 둘에게 좋을 거요. 그리고 단델라이온도 어떻게든 사건에서 빼내야 하지 않겠어? 지독하게 얽히고설킨 것 같던데.”

“무슨, 그대로 놔두면 될 텐데요. 그럼 난 거울이나 개들과는 멀리 떨어져 있어야겠군요. 마법사와 텔레파시가 가능한 인간들과도…… 그럼에도 내 정체가 발각된다면, 그때는 당신의 도움을 기대하겠습니다."

레지스가 한숨을 쉬며 말했다.

"그렇게 하든지. 당신이 곤란에 빠져 있게 놔두진 않을 테니까, 동지."

게롤트가 짐짓 심각하게 말하자 둘밖에 없었기 때문인지 뱀파이어는 마음껏 이빨을 드러내며 웃었다.

"동지?"

"아까부터 인간처럼 말하고 있군. 자, 이 굴을 빠져나갑시다, 동지. 여기 더 있어봤자 류머티즘이나 걸리겠지."

"바로 그겁니다. 하지만 게롤트, 엘프의 무덤인 티르 나 베아 아라인네는 당신이 본 바에 따르면 바위에 그린 그림 뒤에 있는 건데, 그럼 바로 이 벽 뒤에…… 거기로 가볼 수도 있을 텐데요. 예를 들어…… 그러니까 이걸 부숴버린다면 말이에요. 그 생각은 안 해봤나요?"

"안 해봤는데."

낚시의 왕은 또 운이 좋았던 모양이다. 저녁으로 훈제된 곤들매기가 나왔기 때문이다. 물고기는 너무 맛있어서 연구 따위는 이미 물 건너가고 말았다. 콘드비라무르스는 또 과식을 했다.

콘드비라무르스는 훈제 곤들매기 냄새가 나는 트림을 하면서 잘 시간이야, 라고 생각했다. 책장은 기계적으로 넘기고 있을 뿐 내용은 전혀 들어오지 않는다는 것을 스스로도 알고 있었다. 꿈을 꿀 시간이었다.

콘드비라무르스는 책을 덮고 하품을 했다. 베개를 다시 옆으로 정리해 독서 모드에서 휴식 모드로 바꾸었다. 그리고 주문으로 불을 껐다. 방은 곧 뚫을 길 없는 진득한 흑당 같은 어둠으로 뒤덮였다. 두꺼운 벨루어 커튼은

빛이 들어오지 않게 잘 쳐져 있었다. 콘드비라무르스는 이미 오래전부터 완전히 캄캄해져야 꿈을 좀 더 잘 꿀 수 있다는 것을 알고 있었다. 뭘 골라야 하지? 콘드비라무르스는 이불을 끌어당겨 덮고는 몸을 파묻으며 생각했다. 몽환 속에 빠지는 게 나을까, 아니면 확실하게 닻을 던지고 자리를 잡는 게 나을까?

자신 있게 장담한 것과는 달리, 꿈꾸는 이들 역시 자신들의 예언적인 꿈은 반도 기억하지 못했다. 꿈의 많은 부분은 몽환 속에서 마치 어린아이들이 갖고 노는 만화경처럼 그 색깔과 형태가 변하는 혼란스러운 그림처럼 남아 있다. 차라리 그 그림들이 어떤 질서도, 대략적인 의미도 없다면 차분히 검토하며 정리할 수 있을 것이다. 하지만 보통, 기억이 나지 않는다는 것은 기억할 가치도 없다는 의미였다. 꿈꾸는 이들은 이런 꿈들을 쓰레기라고 불렀다.

더 나쁜, 조금 더 수치스러운 것은 꿈에서 보는 '환영'이었는데, 꿈꾸는 이들은 이 환영의 일부나 의미의 조각들만 기억한 채 아침이 되면 어떤 신호를 받은 것 같은 느낌만 남아 있는 꿈이다. 만약 그런 '환영'이 계속 되풀이된다면, 이것이 어떤 가치 있는 꿈과 연결되어 있다고 확신해도 좋았다. 그렇게 되면 꿈꾸는 이는 집중과 자기암시로 다시 이 꿈을, 구체화된 '환영'을 다시 불러내려고 시도한다. 가장 좋은 결과는 꿈에서 깨자마자 억지로라도 다시 한 번 꿈을 꾸는 것이다. 이런 것을 '붙들기'라고 불렀다. 만약 꿈이 붙들어지지 않는다면, 꿈속에서 본 장면을 잠들기 전 집중과 명상을 통해 다음 꿈에서 다시 불러내는 시도가 행해진다. 꿈꾸는 이들은 이런 식의 꿈 계획법을 '닻을 던진다'라고 표현했다.

섬에서 열두 밤을 지낸 후 콘드비라무르스는 이미 세 개의 목록, 세 개의 꿈 세트를 가지고 있었다. 이 목록은 성공하기에 충분한 것이었다. '붙들기'나 '닻 던지기'를 제대로 할 수 있는 '환영'의 목록에는 타네드 섬에서의 소요나 말리르 산맥의 눈보라 속이나 봄의 폭우로 질척질척한 수두트 계곡에서의 위쳐와 일행들의 여행 등이 있었다. 니무에에게는 고백하지 않았지만, 실패만 가져오는 꿈의 목록도 있었다. 아무리 노력해도 수수께끼로 남아 있을 뿐이었다. 그리고 한창 생성 중인 목록이자 앞으로 차례를 기다리는 꿈의 목록도 있었다.

그리고 한 가지 꿈이 더 있었는데 매우 이상하고 상쾌한, 조각나 있고 깜빡거리며 잡을 수 없는 소리와 비단 같은 감촉을 가진 꿈도 있었다. 기분 좋고 섬세한 꿈이었다.

좋아, 눈을 감으며 콘드비라무르스는 생각했다. 이거야.

"위쳐가 투생에서 겨울을 나며 뭘 했는지 알 것 같아요."

"그래? 말해보렴. 무슨 꿈을 꾼 거니?"

니무에는 만지작거리고 있던 그리모어 가죽 테로 된 안경 너머로 시선을 들었다. 그러자 콘드비라무르스가 도도하게 말했다.

"꾸었다 뿐인가요! 분명히 꿨죠! 위쳐 게롤트와 머리가 짧고 초록빛 눈을 한 여자가 나왔어요. 그게 누구인지는 모르겠어요. 어쩌면 단델라이온이 회고록에서 쓴 그 공작 부인일까요?"

"네가 건성으로 읽은 것 같구나. 단델라이온은 아나리에타, 그러니까 안나 헨리에타 공작 부인을 정확히 묘사하고 있고 다른 기록을 인용하자면, 머리카락은 황금처럼 빛나는 밤색이라고 쓰고 있어."

니무에가 콘드비라무르스를 진정시켰다.

"그렇다면 그 여자는 아니네요. 제 꿈에 나온 여자는 머리가 검은색이었거든요. 석탄 같은 검은색. 그리고 꿈은…… 흠…… 흥미로웠어요."

"계속 얘기해보렴, 자세히 들어보마."

"이야기를 나눴어요. 하지만 그건 평범한 대화가 아니었어요."

"뭐가 평범하지 않았다는 거지?"

"대부분의 시간 동안 그 여자는 자신의 다리를 위쳐의 어깨에 걸치고 있었으니까요."

"게롤트, 말해봐요, 첫눈에 반한 사랑을 믿나요?"

"당신은?"

"믿어요."

"그럼, 우리를 이어준 것이 뭔지 알겠군. 성격이 정반대인 사람들끼리 서로 끌리기 마련이지."

"냉소적으로 굴지 말아요."

"왜? 냉소는 지성의 증거라던데."

"그렇지 않아요. 가짜 지성에 둘러싸인 냉소는 구역질이 날 만큼 솔직하지 못할 뿐이에요. 난 솔직하지 못한 건 못 참아요. 말이 나왔으니 말인데…… 자, 말해봐요, 위쳐, 나의 어떤 점을 가장 사랑하죠?"

"이거."

"이제 냉소적인 것도 부족해서 시시하고 진부하게 나오는군요. 다시 대답해봐요."

"당신의 이성, 당신의 지성, 그리고 당신 영혼의 깊이를 사랑해. 당신의 주체성과 자유, 당신의……."

"어디서 그런 비꼬는 기술을 배웠는지 모르겠군요."

"비꼬는 기술이 아니라 농담이지."

"그런 농담은 질색이에요. 특히 지금은 그런 농담할 때가 아니라고요. 하늘 아래 모든 것에는 다 때가 있는 거예요. 침묵할 때가 있으면 말할 때가 있고, 울 때가 있으면 웃을 때가 있고, 씨를 뿌릴 때가 있으면 벗길, 아니 거둘 때가 있고, 농담할 때가 있으면 진지해져야 할 때가……."

"육체를 어루만져야 할 때가 있고, 그것을 삼가야 할 때가 있듯이?"

"아니, 말을 너무 그대로 받아들이진 말고요! 그러니까 지금은, 서로 칭찬을 해주는 때라고 생각해요. 서로에 대한 칭찬 없이 사랑하는 건 너무 본능적이에요, 그리고 본능적인 건 얄팍한 법이죠. 나에게 칭찬을 해봐요!"

"야루가에서 부이나까지 다 뒤져도 당신만큼 아름다운 엉덩이를 가진 사람은 없을 거요."

"맙소사, 이젠 날 야만적인 북쪽의 강에 갖다 대다니. 비유의 질을 높이기 위해서라도 알바에서 벨다 강까지라고 말하면 안 되는 건가요? 아니면 알바에서 산스레투르라든지?"

"내 평생 알바 강엔 가본 적도 없어. 실제 경험에 의거하지 않는 평가는 하지 않으려고 하는데."

"오호, 그래요? 그럼 지금은 어차피 주제가 엉덩이니까, 엉덩이라면 평가해도 좋을 만큼 잔뜩 보고 경험했다고 생각하면 되겠네요? 안 그런가요, 흰 머리? 나와 만나기 전에 여자가 몇 명이나 있었나요? 지금 당신에게 질문을 하고 있는 거예요, 위쳐. 아니, 아니, 손 치워요. 그런 식으로 대답을 피할 수는 없어요. 여자가 몇 명이었죠?"

"단 한 명도 없었지. 당신이 내 첫 번째 여자요."

"이제야 제대로 칭찬을 하는군요!"

니무에는 섬세한 키아로스쿠로로 그려진, 원탁에 둘러앉은 열 명의 여자 그림을 아주 오랫동안 바라보고 있었다. 그리고 마침내 입을 열었다.

"유감이야. 이들이 정말 어떻게 생겼는지 모른다는 건 말이지."

"위대한 마법사들이요? 하지만 이들의 초상화는 잔뜩 있잖아요! 아레투자만 봐도 말이에요."

콘드비라무르스가 콧김을 뿜으며 대꾸하자 니무에가 말을 끊었다.

"내가 '정말'이라고 말했잖니. 아부할 목적으로 그려진 초상화를 말하는 게 아니야. 기억해야 할 것은 여자 마법사들의 초상화를 파괴하던 시기가 있었다는 거야. 그리고 여자 마법사들 자신도 말이지. 그런 뒤에는 선전의 시기가 왔고 마법사들은 자신의 용모만으로도 존경과 감탄, 그리고 신성한 두려움을 불러일으켜야만 했어. 바로 그 시기에 〈대회의〉, 〈음모〉, 〈회합〉과 같은 너무나 매력적인 열 명의 여인들을 그린 캔버스와 판화들이 등장한 거야. 하지만 실제 모습과 유사한, 믿을 만한 초상화들은 없어. 두 개의 예외만 제외하고. 마르가리타 록스 안틸레의 초상화가 타네드 섬의 아레투자에서 기적적으로 화재를 피했지. 다른 하나는 랜 엑시터의 엔세나다에 있는 쉴라 드 탄자빌의 초상화야."

"벤거버그의 미술관에 걸려 있는, 엘프 화가가 그린 프란체스카 핀다베어 초상화는요?"

"위작이지. '문'이 열리고 엘프들이 떠나면서 예술 작품은 모두 가져가거나 없애버렸어. 단 한 점의 그림도 남기지 않았지. 계곡의 데이지 꽃이라고 불렸던 프란체스카가 전설이 말하듯 정말로 그렇게 아름다웠는지는 알 수 없는 일이야. 심지어 이다 에민은 어떻게 생겼는지 전혀 모르지. 닐프가드에서는 여자 마법사들의 초상화들이 아주 열심히 꼼꼼하게 파괴된 터라 아시르 바 아나히드나 프린질라 비고가 어떻게 생겼는지는 전혀 알 수가 없어."

니무에의 설명을 잠자코 듣고 있던 콘드비라무르스가 한숨을 쉬며 말했다.

"하지만 일단은 이렇게 가정하기로 해요. 그들이 초상화에서 묘사된 것처럼 생겼다고요. 위엄 있고, 힘이 있으며, 선하고, 현명하며, 절제력이 있고, 바르고, 고귀했다고요. 그리고 말로 형용할 수 없이 아름다웠다고요…… 그렇게 생각하기로 해요. 그래야 사는 게 좀 더 쉬워져요."

이니스 비트레에서의 수업은 지루한 일상처럼 되어갔다. 콘드비라무르스의 꿈을 분석하는 것은 아침 식사 때부터 시작되어 오후까지 이어지는 게 보통이었다. 정오와 정찬 시간 사이에 빈틈이 생기면 콘드비라무르스는 산책을 했다. 하지만 이 역시 곧 일상이 되고 지루해졌다. 당연한 일이었다. 한 시간이면 섬을 두 바퀴나 돌 수 있었고, 눈에 띄는 화강암, 작은 소나무, 자갈, 민물조개, 물과 갈매기도 볼 만큼 보았다.

정찬을 먹고 나면 오랫동안 낮잠을 잔 후, 책과 두루마리, 필사본 등을 보며 토론이 시작되었다. 그림과 판화, 지도도 보았다. 그리고 밤중까지 전설과 사실 관계에 대한 논쟁이 이어졌다.

그렇게 밤이 오고 꿈이 찾아왔다. 여러 가지 꿈이었다. 금욕 생활은 티가 났다. 위쳐의 전설 대신 콘드비라무르스는 낚시의 왕을 여러 가지 모습으로, 전혀 야하지 않은 모습에서 극도로 야한 모습까지 꿈에서 만났다. 전혀 에로틱하지 않은 꿈에서 낚시의 왕은 콘드비라무르스를 낚싯줄에 묶어 배 밖에 매단 채 천천히, 졸린듯 노를 저었다. 잠시 뒤 콘드비라무르스는 호수 바닥에 가라앉으며 숨이 막혀오고 끔찍한 공포가 엄습해왔다. 호수 바닥에서는 무언가 무서운 것이 떨어져 나와 호수 표면으로 헤엄쳐오고 있었는데, 배에서 미끼처럼 끌려가는 자신을 삼키려 하고 있었다. 그것에게 잡히려는 순간 낚시의 왕이 세차게 노를 저어 콘드비라무르스를 보이지 않는 맹수의 입에서 끌어냈다. 겨우 끌어내진 콘드비라무르스는 숨이 막혀 허우적거리다가 잠에서 깼다.

다른 의미를 따져볼 것도 없이 야한 꿈에서 콘드비라무르스는 흔들리는 배 바닥에 무릎을 꿇은 채 선체 옆에 붙어 있었고, 낚시의 왕이 자신의 목을 잡고 열정적으로 관계를 갖고 있었다. 웅얼웅얼, 켁켁 침을 뱉으면서. 육체적인 쾌락 외에도 콘드비라무르스는 서늘한 공포가 다가오는 것을 느꼈다. 니무에가 이 광경을 본다면? 갑자기 호수의 수면 위로 조그마한 여자 마법사의 무서운 얼굴이 흔들리며 나타났고…… 콘드비라무르스는 온몸이 땀에 젖어 깨어났다.

콘드비라무르스는 일어나 창문을 열고 호수 위를 흐르는 안개와 달빛에 젖은 밤공기를 들이마셨다. 그리고 다시 꿈을 꾸기 시작했다.

이네스 비트레의 탑에는 호수 위에 서 있는 기둥에 걸쳐진 베란다가 있었다. 처음에 콘드비라무르스는 이 베란다에 특별히 신경 쓰지 않았지만, 결국 이상하다는 생각이 들기 시작했다. 베란다는 뭔가 이상했는데, 가장 이상한 것은 그곳에 올라갈 수 없도록 되어 있다는 점이었다. 탑 어디에도 베란다로 나가는 길은 없었다.

물론 여자 마법사의 거처에 이런 비밀스럽고도 비정상적인 무언가가 없다면 그게 더 이상하다는 것을 잘 알고 있었기 때문에 콘드비라무르스는 아무런 질문도 하지 않았다. 호숫가를 산책할 때 니무에가 그 베란다에서 자신을 내려다보고 있는 것을 봤지만 아무것도 묻지 않았다. 드나드는 길이 없는 것은, 원치 않는 사람이나 일반인들에게만 적용되는 것 같았다.

자신이 일반인으로 치부된 것에 대해서는 약간 화가 나기도 해서 이를 악물고 아예 모르는 척하기로 했다. 하지만 오래 가지는 않았다. 비밀은 곧 밝혀졌으니까.

빌마 베셀라의 수채화가 이끌어낸 일련의 꿈을 꾸고 난 후였다. 전설의 이야기에 매혹당한 화가는 제비의 탑에 있는 시리를 그리는 데 전력을 다했던 것이다.

"그 그림들을 보고 이상한 꿈을 꾸었어요. 꿈에…… 그림이 나와요. 같은 그림들만요. 상황도 아니고, 장면도 아니고 그림만요. 시리가 총안이 있는 탑의 흉벽에 서 있는…… 움직이지 않는 그림이요."

콘드비라무르스는 다음 날 불평을 늘어놓았다.

"다른 건 아무것도 없었니? 시각적인 것 말고는 아무런 느낌도 없었던 거야?"

니무에는 콘드비라무르스처럼 뛰어난 꿈꾸는 이라면 모든 감각으로 꿈을 꿀 수 있다는 것을 알고 있었다. 대부분의 사람들처럼 꿈을 시각으로만 받아들이는 것이 아니라 청각과 촉각, 냄새 그리고 맛까지.

"아무것도요. 하지만……."

콘드비라무르스가 고개를 저었다.

"그래, 뭔데?"

"생각이요, 끈질긴 생각. '이 호수 위에서, 이 탑에서 나는 주인이 아니야, 감옥에 갇힌 수인일 뿐이야.'라는 생각 말이에요."

"나를 따라오렴."

그렇다. 콘드비라무르스가 짐작한 바와 같이 베란다로 통하는 길은 여자 마법사의 깨끗하고 질릴 정도로 정리가 잘된, 샌들우드와 몰약, 라벤더와 나프탈렌 냄새가 나는 방을 지나야만 했다. 작은 비밀의 문을 열어 아래쪽으로 향하는 나선형 계단을 따라 내려가야 했다. 그렇게 해야만 호수 위의 베란다로 갈 수 있었다.

다른 방들과 비교해봤을 때 그 방에는 나무 장식도 천 장식도 되어 있지 않았고, 하얗게 칠해진 상태로 매우 밝을 뿐이었다. 그곳이 더 밝았던 이유는 세 부분으로 나누어진 높은 창, 즉 호수 위에 걸려 있는 베란다로 통하는 유리문 때문이었다.

방 안에 있는 유일한 가구는 소파 두 개와 타원형의 마호가니 틀로 만들어진 거대한 거울, 그리고 태피스트리가 걸려 있는 가로대 같은 것뿐이었다. 태피스트리는 5x7피트 정도 되었는데 술이 바닥에 끌리고 있었다.

태피스트리는 산속에 있는 호수의 절벽 풍경을 보여주고 있었다. 절벽에 가려져 있는 성은 마치 바위의 일부처럼 보였다. 그 성은 콘드비라무르스가 잘 알고 있는 곳이었다. 여러 그림을 통해서 이미 봤던 곳이니까.

"빌게포츠의 요새군요. 예니퍼를 가둬두었던 곳, 전설이 끝난 곳이에요."

니무에가 겉으로는 무심하게 고개를 끄떡였다.

"그렇단다. 바로 저기서 전설이 끝나지. 적어도 우리가 알고 있는 버전에서는 말이야. 우리는 그런 버전밖에 모르기 때문에 우리가 전설의 끝을 알고 있는 것처럼 생각하는 거지. 시리는 네가 꿈꾼 대로 감옥처럼 갇혀 있던 제비의 탑에서 도망쳐. 자기를 데리고 뭘 하려는지 알게 된 순간 도망친 거지. 그 탈출에 대해선 전설의 여러 버전이 있어."

"저는 시리가 달아나면서 자기 뒤로 여러 가지 물건들을 던지는 그 이야기를 제일 좋아해요. 빗, 사과, 손수건. 하지만……."

"콘드비라무르스."

"죄송합니다."

"탈출에 대한 버전은 내가 말한 것처럼 여러 가지다. 하지만 시리가 제비의 탑에서 탈출한 뒤 어떻게 곧장 빌게포츠의 요새로 갈 수 있었는지는 끝까지 알려지지 않았어. 너는 제비의 탑을 꿈에서 보지는 못했지. 그럼 빌게포츠의 요새를 꿈꿔봐. 저 태피스트리를 자세히 살펴보렴…… 마법의 태피스트리란다, 그렇지?"

"저 거울도…… 마법의 거울인 거죠?"

"아니. 저건 그냥 내가 그 앞에서 여드름을 짜는 거울이야."

"죄송합니다."

"저건 하트만의 거울이지. 원한다면 들여다봐도 좋아. 하지만 조심하고."

니무에는 콘드비라무르스가 코에 주름을 잡고 불만스러운 표정을 하고 있자 간략히 설명했다. 그러자 콘드비라무르스는 흥분하며 떨리는 목소리로 물었다.

"하트만의 거울을 통해 다른 세계들로 갈 수 있다는 것이 정말 사실인가요?"

"세계들? 물론이지. 하지만 바로 되는 건 아니야. 준비와 명상과 집중, 그리고 다른 것들도 엄청 많이 필요해. 너한테 조심하라고 말한 건 다른 이유 때문이야."

"뭔데요?"

"하트만의 거울은 양방향이야. 무언가가 언제라도 튀어나올 수 있지."

"니무에, 제가…… 그 태피스트리를 들여다봤을 때……."

"꿈을 꾼 거니?"

"네, 하지만 이상해요. 하늘에서 새처럼 내려다보는 각도였어요. 저는 새였어요…… 이 성을 바깥에서 보았죠. 안으로는 들어올 수 없었어요. 무언가가 들어오지 못하게 막고 있었거든요."

"저 태피스트리를 바라보렴, 저 요새를. 찬찬히, 세부 사항에 주의를 기울여서. 정신을 집중하고 저 그림을 기억 속에 새겨 넣어. 나는 네가 저 안으로 들어갔으면 좋겠구나. 저 안으로 네가 들어가는 것이 중요해."

성벽 밖에서는 거센 바람이 불고 있는 것이 분명했다. 벽난로의 불길은 장작을 마구 소진하며 활활 타올랐다. 예니퍼는 온기를 즐기고 있었다. 지금 갇혀 있는 곳은 아마도 두 달 정도 갇혀 있었던 축축한 지하 감옥보다는 훨씬 따뜻했다. 하지만 이가 딱딱 부딪치는 것은 피할 수 없었다. 지하 감옥에서는 시간의 흐름을 완전히 잃었고, 그 누구도 예니퍼에게 지금이 며칠인지 알려주지 않았다. 그럼에도 예니퍼는 지금이 겨울이라는 것을, 12월, 어쩌면 1월일 것이라고 확신하고 있었다.

"먹어, 예니퍼. 자, 주위는 신경 쓰지 말고 드시지."

빌게포츠가 그렇게 말하지 않았다 해도 예니퍼는 주위를 신경 쓸 생각이 전혀 없었다. 닭 요리를 천천히 서툴게 먹고 있는 것은 겨우 낫고 있는 손가락이 아직도 제대로 움직이지 않아서 칼과 포크를 붙잡기가 힘들었기 때문이다. 하지만 손가락으로 먹고 싶지는 않았다. 빌게포츠와 함께 앉아 있는 빌게포츠의 손님들 앞에서 우월감을 표출하고 싶었다. 예니퍼가 아는 사람은 한 명도 없었지만.

"이런 소식을 전하게 되어서 매우 유감이지만, 당신이 돌보고 있던 아이, 시리는 이 세상과 결별했어. 이건 전적으로 당신의 책임이라 할 수 있지, 예니퍼. 쓸데없이 당신이 저항했기 때문이야."

빌게포츠는 손가락으로 술잔의 다리를 문지르며 말했다.

손님 중 검은 머리에 키가 작은 남자가 요란하게 재채기를 하더니 바티스트* 천으로 만든 손수건에 코를 풀었다. 코는 빨갛게 부어 있었는데 완전히 꽉 막힌 게 틀림없었다.

"건배. 어쩌다 그렇게 독한 감기에 걸리셨어요? 목욕 후에 바람이라도 맞으셨나요?"

빌게포츠의 음울한 선언에 개의치 않고 예니퍼가 말했다.

또 다른 손님 중 좀 더 나이가 들고 키가 크며 마른 남자가 잔인해 보이는 희멀건 눈을 반짝이며 낄낄거렸다. 하지만 감기에 걸린 남자는 화가 나 얼굴이 일그러졌는데도 예니퍼에게 몸을 굽히며 가래 섞인 짧은 감사의 인사를 보냈다. 그러나 닐프가드 억양이 드러나지 않을 정도로 짧지는 않았다.

빌게포츠가 예니퍼에게 고개를 돌렸다. 그는 더 이상 자신의 얼굴에 황금으로 만든 틀을 쓰고 있지도 않았고, 눈이 있어야 할 자리에 크리스털 구슬을 박아 넣지도 않은 상태였다. 하지만 여름, 얼굴에 상처를 입은 직후에 만났을 때보다 훨씬 더 끔찍한 모습이었다. 새로 생성된 왼쪽 눈알은 잘 돌아가고 있었지만 오른쪽보다는 훨씬 작았다. 보기만 해도 숨이 막힐 듯한 모습이었다.

---

* 바티스트(batiste): 얇고 비치는 고급 천으로 모, 마, 비단 등을 직조해서 만든다.

"예니퍼, 당신은 지금 내가 당신을 함정에 빠트리려고 거짓말을 하고 있다고 생각하고 있지. 하지만 그런 짓을 내가 뭐 하러 하겠어? 시리가 죽었다는 소식은 당신과 똑같이, 아니 당신보다 훨씬 더 슬퍼하며 받아들였다고. 사실을 말하자면 난 그 아이에게 상당히 구체적인 희망을 품고 있었지. 나의 미래를 결정지을 계획과 관련해서 말이야. 이제 여자아이가 죽었으니 내 계획도 물거품이 되고 말았어."

빌게포츠가 이빨 사이로 내뱉듯 말했다.

"잘됐네."

예니퍼가 뻣뻣한 손가락으로 칼을 붙잡은 채 자두가 들어 있는 돼지 등심을 자르며 대꾸했다.

"당신은 시리와 어리석은 감정적인 연계밖에 없잖아. 그중 대부분은 당신이 아이를 못 낳는다는 자괴감과 죄책감 때문이고. 안 그래, 예니퍼? 죄책감이라고! 당신은 적극적으로 사람들을 짝짓기하는 데 참여했었지, 당신들의 실험실에서. 그리고 그 덕분에 시리는 세상으로 나오게 됐어. 그런 뒤에는 당신의 감정을 유전 실험에, 그것도 성공하지 못한 실험에 퍼부은 거지. 실험에 참여했던 자들의 지식이 부족했기 때문에 말이야."

빌게포츠는 예니퍼의 대답을 못 들은 척하며 이야기를 계속했다.

예니퍼는 아무 말도 하지 않고 술잔을 들어 빌게포츠에게 건배를 보냈다. 마음속으로는 제발 술잔이 손가락에서 떨어지지 않기를 빌면서. 손가락 중 두 개는 아주 오랫동안 뻣뻣하리라는 것을 조금씩 인정하고 있었다. 어쩌면 영원히.

그 순간 빌게포츠는 예니퍼의 건배에 불같이 화를 내며 악문 이빨 사이로 말했다.

"이젠 너무 늦었다고, 이미 저질러졌어. 하지만 당신은 알겠지, 난 그 지식을 가지고 있었어. 만약 내가 여자애를 손에 넣었다면, 그 지식을 활용할 수 있었겠지. 당신의 삐뚤어진 모성애 본능을 대신할 만한 것을 내가 만들어줄 수도 있었어. 돌같이 건조한 당신이지만, 내 덕분에 딸 뿐만 아니라 손녀도 볼 수 있었을 텐데. 아니면 최소한 손녀 대용품이라도."

예니퍼는 무시하듯 콧방귀를 뀌었지만 마음속은 분노로 들끓고 있었다.

"기분이 상당히 좋아 보이는데 매우 미안하지만 좀 망쳐놔야겠군. 리비아의 게롤트 역시 죽었다는 소식을 들으면 당신도 꽤나 슬프겠지? 맞아, 바로 그 위쳐 게롤트. 당신이 시리와 마찬가지로 우습게도 가짜 감정으로 연계되었던 인물 말이야. 구역질이 날 만큼 어리석고 달콤한 감정으로 말이지. 당신도 알겠지만 위쳐는 이 세상과 아주 멋지게 불꽃처럼 결별했어. 이건에 대해서는 당신이 어떠한 양심의 가책도 느낄 필요가 없어. 위쳐의 죽음에는 당신의 책임이 전혀 없으니까. 그 난리는 모두 내 책임이지. 거기 절인 배 좀 맛보지, 정말 훌륭한 맛이야."

빌게포츠가 차갑게 말했다.

예니퍼의 보랏빛 눈에는 차가운 분노가 이글거렸다. 빌게포츠는 활짝 웃어 보이며 말했다.

"난 당신이 이럴 때가 좋아. 손목의 디메리티움 수갑이 아니었다면, 날 잿더미로 만들어버렸겠지. 하지만 디메리티움이 효력을 발휘하고 있으니, 날 노려보는 것 말고는 달리 방법이 없을 거야."

감기에 걸린 손님은 재채기를 하고 코를 풀더니 또다시 눈물이 나올 정도로 심한 기침을 했다. 키가 큰 남자가 예니퍼를 생선 같은 불쾌한 눈으로 훑어보았다. 예니퍼는 그런 시선을 못 본 척하며 천천히 물었다.

"리엔스 씨는 어디로 갔지? 나에게 뭔가를 하겠노라고 그렇게 떠들어대던 리엔스 씨는? 날 밀치고 걷어찰 기회를 놓치지 않던 시류 씨는 어디로 갔지? 얼마 전까지만 해도 잔인한 악당들이었던 경비병들이 왜 겁먹은 채 존경심을 보이는 거지? 아니, 빌게포츠, 나에게 설명해줄 필요는 없어. 내가 아니까. 당신이 나에게 말한 건 모두 거짓말이야. 시리가 당신의 손아귀를 빠져나갔고, 게롤트 역시 당신을 따돌린 거야. 그러면서 어떻게 당신의 부하들에게 피의 목욕을 시킨 거지? 이젠 어떻게 되는 걸까? 계획은 망하고, 노력은 수포로 돌아가고, 당신이 인정한 것처럼 거대한 권력에 대한 꿈은 연기처럼 흩어졌지. 그리고 마법사들과 딕스트라는 이미 당신을 쫓아오고 있을 테고. 당신이 날 고문하고 스캔을 강요하다가 그만둔 것은 아무 이유 없이 그런 게 아니야, 자비를 베풀어서도 아니겠지. 에미르 황제는 포위망을 좁혀오고 분명 아주 많이 화가 나 있겠지? 에스 오 테아르트, 에 티아른? 아'프레이네 아 칼레스, 엘레아?"

감기 걸린 손님이 예니퍼의 눈길을 참아내며 입을 열었다.

"공용어로 말하겠습니다. 내 이름은 스테판 스켈렌, 그리고 난 내가 해야 할 일을 다 하진 못했습니다. 하, 그럼에도 내가 보기엔 아직도 당신보다는 상황이 훨씬 나아 보이는데, 예니퍼 씨."

일장 연설이 피곤했는지, 남자는 다시 한참 기침을 하고는 이미 젖은 바티스트 손수건에 코를 닦았다. 빌게포츠가 손으로 식탁을 내리치더니 끔찍한 눈을 옆으로 돌리며 말했다.

"장난은 이제 그만! 알겠지, 예니퍼? 이제 당신은 나에게 쓸모가 없어. 원칙상으론 당신을 자루에 넣어 호수에 가라앉히라고 해야 하지만 난 그런 방법은 아주 드물게, 정말 어쩔 수 없을 때만 쓰는 편이지. 상황이 나에게 다른 결정을 내리라고 하기 전까지 당신은 격리될 거야. 미리 말해두지만, 당신이 여기서 문제를 일으키는 건 원하지 않아. 만약 또다시 단식 투쟁을 한다면, 알겠지만 10월에 했던 것처럼 당신에게 호스로 음식을 공급하는 데 시간을 낭비하진 않겠어. 당신이 굶어 죽도록 놔둘 생각이야. 그리고 탈출을 시도한다면 경비병들에게 확실히 내려놓은 명령이 있어. 그럼 잘 있고. 물론 이미 먹을 만큼…….”

“아니, 뭔가 좀 더 먹고 싶은데 동석자들이 밥맛을 떨어뜨리네. 그럼 잘 지내라고.”

예니퍼는 냅킨을 식탁에 내던지며 벌떡 일어났다.

스테판 스켈렌은 재채기를 하다가 기침을 해댔다. 창백한 눈알의 손님은 매섭게 예니퍼를 노려보다가 끔찍하게 웃었다. 빌게포츠는 옆으로 고개를 돌려버렸다.

감옥으로 데려갈 때나 아니면 데리고 나올 때, 예니퍼는 언제나 탈출에 도움이 될 만한 정보를, 이를테면 여기가 어디인지 같은 약간의 정보라도 캐내려고 애썼다. 그럴 때마다 실패했지만. 이 작은 성에는 밖을 둘러싸고 있는 환경을 파악하거나, 최소한 태양을 보고 어느 방향인지 짐작할 수 있을 만한 그 어떠한 창문도 없었다. 무거운 디메리티움 수갑과 목줄 때문에 텔레파시도 불가능했고 어떤 마법도 시도해볼 수 없었다.

예니퍼가 갇혀 있는 방은 차갑고 은자의 방처럼 아무것도 없었다. 예니퍼는 그래도 지하 감옥에서 이곳으로 옮겨졌던 즐거운 날을 회상하려고 노력했다. 냄새나는 물웅덩이가 영원히 사라지지 않던 지하실, 벽에는 초석과 소금기가 곰팡이처럼 피어나고 있었다. 고깃조각을 던져주던 지하 감옥, 그나마도 뻣뻣한 손에서 시궁쥐들이 손쉽게 빼앗아가곤 했다. 두어 달이 지난 후 예니퍼를 이곳으로 옮겨 옷을 갈아입히고 목욕을 할 수 있도록 허락해주었을 때 예니퍼는 기뻐서 어쩔 줄 몰랐다. 옮겨온 방은 여왕의 침실처럼 보였고 가져다준 멀건 수프는 마치 황제에게 바치는 제비집으로 만든 수프처럼 느껴졌다. 물론 시간이 조금 지난 후 멀건 수프는 설거지물 같았고, 간이침대는 돌처럼 딱딱했다. 감옥은 감옥이었다. 차갑고 좁은 감방, 네 걸음만 걸으면 벽에서 벽으로 닿는 좁은 방이었다.

예니퍼는 욕설을 내뱉으며 한숨을 쉬고는 간이침대 외에 유일한 가구인 의자에 앉았다.

그가 너무나 조용히 들어왔기 때문에 예니퍼는 들어오는 소리를 거의 듣지 못했다.

"내 이름은 본하트다. 내 이름을 기억해두는 게 좋아, 마녀야. 네 기억 속에 새겨놓도록."

남자가 말했다.

"꺼져, 미친놈아."

"난 사람 사냥꾼이지. 자, 귀를 기울여봐, 마녀야. 9월, 석 달 전 에빙에서 내가 너의 계집애를 붙잡았어. 그래, 시리. 여기저기서 떠들썩한 그 여자애 말이지."

이를 갈며 말하는 남자의 말에 예니퍼는 귀를 기울였다. 9월, 에빙, 붙잡았다, 하지만 지금은 없다? 거짓말일까?

"케어 모헨에서 훈련받은 회색 머리의 여자 위쳐였지. 경기장에 올라가 싸우고 군중의 함성 속에서 사람들을 죽이라고 명령했어. 천천히, 천천히 그 애를 괴물로 만들었지. 오랫동안 내가 가르쳤어. 하지만 도망치고 말았지, 그 초록색 눈의 독사가."

예니퍼는 들키지 않게 안도의 한숨을 내쉬었다.

“다른 세상으로 도망친 거야. 하지만 언젠가는 다시 만나겠지. 난 확신해, 언젠가는 다시 만나게 되리라는 것을. 그래, 마녀야. 그리고 내가 유감인 점이 있다면 당신의 위쳐 애인, 그 게롤트가 불속에서 구워진 거야. 내 칼 맛을 봤어야 했는데, 저주받을 돌연변이 놈.”

예니퍼는 콧방귀를 뀌었다.

“잘 들어. 본하튼지 뭔지 하는 너, 날 웃기려고 하지 말고. 넌 위쳐의 발꿈치에도 닿지 못해. 그와는 상대가 안 되지. 경쟁 자체가 안 된다고. 넌 네가 말한 대로 개장수, 악당에 불과해. 작은 개들은 잡을 수 있겠지. 아주 작은 강아지들 말이야.”

“여기 좀 보라고, 마녀.”

본하트는 거친 손길로 조끼를 헤치고 셔츠를 걷더니 사슬에 매단 세 개의 은으로 된 메달을 꺼냈다. 하나는 고양이의 머리 모양이었고, 다른 것은 독수리인지 그리핀인지 새의 모양을 하고 있었다. 세 번째 메달은 잘 보이지 않았지만, 늑대처럼 보였다.

“그런 건 시장에 많아.”

예니퍼는 아무렇지도 않은 척하며 비아냥거렸다.

“이건 시장에서 산 게 아냐.”

“네놈이 못할 말이 뭐가 있겠어.”

“옛날엔 그랬었지. 제대로 된 인간들은 괴물보다 위쳐를 더 두려워했어. 괴물은 이러나저러나 숲속이나 축축한 나무 밑에 들어앉아 있기 마련이지만, 위쳐는 뻔뻔하게 거리를 활보하고 주막집에 들어가고 신전과 관공서, 학교와 놀이터 근처를 돌아다니니까. 제대로 된 인간들은 그럴 수 없다고 생각했어. 그래서 뻔뻔한 위쳐들을 평정해줄 누군가를 찾았지. 그리고 바로 그런 인물을 찾은 거야. 쉽지는 않았지. 금방 찾을 수 있는 것도 아니고, 가까이 있지도 않았지만 아무튼 찾은 거야. 보다시피 지금까지 난 셋을 해치웠어. 이들 중 그 누구도 다시는 주변에서 얼씬거리거나 정직한 시민들을 괴롭힐 수 없었지. 만약 다시 나타났다가는 내가 다른 돌연변이들처럼 바로 해치워버렸을 테니까."

본하트가 씩씩거렸다.

"꿈속에서? 아니면 몸을 숨기고 석궁을 쏴서 말이지? 그것도 아니면 독약을 먹여서?"

예니퍼가 얼굴을 찡그리며 빈정대자 본하트는 메달을 다시 셔츠 밑에 넣고는 예니퍼 쪽으로 두 걸음을 옮겼다.

"날 짜증나게 하는군, 마녀."

"그럴 생각이었어."

"그럴 생각이었다고? 이 암캐야, 그럼 내가 너의 위쳐 애인과 어떤 분야에서도 경쟁할 수 있다는 걸 직접 보여주지. 아니, 더 낫다는 걸 말이야."

문 앞에 서 있던 경비병들은 감방 안에서 쿵쿵거리는 소리와 무언가 떨어지고 부서지는 소리, 이상한 비명 소리를 듣고 펄쩍 뛰었다. 이전에 만약 생포된 표범의 괴성을 들어본 적이 있었다면, 경비병들은 감방 안에 표범이 있다고 확신했을 것이다.

잠시 뒤 감방에서는 문장의 그림에서나 본 상처 입은 사자의 끔찍한 비명이 들려왔다. 경비병들은 서로를 바라보았다. 그러고는 고개를 끄떡인 후 안으로 뛰어 들어갔다.

부서진 간이침대의 잔해 사이, 방구석에 예니퍼가 서 있었다. 머리카락은 엉망으로 헝클어지고, 원피스와 블라우스는 위에서부터 아래까지 찢겨져 있었으며, 소녀와 같은 작은 가슴은 거친 숨소리에 맞춰 움직이고 있었다. 코에서는 피가 흐르고 있었고, 얼굴의 멍이 부어오르고 있었으며, 오른쪽 팔에는 손톱자국이 길게 나 있었다.

본하트는 방 반대편, 두 동강 난 의자 사이에 웅크리고 앉아 있었는데 양손으로 사타구니를 감싸 쥐고 있었다. 코에서는 피가 흘러 허연 수염을 새빨갛게 물들였고, 얼굴에는 핏자국이 선연한 할퀸 상처가 나 있었다. 아직 낫지도 않은 예니퍼의 손가락은 형편없는 무기였지만, 디메리티움 수갑의 걸쇠 모서리는 훌륭하게 날카로웠던 것이다. 본하트의 부어오르고 있는 뺨에는, 예니퍼가 저녁을 먹으며 슬쩍한 포크가 반듯하게 꽂혀 있었다.

예니퍼는 찢어진 원피스 조각으로 가슴을 가리려 애쓰며 숨을 몰아쉬었다.

"아주 작은 강아지들이라고 말했지, 이 개장수야. 암캐한테서는 멀리 떨어지라고. 암캐를 잡기엔 넌 너무 약하니까."

예니퍼는 자기가 노렸던 눈을 찌르지 못한 것에 대해 스스로를 용서할 수가 없었다. 하지만 어쩌겠는가. 목표물은 계속 움직이고 있었고, 세상에 완벽한 사람은 없으니까.

본하트는 괴성을 지르며 일어나 포크를 잡아 뽑고 고통에 데굴데굴 구르며 고함을 질렀다. 그리고 거칠게 욕을 해댔다.

감방에는 이미 두 명의 경비병들이 더 도착해 있었다.

"너희들! 이리 오라고! 저 창녀를 바닥 한가운데 벌려놓고 잡고 있어!"

본하트는 얼굴에서 피를 닦으며 소리쳤다.

경비병들은 서로의 얼굴을 바라보더니 천장을 쳐다보았다.

"여기서 나가시는 게 좋겠습니다. 바닥에 벌려놓는 것도, 잡는 것도 안

됩니다. 우리가 그런 일을 할 의무는 없습니다."

한 경비병의 말이 끝나자마자 또 다른 경비병이 말했다.

"그리고 우린 리엔스나 시류처럼 끝장나고 싶지도 않습니다."

콘드비라무르스는 감방의 풍경이 그려진 나무판자 그림을 내려놓았다. 감방에는 머리를 떨군 여자가 벽에 고정된 수갑에 묶인 채 앉아 있었다.

"예니퍼는 갇혀 있고, 위쳐는 어떤 갈색 머리 여자와 투생에서 신이 났고."

콘드비라무르스는 웅얼거렸다.

"위쳐를 탓하는 거니? 위쳐는 아무것도 모르고 있었는데?"

니무에가 날카롭게 물었다.

"아니요. 탓하는 건 아니에요, 하지만……."

"하지만이 무슨 소리지? 더는 아무 말도 하지 마라, 제발."

잠시 동안 둘은 아무 말 없이 앉아 판화와 수채화 더미를 넘겨다보았다.

"전설의 모든 판본은 전설이 끝나는 곳, 그러니까 선과 악의 최후의 전투, 아마겟돈의 장소로 리스-룬 성을 말하고 있어요. 모든 버전이요. 단 한 개만 빼놓고."

콘드비라무르스가 판화 한 장을 가리키며 말했다.

"그래, 단 한 개만 빼놓고. 작자는 미상이고, 유명하지도 않은 엘란더의 검은 책이라고 알려진 그 판본만 빼고 말이지."

니무에가 고개를 끄떡였다.

"검은 책에서는 전설의 마지막이 스티가 성에서 끝난다고 이야기하고 있어요."

"그렇지. 그리고 그 엘란더 판본은 알려진 것과는 꽤나 다르게 여러 사건을 기술하고 있단다."

"흥미롭군요. 그림에 나온 것은 이들 중 어떤 성일까요? 선생님의 태피스트리에 짜여진 그림은 어떤 성인가요? 어떤 그림이 진짜일까요?"

콘드비라무르스가 고개를 들며 물었다.

"그건 우리가 절대로 알 수 없을 거야. 전설의 마지막을 목격한 성은 존재하지 않아. 완전히 파괴되어 그 흔적조차 남아 있지 않다는 점에 있어서는 모든 판본이 일치하고 있고, 엘란더 판본 역시 그렇게 말하고 있어. 어떤 기록에서는 위치에 대해 서술하기도 했지만 그 위치도 설득력이 없고. 그 성이 어떻게 생겼는지, 그리고 어디 있었는지는 지금까지도 알려지지 않았고, 앞으로도 알 수 없을 거야."

"하지만 사실은……."

"사실? 그건 아무 의미가 없어. 시리가 어떻게 생겼는지조차 전혀 모른다는 걸 잊지 마. 하지만 여기, 빌마 베셀라가 그린 그림을 보렴. 끔찍한 어린이들의 조각상을 배경으로 한 엘프 아발라크와의 열띤 대화에 그려진 건 분명 시리지. 그것만큼은 의심의 여지가 없어."

니무에가 날카롭게 말을 막았지만, 콘드비라무르스는 포기할 생각이 없는 모양이었다.

"하지만 선생님의 태피스트리에는……."

"전설의 마지막 사건이 일어난 곳을 보여주고 있지."

둘은 오랫동안 아무 말도 하지 않았다. 넘기고 있는 그림의 종이들만 바스락거렸다. 콘드비라무르스가 입을 열었다.

"전 엘란더의 검은 책에서 이야기한 결말은 싫어요. 너무…… 그냥 좀 너무……."

"너무 사실적이지."

니무에가 고개를 끄떡이며 말을 끝마쳤다.

콘드비라무르스는 하품을 하고는 에버렛 덴호프 주니어 교수의 서문이 붙어 있는, 확장된 판본인 〈시의 반세기〉 책을 내려놓았다. 베개를 다시 정돈해 독서형에서 수면형으로 맞추었다. 하품을 하고는 몸을 길게 뻗고 불을 껐다. 방은 커튼 사이로 들어오는 바늘 끝 같은 달빛을 제외하고는 어둠 속에 잠겼다. 오늘 밤을 위해서는 무엇을 골라야 하나, 콘드비라무르스는 이불 속으로 몸을 파고들며 생각했다. 운에 맡겨야 하나? 아니면 닻을 내려야 하나?

잠시 후 콘드비라무르스는 닻을 내리는 쪽을 택했다.

계속되는 흐릿한 꿈이 하나 있었는데, 도저히 끝까지 지속시킬 수가 없었다. 그 꿈은 날아갔다가 다른 꿈 사이로, 마치 화려한 자수 속의 실 하나처럼 사라지는 꿈이었다. 아무리 지속시키려고 해도 기억 속에서조차 사라지는 꿈.

콘드비라무르스는 바로 잠들었고, 그 순간 꿈이 흘러왔다. 눈을 감자마자.

구름 한 점 없는 밤하늘, 달과 별빛으로 환한 하늘이었다. 포도나무가 자라 있는 언덕은 눈으로 덮여 있었다. 검고 뾰족뾰족한 건물의 윤곽선, 총포 자리가 나 있는 벽, 감시탑, 성 끝에 외롭게 서 있는 종루.

두 명의 기사. 두 명 모두 벽 사이를 달리고 있고, 두 명 다 말에서 내려 성문으로 들어왔다. 하지만 지하 감옥으로 난 문으로 들어가는 이는 단 한 명뿐.

머리카락이 완전히 하얀 사람이었다.

콘드비라무르스는 잠결에 신음하며 침대에서 몸부림을 쳤다.

머리가 하얀 남자는 계단을 내려갔다. 지하실 아래 깊숙이. 어두운 복도를 걸어가며 끝에 금속 손잡이가 달린 흔들리는 횃불로 가끔씩 복도를 밝혔다. 횃불의 빛이 벽과 천장을 훑으며 유령 같은 그림자들을 춤추게 했다.

복도, 계단, 또다시 복도, 지하실, 벽에 술통이 가득 쌓인 커다란 지하 저장고, 폐허, 쌓여 있는 벽돌들, 그리고 갈라지는 복도. 갈라지는 두 곳 모두 어둠뿐이었다. 하얀 머리의 남자는 다음 횃불을 밝힌다. 등 뒤의 칼집에서 칼을 꺼낸다. 어느 복도로 들어설지 망설인다. 마침내 오른쪽으로 결정. 콘드비라무르스는 공포에 질려 꿈속에서 신음했다. 하얀 머리의 남자가 선택한 길이 위험으로 향한다는 것을 알고 있다.

또한 하얀 머리의 남자가 위험을 찾고 있다는 것도 알고 있다.

왜냐하면 그것이 하얀 머리 남자의 직업이므로.

콘드비라무르스는 이불 속에서 몸부림을 치며 비명을 질렀다. 꿈꾸는 이로서 꿈을 꾸며 트랜스에 빠져 있지만, 조금 후에 일어날 일을 예견할 수 있었다. 조심해! 콘드비라무르스는 소리치고 싶었다. 소리칠 수 없다는 것을 알고 있으면서도. 조심해! 주위를 살펴봐!

조심해요, 위쳐!

괴물은 어둠 속에서 숨어 있다가 조용히 그리고 교활하게 공격했다. 괴물은 어둠 속에서 폭발하는 불꽃처럼, 그 불꽃의 혀처럼 모습을 드러냈다.

새벽, 욕망과 관성에 이끌려
뇌조가 길을 나설 때
날개는 얽히고 눈에는 기쁨이
탐욕스럽게 짝을 지어 서로를 탐하네
사랑하는 아가씨, 당신과 함께 나누고 싶어
연인 사이의 즐거운 축제인 그것을
알고 있나요, 사랑이 이러한 유희를 만들어낸 것을
그리고 그 덕분에 여기에 우리가 있다는 것을

프랑소아 빌롱

아무리 서두르고, 아무리 급하게 난리를 치며 재촉하면서도, 위쳐는 그 겨울 내내 투생에 머물렀다. 그 이유는 무엇이었을까? 나는 그 이유를 쓰지 않겠다. 이미 지난 일이고, 더 생각할 필요도 없으니까. 그러므로 위쳐를 탓하고 싶은 이들에게 나는 사랑이 품고 있는 이름은 여러 가지이며, 스스로 심판받고 싶지 않은 자들은 그를 심판하지 말라고 말하고 싶다.

단델라이온, 〈시의 반세기〉

좋은 사냥의 날들이 있고, 좋은 잠의 날들이 있다.

루디야드 키플링

제 3 장

괴물은 어둠 속에서 숨어 있다가 조용히 그리고 교활하게 공격했다. 괴물은 어둠 속에서 폭발하는 불꽃처럼, 그 불꽃의 혀처럼 모습을 드러냈다.

게롤트는 당황했지만 본능적으로 대응했다. 지하 굴의 벽을 스치며 피하기 위해 몸을 돌렸다. 괴물은 옆으로 날아 공처럼 바닥에서 튕겨 올라오더니 날개를 펄럭이며 다시 한 번 뛰어오르면서 끔찍한 주둥이를 벌려 씩씩거리는 소리를 냈다. 하지만 게롤트는 이제 준비가 되어 있었다.

게롤트는 팔꿈치를 사용한 짧은 일격으로 괴물의 목 아래 처진 주홍빛 살을 쳤다. 칠면조의 두 배는 될 만한 넓이였다. 제대로 맞추어 칼날이 살 속으로 파고들어 가는 것이 느껴졌다. 일격의 충격으로 괴물은 땅바닥, 벽 아래로 떨어졌다. 스코핀은 비명을 질렀는데, 비명 소리는 인간의 것과 흡사했다. 괴물은 으스러진 벽돌 조각 사이에서 꿈틀거렸다. 놈의 날개가 펄럭거리며 주변의 벽돌들을 깨버렸고, 피를 꿀럭꿀럭 내뱉으면서도 날카로운 꼬리로 벽과 바닥을 내리쳤다. 게롤트가 싸움은 이제 다 끝났다고 확신한 순간, 괴물이 다시 게롤트를 놀라게 했다. 끔찍하게 끽끽거리는 소리를 내며 예상치 못하게 게롤트의 목에 달라붙어 발톱을 드러내며 주둥이로 쪼아대려 했던 것이다. 게롤트는 뛰어올라 반동을 이용해 등을 벽에 대고서 왼쪽 아래부터 베어 올라갔다. 제대로 칼이 들어간 스코핀은 또다시 벽돌 조각 사이로 쓰러져 걸쭉한 피를 지하 벽에 내뿜으며 희한한 얼룩을 만들어냈다. 괴물은 움직임을 멈춘 채 가쁜 숨을 몰아쉬며 끽끽거리는 소리와 함께 긴 목을 뽑아 목 아래 처진 살을 흔들었다. 괴물이 뻗어버린 벽돌 사이로 진득한 피가 줄줄 흐르고 있었다.

게롤트는 어려움 없이 괴물을 끝장낼 수 있었지만 가죽을 손상시키고 싶지는 않았다. 스코핀이 과다 출혈로 죽을 때까지 차분히 기다렸다. 그는 몇 걸음 떨어져 벽 쪽으로 몸을 돌린 채 바지를 내리고 오줌을 싸며 처량한 곡조의 휘파람을 불었다.

스코핀은 어느덧 끽끽거리는 소리도, 꿈틀거리던 동작도 잦아들더니 완전히 조용해졌다. 게롤트는 가까이 다가가 칼끝으로 슬쩍 건드려보았다. 죽은 것을 확인하고 괴물의 꼬리를 들어 올렸다. 꼬리에서 허벅지까지 들어 올리니 스코핀의 부리는 땅에 닿았고 접힌 날개는 4피트 정도 되어 보였다. 게롤트는 괴물을 흔들어보았다. 내장을 빼낸 칠면조보다 크게 무겁진 않았다.

"코카트리스*, 너 가볍구나. 생각보다 가볍네. 무게가 아니라 마리 당 돈을 줘서 다행이군."

"처음입니다, 이런 걸 실제로 보는 건. 정말 괴상하군요. 명예를 걸고 말

* 코카트리스(cockatrice): 스코핀이라고도 불리며 칠면조와 비슷한 외형의 괴물이지만 크기는 두 배에 달하며 사납고 난폭하다.

하지만, 정말 괴상하기 짝이 없습니다. 그러니까 이게 그 유명한 바실리스크인가요?"

레이나르 드 보아-프레스네스는 이 사이로 조그맣게 휘파람을 불었는데, 이건 게롤트도 알고 있듯이 그가 최고의 존경심을 나타낼 때 보이는 행동이었다.

"아닙니다. 이건 바실리스크가 아니에요. 이건 코카트리스입니다."

게롤트는 기사가 좀 더 자세히 볼 수 있도록 괴물을 들어 보였다.

"차이점이 뭔가요?"

"근본적인 차이점이죠. 바실리스크는 레굴루스라고도 불리는 파충류고, 코카트리스는 스코핀, 또는 코카트릭시아라고도 불리는 조파충류, 그러니까 조류도 아니고 파충류도 아닌 종입니다. 조파충류라는 종은 이 코카트리스가 유일하죠. 학자들이 오랜 시간 설전을 벌이다가 드디어……."

"그럼 그 둘 중 어떤 놈이 시선으로 사람을 죽이거나 돌로 변하게 하는 거죠?"

학자들이 설전을 벌인 이유에 대해서는 관심이 없어 보이는 레이나르가 말을 끊으며 물었다.

"어떤 놈도 아닙니다. 그건 상상일 뿐이죠."

"그럼 사람들이 왜 그 둘을 그렇게 무서워하나요? 여기 이놈은 그렇게 크지도 않잖습니까. 정말 위험하긴 한 건가요?"

"여기 이놈은 보통 뒤쪽에서 공격을 해오고 정확하게 척추와 왼쪽 신장 사이의 대동맥을 노리죠. 보통 한 번 물리면 끝납니다. 바실리스크는 어디를 물건 상관없죠. 바실리스크의 독은 알려진 신경계의 독 중 가장 강하니까요. 몇 초 사이에 죽게 됩니다."

게롤트는 사냥감을 흔들어 보였다.

"으으…… 그럼 그 둘 중 거울로 퇴치할 수 있는 놈은 어떤 놈인가요?"

"둘 다요. 다만 거울로 머리를 정확하게 가격할 수 있다면 말입니다."

레이나르는 낄낄거리며 웃었지만 게롤트는 웃지 않았다. 바실리스크와 거울 농담은 이미 케어 모헨에서 질린 지 오래였다. 선생님들이 너무 자주 인용했던 농담이다. 그 농담만큼 지겹기 짝이 없는 것 중 하나가 처녀와 유니콘에 대한 농담이었다. 케어 모헨에서 들은, 기록적으로 어리석고 미개한 이야기로는 젊은 위쳐가 내기를 하느라 여자 용과 악수를 나눴다는 여러 버전의 이야기도 있었다.

게롤트는 옅은 미소를 지었다. 과거의 기억을 회상하면서.

"당신이 웃을 때가 더 좋습니다."

레이나르 드 보아-프레스네스가 위쳐를 찬찬히 살피며 말했다.

"백배나, 천배쯤 지금의 당신이 더 좋아요. 10월에 그 드루이드들의 숲에서 소동이 일어나고 우리가 보끌레흐로 가며 만났을 때보다 말이죠. 지금에 와서야 말하지만, 그때 당신은 우울하고 어둡고 마치 사기라도 당한 고리대금업자처럼 이 세상 전체에 화가 나 있었죠. 거기다 밤새도록 그게 안 되는 남자처럼 신경질적이었고요. 아침에도 말이죠."

"내가 정말 그랬나요?"

"정말로요. 그러니 지금이 더 좋다고 말해도 이상하게 생각하진 말아요. 변한 지금의 모습이요."

"일하면서 치유된 모양입니다. 정신 건강에 미치는 직업 활동의 좋은 면이라 할 수 있죠. 그러면 치유를 계속하기 위해 계산을 해봅시다. 스코핀은 처리한 뒤 받기로 한 사례금보다 더 받을 수 있는 가능성이 있어요. 상처가 조금밖에 나지 않아서 박제를 원하거나 보존을 원하는 고객이 있다면 200 이상은 받아야 합니다. 만약 부분 부분 잘라서 팔아야 한다면, 가장 가치 있는 부분은 꼬리 바로 윗부분, 여기 이 가운데 몸의 중심을 잡는 깃털 부분이라는 걸 기억해둬요. 이 부분은 거위 털 펜보다 훨씬 더 가늘게 손질할 수 있어서 깨끗하게 잘 써지고, 비교도 안 될 만큼 오래가니까. 이걸 아는 필경사라면 주저 없이 깃털 당 5 정도는 낼 겁니다."

게롤트가 또다시 코카트리스의 꼬리를 붙들고 흔들자 기사가 웃으며 말했다.

"박제를 원하는 고객들을 알고 있습니다. 통 제조업자들 조합이죠. 카스텔 라벨로에서 그 끔찍한 괴물, 이름이 뭐였더라…… 알잖아요, 사오빈 다음 날 오래된 성의 지하실 폐허에서 죽은……."

"기억납니다."

"네, 통 제조업자들이 그 괴물을 박제한 걸 보더니 자기네 조합 사무실에 장식할 희귀한 놈을 내게 부탁했단 말이죠. 코카트리스가 딱 적당할 겁니다. 투생의 통 제조업자들은, 당신도 짐작하겠지만 항상 주문이 밀려 있고 아주 부자죠. 분명 220은 받을 수 있을 겁니다. 어쩌면 더 받을 수도 있어요, 내가 흥정해보죠. 그리고 꽁지깃은…… 술통 아저씨들은 코카트리스의 엉덩이에서 깃 몇 개쯤 뽑아가도 모를 거예요. 공국의 비서실에 판다고 해도 알 수가 없죠. 비서실은 자기 돈에서 나가는 게 아니라 공주 전하의 돈을 쓰는 것이니 흥정 없이 5가 아니라 10은 낼 겁니다."

"재빠른 머리 회전에 경의를."

"노멘 오멘*. 우리 어머니가 나를 동화에 등장하는 그 유명한, 교활한 여우라고 이름을 붙였을 때는 분명 어떤 느낌이 있으셨을 거예요."

레이나르는 더 활짝 웃었다.

"당신은 상인이 됐어야 했습니다, 기사가 아니라."

"그렇죠. 하지만 어쩌겠어요, 귀족의 아들로 태어나면 귀족이 되는 거고, 귀족으로 죽는 거죠. 하하, 귀족의 씨를 뿌리고 나서요. 어떻게 해도 바뀌는 건 없습니다. 당신도 계산은 꽤나 잘한단 말입니다, 게롤트. 하지만 장사를 하지는 않잖아요."

"그렇습니다. 당신과 비슷한 이유죠. 차이점이 있다면 나는 아무런 씨도 뿌리지 않는다는 것 뿐. 자, 여기 지하실에서 나가는 게 좋겠습니다."

밖으로 나오자 성벽 아래로는 언덕에서 불어오는 찬바람이 몰아쳤다. 밤은 밝았고 하늘에는 구름 한 점 없이 별들이 빛나고 있었다. 달빛은 주변을 메우고 있는 포도밭에 새로 쌓인 깨끗하고 새하얀 눈을 비추고 있었다.

묶여 있는 말들이 콧김을 내뿜으며 두 사람을 맞이했다. 레이나르가 게롤트를 의미심장하게 바라보며 말했다.

"고객들을 바로 만나 돈을 받는 게 좋겠군요. 하지만 당신은 보끌레흐로 서둘러 돌아갈 거죠? 어떤 침실로 말입니다."

게롤트는 대답하지 않았다. 원래 이런 질문에는 답하지 않았다. 스코핀의 사체를 빈 말 위에 얹고 자신은 로취 위에 올라탔다.

"고객들을 만나러 갑시다. 아직 밤 시간이 이르고, 배도 고프니까. 뭔가 좀 마시면 좋겠군요. 마을로 갑시다. '꿩' 주막으로."

레이나르의 말에 게롤트는 마음을 먹고 안장 위에서 몸을 돌렸다.

---

* 노멘 오멘(NOMEN OMEN): 라틴어 NOMEN EST OMEN의 줄임말로 '이름이 모든 것을 말해준다'는 뜻이다.

레이나르는 웃어 보이고는 안장에 걸린 붉은색과 금색의 체스판 무늬로 장식된 방패를 똑바로 한 뒤 높은 안장 위로 올랐다.

"그럼 '꿩' 주막으로 갑시다. 가자, 부체팔."

눈이 쌓인 언덕 아래, 드문드문 양쪽으로 심어진 포플러 나무가 확실히 표시하고 있는 길 쪽으로 달렸다.

"레이나르, 그거 압니까."

갑자기 게롤트가 입을 열었다.

"나도 지금의 당신이 좋습니다. 보통 사람처럼 말할 때 말입니다. 그때, 그 10월에 당신을 만났을 때 말투는 정말 짜증이 났으니까요. 명예를 걸고 뭐뭐 하겠소, 어쩌겠소, 저쩌겠소……."

"명예를 걸고, 위쳐, 진심으로 말하지만 당신도 그런 말투로 말했던 걸 잊은 겁니까? 그리고 난 방랑 기사예요. 기사들의 말투는 언제나 그렇다니까요. 그건 이 방패와 마찬가지로 기사의 징표죠. 누가 우리 무리인지는 방패와 말투를 보면 알 수 있다, 이 말입니다."

레이나르 드 보아-프레스네스는 유쾌하게 낄낄거렸고, 게롤트는 자신도 그런 허세 가득한 말투로 말하는 짓은 적당히 해야겠다고 생각했다.

"명예를 걸고, 게롤트, 당신은 쓸데없는 걱정을 하고 있는 겁니다. 당신의 동행인은 이미 건강하게, 병 따위는 잊은 지 오래일 거예요. 우리 공주님의 궁에는 실력 있는 의료진들이 많아서 어떤 병이라도 고칠 수 있죠. 명예를 걸고 말하지만, 전혀 걱정할 필요가 없습니다."

체스판 무늬의 기사가 말했다.

"나도 같은 의견입니다. 게롤트, 얼굴을 펴요. 드루이드들이 밀바를 고쳤고…….”

레지스의 말이 채 끝나기도 전에 카히르가 끼어들었다.

“드루이드들은 치료에 대해서 잘 알지. 광부의 도끼를 맞아 깨졌던 내 머리가 그 증거요. 보시오, 지금은 거의 멀쩡하지. 밀바도 분명 괜찮을 거요. 걱정할 이유가 없소.”

“그렇겠지.”

그러자 기사가 고개를 끄덕이며 되풀이했다.

“이미 건강하다니까요. 당신네 밀바는 무도회에서 춤을 추고 있다는 것에 내 머리를 걸어도 좋아요! 민속춤을 추고, 무도회나 파티를 즐기고 있을 겁니다. 아나리에타 공주님의 보끌레흐 궁에서 말입니다. 하, 명예를 걸고 말하지만, 내가 서약을 했으니 나 역시…….”

“서약을 했다고요?”

“행운의 여신이 나에게 자애로우셨죠! 당신들은 내가 서약을 했을 때 무엇을 걸고 맹세했는지 알아야 합니다. 그냥 아무거나 건 게 아니라 날아가는 두루미를 걸고 맹세했습니다. 봄에 말입니다. 난 율레 전에 열다섯 명의 악당을 해치우기로 맹세했죠. 다행히 이제 난 서약에서 자유롭습니다. 이제 술을 마셔도 되고 쇠고기를 먹어도 된다고요. 하, 이제 내 이름을 숨길 필요도 없군요. 여러분, 저는 레이나르 드 보아-프레스네스라고 합니다.”

“반갑습니다.”

“그 무도회랑 파티 말이에요, 그럼 우리도 거기 가서 먹고 마실 수 있는 거예요? 춤도 추고요? 나도 춤추고 싶어요!”

앵글로메가 일행과 속도를 맞추기 위해 말을 빨리 몰며 말했다.

“명예를 걸고, 보끌레흐엔 모든 것이 있다고 말할 수 있습니다.”

레이나르는 장담하며 말을 이었다.

“무도회, 파티, 잔치, 연회, 시낭송의 저녁도요. 당신들은 모두 단델라이온…… 아니, 줄리안 자작님의 친구들이 아닙니까. 우리 공주님께는 아주 소중한 분들인 겁니다.”

“그럼, 그 연애 사건은 어떻게 된 거죠? 당신도 그 얘기를 아나요? 말해줘요!”

“앵글로메, 그걸 꼭 알아야겠어?”

앵글로메가 다그치듯 묻자 게롤트가 나직이 타일렀다.

“꼭은 아니지만, 알고 싶다고요! 기분 잡치는 소리 좀 하지 말아요, 게롤트. 그리고 얼굴 좀 펴요. 얼굴만 봐도 길가의 버섯들이 바로 절여질 것 같으니까. 그리고 기사님은 얘기 좀 해주시고요.”

방랑 기사들의 행렬 앞에서 가고 있던 기사들이 후렴구가 되풀이되는 기사의 노래를 부르고 있었다. 노래 가사는 믿을 수 없을 만큼 바보 같았다.

레이나르가 이야기를 시작했다.

“그러니까…… 6년 전의 일입니다. 시인 선생께서 우리 공국에 머무는 동안 류트를 연주하고 로망스를 노래하고 시를 지으며 겨울과 봄을 지내셨죠. 레이먼드 공은 마침 신트라의 회의에 가 계셨고요. 집으로 서둘러 돌아오시진 않았는데, 왜냐하면 신트라에 애인이 있는 것이 사실이었거든요. 아나리에타 공주님과 단델라이온 님은…… 하, 보끌레흐는 말입니다, 상당히 신기한 사랑의 마법으로 가득 차 있는 장소예요. 당신들도 짐작하실 수 있듯이. 바로 그때 아나리에타 공주님과 단델라이온 님이 서로를 알게 되었죠. 시에서 시로, 단어에서 단어로, 칭찬에서 칭찬으로, 꽃과 시선과 한숨과…… 한마디로 말하자면, 두 분은 곧 친밀한 사이가 되었죠.”

"아주 친밀한 사이요?"

앵글로메가 깔깔거렸다.

"제가 직접 목격한 것은 아닙니다. 소문을 되풀이하는 것은 안 될 일이죠. 그뿐만 아니라 아가씨께서도 물론 알고 계시겠지만, 사랑에는 여러 이름이 있으며 매우 상대적인 것이라 아주 친밀한 사이였는지 아니면 그다지 친밀하지 않은 사이였는지 말씀드리기는 힘듭니다."

기사가 건조하게 말했다.

카히르는 낮게 콧방귀를 뀌었고, 앵글로메는 더 이상 토를 달지 않았다.

"두어 달 정도, 벨테인에서 하지까지 공주님은 단델라이온 님과 밀회를 즐겼죠. 조심은 했습니다만…… 소문이 퍼졌고, 나쁜 혀를 붙들어놓는 건 쉽지 않았죠. 단델라이온 님은 지체하지 않고, 말을 타고 떠났습니다. 지금에 와서 돌아보면 현명하게 행동하신 거죠. 왜냐하면 신트라에서 레이먼드 공이 돌아오자마자 공에게 충성하고 싶어 안달이 난 시종 하나가 모든 소문을 전달했으니까요. 레이먼드 공은 자신이 당한 모욕과 어떻게 된 상황인지 알게 되자마자 여러분들도 짐작하다시피 역병에라도 걸린 것처럼 난리를 쳤습니다. 식탁 위에 있었던 수프 그릇은 엎어지고, 고자질쟁이 시종은 손도끼를 맞고, 상당히 저열한 단어들을 내뱉으셨죠. 그러고는 사람들이 보고 있는 가운데 총사령관의 뺨을 때리고는 거대한 코비어제 거울을 박살 냈습니다. 공주님을 방 안에 가둬놓고 고문해서 모든 사실을 자백 받겠노라 협박하셨죠. 단델라이온 님을 쫓는 수색대를 급파했고 어떤 자비도 보여주지 말고 심장을 꺼내오라고 명령했습니다. 옛날 발라드에서 비슷한 이야기를 읽고는, 그 심장을 요리해 궁 전체가 보는 앞에서 아나리에타 공주님에게 억지로 먹이겠다고 다짐했죠. 맙소사, 정말로 끔찍했습니다! 다행히도 단델라이온 님은 상황을 피할 수 있었죠."

"다행이군. 그리고 공은 죽었다는 겁니까?"

"죽었습니다. 지금까지 말씀드렸던 이 사건으로 너무 날뛰다가 피가 끓어올라 뇌졸중이 생겨 마비가 오고 말았죠. 여기 이 나무토막처럼 반년을 누워 있었습니다. 하지만 시간이 지나고 나아졌어요. 걸어 다니기도 했으니까요. 계속 한쪽 눈을 깜빡거리긴 했지만요."

기사는 안장에서 몸을 돌리고는 눈을 깜빡이며 원숭이 같은 표정을 지었다. 그는 잠시 쉬었다 이야기를 계속했다.

"레이먼드 공은 항상 바람둥이에 정력이 넘쳤지만, 눈을 깜빡이는 것 때문에 연애와 관련해서 더욱더 위험천만해졌습니다. 왜냐하면 여자들 모두 자신을 향한 애정 때문에 레이먼드 공이 눈을 그렇게 깜빡이면서 사랑의 신호를 보내고 있다고 생각했기 때문이죠. 여자들은 그런 걸 아주 명예롭게 생각했고요. 물론 모든 여자들이 그렇게 쉽게 흥분하고 마음을 준다고 말하는 것은 아닙니다. 하지만 레이먼드 공은 눈을 아주 많이 깜빡깜빡, 거의 계속해서 깜빡이다가 결과적으로는 그 효과가 드러나게 된 것이죠. 그 분방함이 지나치게 넘쳐난 어느 날 밤, 두 번째 뇌졸중이 급습한 겁니다. 이번에는 불귀의 객이 되고 말았지요. 침실에서요."

"여자 위에서요?" 앵글로메가 낄낄거렸다.

"사실을 말하자면…… 그러니까…… 아래에서요. 하지만 세부 사항은 말씀드리지 않겠습니다."

지금까지 매우 심각한 표정을 유지하고 있던 레이나르는 수염 아래서 웃고 있었다.

"말하지 않겠다면 안 하는 것이 맞을 거요. 레이먼드 공이 죽고 난 후 사람들이 슬픔에 빠지지는 않았나 보군? 얘기를 듣다 보니 그런 느낌이…….”

카히르가 심각한 표정으로 고개를 끄떡이며 말끝을 흐렸다.

“당신들에게는 부정한 아내가 배신당한 남편보다 나았나 봅니다. 어쨌든 지금 그 나라를 다스리는 건 아나리에타 공주니까요.”

버릇대로 뱀파이어 레지스가 중간에 끼어들었다.

“그런 것도 있죠. 하지만 꼭 그 이유만은 아닙니다. 레이먼드 공, 그 위의 흙이 가볍기를, 상당히 비도덕적인 불한당이었고, 이렇게 말씀드리긴 죄송하지만, 한마디로 개자식이었죠. 악마가 삼켜버린다고 해도 반년 안에 소화불량에 걸렸을 겁니다. 그리고 투생에서는 7년을 다스렸죠. 아나리에타 공주님에 대해서는 모두들 흠모하고 존경합니다.”

경계심을 풀 정도로 솔직하게 레이나르가 말했다.

“그렇다면 레이먼드 공은 자신의 사망 1주기를 기념해주기 위해 단델라이온을 단검으로 찔러 죽일 만큼 충직한 친구들을 많이 남기진 않았다고 생각해도 되는 겁니까?”

게롤트가 신랄하게 말했다.

“그렇습니다.”

레이나르가 게롤트를 바라보았다. 그의 눈은 날카롭고 지적이었다.

“그리고 명예를 걸고 말하지만, 여러분에게도 나쁜 상황이 아닙니다. 이미 말했듯이요. 시인께서는 아나리에타 공주님께 소중한 분이고, 아나리에타 공주님을 위해서라면 브끌레흐의 누구든 목숨을 바칠 각오가 되어 있으니까요.”

용감한 기사가 돌아왔네

전쟁놀이에서

그녀는 기다리지 않았어

이미 시집가버렸지

헤이, 홀라, 홀라,

기사의 슬픔이여!

방랑 기사들의 노랫소리에 놀라 까악 비명을 지르며 길가 풀숲에서 까마귀가 날아올랐다. 곧 숲이 끝나고 언덕들 사이에 난 계곡으로 내려가기 시작했다. 언덕 위로는 작은 성들의 탑들이 하얗게 빛나고 있었다. 그 배경으로는 새파란 하늘이 보였다. 눈길이 닿는 곳까지 완만하게 펼쳐진 언덕에는 군대가 도열한 것처럼 가지런히 깎인 낮은 나무들로 뒤덮여 있었다. 땅에는 붉은빛과 황금빛의 이파리들이 떨어져 있었다.

"저게 뭐죠? 포도나무?" 앵글로메가 물었다.

"네, 포도밭이죠. 그것도 그냥 포도밭이 아니에요. 그 유명한 상스레투르 계곡의 포도원이죠. 세상에서 가장 값진 포도주가 바로 여기서 익어가는 포도를 으깨 만들어지죠."

"사실입니다. 화산재 토양과 매년 이상적인 일조량, 강수량이 조합된 이곳의 기후 때문이지요. 거기에 와이너리를 하고 있는 사람들의 전통과 지식, 정성까지 더해져 최고의 품질을 갖춘, 최고 상표의 포도주가 생산됩니다."

언제나처럼 모든 것을 알고 있는 레지스의 설명에 레이나르가 웃음을 지었다.

"제대로 정리해주셨군요. 최고의 상표들이 이곳에 모여 있습니다. 저기,

저 작은 성 밑의 언덕을 보세요. 바로 저런 작은 성들이 와이너리의 상표가 되고 그 성의 깊은 지하실에 포도주를 저장하죠. 저 성의 이름은 카스텔 라벨로인데 저 성의 양조장에서 바로 에르벨루스, 피오라노, 포미노와 그 유명한 에스트에스트가 생산됩니다. 분명 들어보신 적이 있으실 거예요. 에스트에스트 한 통에는 시다리스나 알바 강의 닐프가드 양조장 와인 열 통 가격을 받죠. 그리고 저쪽, 보세요, 저쪽에 보이는 저 성들과 다른 와이너리들 역시 그 이름이 낯설지 않을 겁니다. 바멘티노, 토리셀라, 카스텔다치아, 투포, 산체레, 누라구스, 코로나타, 그리고 엘프어로는 그윈 세르빈이라고 하는 코르보 비앙코도 있죠. 이름은 다 들어보셨겠죠?"

레이나르의 말이 끝나기 무섭게 앵글로메가 얼굴을 찡그렸다.

"들어봤죠, 후. 그 유명한 포도주를 어떤 악독한 술집 주인이 사과술 대신 따르진 않나 하고 확인해야 하거든요. 왜냐하면 그랬다가는 아침이 되면 술값으로 말을 놓고 나와야 하니까요. 그 카스텔인지 에스트에스트인지 말도 안 되게 비싸다고요. 퉤퉤, 귀족들이야 뭐 그런 상표를 따질지 모르지만, 보통 사람들은 싼 술만 먹어도 충분히 잘 놀 수 있어요. 그리고 내 경험을 말하자면, 에스트에스트를 먹나 사과술을 먹나 토하는 건 똑같아요."

"앵글로메가 10월에 했던 농담은 잊어버리고, 오늘은 좀 괜찮은 상표의 괜찮은 빈티지를 마셔봅시다, 위쳐. 우린 돈을 벌었으니까 좀 써도 됩니다. 마시자고요."

레이나르는 탁자 뒤에서 몸을 기대고 허리띠를 풀었다.

"물론입니다."

게롤트가 주막집 주인에게 고갯짓을 하고는 말을 이었다.

"단델라이온이 늘 말하듯이 돈을 버는 데는 이런저런 동기가 있다지만 난 그걸 모르겠단 말입니다. 그러니 부엌에서 풍기는 맛있는 냄새의 저 음식을 먹어봅시다. 그건 그렇고 시간이 늦었는데도 꿩 주막이 꽤나 붐비는군요."

"율레 전날 밤이지 않습니까."

어느새 다가온 주막집 주인이 설명했다.

"사람들이 축제를 즐기고 있지요. 신나게 놀고 점도 치고, 전통이죠. 우리식 전통은……."

"나도 알고 있소. 부엌에서 좋은 냄새가 나던데 오늘 전통 요리는 뭡니까?"

게롤트가 주인의 말을 자르며 물었다.

"고추냉이를 곁들인 차갑게 식힌 소 혀 요리, 머릿고기 경단이 들어간 닭고기 맑은 수프, 쇠고기말이 쌈에 감자떡에 양배추를 곁들인……."

"아무거나 가져와요, 주인 양반. 그리고 거기에…… 거기에 뭘 마시면 좋을까요, 레이나르?"

"만약 소고기라면 빨간 꼬뜨 드 블레쉬르. 카로베르타 공주가 죽은 해 빈티지로."

기사가 잠시 생각한 후 말했다.

"아주 좋은 선택이십니다. 바로 가져다드리죠."

주막집 주인이 고개를 끄떡였다.

옆 테이블의 아가씨가 겨우살이로 만든 화관을 아무렇게나 던지는 바람에 게롤트의 무릎에 떨어졌다. 아가씨들 무리는 깔깔대며 웃었다. 옆 테이블의 아가씨는 매력적으로 얼굴을 붉혔다. 그러자 레이나르가 화관을 집어

들어 툭 던지며 말했다.

"이래 봐야 아무 소용없어요! 당신 남편이 되진 않을 테니까. 여기 이 사람은 이미 임자가 있습니다, 아가씨. 이 사람은 이미 초록빛 눈을 가진 그녀의 포로……."

"입 다물어요, 레이나르."

주막집 주인이 주문한 것들을 가져왔다. 먹고, 마시고, 즐겁게 노는 사람들의 소리를 들으며 게롤트와 레이나르는 말이 없었다.

"율레, 미디베르네, 동지…… 여기 온 지 두 달이나 지났어요. 두 달이나 허비했단 말입니다!"

게롤트가 잔을 내려놓으며 말했다.

"한 달."

레이나르가 냉정하게, 멀쩡한 정신으로 게롤트의 말을 수정했다.

"만약 시간을 허비했다면 한 달이에요. 그 이후에는 계곡에 눈이 쌓여 투생에서 떠나지 못했을 겁니다. 그래서 율레까지 기다린 거고, 여기서 봄까지 기다리는 건 하늘의 뜻이에요. 그러니 슬퍼하거나 후회하지 말아요. 그리고 후회라니, 너무 과장하지는 맙시다. 당신이 그렇게까지 후회한다고는 생각지 않아요."

"하, 당신이 뭘 안다고 그렇게 말하는 겁니까, 레이나르, 당신이 뭘?"

"별로 아는 건 없죠. 내가 보는 것 말고는 별로 없어요. 하지만 당신들의 첫 만남을 나는 봤어요. 당신과 그 여자, 보끌레흐에서. 통 축제 기억나요? 하얀 속옷도?"

기사가 술을 따르며 물었지만 게롤트는 대답하지 않았다. 물론 기억하고 있었다.

레이나르는 포도주의 향기를 한껏 즐기며 중얼거렸다.

"보끌레흐 궁은 매력적인 장소죠. 사랑의 마법이 가득한. 보기만 해도 매혹되고 말아요. 그곳을 처음 보았던 그때, 그 10월에 당신들 모두 얼마나 놀랐는지 기억합니다. 카히르가 그때 뭐라고 했더라?"

"귀여운 성이군. 정말 귀엽고 눈이 즐거워지는 성이오."

카히르가 감탄하며 말했다.

"공주님이 좋은 곳에 사시는군요. 이건 정말 인정할 수밖에 없어요."

레지스 역시 감탄하며 말했다.

"젠장, 완전 좋잖아." 앵글로메가 덧붙였다.

"보끌레흐 성은 엘프들이 세운 성으로 약간 보수된 것입니다. 바로 그 유명한 파라몽드가 세운 것으로 추정되고 있죠."

레이나르 드 보아-프레스네스가 자부심을 숨기지 않고 말했다.

"추정이 아니죠. 의심의 여지없이 파라몽드 작품이에요. 한눈에 봐도 파라몽드의 스타일이 보입니다. 저 작은 탑들만 봐도 알 수 있지요."

모든 걸 알고 있는 레지스가 말했다.

레지스가 말한 빨간 기와가 올려진 탑들은 아래쪽으로 넓게 퍼지며 탑 아래에서 뻗어 올라와 오벨리스크처럼 하늘을 향해 늘씬하게 뻗어 있었다. 그 광경은 정교하게 조각된 촛대 위에서 촛농이 흘러내린 초를 연상케 했다. 레이나르가 설명을 이었다.

"보끌레흐 성 아래로는 도시가 펼쳐져 있습니다. 그러니까 방어벽은 이후에 건축된 것으로 짐작됩니다. 알다시피 엘프들은 도시를 방어벽으로 둘러싸진 않았으니까요. 말을 달리십시오, 여러분. 갈 길이 멀어요. 보끌레흐는 산 때문에 원근감이 왜곡되어 가까워 보이는 것뿐입니다."

"갑시다."

모두들 경쾌하게, 여행자들과 유랑 시인들과 마차와 새카만 포도송이들이 가득 실려 있는 수레들을 지나쳐 달렸다. 이어서 소란스럽고 과일즙이 발효되는 냄새로 가득한 작은 거리들을 지나 포플러와 주목, 매자나무와 회양목이 심어진 어두운 공원이 나타났다. 그리고 찔레꽃과 캐비지로즈가 주종을 이루는 장미 화단이 보이고, 조각된 기둥과 입구, 궁전의 아치, 제복을 입은 시종들과 하인들이 보였다.

그들을 맞이한 것은 바로 단델라이온이었다. 머리 손질과 복장으로 봤을 때, 마치 왕자 같았다.

"밀바는 어디 있지?"

"건강해, 걱정 말라고. 특별히 마련된 자기 방에 있지. 거기서 나올 생각을 안 한다는 게 문제지만."

"그건 왜?"

"나중에 말해줄게. 일단 와. 공주님이 기다리시니까."

"지금 바로?"

"그렇게 하길 원하시지."

일행이 들어간 홀에는 마치 극락조처럼 화려하게 차려입은 사람들로 가득했다. 게롤트는 주위를 살펴볼 여력이 없었다. 단델라이온이 게롤트를 대리석 계단 쪽으로 떠밀었는데, 그곳에는 시종들과 궁의 사람들을 거느린, 군중들 속에서도 확연하게 눈에 띄는 두 명의 여성이 서 있었다.

조용했지만, 더욱더 조용해졌다.

첫 번째 여자는 날카롭고 위로 들린 콧날이 인상적이었고 푸른 눈은 열기에 차 있는 듯 아니, 마치 찌르는 듯했다. 밤색 머리는 예술적인 솜씨로 손질되어 있었는데, 이마 위에 정확하게 기하학적인 반달 모양을 그리며 떨어지는 컬과 벨벳 리본에 감겨 아주 작은 부분의 뉘앙스까지 놓치지 않고 틀어 올려져 있었다. 가슴이 깊이 파인 드레스 상의에는 검은 바탕에 수천 개의 빛나는 푸른색과 연보라색의 줄무늬가 수놓아져 있었고, 검은색 하의에는 작은 국화꽃 무늬가 빽빽이 장식되어 있었다. 목과 가슴 부분은 마치 복잡한 구조물이나 철망처럼 되어 있었는데 그 사이로 옻칠과 흑요석, 에메랄드와 라피스 라줄리로 엮인 S자와 꽃문양 목걸이에 달린 옥석 십자가가 반짝였다. 그 목걸이는 속옷으로 탄탄하게 조인 작은 가슴 위에 매달려 있었다. 다이아몬드 모양으로 가슴이 파진 부분은 크고 깊어서 어깨가 다 드러나 보였으며, 제대로 지탱이 안 되는 것처럼 보였다. 게롤트는 드레스가 가슴에서 흘러내리진 않을까 잠시 기대했다. 하지만 신비한 재봉의 비법과 부풀린 소매의 압력을 받아 그 자리에 단단히 머물러 있었다.

두 번째 여자는 첫 번째 여자와 키가 비슷했고, 입술에는 똑같은 색의 연지를 바르고 있었다. 그러나 두 사람의 공통점은 거기까지였다. 두 번째 여자는 짧게 자른 검은 머리에 망으로 된 작은 모자를 쓰고 있었는데, 모자 앞부분에서 내려오는 베일이 작은 코를 가리고 있었다. 하지만 꽃무늬 베일도 아름답게 빛나는, 초록빛 마스카라로 강조된 눈을 가리지 못했다. 똑같은 꽃무늬 베일이 검은 드레스의 가슴 부분을 가리고 있었는데, 가슴 주변 여기저기에 우연처럼 보이지만 실은 세심하게 배치한 사파이어와 아콰마린, 수정과 금으로 된 별이 달려 있었다.

"안나 헨리에타 공주 전하이십니다. 무릎을 꿇으십시오."

누군가가 게롤트 뒤에서 나지막이 말했다.

저 둘 중 누구지, 게롤트는 그런 생각을 하며 아픈 무릎을 간신히 굽혀 예를 갖춰 인사했다. 젠장, 둘 다 정말 왕처럼, 아니 공주처럼 보이네.

"일어나십시오, 게롤트 님."

밤색 머리를 정교하게 틀어 올린 코가 뾰쪽한 여자가 게롤트의 의문을 풀어주었다.

"투생 공국은 당신과 당신의 일행들을 환영합니다. 고귀한 임무를 수행하고 있는 당신들을 이 보끌레흐 궁에서 대접하게 되어 기쁘게 생각합니다. 또한 우리의 정다운 벗인 줄리안 자작님의 친구시라니 더욱더 영광입니다."

안나 헨리에타 공주가 잠시 말을 멈추자 단델라이온은 보란 듯이 깊게 몸을 숙여 절을 했다. 공주는 이야기를 계속했다.

"자작님은 우리에게 여러분의 이름과 여러분의 여행 목적을 알려주셨습니다. 어떻게 투생에 오게 되셨는지도. 그 이야기에 우리는 감동을 받았습니다. 개인 접견을 통해 여러분과 이야기를 좀 나누고 싶군요, 게롤트 님. 하지만 수행해야 할 국가적 임무들 때문에 그 기회는 조금 미뤄야 할 것 같습니다. 포도 수확이 끝나서 나는 전통대로 통 축제에 참가해야 합니다."

베일을 쓴 두 번째 여자가 공주에게 몸을 숙이고 뭔가를 빠르게 속삭였다. 안나 헨리에타는 게롤트를 바라보더니 미소를 짓고 입술을 핥았다.

"내 뜻은 통 축제가 진행되는 동안, 줄리안 자작 곁에서 리비아의 게롤트 님이 나를 도와주시는 것입니다."

공주가 목소리를 높여 자신의 뜻을 전하자 모여 있던 귀족들과 기사들 사이에서 바람이 소나무 사이를 스치고 지나가는 듯한 속삭임이 일었다. 안나 헨리에타 공주는 또다시 타는 듯한 눈길로 게롤트를 응시하더니 두 번째 여자를 비롯한 시종들과 함께 홀을 나갔다.

"맙소사! 이런 일이! 이건 정말 큰 영광이군요, 위쳐!"

레이나르가 흥분한 듯 속삭였다.

"무슨 소리인지 잘 모르겠군요. 제가 어떻게 공주님을 도와드려야 하는 겁니까?"

게롤트가 솔직히 물었다.

"사랑의 군주님."

사탕 가게 주인처럼 생긴 뚱뚱한 귀족이 다가와 호칭을 고쳐주었다.

"지적해서 죄송하지만, 이런 상황에서는 나설 수밖에 없군요. 여기 투생에서는 전통과 법규를 언제나 따릅니다. 제 이름은 세바스티안 르 고프, 왕실 시종장이자 궁정 책임자입니다."

"만나서 반갑습니다."

"안나 헨리에타 공주님의 예법에 맞는 공식 호칭은, 안나 헨리에타 공주 전하이고, 비공식적으로는 '사랑의 군주' 또는 아나리에타 공주님이며, 궁을 벗어난 가족 간의 호칭은 '공주님'입니다. 하지만 언제나 공주 전하로 부를 수 있습니다."

"감사합니다, 기억하겠습니다. 그럼 옆에 서 있던 다른 분은? 그분은 어떻게 불러야 합니까?"

"그분은 앞에 '존경하는'을 붙이면 됩니다. 하지만 그냥 '님'을 붙이는 것도 허용됩니다. 공주님의 친척 분으로 성함은 프린질라 비고이십니다. 안나 헨리에타 공주 전하의 뜻을 받들어 통 축제에 함께 참여하실 예정입니다."

시종장이 진지하게 말했다.

"통 축제에 참여하면 구체적으로 뭘 하는 겁니까?"

"힘든 일은 아닙니다. 곧 설명해드리지요. 아시다시피 저희는 옛날부터 포도즙 짜는 기계를 사용해왔지만, 전통적으로……."

궁전의 뜰은 떠들썩한 소리와 부산한 피리 소리, 리코더의 빽빽거리는 음악 소리, 시끄럽게 챙챙거리는 탬버린 소리로 가득했다. 무대 위에 놓여 있는 커다란 통 주위로 화관을 쓴 곡예사와 광대들이 신이 난 채 뛰어다니며 재주넘기를 하고 있었다. 궁전 뜰과 아치 밑에는 기사들, 아가씨들, 귀족들, 화려하게 차려입은 시민들 등 군중으로 가득했다.

세바스티안 시종장이 포도 넝쿨로 감싼 장대를 들어 올리며 바닥을 세 번 쳤다.

"오, 오! 존경하는 여러분들, 기사님들!" 시종장이 외쳤다.

"오, 오!" 군중이 대답했다.

"오, 오! 이것은 아주 오랜 우리의 전통입니다! 올해도 포도주가 잘되기를! 오, 오! 태양 아래 잘 익기를!"

"오, 오! 잘 익기를!"

"오, 오! 포도즙이 잘 발효되기를! 통 속에서 정기와 풍미를 얻을 수 있기를! 기분 좋게 잔으로 넘쳐흐르고 머리까지 전달되기를, 우리의 지도자와 아름다운 여인들과 고귀한 기사들과 포도원의 일꾼들 만세!"

"오, 오! 잘 발효되기를!"

"아름다운 이들은 등장하시오!"

궁의 뜰 반대편에 세워져 있던 다마스크 천으로 만든 천막에서 두 명의 여인들이 모습을 드러냈다. 안나 헨리에타 공주와 검은 머리의 그 친척 여자였다. 두 명 다 주홍빛 망토로 몸을 꽁꽁 감싸고 있었다.

"오, 오! 젊은이들은 나오시오!"

시종장이 장대를 내리쳤다.

'젊은이들'은 이미 뭘 해야 하는지 잘 배워둔 듯했다. 단델라이온이 공주 곁으로 다가가고 게롤트는 검은 머리 여자 옆으로 다가갔다. 그 여자는 게롤트가 이미 들었듯이 프린질라 비고였다. 두 여인이 동시에 망토를 벗어 던지자 군중은 우레와 같은 박수 소리로 화답했다. 게롤트는 침을 꿀꺽 삼켰다.

두 여인은 거미줄처럼 얇고 허벅지까지도 오지 않는, 팔이 없는 셔츠만 입고 있었다. 그리고 레이스가 달린 꼭 맞는 속옷을 입고 있었다. 복장은 그게 다였다. 보석도 걸치지 않았고, 신발도 신지 않았다.

게롤트가 프린질라를 팔로 안아 들자 프린질라는 기다렸다는 듯 그의 목을 감싸 안았다. 용연향과 장미 냄새가 아련하게 풍겼다. 그리고 여자 냄새가 났다. 따뜻했다. 그 따뜻함이 화살촉처럼 파고들었다. 부드러웠다. 그 부드러움에 살이 델 것만 같았고 손가락이 근질거렸다.

통을 향해 게롤트는 프린질라를, 단델라이온은 공주를 안아 들고서 즙이 가득한 채 넘치고 있는 포도주 통 안으로 들어갈 수 있도록 도왔다. 군중들은 환호성을 질렀다.

"오, 오!"

안나 헨리에타와 프린질라는 어깨동무를 했다. 서로 붙들고 있는 덕분에 무릎까지 찬 포도송이 속에서 균형을 유지하기가 쉬웠다. 포도즙이 꿀렁거리며 튀었다. 여인들은 몸을 돌리면서 마치 소녀처럼 깔깔거리며 포도송이를 밟았다. 프린질라는 예법에 맞지 않게 게롤트를 향해 윙크를 했다.

"오, 오! 발효가 잘되기를!" 군중들이 외쳤다.

뭉개진 포도송이에서는 즙이 흘러나왔고 불투명한 과실즙은 거품이 일고 부글부글 끓어오르며 밟고 있는 여인들의 무릎 위로 넘실거렸다.

시종장이 무대의 바닥을 장대로 쳤다. 게롤트와 단델라이온은 무대 위로 올라가 여인들이 통에서 나오는 것을 도왔다. 게롤트는 그때 단델라이온에게 안긴 아나리에타 공주가 단델라이온의 귀를 깨무는 것을, 그리고 공주의 눈이 위험천만하게 빛나는 것을 보았다. 자신도 프린질라의 입술이 뺨을 스쳐간 것 같은 기분이 들었다. 하지만 일부러 그랬는지 어쩌다가 그렇게 된 것인지는 알 수 없었다. 포도즙 냄새가 어찌나 강하게 풍겨오는지 머리가 띵할 정도였다.

게롤트는 프린질라를 무대 위에 내려놓고 주홍빛 망토로 감싸주었다. 그 순간 프린질라가 재빨리 그의 손을 꽉 쥐었다.

"이 오래된 전통은 굉장히 흥분되는 게 사실이에요, 그렇죠?"

프린질라가 속삭였다.

"그렇군요."

"고마워요, 위쳐."

"나도 즐거웠습니다."

"당신만 즐거웠던 건 아니에요."

"한 잔 따라봐요, 레이나르."

옆 테이블에서는 율레맞이 점치기가 한창이었다. 길게 깎은 사과 껍질을 늘어놓고 그 모양을 살피며 미래 배우자의 이름 앞 글자를 맞추는 것이었다. 사과 껍질은 늘어놓을 때마다 한결같이 S자였지만, 그럼에도 흥겨운 분위기는 멈추지 않았다.

레이나르가 잔에 술을 따랐다. 게롤트는 한동안 생각에 잠겨 있다가 입을 열었다.

"밀바는 아직까지 갈비뼈에 붕대를 감고 다니지만 이제 회복된 것 같더군요. 하지만 방에 틀어박힌 채 절대 나오지 않고, 선물로 받은 드레스는 거들떠보지도 않습니다. 이러다 예법상의 논란이 생길 수도 있겠지만 모든 것을 다 아는 레지스가 상황을 정리하더군요. 시종장 앞에서 몇 십 가지의 예를 들며 밀바에게 남자 옷을 가져다달라고 시종장을 설득했죠. 그런가 하면 앵글로메는 바지와 승마 구두와 발싸개를 미련 없이 치우고 드레스와 비누와 빗 덕분에 훨씬 더 예쁜 아가씨로 거듭났더군요. 더 말할 것도 없이, 목욕과 깨끗한 옷 덕분에 우린 모두 기분이 좋아졌습니다. 나조차도. 우리는 상당히 기분 좋게 그 접견장에 갔는데……."

"잠시만요."

레이나르가 고갯짓을 했다.

"저기 우리 손님이 오고 있어요. 오호, 한 곳도 아니고 양조장 두 곳이네! 우리 고객인 말라테스타가 자기 동료…… 아니, 경쟁자를 다 데려오네, 이게 무슨 일이지!"

"저 두 번째 남자는 누굽니까?"

"포메롤 양조장 주인입니다. 우리가 마시고 있는 꼬뜨-드-블레쉬르가 바로 저기 포도주죠."

베르멘티노 양조장의 주인 말라테스타가 그들을 보며 손을 흔들었다. 그는 양조장의 주인이라기보다는 산적과 더 비슷한, 검은 콧수염에 숱이 많은 수염을 기른 남자와 함께 다가왔다.

"소개해드려도 되겠습니까? 포메롤 양조장의 알시데스 피에라브라스입니다."

말라테스타가 옆에 있는 수염쟁이를 소개했다.

"앉으십시오."

"오래 있지 않을 겁니다. 우리 지하실의 괴물 때문에 위쳐님을 만나러 온 거죠. 여기 와 계신 걸 보니, 괴물은 이미 죽은 겁니까?"

"그렇습니다."

게롤트의 짧은 대답에 말라테스타는 안도하며 말을 이었다.

"약속한 금액은 치안파넬리 은행 계좌로 늦어도 모레까지 입금될 겁니다. 감사드립니다, 위쳐님. 정말 감사드려요. 그 지하실은 정말 좋은 곳입니다. 천장도 장식되어 있고, 북향이고, 너무 건조하지도 너무 습하지도 않고 포도주 저장에 아주 그만인데 그 망할 괴물 때문에 도통 사용을 못했지요. 보셨겠지만 그쪽 지하실 전체에 벽을 쌓기까지 했는데, 그 괴물이 그 사이를 뚫고 들어오는 법을 알아버려서는…… 아이고, 아이고, 도대체 어디서 왔는지 알 수가 없군요. 지옥에서 온 건지……."

"마그마의 작용으로 형성된 굴에는 언제나 괴물이 가득한 법이죠."

레이나르가 유식한 척하며 끼어들었다. 위쳐와 동행한 지 이미 한 달, 남의 말을 주의 깊게 듣는 편이라 꽤 많은 것을 배운 터였다.

"맞습니다. 응회암이 있는 곳은 영락없이 괴물들이 있기 마련입니다."

"그렇죠. 응회암 때문인가 보군요. 그게 뭐든 간에 말이죠. 하지만 사람들은 깊은 굴속에 만든 우리 저장고가 지구의 중심과 맞닿아 있다고도 말하지요. 우리 공국에는 그런 저장고와 굴이 많습니다."

"멀리 찾을 것도 없이 바로 저희 저장고가 그렇습니다."

검은 수염의 포메롤 양조장 주인인 알시데스가 끼어들며 말했다.

"토굴이 몇 마일이나 계속되는지, 얼마나 긴지, 어디까지 뻗어 있는지 아무도 모릅니다. 그걸 밝혀내려고 했던 사람들 중 누구도 다시는 돌아오지 못했죠. 그리고 끔찍한 괴물도 목격됐습니다, 맙소사. 그래서 부탁을 좀……."

"알겠습니다. 저에게 뭘 바라는지 짐작이 갑니다. 그리고 그 부탁은 받아들이죠. 그 토굴을 조사해보겠습니다. 보수는 그곳에서 뭘 잡는지에 따라 정하는 것으로 하겠습니다."

게롤트가 건조하게 대답했다.

"손해 보시는 일은 없을 겁니다. 크흠, 그리고…… 부탁드릴 것이 또 하나 있는데……."

포메롤 양조장 주인이 말끝을 흐렸다.

"말씀하시죠."

"밤마다 남자들을 찾아와 괴롭히는 여자 악령 말입니다…… 저희 안나 헨리에타 공주님께서 잡아 죽이라고 명령하신…… 뭐, 그걸 꼭 죽여야 할 필요는 없습니다. 사실을 말하자면 누군가에게 해를 입히는 건 아니니까요. 자주 오는 것도 아니고…… 괴롭히기도 하지만……."

"성인 남자만 괴롭히죠."

말라테스타가 얼른 덧붙였다.

"그렇습니다. 제가 하려던 말이지요. 그러니까 여자 악령은 누구에게도 해를 끼친 적은 없습니다. 그리고 최근 들어서는 나타났다는 얘기를 들은 적도 거의 없어요. 아마도 위처 선생이 오셨다는 소식에 겁을 먹은 거겠죠. 그러니 찾아다닐 필요가 뭐 있겠습니까? 지금 당장 현금이 필요하신 건 아니시죠? 혹시 필요하시다면……."

"치안파넬리 은행의 제 계좌로 뭔가 들어와도 좋겠군요. 위쳐 노후보장 자금을 위해서."

게롤트가 목석같은 얼굴로 답했다.

"그렇게 하도록 하지요."

"여자 악령의 금발 머리카락 한 올도 상하지 않도록 애써보겠습니다."

"그럼 저희는 이만 가보겠습니다."

두 양조장 주인들이 자리에서 일어났다.

"이제 방해받지 마시고 천천히 드십시오. 오늘은 축제일이 아닙니까. 전통은 지켜야 합니다. 우리 투생에서 전통은……."

"알고 있습니다. 전통은 신성한 것이죠."

게롤트가 양조장 주인의 말을 끊고 말했다.

옆 테이블의 사람들은 이번엔 빵 속을 뭉쳐서 만든 공과 다 먹은 잉어 뼈로 율레맞이 점치기 놀이를 하며 떠들고 있었다. 노는 중에 술도 많이 마셨다. 주막집 주인과 일하는 여자아이들은 술이 든 주전자를 들고 부산스럽게 뛰어다녔다.

"그 여자 악령이 투생에서의 위쳐 업무 계약의 시작이었죠. 그 일 이후에 사업이 번창해서 고객들이 밀려오는 걸 막을 수도 없게 되었죠. 하지만 어떤 양조장에서 제일 처음 일을 시작했는지는 기억이……."

레이나르가 자기 접시에 양배추 요리를 더 덜어오며 말했다.

"그땐 당신이 옆에 없었으니까. 공주님과 개인 접견을 한 바로 다음다음 날 있었던 일이죠. 그 접견 중에도 당신은 없었고."

"그건 당연하죠. 개인 접견이었으니까요."

"개인 접견이라고?"

게롤트가 쏘아붙이며 콧방귀를 뀌었다.

"그곳에 스무 명은 있었단 말입니다. 조각상처럼 움직이지도 않고 서 있는 시종들과 어린 하인들, 지겨워 죽겠다는 표정의 광대들은 제외하고 말이지. 그중에는 과자 가게 주인 같은 냄새를 풍기는 르 고프 시종장과 금 사슬 목걸이가 너무 무거워서 몸이 휘어지고 있는 귀족들도 있었습니다. 검은 옷을 입은 사람들과 무슨 참사관들, 어쩌면 판사들도 있었겠지. 캐드 머크비드에서 만난 소머리 문장의 남작도 있었고, 공주님과 매우 가까운 사이로 보이는 프린질라 비고도 있었고.

그리고 우리 일행 모두가 있었습니다. 남자 옷을 입은 밀바를 포함해서. 하, 우리 일행 모두라고 말한 것은 잘못 말한 것 같군요. 단델라이온은 같이 있지 않았으니까. 무슨 자작인지 뭔지, 코가 뾰쪽한 공주님 오른쪽 의자에 떡하니 앉아 공작처럼 잘난 척을 하고 있더군요. 공주의 총애를 받는 티를 잔뜩 내면서. 그 자리에서 앉아 있던 사람은 아나리에타 공주와 프린질라, 단델라이온밖에 없었습니다. 나머지는 앉는 것이 허락되지 않았으니까. 하지만 무릎을 꿇으라고 하지 않는 것만 해도 나는 다행이라고 생각했죠.

다행히도 공주님은 내 이야기를 거의 끊지 않고 끝까지 들어주더군요. 하지만 드루이드들과 나눈 이야기를 전했을 때는 과장된, 하지만 솔직하게 절망하는 듯한 손짓을 하셨지. 과장과 솔직함은 서로 대비되는 것 같지만, 레이나르, 공주님의 경우에는 두 가지가 일치하더군요."

"저런, 저런, 그 이야기를 들으니 정말 걱정이 되는군요, 게롤트. 마음속이 걱정으로 가득 찰 지경입니다."

안나 헨리에타 공주는 팔을 늘어뜨리며 말했다.

날카로운 코를 훌쩍이며 공주는 손을 꼭 쥐었다. 단델라이온은 그 손에 바티스트 천으로 만든 이니셜이 새겨진 손수건을 쥐어주었다. 공주는 손수건을 양쪽 뺨에 대어 분가루가 날리지 않도록 했다. 공주는 말을 이었다.

"저런, 저런, 그럼 드루이드들이 시리에 대해서는 아무것도 몰랐단 말인가요? 당신들을 도와줄 수 없었단 말인가요? 그럼 지금까지의 그 힘든 여정이 전부 헛수고였다는 것인가요?"

"헛수고라고 말할 수는 없습니다. 저는 드루이드들에게서 구체적인 정보를 들을 수 있으리라 기대했습니다. 최소한 대체 왜 시리가 이런 무시무시한 추격의 대상이 되었는지, 그에 대한 실마리라도 얻을 수 있지 않을까 기대했습니다. 하지만 드루이드들은 저를 도울 수 없었는지, 아니면 돕고 싶지 않았는지, 그들에게서는 아무것도 얻을 수 없었습니다. 하지만……."

게롤트는 확신을 가지고 이야기를 이어가다가 문득 말을 멈추었다. 극적인 효과를 위해서는 아니었다. 접견에 모인 사람들 앞에서 얼마나 솔직해야 하는지 고민스러웠기 때문이었다.

"저는 시리가 살아 있다는 걸 알고 있습니다. 상처를 입었다는 것도. 여전히 위험에 빠져 있다는 사실도 말입니다. 하지만 살아 있습니다."

게롤트는 결국 건조하게 말을 매듭지었다.

안나 헨리에타는 한숨을 내쉬고 또다시 손수건을 사용해 분가루를 다독이고는 단델라이온의 팔을 붙잡더니 말했다.

"당신들에게 우리의 지지와 도움을 약속드립니다. 원하는 만큼 투생에 머무르셔도 됩니다. 나는 신트라에 갔던 적이 있고, 파베타와 우정을 나눈 사이였으며, 어린 시리를 귀여워했다는 것도 말씀드려야겠군요. 우린 여러 분과 한마음입니다, 게롤트. 만약 필요로 한다면 우리 학자들과 점성술사들의 도움을 마음껏 이용하세요. 우리의 도서관과 문서고도 당신들 앞에 언제든 열려 있을 것입니다. 당신들을 제대로 된 길로 인도할 수 있는 어떤 흔적을, 어떤 실마리나 사실을 발견해야겠지요. 너무 성급하게 행동하지 마세요. 서두르지도 마시고. 당신들이 원하는 만큼 이곳에 머무세요. 당신들은 환영받는 손님이니까요."

"감사합니다, 사랑의 군주 전하. 친절한 마음과 은혜에 감사드립니다. 하지만 어느 정도 휴식을 취한 후, 우리는 다시 길을 떠날 생각입니다. 시리는 아직도 위험에 빠져 있습니다. 그리고 우리 역시 위험에 빠져 있지요. 한 곳에 너무 오랫동안 머문다면 그 위험은 자라날 뿐 아니라 우리에게 친절을 베풀어준 사람들까지 위협하게 될지 모릅니다. 심지어 저희와 상관없는 주위 사람들까지 말입니다. 그런 사태가 일어나게 할 수는 없습니다."

게롤트는 몸을 숙여 인사하면서도 자신의 뜻을 분명하게 밝혔다.

공주는 잠시 동안 아무 말도 하지 않은 채 고양이처럼 단델라이온의 팔을 어루만지다가 다시 입을 열었다.

"당신의 말은 고귀하고도 옳군요. 하지만 걱정하지 않아도 됩니다. 당신들을 쫓아오던 악당들은 우리 기사들이 완전히 무찔러버리는 바람에 당했다는 소문을 전할 증인조차 남기지 않았죠. 그건 줄리안 자작님이 이미 말한 바 있습니다. 당신들을 위협하는 자는 누구라도 이곳에서 똑같은 운명을 맞이하게 될 거예요. 당신들은 우리 공국의 보살핌과 보호 아래 있습니다."

"저도 그 사실에 대해 매우 감사하게 생각합니다. 그러나 줄리안 자작께서 잊어버린 것에 대해서 공주님께 말씀드려야 한다고 생각합니다. 벨하벤에서부터 저를 쫓아와 공국의 기사들이 캐드 머크비드에서 무찌른 악당들은 산적이긴 했지만, 닐프가드 군복을 입고 있었습니다."

게롤트는 속으로 아픈 무릎과 또 다른 것들에 대해 욕설을 퍼부으며 몸을 굽혔다.

"그게 무슨 상관이 있는 거죠?"

상관이 있지. 닐프가드가 에이단을 12일 만에 함락시켰다면 당신의 공국은 아마 20분이면 함락시킬 수 있을 텐데, 게롤트의 혀끝에서 하고 싶은 말이 맴돌았다. 하지만 그 말을 내뱉을 수는 없는 노릇이었다.

"지금은 전쟁 중입니다. 벨하벤이나 캐드 머크비드에서 발생한 일은 후방에서의 소요 사태로 볼 수도 있습니다. 이런 것이 다 이유가 되고, 전쟁 중에는……."

"전쟁은 이제 분명 끝났을 겁니다."

뾰족한 코를 세우며 공주가 말을 끊었다.

"우리는 이 문제에 대해 사촌인 에미르 바 엠레이스에게 편지를 쓴 적이 있어요. 그에게 아무 의미도 없이 피를 흘려야 하는 상황을 당장 그만두라고 내가 친서를 보냈습니다. 그러니 분명 전쟁은 이미 끝났고, 평화조약이 체결되었을 거예요."

"그렇지 않습니다. 야루가 강 건너에서는 칼과 불이 춤추고 있고 피가 흘러넘치고 있죠. 전쟁이 끝날 기미는 전혀 보이지 않습니다. 아니, 정반대의 상황이라 말할 수 있습니다."

게롤트는 차갑게 대꾸했고 그와 동시에 말한 것을 후회했다.

"어떻게 그런 일이? 지금 내가 제대로 들은 게 맞나요? 아직도 전쟁이 계속되고 있다고 했습니까? 왜 나에게 그런 사실을 알려주지 않았죠? 트렘블라이

장관?"

공주의 코는 더 뾰족해지는 것 같았고 목소리에는 이빨을 가는 듯한 으르렁거리는 기운이 감돌았다.

"은혜로우신 공주 전하, 저는…… 저는 전하에게 걱정을…… 전하의 심기를…… 전하……."

금 사슬 목걸이를 하고 있는 사람 중 하나가 무릎을 꿇으며 더듬거렸다.

"경비병! 저자를 당장 탑에 가두도록! 트렘블라이 장관, 당신은 불충합니다! 불충해요! 시종장! 비서실장!"

사랑의 군주는 빽 소리를 질렀다.

"네, 전하……."

"지금 당장 비서실 주재하에 우리 사촌인 닐프가드 황제 앞으로 강경한 편지를 쓰도록 해요. 지금 당장 전쟁을 멈추고 평화조약을 맺으라고 말입니다. 전쟁과 반목은 나쁩니다! 반목은 파괴만이 있을 뿐이죠. 서로 사이좋게 지내야 건설적이라는 걸 왜 모릅니까!"

"전하, 물론 그 말씀이 옳습니다."

슈가 파우더처럼 얼굴이 새하얘진 시종장인지 과자 가게 주인인지가 말했다.

"여기서 지금 뭘 하고 있는 거죠? 내가 명령을 내렸잖아요! 빨리 실행해요!"

게롤트는 주위를 슬그머니 둘러보았다. 궁 사람들의 표정이 앨러배스터* 조각상처럼 변화가 없는 걸 보니, 이런 난리가 새로운 것은 아닌 모양이었다.

* 앨러배스터(alabaster): 유백색을 띤 반투명한 대리석의 일종으로 조각상이나 공예품의 재료로 사용된다.

앞으로는 사랑의 군주가 하는 말에 무조건 찬성하기로 게롤트는 마음먹었다.

아나리에타 공주는 코끝을 손수건으로 살짝 닦은 후 게롤트를 보며 미소 지었다.

"보시다시피 당신이 두려워할 일은 없습니다. 아무것도 걱정하지 말고 우리 공국에서 편안히, 원하는 만큼 쉬어가세요."

"네, 전하."

정적 사이로 오래된 가구 속에서 사는 벌레가 딱딱거리는 듯한 소리가 들려왔다. 그리고 멀리 궁의 뜰 한쪽에서 마구간지기가 욕설을 내뱉는 소리도 들려왔다.

"내가 위쳐 게롤트 님께 따로 부탁드릴 일도 있어요."

아나리에타 공주가 정적을 깨고 말했다.

"네, 전하."

"투생의 많은 귀족 부인과 아가씨들의 요청입니다. 밤의 여자 악령이 집 주변을 돌아다니고 있어요. 여자의 모습을 한 마귀, 악령, 유령이지만 얼마나 수치심이 없는지, 그 행실을 차마 입에 올릴 수 없군요. 이 악령이 돌아다니면서 충실하고 정절을 지키는 남편들을 괴롭히고 있습니다. 밤이면 침실로 들어와 말로는 표현할 수 없는 저속하고 변태적인 행동을 한다고 해요. 전문가니까 내가 무슨 말을 하는지 잘 아실 겁니다."

"네, 그렇습니다, 전하."

"투생의 여인들은 이 끔찍한 일이 더 이상 일어나지 않게 해달라고 청원하고 있습니다. 나도 함께 부탁드리는 바입니다. 후한 보수를 약속드리죠."

"네, 전하."

앵글로메는 위쳐와 뱀파이어를 궁의 정원에서 발견했다. 둘은 산책을 하며 긴밀한 대화를 나누던 중이었다.

"내가 말해도 믿지 못할 거예요, 내가 말해도…… 하지만 진짜로……."

앵글로메가 헐떡거렸다.

"말을 해."

"체스판 무늬 옷을 입은 방랑 기사 레이나르 드 보아-프레스네스가 다른 방랑 기사들과 함께 공주님의 재무 담당관 앞에 긴 줄로 서 있었다고요. 왜 그런 줄 아세요? 월급을 받으려고요! 그 줄은 화살이 닿을 만한 거리의 반은 됐다고요, 번쩍번쩍 빛나는 문장들이 얼마나 많았는데요. 레이나르에게 이게 무슨 짓이냐고 물어봤더니 기사도 굶을 때가 있다고 말하는 거예요!"

"그게 뭐 놀랄 일인가?"

"지금 농담하는 거예요? 방랑 기사는 고귀한 사명으로 돌아다니는 거 아니에요? 월급을 받고 돌아다니는 게 아니라!"

"월급을 받는다고 해서 사명이 고귀해지지 않는 건 아니지. 사실이야, 내 말을 믿어, 앵글로메."

뱀파이어 레지스가 아주 심각한 얼굴로 말했다.

"믿어, 앵글로메. 그리고 아무리 심심해도 흥밋거리를 찾아 궁을 뛰어다니는 짓은 그만둬. 가서 밀바의 말동무나 해주는 게 어때? 기분이 아주 안 좋다고, 혼자 놔두면 안 돼."

게롤트가 건조한 목소리로 말했다.

"말도 말아요. 이모가 생리 중인가, 성질이 말벌 같다고요. 제 생각에는……."

"앵글로메!"

"알았어요, 가요, 간다고요."

게롤트와 레지스는 이미 활짝 펴버린 캐비지 로즈 화단 옆에 멈춰 섰다. 하지만 이야기를 더 나눌 수는 없었다. 온실 뒤에서 고급스러운 적갈색 망토를 입은 마른 남자가 등장했기 때문이다.

"안녕하십니까, 실례를 무릅쓰고 두 신사 분 중 어느 분이 그 유명하신 위쳐 게롤트 님이신지 여쭤봐도 되겠습니까?"

남자는 담비털로 만든 모자를 휘날리며 몸을 굽혀 인사했다.

"접니다."

"저는 장 카티용, 카스텔 토리셀라 양조장의 주인입니다. 드릴 말씀인즉, 저희 양조장에서 위쳐님의 도움을 필요로 하고 있습니다. 미리 말씀드리지만, 혹시라도 위쳐님께서……."

"무슨 일입니까?"

카티용이라는 양조장 주인이 이야기를 시작했다.

"이 망할 놈의 전쟁 때문에 포도주 상인들의 왕래가 뜸해졌고, 재고가 쌓이고 있어 술통을 저장할 곳이 점점 줄어들고 있습니다. 하지만 성 아래로 지하 토굴이 몇 마일이나 정말 깊게, 지구 한가운데까지 닿을 정도로 뻗어 있어서 별 걱정은 하지 않았습니다. 저희 토리셀라 양조장 아래로도 그런 토굴이 있는데, 천장도 둥글게 되어 있고 건조하지도 습하지도 않고 포도주 저장에 딱 좋은……."

"그런데요?" 게롤트가 참지 못하고 물었다.

"그런데 그 굴에 맙소사, 지하 깊은 곳에서 살고 있던 어떤 괴물이 들어와 돌아다니는 것 같습니다. 두 명이나 화상을 입었는데 뼈가 드러날 정도로 살이 녹아버렸죠. 그중 한 명은 눈까지 멀었습니다. 왜냐하면 그 괴물이 침을 뱉으면서 살을 태우는 독을……."

"솔푸가라고 합니다. 침독이라고도 하죠."

게롤트의 간단한 설명과 함께 레지스가 웃어 보이며 끼어들었다.

"오호, 카티용 씨, 제대로 전문가를 만나셨군요. 전문가가 당신들을 위해 하늘에서 뚝 떨어진 것이지요. 이 동네의 유명한 방랑 기사들을 상대로 이 문제에 대해 도움을 청해보셨나요? 공주님이 한 무리를 거느리고 있던데, 이런 일이야말로 방랑 기사들의 전문 분야 아닙니까, 존재 이유이기도 하고."

레지스의 말에 카티용이 고개를 저었다.

"전혀 아닙니다. 그들의 임무는 길과 통로, 산길을 지키는 것입니다. 왜냐하면 포도주 상인들이 이곳에 못 오게 되면 모두 다 알거지가 될 테니까요. 기사들은 용감하고 무엇도 두려워하지 않지만, 말에서 내려오면 허당입니다. 땅속으로 기어 내려가지도 않을 거고요. 뿐만 아니라 비싸……."

카티용은 갑자기 하던 말을 중단하고 입을 다물었다. 그는 주절거리던 자기 혀를 깨물어버리고 싶은 표정을 짓고 있었다. 매우 후회 가득한 얼굴이었다.

"비싸게 받는군요, 비용을."

게롤트가 별 감정 없이 카티용의 말을 대신 끝마쳐주었다.

"아셔야 할 것은, 저는 더 비싸게 받는다는 사실입니다. 시장 경제죠. 자유 경쟁이고요. 왜냐하면 저는, 계약서를 쓰기만 하면 말에서 내려와 땅속으로 기어 내려가니까요. 좀 더 생각하신 후에 결정하시되, 너무 오래 고민하시면 안 됩니다. 투생에 오래 머물진 않을 테니까요."

"깜짝 놀랐습니다. 갑자기 위쳐 본능이 깨어난 건가요? 계약을 할 생각인가 보군요? 괴물을 잡으러 갈 건가요?"

양조장 주인이 시야에서 사라지자 레지스가 말했다.

"나도 좀 놀랐는데."

게롤트가 솔직하게 말했다.

"뭐라 설명할 수 없는 충동에 본능적으로 반응한 거요. 이 상황에서 빠져나가는 게 좋겠는데. 제안하는 금액마다 너무 낮다고 계속 거절해야겠군. 그럼 하던 얘기로 되돌아가서……."

"잠시만요, 다른 고객들이 또 오시는 것 같은데."

레지스가 시선으로 다른 곳을 가리키며 말했다.

게롤트는 웅얼거리며 욕설을 내뱉었다. 사이프러스 나무가 심어져 있는 큰길을 따라 두 명의 기사가 이쪽으로 오고 있었다. 안장에 올라탄 기사의 거대한 소머리 문장은 다른 문장과 도저히 헷갈릴 수가 없었다. 다른 한 명은 키가 크고 머리가 조금 셌는데 마치 화강암을 깎은 듯한 귀족적으로 각진 얼굴의 남자는 백합 문장 두 개 반이 그려진 푸른 튜닉을 입고 있었다.

예법상 두 걸음 떨어진 곳에 멈춘 기사들은 공손히 몸을 굽혀 절을 했다. 게롤트와 레지스도 절을 하고, 네 명은 기사의 법도대로 심장이 열 번 뛸 때까지 서로 침묵을 지켰다. 이어서 소머리 기사가 인사를 건네며 옆에 있는 백합 문장 기사를 소개했다.

"안녕하십니까. 이분은 팔메린 드 런펄 남작이십니다. 제 이름은 기억하실지 모르겠지만……."

"페이락-페이란 남작이시죠. 어떻게 잊을 수 있겠습니까."

"저희는 위쳐 님께 볼일이 있어 왔습니다. 위쳐님의 전문 분야에 대한 일이죠."

페이락-페이란이 바로 본론으로 들어갔다.

"말씀하시죠."

"개인적으로 말씀드리고 싶습니다."

"레지스 앞에서 저는 비밀이 없습니다."

게롤트의 말에 레지스가 웃음을 지으며 말했다.

"하지만 기사님들은 비밀로 해야 할 일이 있으신 것 같군요. 양해해주신다면 저는 저쪽에 있는 매력적인 정자를 좀 둘러보겠습니다. 명상의 신전인 것 같군요. 페이락-페이란 님, 그리고 드 라운팔 님……."

레지스와 기사들이 서로 몸을 굽혀 인사를 한 뒤, 레지스는 자리를 비켜주었다.

"말씀하십시오."

게롤트는 심장 박동 열 번을 기다릴 생각도 없이 바로 침묵을 깼다.

"말씀드릴 일은 그 여자 악령…… 밤에 방문한다는 그 여자 악령 말입니다. 공주님과 귀족 부인들이 없애달라고 부탁하신…… 그 악령을 죽였을 때 약속받은 보수가 많은가요?"

페이락-페이란이 목소리를 낮추고 두려운 듯 주위를 둘러보았다.

"죄송하지만, 그건 직업상 비밀입니다."

그러자 백합 문장의 기사 팔메린 드 런펄이 입을 열었다.

"그렇게 말씀하시는 것도 당연합니다. 제가 이런 부탁을 드리게 되면 위쳐님께는 불명예스러운 일이 될지 모르나, 그럼에도 제안을 드리려고 합니다. 약속하신 그 일을 하지 말아주십시오, 위쳐님. 여자 악령을 그냥 놔두시길 부탁드립니다. 공주님과 귀족 부인들께는 아무 말씀도 하지 마시고요. 그러면 명예를 걸고, 우리 투생의 남자들이 약속받은 보수보다 더 많은 금액으로 보답하겠습니다. 저희의 넉넉한 액수를 보면 놀라시게 될 겁니다."

"제안은 과연 불명예와 멀지 않군요."

게롤트의 차가운 대꾸에 팔메린 드 런펄은 고집스럽고 심각한 얼굴로 말을 이었다.

"게롤트 님, 제가 왜 이런 제안을 드리게 되었는지 설명하겠습니다. 당신에 대한 명성을 들었고 위협이 되는 괴물을 처리한다고 하더군요. 진짜 위협 말이죠. 상상의 위협이나, 잘 모르거나, 편견에 의해 생기는 위협이 아니라. 여자 악령은 아무도 위협하지 않으며 아무도 해치지 않는다는 저의 말을 믿어주십시오. 꿈속에 찾아와…… 가끔씩만 말이죠…… 그리고 약간 괴롭히긴 하지만……."

"하지만 오로지 성인 남자에게만 찾아옵니다."

페이락-페이란이 서둘러 덧붙였다.

"투생의 귀족 부인들이 이 대화를 알게 되면 좋아하지 않을 것 같군요. 공주님을 포함해서."

게롤트가 주위를 살펴보며 말했다.

"그 말씀에는 완전히 동의합니다. 모든 면에서 비밀 유지가 중요하죠. 정숙한 여인네들을 괜히 들쑤실 필요는 없습니다."

팔메린 드 런펄이 중얼거렸다.

"이곳의 드워프 은행 중 아무 곳에나 제 계좌를 만들어주십시오. 그리고 액수로 저를 놀라게 해보시지요. 경고하지만, 저를 놀라게 하는 건 쉽지 않습니다."

게롤트가 천천히, 낮은 소리로 말했다.

"쉽진 않겠지만 노력해보겠습니다."

페이락-페이란의 겸손하지만 단호한 대답과 함께 기사들과 게롤트는 작별 인사를 나누었다.

밤파이어의 뛰어난 청각으로 이 모든 대화를 들은 레지스가 자리로 돌아왔다.

"이제는 스스로도 알지 못하는 반사작용과 충동에 반응했다고 말할 수 있겠군요. 하지만 계좌가 개설되면 빠져나가긴 힘들 텐데요."

레지스는 웃지도 않고 말했다.

게롤트는 먼 산을, 사이프러스 나무 꼭대기를 바라보다가 말했다.

"누가 알겠소, 여기서 며칠 더 머물게 될지. 밀바의 갈비뼈 상태를 보면, 좀 더 있는 것이 나을 수도 있지. 몇 주 정도? 그동안 경제적인 독립 상태가 되는 것도 나쁘지는 않을 거요."

"그래서 치안파넬리 은행에 계좌가 생긴 거군요."

레이나르 드 보아-프레스네스가 고개를 끄떡이며 말을 이었다.

"만약 공주님께서 그 사실을 알게 된다면, 귀족 서열이 다 바뀔지도 모르겠군요. 하, 그럼 나도 신분 상승이 되려나? 맹세코 말하지만, 저에게 고자질 재능이 없는 것이 안타깝군요. 그럼 이제 제가 그렇게 가고 싶어 했던 그 잔치에 대해 얘기 좀 해보시죠. 그곳에 가서 먹고 마시기를 얼마나 바랐는데! 나를 국경으로, 추위와 개같이 몰아치는 눈비 속으로 보내버리다니, 맙소사, 기사의 운명이란……."

투덜거리는 기사의 이야기를 잠자코 듣고 있던 게롤트가 말했다.

"소문부터 떠들썩했던 그 큰 잔치는 준비부터 심상치 않았습니다. 일단 마구간에만 숨어 있는 밀바를 찾아내 그 잔치에 밀바가 참석하느냐, 마느냐에 따라 시리의 운명이, 그러니까 전 세계의 운명이 달려 있다는 사실을 설득해야 했어요. 그리고 반강제적으로 밀바에게 드레스를 입혀야 했고, 앵글로메에게 아가씨처럼 행동하라고, 특히 '씹할', '똥' 같은 말은 쓰지 말라고 다짐을 받아야 했죠. 이 모든 것을 간신히 준비해놓고 이제 포도주나 마시면서 좀 쉬려던 순간 설탕 냄새를 풍기고 돼지 오줌통처럼 빵빵한 르 고프 시종장이 나타난 겁니다."

"그런 상황이라면 확실히 해야겠군요. 사랑의 군주님 앞이라면 나쁜 자리는 없습니다. 그러니 어떤 자리를 배정받더라도 기분 나빠 할 이유가 전혀 없는 것이지요. 하지만 우리 투생에서는, 옛 전통과 관습에 의거해 격식을 지키고 있는데, 그 격식을 따르자면……."

"본론부터 말씀해주십시오."

르 고프 시종장이 콧소리를 내며 주절대자 게롤트가 참지 못하고 재촉했다.

"잔치는 내일입니다. 그러니 격식에 맞춰 모두의 자리를 정해야 할 것입니다."

"물론 그렇겠죠. 어떻게 하면 될지 말씀드리겠습니다. 우리 중에서 가장 격이 높은 사람은, 그리고 명예로운 사람은 단델라이온이죠."

게롤트가 심각하게 대꾸했다.

"줄리안 자작님은 아주 특별한 영예로운 손님이십니다. 그러므로 공주님 옆자리에 앉게 되실 겁니다."

르 고프 시종장이 코를 높이 쳐들며 말했다.

"당연한 일이겠죠. 그러면 저희에게 걸맞은 격과 위치를 줄리안 자작이 이미 전달했겠군요."

게롤트가 심각한 표정을 유지하며 말했다.

"그렇습니다. 그러나 숭고한 기사의 의무를 익명으로 수행하는 중이라고 전달하시면서 진짜 이름과 가문에 대해서는 비밀로 붙이셨습니다. 기사가 지켜야 할 의무의 맹세가 있으니까요."

시종장은 헛기침을 하며 말했다.

"바로 그렇습니다. 그것이 문제겠군요."

"하지만 저는 자리 배치를 해야만 합니다! 여러분은 손님이시고, 게다가 자작님의 친구분이시기 때문에 테이블 머리 쪽으로…… 작위가 높으신 분들 근처로 배치해야 합니다. 하지만 그렇게는 안 되는 것이, 잘 아시겠지만 모두 다 똑같을 수는 없으니까요. 여러분들 중 작위나 태생이 더 높으신 분이 테이블 머리 쪽에, 그러니까 공주님과 좀 더 가까운 쪽에……."

"저 사람이 백작입니다. 하지만 발설하진 말아주십시오. 비밀이니까요."

게롤트는 조금 떨어진 곳에서 벽 전체를 메우고 있는 태피스트리를 감탄하며 감상 중인 레지스를 망설임 없이 가리켰다.

"아, 알겠습니다. 그런 상황이라면…… 저분은 공주님의 이모님이 되시며 지체 높으신 노투르나 백작 부인 옆에 자리를 배정토록 하겠습니다."

르 고프 시종장은 놀라움에 사로잡혀 휘청거릴 지경이었지만, 가까스로 상황을 정리했다.

"백작 부인도, 시종장님도 후회할 일은 없을 겁니다. 예의범절에 있어서나, 대화의 품격에 있어서나 버금갈 사람이 없는 분이니까요."

게롤트의 얼굴은 돌처럼 변함이 없었다.

"듣던 중 반가운 소리입니다. 그러면 리비아의 게롤트 님께서는 프린질라 님 옆에 앉아주십시오. 전통에 따르는 일입니다. 프린질라 님을 통 축제에서 도와주셨기 때문에…… 여러분들은…… 그러니까…… 프린질라 님의 기사가 되시는…….”

“알겠습니다.”

“좋습니다. 아, 백작님……?”

“네?”

키클롭스와 거인들의 전투 장면을 표현한 태피스트리를 보고 있던 뱀파이어가 고개를 돌렸다.

“아니, 아무것도 아닙니다. 잠시 할 이야기가 좀 있어서.”

게롤트가 웃어 보였다.

“아하, 그렇군요.”

레지스가 고개를 끄떡이며 말했다.

“여러분이 보셨는지는 모르겠지만, 여기 이 태피스트리의 키클롭스는…… 손도끼를 들고 있는 이 키클롭스 말입니다. 발 부분을 한번 보세요. 지적하긴 그렇지만 왼발만 두 개로군요.”

“정말 그렇군요. 보끌레흐에 그런 태피스트리는 아주 많습니다. 그 태피스트리를 제작한 장인은 굉장한 명장입니다. 하지만 예술가라서 그런지 술을 엄청 마셨지요.”

조금도 놀라지 않고 르 고프 시종장이 대답했다.

“이제는 갈 시간입니다. 이제 길을 나서야죠, 레이나르. 술값을 내고 말에 올라 보끌레흐로 돌아갑시다.”

게롤트는 옆 테이블에서 술을 잔뜩 마신 채로 점치기 놀이를 하며 자신을 바라보는 아가씨들의 눈길을 피해 말했다.

"어디로 가려고 그렇게 서두르는지 저는 알죠. 걱정 붙들어 매시죠. 초록 눈의 아가씨는 기다리고 계실 테니까. 12시가 넘은 지 얼마 되지도 않았습니다. 잔치 얘기나 더 해주세요."

레이나르가 이를 드러낸 채 웃으며 말했다.

"그럽시다. 그 전에 일단 좀 갑시다."

"그러죠."

거대한 말발굽 모양으로 늘어놓은 테이블의 모습은 가을이 이제 지나고 겨울이 오고 있다는 사실을 극명하게 상기시켰다. 커다란 그릇과 접시 위에는 사냥해서 잡을 수 있는 모든 종류의 고기들이 이곳에 있는 게 아닐까 싶을 정도로 온갖 요리들이 잔뜩 쌓여 있었다. 4분의 1토막을 낸 거대한 멧돼지, 분홍빛의 얇게 썬 고기, 가을에 채집한 버섯과 크랜베리, 자두 소스와 산사나무 열매 소스, 가을 가금류까지 종류도 다양했다. 들꿩과 뇌조, 공작 등이 깃털과 꽁지깃으로 멋지게 장식되어 있었고, 뿔닭과 메추라기, 꿩, 발구지, 꺅도요, 지빠귀도 있었다. 내장을 빼내지 않고 통째로 구운 회색머리지빠귀 같은 진미도 있었는데, 이 작은 새가 주식으로 하는 두송실*이 내장에 꽉 차 있어서 천연 조미료가 되는 요리였다. 산속 호수에서 서식하는 송어와 잔더, 버봇과 강꼬치고기의 간 요리도 있었다. 늦가을에 재배된 초록색 콘샐러드가 테이블 위에서 유독 눈에 띄었는데, 콘샐러드는 꼭 그래야만 한다면 눈 속에서도 캐내올 수 있는 작물이었다.

겨우살이가 꽃을 대신해 장식되어 있었다.

* 두송실: 노간주나무 열매로 음식이나 약재로 쓰인다.

거대한 말발굽 형태로 놓인 테이블들 중, 정중앙에 아나리에타 공주가 자리했고, 공주를 중심으로 가장 중요한 손님들이 차례대로 그 옆에 착석해 있었다. 그리고 자리 앞에는 가장 중심이 되는 거대한 은 접시에 화려한 장식이 놓여 있었다. 트러플 버섯과 당근으로 만든 꽃, 조각낸 레몬과 아티쵸크로 만든 심장 사이에 거대한 철갑상어가 놓여 있었는데 그 등에는 하늘을 향해 쳐든 부리에 황금 반지를 문, 외다리로 서 있는 백로가 통째로 구워져 놓여 있었다.

"맹세코 말하지만, 백로에 맹세하고 기사도와 아가씨들의 명예를 수호하며 절대로 물러나지 않으리라는 것을 맹세합니다!"

자리에서 일어나 술잔을 들며 소리친 사람은 소머리 기사로 게롤트가 이미 잘 알고 있는 페이락-페이란 남작이었다.

그 맹세는 우레와 같은 박수를 받았다. 박수 세례가 끝나자 모두 음식을 먹기 시작했다. 그때 무성한 수염이 하늘로 향하고 있는 또 다른 기사가 외쳤다.

"백로에 맹세합니다! 이 핏줄에 남아 있는 마지막 핏방울까지 바쳐 공국의 국경과 사랑의 군주 안나 헨리에타 공주님을 수호할 것을 맹세합니다! 저의 맹세를 증명하기 위해, 방패에 백로를 그리고 1년 동안 무명으로, 이름과 가문을 비밀로 한 채 스스로를 백로의 기사라고 부르겠습니다. 사랑의 군주의 건강을 위하여!"

"건강을 위하여! 행복을 위하여! 만세! 사랑의 군주 만세!"

아나리에타는 다이아몬드 왕관을 쓴 채로 고개를 살짝 숙여 인사를 보냈다. 온몸에 다이아몬드가 어찌나 많이 장식되어 있는지 문을 통과하는 것만으로도 유리에 흠집을 낼 수 있을 것 같았다. 그 옆에는 단델라이온이 바보 같은 웃음을 지으며 앉아 있었다. 조금 더 떨어진 곳에는 두 명의 나이 지긋한 귀족 부인 사이에 에미엘 레지스가 앉아 있었다. 검정색 벨벳 재킷을 입은 모습이 정말 뱀파이어처럼 보였다. 귀족 부인들 옆에서 이야기로 분위기를 즐겁게 만들고 있었는데 귀족 부인들은 완전히 홀린 것 같았다.

게롤트는 파슬리가 잔뜩 입혀진 생선 토막 요리가 놓여 있는 그릇을 들어, 보랏빛 아틀라스와 드러낸 가슴 위에 늘어뜨린 아름다운 자수정 목걸이를 하고 왼쪽에 앉아 있는 프린질라 비고에게 건넸다. 프린질라는 검은 속눈썹 아래로 게롤트를 관찰하며 술잔을 들어 올리고는 수수께끼 같은 미소를 지었다.

"건배, 게롤트. 우리가 같이 앉아 있을 수 있다니 운이 좋네요."

"해가 지기 전까지는 그날의 운수가 좋다고 말하지 말라고 했습니다. 잔치는 지금 막 시작됐으니."

게롤트는 웃음으로 답했다. 사실 기분이 나쁘지 않았다.

"전혀 그렇지 않아요. 이 잔치가 시작된 지는, 당신이 나에게 칭찬을 보내고도 남을 만큼 충분히 오래됐으니까. 얼마나 더 기다려야 하죠?"

"당신은 눈이 부시도록 아름답군요."

"천천히, 천천히, 자제력을 가져요. 이런 속도라면 오늘 저녁이 끝나기 전에 우리가 어디로 가야 할지 심각하게 고민해야 되니까요. 그러니까 음…… 일단 내 드레스가 아주 고상하고 보라색이 잘 받는다고 말해봐요."

프린질라 비고는 웃어 보였는데, 게롤트는 그 웃음이 정말 마음에서 우러나온 웃음이라고 맹세할 수 있었다.

"보라색이 잘 어울리는군요. 하지만 난, 흰색을 입고 있을 때가 좋았는데."

게롤트는 프린질라 비고의 에메랄드빛 눈동자에 도전적인 기색이 스치는 것을 보았다. 도전을 받아들이기는 무서웠다. 그렇게까지 기분이 좋지는 않았으니까.

맞은편에는 카히르와 밀바를 앉혔다. 카히르는 쉴 새 없이 짹짹거리는 두 명의 젊은 귀족 아가씨들 사이에 앉아 있었는데 남작의 딸들이라고 했다. 밀바 옆에 앉아 있는 사람은 우울한 얼굴로 바위처럼 입을 꾹 다물고 있었는데, 나이가 꽤 있어 보이는 남자로 얼굴에는 곰보 자국이 가득한 기사였다. 좀 더 떨어진 곳에 앵글로메가 앉아 있었는데, 젊은 방랑 기사들 사이에서 일대 소란을 일으키고 있었다.

"이게 뭐예요? 칼날도 없는 나이프라니? 우리가 서로 찌르기라도 할까 봐 겁이라도 났나?"

앵글로메가 끝이 둥글게 마감된 은 나이프를 들고 소리를 지르자 프린질라가 설명했다.

"그런 나이프는 보끌레흐에서 안나 헨리에타 공주님의 할머님이신 카롤리나 로베르타 시대부터 쓰기 시작했어요. 카롤리나 로베르타 님은 잔치에서 손님들이 칼로 이빨 사이를 쑤시는 것을 도저히 두고 볼 수가 없었던 거죠. 끝이 둥근 나이프로는 이를 쑤실 수 없거든요."

"그렇겠네요. 그래도 다행히 포크를 줬네요!"

앵글로메가 장난꾸러기 같은 표정을 지으며 말했다. 그러고는 포크로 이를 쑤시려는 시늉을 하려다가, 순간 게롤트의 활활 타는 듯한 시선을 느끼고 그만두었다. 오른쪽에 앉은 젊은 기사가 큰 소리의 가성으로 웃어댔다. 게롤트는 오리고기를 굳힌 젤리가 놓여 있는 그릇을 프린질라에게 건네주는 중이었다. 카히르는 자신을 마치 무지개를 바라보듯 쳐다보고 있는 남작 딸들의 요구사항을 맞춰주느라 동분서주하는 모습도 보였고, 앵글로메 근처에 있던 젊은 기사들이 경쟁이라도 하듯 앵글로메에게 먹을 것이 담긴 접시를 건네주며 바보 같은 농담에 웃어대는 모습도 보였다. 그리고 밀바가 식탁보만 바라보며 빵을 짓이기고 있는 모습도 보였다.

프린질라는 마치 게롤트의 생각을 읽고 있는 것 같았다.

“자리가 좋지 않군요. 당신의 말 없는 동행인 말이에요. 자리 배치를 하다 보면 저런 일이 생기기 마련이죠. 드 트라스타마라 남작이 매끄러운 매너로 유명한 분은 절대 아니니까요. 말주변도 없고.”

프린질라가 게롤트를 향해 몸을 숙이며 말했다.

“차라리 그게 나을지도 모르겠군요. 침을 질질 흘리는 귀족이었다면 더 싫어했을 겁니다. 난 밀바를 잘 아니까.”

게롤트가 작은 목소리로 대답했다.

“확실한가요? 너무 본인의 잣대로만 평가하는 게 아닐까요? 그것도 상당히 잔인한?”

프린질라는 게롤트를 재빨리 훑어보며 말했다.

게롤트는 대답하는 대신 프린질라에게 포도주를 따라주었다. 그리고 이쯤이면 어떤 문제에 대해서 이야기를 꺼내도 되겠다는 생각이 들었다.

“당신은 마법사가 맞습니까?”

“네. 어떻게 알았죠?”

프린질라는 놀라움을 상당히 잘 감추며 대답했다.

“오라를 느꼈습니다. 그리고 경험도 있고.”

게롤트는 자세한 이야기는 하지 않았다.

“확실히 하기 위해서 말하지만, 누구를 속이려는 의도는 아니에요. 그러나 머리에 뾰족 모자를 쓰거나 까만 망토를 입고 제 직업을 드러내야 할 의

무는 없죠. 애들을 겁줄 필요가 뭐가 있겠어요? 나도 익명으로 지낼 권리가 있어요."

프린질라는 간단하게 덧붙였다.

"물론입니다."

"보끌레흐에 온 이유는 이곳에 세상에서 가장 크지는 않지만, 어쩌면 세상에서 가장 훌륭하게 장서가 갖춰진 도서관이 있기 때문이죠. 물론 대학 도서관들을 제외하면요. 하지만 대학 도서관들은 자기네 서가를 잘 개방하지 않죠. 여기서는 아나리에타의 친척이자 친구라는 명목으로 내 마음대로 도서관을 드나들고 책을 볼 수 있어요."

"부러울 따름이군요."

"아나리에타가 접견 때 말하길, 이곳의 책과 문서들이 당신에게 유용한 실마리를 제공할 수도 있다고 했어요. 아나리에타가 연극적인 태도를 보였다 해도 이 사실까지 무시할 수는 없어요. 아나리에타는 원래 그래요. 그리고 책 속에서 실마리를 발견한다는 것은 무시할 수 없는 가능성이에요. 아니, 사실 가능성이 굉장히 커요. 뭘 찾는지, 그리고 어디서 찾아야 하는지만 알면 되죠."

"그렇군요. 더 이상 알 것도 없이."

"당신의 열성적인 대답이 내 기분을 고조시키고 이야기를 계속하게 만드네요. 그 이유는 짐작할 수 있어요. 날 믿지 않는 거죠?"

프린질라는 눈을 살짝 깜빡이며 물었다.

"뇌조 고기, 좀 더 드시겠습니까?"

"백로에 맹세합니다!"

그때 말발굽 대형 맨 끝에 앉아 있던 젊은 기사가 자리에서 벌떡 일어나

앞자리 아가씨에게 받은 손수건으로 자신의 눈을 싸맸다.

"세르반테스 언덕에 나타난 산적들을 모두 물리칠 때까지 이 손수건을 풀지 않겠노라 맹세합니다!"

공주는 정중하게 다이아몬드로 번쩍번쩍 빛나는 머리를 숙여 답례했다.

게롤트는 프린질라가 얘기하던 주제로 돌아가지 않기를 바랐다. 하지만 뜻대로 되지 않았다.

"날 믿지도 않고 신뢰하지도 않는군요. 두 배나 아픈 충격이에요. 내가 당신을 도와주려는 마음을 의심하는 것뿐 아니라, 내가 도울 수 있다고 생각지도 않는군요. 세상에, 게롤트! 내 자존심과 높은 야망에 상처를 내다니!"

"아니, 그게……."

"됐어요! 변명하지 말아요. 변명하는 남자는 정말 참을 수 없어요."

프린질라는 위협이라도 하듯 나이프와 포크를 쳐들었다.

"그럼 어떤 남자를 참을 수 있습니까?"

두 눈을 깜빡이는 프린질라의 손에 들린 나이프와 포크는 마치 은장도처럼 찌를 자세가 되어 있었다. 프린질라는 천천히 대답했다.

"그 목록은 아주 길죠. 그런 세부 묘사로 당신을 지루하게 만들고 싶진 않아요. 하지만 한 가지만 말하자면, 사랑하는 사람을 위해 어떠한 위험도 무릅쓰고 세상 끝까지라도 가려는 그런 남자는 상당히 위쪽에 있죠. 그리고 성공이 불가능해 보여도 절대 포기하지 않는 그런 남자."

"그러면 목록의 다른 부분에는? 당신이 좋아하는 종류의 남자들을 꼽아 보면 어떤 사람들이 있습니까? 또 그런 종류의 미치광이들인가요?"

게롤트는 참지 못하고 물었다.

"진짜 남성성이란 무엇이겠어요? 품격과 광기가 적당히 섞여 있는 것이겠죠?"

프린질라는 장난스럽게 고개를 까딱했다.

"존경하는 신사 숙녀 여러분, 그리고 기사 여러분! 이 순간 저는 우리의 영원한 군주이신 안나 헨리에타 전하를 위한 건배를 제안합니다!"

르 고프 시종장이 거대한 술잔을 양손에 잡고 자리에서 일어나 큰 소리로 외쳤다.

"건강을 위하여! 행복을 위하여!"

"만세!"

"만세! 만세!"

"그러면 신사 숙녀 여러분, 이제…… 마그나 베스티아가 등장합니다!"

시종장은 술잔을 내려놓더니 시종들에게 위엄 있는 몸짓으로 신호를 보냈다.

네 명의 시종들이 가마 위에 커다란 접시를 얹은 채 연회장으로 들어오고 있었다. 접시 위에는 거대한 고기구이가 있었는데 연회장 전체를 맛있는 냄새로 가득 채웠다.

"마그나 베스티아! 만세! 마그나 베스티아!"

손님들은 모두 입을 모아 외쳤다.

"베스티아라고? 저게 도대체 뭐야? 저게 뭔지 알기 전엔 안 먹을 거라고."

앵글로메가 커다란 목소리로 의아해하자 게롤트가 설명했다.

"저건 엘크야, 엘크 구이."

"그것도 그냥 엘크가 아니야. 350킬로그램이 넘는 엘크지."

헛기침을 하며 밀바가 갑자기 입을 열었다.

"수놈이오. 380킬로그램 정도."

밀바 옆에 앉아 있던 무뚝뚝한 드 트라스타마라 남작이 쉰 목소리로 말했다. 연회가 시작된 이후 처음으로 입을 연 것이다. 그것이 대화의 시초가 될 수도 있었지만, 밀바는 얼굴을 붉히더니 또다시 시선을 식탁보에 처박고 빵을 우그러뜨리고 있었다.

게롤트는 프린질라가 한 말을 기억하고 있었다. 게롤트가 남작을 보며 물었다.

"혹시 남작님, 저 엄청난 엘크를 남작님이 잡으신 겁니까?"

"내가 아니오."

드 트라스타마라 남작이 대답했다.

"내 사위지. 훌륭한 궁수라오. 하지만 이런 건 너무 남자들만의 얘기지…… 미안하오. 숙녀분들을 지루하게 만들 생각은 없……."

"어떤 활로 잡았는데요? 확실한 건 70파운드 아래는 아니었을 거예요."

식탁보에서 눈을 떼지 않고 밀바가 물었다.

"여러 목재를 합친 활이오. 주목, 아카시아, 물푸레나무 등을 연골로 붙였지. 두 번 휘어 있는 제파르요. 75파운드이고."

드 트라스타마라 남작은 놀라움을 숨기지 않고 대답했다.

"당길 수 있는 길이는?"

"29인치."

남작은 점점 더 천천히, 마치 한 단어 한 단어를 내려놓듯 말했다.

"괜찮은 활이군요. 그런 활이라면 백 보 밖에서도 사슴을 잡을 수 있죠. 활 쏘는 사람이 실력만 있다면."

밀바가 조금은 편안해진 목소리로 말했다.

"난 스물다섯 걸음 정도라면 꿩도 맞출 수 있소."

조금 자존심이 상한 것처럼 남작이 쉰 목소리로 말했다.

"스물다섯 걸음 정도라면 저는 다람쥐도 맞추죠."

밀바가 고개를 들며 대꾸하자 남작은 창피한 듯 헛기침을 하다가 밀바에게 먹을 것과 마실 것을 건네주었다.

"좋은 활은 성공의 반만 보장할 뿐이오. 하지만 진짜 중요한 것은 어떻게 쏘느냐, 하는 것이지. 만약 아가씨가……."

"안나 헨리에타 전하의 건강을 위하여! 줄리안 드 레텐호브 자작의 건강을 위하여!"

"건배! 만세!"

"……그래서 그 여자가 그 남자랑 했다니까요."

앵글로메가 또 다른 좋지 못한 이야기를 끝마치고 있는 중이었다. 젊은 기사들은 폭발하듯 웃어대고 있었다.

퀘린과 니케라는 이름의 남작의 딸들은 카히르의 이야기를 눈을 빛내며 얼굴이 빨개져서는 입을 벌린 채 듣고 있었다. 테이블 위쪽에서는 신분이 꽤나 높은 귀족들이 레지스의 이야기를 경청하는 중이었다. 게롤트의 위쳐 청력에도 불구하고 한 단어씩밖에 들리지 않았는데 그럼에도 그 이야기들은 유령과 스트리가, 여자 악령, 뱀파이어에 대한 이야기인 것을 짐작할 수 있었다. 레지스는 은 나이프를 흔들며 뱀파이어를 상대할 때 최고의 무기는 은이고, 이 귀중한 재료로 만든 것이 살짝 닿기만 해도 뱀파이어에게는 완전히 치명적이라고 얘기하고 있었다. 귀족 부인들이 그러면 마늘은요? 하고 묻자 레지스는 마늘 역시 효과가 좋지만, 그 냄새가 너무 고약해서 사회생활에 문제가 있지 않겠느냐고 말하는 중이었다.

회랑에서는 악사들이 현악기와 피리를 조용히 연주하고 있었고 곡예사와 저글러, 불을 먹는 역사들이 재주를 뽐내고 있었다. 어릿광대는 손님들을 웃겨보려고 했지만 앵글로메를 도저히 당해낼 수가 없었다. 이어서 곰 조련사가 곰과 함께 나타났는데, 곰이 마룻바닥에 똥을 싸는 바람에 모두를 웃기고 말았다. 앵글로메는 순식간에 우울해졌는데, 곰의 똥 앞에서는 도저히 이겨낼 재간이 없었기 때문이었다.

코가 뾰족한 공주님은 어떤 남작의 부주의한 발언에 불같이 화를 냈고, 불충한 남작은 경비병들과 함께 탑 속으로 보내졌다. 그러나 바로 옆에 있었던 관련자들 말고는 아무도 신경 쓰지 않았다.

"그렇게 빨리 여기서 떠날 수는 없을 거예요, 믿음이 없는 사람. 지금 당장이라도 떠나고 싶겠지만, 그건 아무 소용없을 걸요."

프린질라 비고가 술잔을 기울이며 말했다.

"내 생각을 읽는 건 그만두시죠."

"미안. 생각이 너무 강력해서 나도 모르게 읽고 말았네요."

"그 말을 이미 얼마나 많이 들었는지, 당신은 모를 겁니다."

"내가 얼마나 알고 있는지 당신은 모르겠죠. 여기, 아티쵸크 좀 드세요. 건강에 좋고 특히 심장에 좋으니까요. 심장은 남자에게 중요한 기관이죠. 중요한 걸로 따지자면 두 번째 정도 될까."

"가장 중요한 건 품격과 광기인 줄 알았는데."

"정신의 특질은 육체의 장점과 함께 가야죠. 그래야 완벽해지니까."

"완벽한 사람은 없습니다."

"그건 반론 거리가 되지 못해요. 노력은 해야죠. 아, 저기 뇌조 좀 주세요."

프린질라가 접시 위에서 새를 재빨리, 그리고 폭력적으로 해체하는 것을 보고 게롤트는 몸을 떨었다.

"여기서 그렇게 빨리 나가지는 못할 거예요. 우선, 그럴 필요가 전혀 없어요. 아무도 당신을 위협하지……."

"물론 날 위협할 사람은 아무도 없을 겁니다."

게롤트는 참지 못하고 말을 잘랐다.

"닐프가드인들은 공주님의 비서실이 보낸 강경한 친서가 너무 두려워서 벌벌 떨 테니까. 그럼에도 만약 여기까지 쳐들어온다면, 구운 백로에 대고 눈을 가린 채 맹세한 방랑 기사들이 그들을 물리칠 겁니다."

"다시 말하지만 아무런 위협도 없어요."

프린질라는 게롤트의 비꼬는 말투에도 상관하지 않고 이야기를 계속했다.

"모두들 투생은 동화 속의 나라로 인식하고 있어요. 웃기면서도 비현실적인 곳, 포도주를 생산하는 곳이기 때문에 항상 떠들썩하고 변하지 않는 바쿠스의 즐거움이 있는 곳으로요. 그렇기 때문에 누구도 이곳의 상황에 대해 심각하게 생각하지 않고, 덕분에 누릴 수 있는 부분들이 있어요. 투생은 포도주를 생산하는 나라예요. 모두들 알고 있겠지만 포도주 없는 인생은 제대로 된 인생이 아니라고요. 그래서 투생에는 첩자도 없고, 스파이도 없고, 비밀경찰도 없어요. 그리고 군대도 필요 없고요. 그냥 눈을 가린 방랑 기사 정도면 되는 거예요. 그 누구도 투생은 공격하지 않아요. 당신의 얼굴 표정을 보니 내 말에 확신이 가지 않나 봐요?"

"별로."

"유감이군요. 난 완전한 것이 좋은데. 하다가 말거나 어중간한 건 딱 질색이에요. 말을 끝까지 하지 않는 것도요. 그러니 더 얘기해드리죠. 리에드브룬의 영주, 풀코 아르테벨데는 당신이 죽었다고 생각하고 있고, 산적들은 당신들 모두 드루이드들에게 산 채로 태워졌다고 보고했어요. 풀코는 스캔들이 될 만한 것은 모두 덮어버리려고 애쓰는 사람이죠. 그게 그 사람의 경력에는 좋으니까요. 만약 당신이 살아 있다는 소식이 전해진다 해도, 이미 늦은 거예요. 보고서에 쓴 내용은 이미 사실이 된 거니까요."

프린질라가 눈을 깜빡였다.

"아는 게 많군요."

"그 사실을 감춘 적은 없었어요. 아무튼 닐프가드가 추적한다는 이유로 여기 있을 수 없다고 하는 건 말이 안 돼요. 빨리 떠나야 할 이유 따위는 없어요."

"흥미롭군요."

"하지만 사실이죠. 투생에서는 동서남북 사방으로, 네 개의 산맥을 통해 나갈 수 있어요. 그럼 어느 쪽으로 갈 거죠? 드루이드들은 말도 해주지 않고 도움을 주는 것도 거부했죠. 산속의 엘프는 사라졌고……."

"정말 많이 아는군요."

"그건 아까부터 말한 거잖아요."

"그리고 날 도와주기 위해 노력하는군요."

"하지만 당신은 그 도움을 거절하고 있죠. 내 의도의 진실성을 의심하고요. 날 믿지 않는 거죠?"

"아니, 난……."

"변명하지 말아요. 아티쵸크나 더 먹어요."

누군가 또 백로에 대고 맹세를 했다. 카히르는 남작의 딸들에게 칭찬을 늘어놓고 있었다. 다시 구름이 걷힌 앵글로메의 목소리가 테이블 전체에 울려 퍼졌다. 무뚝뚝한 드 트라스타마라 남작은 활과 화살촉 이야기에 화색이 돌아 밀바가 하는 이야기에 열성적으로 고개를 끄떡이고 있었다.

"자, 아가씨, 여기 멧돼지 고기 맛 좀 보시오. 아이쿠, 내가 말하려는 건…… 우리 영지에 검은 들판이 있는데, 멧돼지들이 득시글거리……."

"아."

"……동물들이 꽤 많소. 150킬로그램이 넘는…… 만약 아가씨께서 원하신다면…… 그러니까 혹시 같이 사냥을……."

"저희가 여기서 그렇게 오랫동안 머물 건 아니라서요. 말씀은 감사드리지만 사냥보다는 더 중요한 일이 있어서."

밀바는 마치 애원하는 듯한 눈초리로 게롤트를 바라보았다. 남작의 얼굴에 구름이 끼는 것을 보고 밀바는 재빨리 덧붙였다.

"하지만 일정이 조금 늦춰진다면 남작님의 사냥 초대에 기꺼이 응하고 싶어요."

드 트라스타마라 남작의 얼굴은 삽시간에 밝아졌다.

"꼭 사냥이 아니더라도 우리 영지에 초대하겠소. 내 궁으로. 사슴뿔과 박제, 파이프와 칼 컬렉션을……."

남작은 신이 나서 떠들어댔고, 밀바는 또다시 식탁보에 시선을 고정했다.

남작은 회색머리지빠귀 요리가 담긴 접시를 밀바에게 권하고는 잔에 포도주를 따라주었다.

"용서하시오. 나는 궁에 사는 사람이 아니라오. 주위를 즐겁게 할 줄도 모르고, 궁의 예법은 낯설기만 해서……."

드 트라스타마라 남작이 말했다.

"저는 숲에서 자랐어요. 그래서 조용한 것을 좋아합니다."

밀바가 헛기침을 했다.

프린질라는 식탁 밑으로 게롤트의 손을 찾아 꼭 잡았다. 게롤트는 프린질라의 눈을 바라보았다. 그 눈동자 안에 무엇이 숨겨져 있는지는 알 수 없었다.

"당신을 믿는 게 좋겠군요. 당신 의도의 솔직함을 믿겠습니다."

게롤트가 말했다.

"거짓말하는 건가요?"

"백로에 맹세하죠."

도시의 경비병은 율레 축제로 꽤나 마신 게 틀림없었다. 흔들흔들 걸어다니며 장대로 벽을 시끄럽게 두드리더니 트림 소리와 함께 시간이 이제 열 시라고 말했는데, 사실은 열두 시를 지난 지 한참이었다.

"보끌레흐에는 혼자 돌아가시죠. 전 여기 좀 더 있겠습니다, 내일까지. 안녕히 가세요, 위쳐."

레이나르 드 보아-프레스네스가 주막집에서 나오며 예상치 못한 말을 했다.

게롤트는 이 마을에 남편이 장사 일로 출타가 빈번한, 레이나르와 친한 여자가 있다는 것을 알고 있었다. 물론 그런 얘기를 서로 주고받은 것은 아니었다. 남자들은 그런 얘기를 절대로 하지 않는 법이다.

"그럼 좋은 시간 보내시길, 레이나르. 스코핀 잘 챙기고. 냄새가 나지 않도록."

"날씨가 춥잖아요."

날씨는 추웠다. 거리는 텅 비어 있었고 음울했다. 달빛이 지붕을 비추고 처마에 매달려 있는 고드름이 다이아몬드처럼 빛났지만, 어두운 골목 안까지 밝히지는 못했다. 로쥐의 말발굽 소리가 돌바닥에 울렸다.

로취, 게롤트는 보끌레흐 궁으로 향하며 생각했다. 안나 헨리에타, 그리고 단델라이온이 선물로 준 밤색 암말.

게롤트는 말을 빨리 달렸다. 서두르고 있었다.

연회가 끝난 후 모두들 아침 식사를 하러 다시 모였다. 아침 식사는 궁정의 취사장 옆에서 하는 것에 익숙해져 있었다. 왜 그런지는 모르지만, 주방에서는 게롤트 일행을 모두 좋아했다. 항상 냄비나 프라이팬, 그릴에서 바로 나온 따뜻한 요리가 있었고, 언제나 빵과 돼지기름, 베이컨과 치즈, 그리고 절인 야생젖버섯이 준비되어 있었다. 지역의 특산품인 하얗거나 붉은 음료가 들어 있는 주전자도 빠지지 않았다.

보끌레흐에서 보내기 시작한 2주 동안 모두들 항상 주방에서 모였다. 게롤트, 레지스, 카히르, 앵글로메와 밀바. 단델라이온만 어딘가 다른 곳에서 아침을 먹었다.

"단델라이온한테는 돼지기름에 베이컨을 넣어 침대에 가져다주나 봐요! 그리고 절을 하겠죠!"

앵글로메가 빵에 돼지기름을 바르며 말했다.

게롤트 역시 그럴 거라고 짐작했다. 그리고 바로 그날, 그 사실을 확인해야겠다고 생각했다.

단델라이온은 기사의 홀에 있었다. 머리에는 통밀 빵처럼 거대한 주홍빛 베레모를 쓰고, 색깔을 맞춘 더블 재킷에는 화려한 금실 자수가 수놓아져 있었다. 류트를 무릎에 놓고는 의자에 앉아 주위를 둘러싼 귀족 부인들과 궁에서 일하는 사람들에게 고갯짓을 하고 있었다.

안나 헨리에타의 모습은 다행히 보이지 않았다. 그래서 게롤트는 주저 없이 예법을 깨트리고 바로 행동했다. 단델라이온이 게롤트를 보았다.

"존경하는 여러분, 잠시 자리를 비켜주십시오. 시종들도 모두."

단델라이온은 숨을 들이켜더니 왕족이라도 된 것 같은 손짓으로 좌중을 물렸다.

그가 손뼉을 치자 그 울림이 미처 사라지기도 전에 기사의 홀에는 갑옷과 그림, 무기와 귀족 부인들이 남기고 간 코를 찌르는 분 냄새를 제외하고는 게롤트와 단둘이 남았다.

"재미가 좋군. 그렇게 쫓아 보내도 되는 건가? 손짓 한 번으로, 손뼉 한 번으로, 얼굴 한 번 찡그린 것으로 명령을 내릴 수 있다니, 기분이 상당히 좋겠군. 자네 앞에서 절을 하며 게처럼 뒷걸음쳐서 물러나는 모습이 말이야. 재미가 좋아, 안 그런가? 공주님의 애인되시는 분?"

게롤트가 악의 없이 말했지만, 단델라이온은 얼굴을 찡그리며 날카롭게 물었다.

"뭐 할 말이라도? 아니면 그냥 잡담이나 나누려고 온 건가?"

"아주 구체적인 용건이 있지. 더 이상 구체적일 수 없을 정도로."

"그럼 말해보게."

"말이 필요해. 내 말과 카히르, 앵글로메 것까지. 그리고 짐을 실어줄 말도. 그러니까 세 필의 순종 말과 두 필의 그냥 말이 필요하지. 짐꾼 말이 없다면 노새도 괜찮아. 자네가 공주님에게 그 정도 가치는 있겠지? 어때, 이 정도는 받아낼 수 있겠어?"

"그거야 아무 문제없지. 하지만 자네가 그렇게 서두르는 게 좀 이상하군. 사실 그렇게 서두르는 게 바보처럼 빈정대는 그 태도만큼이나 이상하다고."

단델라이온은 게롤트를 쳐다보지도 않고 류트를 조율하기 시작했다.

"서두르는 게 이상하다고?"

"그렇지. 10월이 이제 다 지났고 날씨는 눈에 띄게 나빠지고 있어. 하루이틀 후면 산에 눈이 내릴 거라고."

"서두르는 게 이상하다라…… 그렇게 말해줘서 다행이군. 아, 그리고 따뜻한 옷도 몇 벌 마련해줘. 털가죽으로."

게롤트가 고개를 끄떡이며 말했다.

"난 여기서 우리가 겨울을 날 줄 알았지. 여기 머물면서……."

단델라이온이 천천히 말했다.

"원한다면, 자넨 여기 남아."

게롤트가 주저 없이 대꾸하자 단델라이온이 갑자기 류트를 내려놓고 자리에서 일어났다.

"그래, 난 남을 거야."

게롤트는 크게 숨을 몰아쉬었다. 그리고 아무 말도 하지 않았다. 거인과 용이 싸우고 있는 그림이 있는 태피스트리를 바라보았다. 역시나 왼쪽 발만 둘인 거인은 용의 아가리를 부러뜨리려 하고 있었고, 용의 표정은 그다지 좋아 보이지 않았다.

"남을 거야. 난 아나리에타를 사랑해. 아나리에타는 날 사랑하고."

단델라이온이 다시 말했고, 게롤트는 계속 침묵했다.

"말은 마련해주도록 할게. 자네 말은 순종으로 준비해주지. 이름은 역시 로취로 하면 되겠지? 빠짐없이 챙겨줄 테니 걱정 마. 식량도, 따뜻한 옷도.

하지만 진심으로 하는 말인데, 봄까지 기다렸다가 출발했으면 좋겠어. 아나리에타도…….”

“내가 지금 제대로 들은 게 맞나? 내가 제대로 들은 거 맞아?”

게롤트가 드디어 입을 열자 단델라이온이 소리쳤다.

“지금 자네가 제정신이 아닌 건 확실해. 다른 부분은 나도 모르겠군. 다시 말하지만 우린 서로 사랑하는 사이라고, 아나리에타와 나는. 난 투생에 남을 거야. 아나리에타 옆에.”

“도대체 어떤 자격으로? 공주의 애인으로? 총애를 받는 신하로? 아니면 남편으로?”

“공식적인 위치 따윈 난 아무 관심 없어. 하지만 어떤 가능성도 배제할 수는 없지. 결혼도.”

단델라이온이 솔직하게 말했다.

게롤트는 또다시 거인과 용의 싸움을 바라보며 아무 말도 하지 않다가 간신히 입을 열었다.

“단델라이온, 만약 술에 취한 거라면 제발 깨어나. 만약 술을 마신 게 아니라면 한잔하든가. 그런 후에 이야기를 다시 하는 게 좋겠군.”

“무슨 말인지 모르겠는데. 왜 그런 소리를 하는지도.”

단델라이온이 눈썹을 찡그렸다.

“잠시 생각해봐.”

“도대체 왜? 나와 아나리에타의 관계가 그렇게 못 볼 지경인가? 혹시 내 이성에 호소하려는 건가? 관두라고? 나도 충분히 심사숙고한 거야. 아나리에타는 나를 사랑하고…….”

“혹시 이런 말 아나? 공주님의 은총은 변덕스러운 말을 타고 달린다고.

만약 자네의 아나리에타가, 미안하지만 내 눈에 보이는 것처럼 변덕쟁이가 아니라 해도…….”

“그러면?”

“동화에서나 공주와 악사가 결혼하는 거야.”

게롤트의 말에 단델라이온이 잘난 척하며 말했다.

“첫 번째로 자네 같은 단순한 사람도 들어봤겠지만 귀천상혼*이라는 것이 있지. 과거와 최근에 있었던 역사적인 예를 자네 앞에서 제시해야겠나? 두 번째로 자네가 이상해할지도 모르지만, 난 그렇게 신분이 낮지 않아. 드레텐호브라는 우리 가문은, 그러니까…….”

“말해준다면 들어보겠네. 그리고 이상한 건 사실이야. 지금 내 친구인 단델라이온이 이런 사기극을 벌이는 건가? 내 친구인 단델라이온이 이성을 잃은 건가? 내가 알고 있는 현실주의자 단델라이온이 이도 저도 아닌 환상의 세계에서 살기로 한 건가? 이 미친 인간아, 눈을 뜨라고!”

이제 화가 난 게롤트가 또다시 말을 가로채며 목소리를 높였다.

“아하, 우리의 역할이 이렇게 바뀔 수 있다니. 내가 눈 뜬 장님이 되고, 갑자기 자네가 모든 것을 살피는 현명한 관찰자가 된 건가? 보통은 그 반대였지. 그렇다면 자네가 보고 있는 것 중 내가 놓치고 있는 게 뭔가? 응? 자네 의견에 따르자면, 내가 눈을 떠서 뭘 봐야 하는데?”

단델라이온이 입술을 깨물고는 천천히 말했다.

“최소한 자네의 공주님은 응석받이 아이일 뿐이라는 사실이지. 그리고

---

* 귀천상혼(貴賤相婚): 신분이 높은 사람과 그보다 신분이 낮은 사람과의 결혼으로, 배우자나 그 자식이 직위나 재산을 물려받지 않는다는 조건 하에 이루어지는 결혼을 뜻한다.

자만심에 찬 웃음거리고. 지금은 자네에게 빠져 은혜를 베풀고 있지만, 더 새롭고 더 매혹적인 레퍼토리를 갖춘 새 악사가 나타나면 자네를 헌신짝처럼 버릴 거라고."

게롤트가 이를 악물고 말했다.

"지금 자네가 얘기하는 건 아주 저열하고 속되군. 그걸 알고는 있겠지?"

"자네가 제정신이 아니라는 건 알고 있어. 자네는 미쳤어, 단델라이온."

단델라이온은 아무 말 없이 류트의 머리 부분을 쓰다듬었다. 다시 입을 열기까지는 시간이 조금 걸렸다. 단델라이온이 천천히 말했다.

"우리는 브로킬론에서 출발했지. 제정신이 아닌 사명을 띠고 말이야. 성공할 확률이 전혀 없는 환상을 잡기 위해 엄청난 위험을 무릅썼어. 환영, 꿈속에서 본 것, 광기에 사로잡힌 꿈, 전혀 현실이 아닌 이상을 향해서 말이야. 바보처럼, 미친놈처럼 그 길을 나섰지. 하지만 게롤트, 난 그런 말을 한 적이 한 번도 없어. 자네를 미친놈이라고 부른 적도 없고, 자네를 비웃은 적도 없어. 왜냐하면 자네 안에는 희망과 사랑이 있었기 때문이야. 그 희망과 사랑이 이 정신 나간 사명을 이행하는 데 길을 제시했지. 나도 역시 마찬가지였고. 하지만 나는 이미 신기루를 잡았어. 운 좋게도 그 환상은 진짜였고, 소원은 이루어졌지. 나의 사명은 끝난 거야. 그토록 찾기 힘든 그것을, 난 찾아낸 거라고. 그래서 이뤄낸 그것을 소중히 간직할 생각이야. 이게 미친 짓일까? 이걸 내 손에서 놔버린다면, 그것이야말로 미친 짓일 거야."

게롤트 역시 단델라이온처럼 오랫동안 침묵했다. 그리고 마침내 입을 열었다.

"진짜 시로군. 시에서는 자네와 경쟁이 되지 않지. 이제 아무 말도 하지 않겠어. 논리에서 날 완전히 이겼군. 게다가 상당히 설득력 있는 예시를 들면서 말이지. 잘 있게나, 단델라이온."

"잘 가라고, 게롤트."

궁의 도서관은 과연 거대했다. 도서관이 위치한 홀은 기사의 홀보다 최소 두 배는 커 보였다. 그곳은 유리 천장으로 되어 있어서 덕분에 밝았다. 하지만 게롤트는 여름엔 이곳이 엄청나게 더울 것이라 짐작했다.

서가 사이는 좁고 빼곡해서 책을 넘어뜨리지 않으려면 조심스럽게 지나가야만 했다. 또한 바닥에 놓여 있는 책들을 밟지 않도록 조심해야 했다.

"난 여기 있어요."

목소리가 들려왔다. 도서관 한가운데 산더미같이 쌓여 있는 책 탑은 휘청거릴 지경이었다. 어떤 책들은 너무 엉망으로 한 권씩 흩어져 있거나 마구 쌓아 올려져 있었다.

"여기요, 게롤트."

게롤트는 책 사이, 협곡과 절벽 사이로 들어갔다. 곧이어 프린질라 비고를 발견했다.

프린질라는 흩어진 고서 사이에 무릎을 꿇고 책장을 넘기며 정리하고 있었다. 회색의 소박한 원피스를 입고 있었는데, 일하기 편하게 약간 걷어 올려져 있었다. 게롤트는 이 광경이 매우 매혹적이라고 생각했다. 프린질라는 소매로 이마를 닦았다. 왜냐하면 책 먼지로 더러워진 비단 장갑을 끼고 있었기 때문이었다.

"이 난리는 상관하지 말아요. 지금 도서관은 서지 조사와 카탈로그 작업이 진행 중이에요. 하지만 내가 부탁해서 작업을 중단했고, 나 혼자 도서관을 이용할 수 있게 되었어요. 연구할 때 낯선 이의 시선이 느껴지는 건 질색이라서."

"미안하군요, 나도 나가야 하는 건가?"

"당신은 낯선 이가 아니잖아요. 당신의 시선은…… 즐거울 뿐이죠. 그렇게 서 있지 말고 여기, 책 위에 앉아요."

프린질라는 살짝 눈을 깜빡였다.

게롤트가 폴리오로 출간된 〈세상 이야기〉 위에 걸터앉자, 프린질라 비고는 과장된 손짓으로 주위를 가리켰다.

"이 난리가 생각 외로 내 작업을 돕는군요. 보통은 돌덩이처럼 무거운 책을 옮겨야 바닥에 있는 책들을 볼 수 있는데 말이죠. 공국의 사서들이 엄청난 공을 들여 이 책 더미들을 옮겨놨어요. 덕분에 보석 같은 고서들이 겨우 빛을 보내요, 정말 희귀본들이에요. 봐요, 이런 거 본 적 있어요?"

"〈스페쿨룸 아우레움〉? 봤죠."

"미안, 잊어버렸네. 당신은 본 것이 많죠. 아, 칭찬이에요, 비꼬는 말이 아니라. 그럼 이것 좀 봐요. 〈게스타 레굼〉이에요. 여기서부터 시작해요. 당신의 시리가 진짜 누구인지, 누구의 피가 시리의 핏줄에 흐르는지…… 그런데 평소보다 더 험악한 표정을 짓고 있군요. 이유가 뭐죠?"

"단델라이온."

"말해봐요."

게롤트는 시인 친구와 있었던 일을 이야기했다. 프린질라는 다리를 꼬고 책 더미에 앉아 이야기를 들었다. 게롤트의 이야기가 끝나자 프린질라 비고는 한숨을 쉬었다.

"그렇군요. 솔직히 말하자면, 그와 비슷한 결말이 될 거라고 예상은 했어요. 아나리에타가 사랑에 빠진 티가 예전부터 났으니까."

"사랑에 빠져? 공주님의 새로운 변덕인가?"

게롤트가 콧방귀를 뀌며 비꼬자 프린질라는 게롤트를 쏘아보았다.

"당신은 솔직하고 순수한 사랑 같은 건 믿지 않죠?"

"내가 뭘 믿는지는 얘기할 거리도 못 되고 지금 이 이야기와 아무런 상관이 없지. 그냥 단델라이온이 멍청하게……."

딱 잘라 말하던 게롤트가 문득 확신을 잃은 듯 말을 멈추었다.

"사랑이란 마치 요로 결석 같은 거예요. 당신을 공격하기 전까지는 도대체 그게 뭔지 상상조차 할 수 없죠. 그리고 다른 사람들이 그런 이야기를 해줘도 믿을 수 없고."

프린질라 비고가 천천히 말했다.

"뭐 그렇다고 칩시다. 하지만 차이는 있겠지. 요로 결석을 막는 건 이성이 아니니까. 제정신이 돌아온다고 해서 요로 결석이 치료되는 것도 아니고."

"사랑은 이성을 비웃어요. 그게 바로 사랑의 매력이자 아름다움이죠."

"바보스러움이겠지."

프린질라 비고는 자리에서 일어나 먼지 묻은 장갑을 벗으며 게롤트에게 다가왔다. 커튼처럼 내려온 속눈썹에 가려진 눈은 새까맣고 깊었다. 몰약과 장미, 도서관의 먼지, 바스락거리는 종이들, 광명단과 인쇄 잉크, 펜 잉크, 도서관의 쥐를 잡기 위한 스트리크닌 냄새가 풍겼다. 사랑의 미약과는 거리가 먼 냄새였다. 그럼에도 설명할 수 없는 어떤 효과를 발휘하고 있었다.

"믿지 않는군요. 갑작스러운 충동, 피할 수 없는 끌림, 탄도를 벗어난 불덩이들이 서로 충돌하는 그런 것들을? 대변동을 믿지 않는군요?"

프린질라는 변한 목소리로 말했다.

프린질라 비고는 손을 뻗어 게롤트의 팔을 건드렸다. 게롤트는 프린질라 비고의 팔을 건드렸다. 천천히, 긴장을 유지하며 조심스럽게 얼굴이 가까워지고 부드럽고 조심스럽게 입술이 맞닿았다. 마치 잔뜩 겁을 먹은 무언가가 달아나버릴까 염려하는 것처럼.

그리고 불덩이들은 충돌하고 대변동에 이르렀다.

둘은 종이 더미 위로 쓰러졌고, 종이 더미는 두 사람의 무게에 사방으로 흩어졌다. 게롤트는 프린질라 비고의 드러난 목 사이에 코를 처박고 꽉 끌어안으며 무릎을 잡았다. 드레스를 허리까지 끌어올리는 데에는 옛 문자와 그림으로 멋지게 장식된 여러 고서들의 방해가 있었다. 〈예언자들의 생애〉와 매우 흥미롭지만 논쟁의 여지가 있는 〈치질에 대하여〉였다. 게롤트는 책들을 옆으로 밀어내고 성급히 드레스를 잡아당겼다. 프린질라 비고는 환영한다는 듯 허벅지를 들어 올렸다.

무언가가 프린질라의 팔 아래서 쓸리는 게 느껴졌다. 프린질라는 고개를 돌렸다. 〈여성을 위한 출산학〉이었다. 프린질라는 고개를 반대편으로 돌렸다. 이번엔 〈뜨거운 유황 호수들에 대하여〉가 놓여 있었다. 실제로 점점 더 뜨거워지는 중이었다. 머리로 베고 있던 펼쳐진 책의 앞장이 눈에 들어왔다. 〈피할 수 없는 죽음에 대하여〉였다. 점점 더 마음에 드네, 프린질라 비고는 생각했다.

게롤트는 프린질라의 팬티와 투쟁 중이었다. 프린질라는 게롤트를 돕기 위해서가 아니라 어쩌다 그런 것처럼 이번엔 허벅지를 살짝 들었다. 게롤트가 여자에게 어떻게 반응하는지 알지 못했던 것이다. 자기가 원하는 것을 알고 있는 여자를 좋아하는지, 자기가 원하는 것을 모르는 척하는 여자를 좋아하는지 말이다. 팬티가 계속해서 벗겨지지 않으면 열정이 식어버릴지도.

하지만 게롤트에게서 식는 듯한 징조는 전혀 보이지 않았다. 사실, 그 반대라 말할 수 있었다. 최상의 시간이라고 생각한 프린질라 비고는 열성적으로 그리고 갑작스럽게, 탑처럼 쌓여 있던 책들과 고문서를 무너뜨리며 다리를 벌렸다. 책들은 두 사람 위로 눈사태처럼 무너졌다. 두툼한 가죽 장정이 되어 있는 〈임대법〉 책이 엉덩이 한쪽을 받치고 있었고, 가장자리에 구리 장식이 박혀 있는 〈외교의 의례〉는 게롤트의 손목 아래 있었다. 게롤트는 곧장 상황을 파악하고 이를 이용하기로 했다. 두꺼운 책들을 놓아야 할 자리에 배치한 것이다. 프린질라는 구리 장식의 차가움에 소리를 질렀다. 하지만 그것은 잠시였다.

깊은 숨을 들이마시고는 게롤트의 머리카락을 놓고 양팔을 뻗더니 양쪽 손에 책들을 잡았다. 왼손에는 〈기하학 해설〉을, 오른손에는 〈파충류와 양서류 연구〉를 잡고 있었다. 프린질라의 허벅지를 잡고 있던 게롤트는 어쩔 수 없이 또 책 탑을 쓰러뜨려야 했는데, 머리 위로 쏟아지는 책들과 종이들을 신경 쓰기에는 너무나 바빴다. 프린질라는 간헐적인 신음 소리를 내며 〈피할 수 없는 죽음에 대하여〉에 머리를 박고 말았다.

책들은 바스락거리는 소리를 내며 뒤로 밀려났고 오래된 먼지의 독한 냄새가 코를 찔렀다.

프린질라가 비명을 질렀지만 게롤트는 듣지 못했다. 왜냐하면 프린질라의 허벅지가 양쪽 귀를 막고 있었기 때문이었다. 자꾸 방해하는 〈전쟁의 역사〉와 〈행복한 삶을 사는 데 필요한 모든 지식〉을 몸에서 떨궈냈다. 드레스 위쪽에 있는 자수와 더불어 작은 단추들과 씨름하며 위아래로 움직이는 바람에 어쩔 수 없이 표지와 책등에 새겨진 제목들을 읽을 수밖에 없었다. 프린질라의 허리 밑에는 〈최고의 농부〉가, 작고 매혹적으로 뾰족하게 솟은 가슴과 멀지 않은 겨드랑이 아래에는 〈쓸모없고 고집 센 이장에 대하여〉가, 팔꿈치 밑에는 〈부를 성취하고 나누고 이용하는 경제학의 방법〉이 놓여 있었다.

〈피할 수 없는 죽음에 대하여〉는 프린질라의 목에 입술을 가져다 댈 때 이미 보았고, 손 옆에 있는 〈쓸모없고 고집 센 이장에 대하여〉는…… 프린질라는 뭐라고 표현할 수 없는 소리를 냈다. 비명도, 신음도, 한숨도 아니었다.

책장은 떨리고, 책의 탑들은 무너져 내리는 통에 강도 높은 지진이 일어났을 때의 바위 언덕과 다름없었다. 프린질라는 비명을 질렀다. 책장에서는 요란한 소리와 함께 귀중한 고서인 〈연극에 쓰는 마스크와 희극의 인물들에 대하여〉의 초판본이 떨어져 내렸고, 그 뒤를 이어 〈승마의 기술 모음〉이 떨어지면서 아트레의 얀이 그린 아름다운 그림들을 끌고 내려왔다.

게롤트는 신음 소리를 내며 내려오는 책들을 걷어찼다. 프린질라는 또다시 길게 비명을 지르며 어쩌다가 게롤트의 등 뒤에 놓였는지 모를 작자 미상의 매우 흥미로운 저작인 〈1년 365일의 명상〉을 발꿈치로 걷어찼다. 게롤트는 몸을 떨며 프린질라의 팔 위에 놓인 〈피할 수 없는 죽음에 대하여〉를 보고 본인의 의도와는 전혀 상관없이 이 책을 알베르투스 리부스가 썼으며, 신트라의 대학이 출간했고, 코르베트 왕 치하 2년째가 되는 해에 인쇄장인 요한 프로벤 2세가 만들었다는 것을 알게 되었다.

책들이 옆으로 밀려나고 넘겨지면서 바스락거리는 소리만 가득한 정적이 흘렀다.

이제 어떻게 하지, 프린질라는 천천히 게롤트의 허리와 〈상황의 성격에 대한 궁리〉의 딱딱한 모서리를 손으로 어루만지며 생각했다. 제안을 해? 아니면 게롤트가 제안할 때까지 기다려? 날 변덕쟁이나 바람둥이로 보면…… 만약 게롤트가 제안하지 않으면 어쩌지?

"나가서 침대를 좀 찾아봅시다. 고서를 이런 식으로 다뤄서는 안 되지."

약간 쉰 목소리로 게롤트가 말했다.

그래서 침대를 발견했지, 게롤트는 궁전 공원의 큰길에서 로취를 달리며 생각했다. 프린질라의 방, 벽감에 있는 침대. 그리고 미친 사람들처럼, 모든 것을 빨아들일 듯이, 탐욕스럽게, 마치 몇 년은 수절한 것처럼, 그리고 또다시 수절할 것처럼 앞으로 몇 년 치를 채워두려는 듯이.

그런 후에 서로 많은 이야기를 나누었지. 아주 사소한 진실들을, 아주 아름다운 거짓말들을. 그러나 그 거짓말들은 거짓이긴 했지만, 속이기 위한 계산이 있는 것은 아니었어.

빠른 속도에 흥분한 게롤트는 로취를 눈이 쌓인 장미 덤불로 향하게 한 뒤 펄쩍 뛰어오르게 했다.

사랑을 나눴지. 이야기도 나눴고. 우리의 거짓말은 점점 더 아름다워졌어. 그리고 점점 더 거짓으로 물들어갔지.

두 달, 10월부터 율레까지. 두 달 동안의 맹렬하고 탐욕스러운 야성의 사랑.

로취의 말발굽이 보끌레흐 궁의 앞마당 블록에 부딪치는 소리만이 낮게 울렸다.

게롤트는 재빨리, 아무 소리도 내지 않고 복도로 들어섰다. 누구도 게롤트를 보지 못했고 그의 기척을 알아채지 못했다. 보초의 지루함을 수다와

뒷담화로 때우고 있던 경비병들도, 졸고 있는 시종들과 하인들도. 심지어 게롤트가 촛대 옆을 지날 때 초의 불꽃조차 흔들리지 않았다.

게롤트는 궁의 주방에 가까이 와 있었다. 그러나 안으로 들어가 작은 술병에 든 술과 튀긴 요리를 먹고 있는 일행들 사이에 끼어들진 않았다. 그냥 어둠 속에 서서 그들의 이야기를 들었다.

앵글로메가 한창 떠들고 있는 중이었다.

"씹할, 여기 투생은 무슨 마법에 걸린 장소 같아. 이 계곡 전체가 어떤 빌어먹을 마법에 둘러싸여 있다고. 특히 이 궁전 위에 말이야. 단델라이온이나 게롤트의 꼴을 보고 이상하게 생각했는데, 나도 뭔가 흐릿해지고 아래에서 무언가가 올라오는 것 같은…… 퉤퉤, 어쩌면 나도 마법에 걸려버린 걸까…… 쳇, 내가 무슨 소리를 하는 거야? 여하튼 이제 떠나자고요. 빨리 여기서 떠나요."

"게롤트에게 말해, 직접." 밀바가 대답했다.

"그래, 게롤트와 이야기해봐. 얼굴이라도 볼 수 있는 그 잠깐 동안 말이지. 여자 마법사의 침대와 괴물 사냥 사이, 그 잠깐의 틈을 이용해서 말이야. 두 달 동안, 오로지 잊기 위해서 하는 짓은 그 두 가지뿐이라고."

카히르가 빈정대며 말하자 앵글로메가 콧방귀를 뀌며 대꾸했다.

"당신도 주로 공원에서 지내잖아요. 그 남작 딸들이랑 노닥거리면서. 이 투생이라는 곳이 이상한 곳이라니까. 레지스는 밤마다 어디로 사라지고, 이모도 무뚝뚝한 표정의 남작이랑……."

"입 닥쳐! 이 코흘리개가! 그리고 날 이모라고 부르지 말라고 했지!"

"아이쿠, 저런! 아가씨들, 싸우지들 말아요. 밀바, 앵글로메, 사이좋게 지내야죠. 단델라이온과 이 나라, 이 궁과 이 빵, 돼지기름과 오이의 주인인 사랑의 군주님이 말씀하셨듯이 평화는 건설적이고, 싸움은 파괴적인 것이니까. 자, 누구에게 더 따를까요?"

레지스가 사태를 수습하며 끼어들었다.

"이미 너무 오래 이곳에 머물렀어! 너무 오래! 여기서 우린 썩고 있어요. 여기서 망해가고 있다니까요."

밀바가 언성을 높이며 화를 내다가 무겁게 한숨을 내쉬었다.

"제대로 말했군. 바로 그거야."

카히르가 고개를 끄덕였다.

게롤트는 조심스럽게 뒤로 물러났다. 아무 소리도 내지 않고, 마치 박쥐처럼.

게롤트는 재빨리, 아무 소리도 내지 않고 복도를 걸었다. 누구도 게롤트를 보지 못했고 그의 기척을 알아채지 못했다. 경비병도, 시종도, 하인들도. 심지어 촛대 옆을 지날 때 초의 불꽃조차 흔들리지 않았다. 시궁쥐들이 게롤트의 기척을 느끼고 수염 난 주둥이를 찍찍거리며 가만히 있었다. 하지만 도망치지는 않았다. 게롤트를 알고 있었기 때문이다.

이쪽으로 자주 다녔으니까.

벽감에서는 매혹적인 마법의 냄새가, 몰약과 장미, 그리고 여자의 잠 냄새가 났다. 하지만 프린질라 비고는 자고 있지 않았다.

침대에 앉아 이불을 걷어낸 그 광경만으로 게롤트를 유혹하며 지배하고 있었다.

프린질라는 몸을 쭉 펴며 말했다.

"드디어 왔네요. 날 너무 혼자 내버려두는 거 아닌가요, 게롤트. 얼른 옷

벗고 여기로 들어와요. 빨리, 아주 빨리요."

재빨리, 여자는 아무 소리도 내지 않고 복도를 걸었다. 그 누구도 여자를 보지도, 알아채지도 못했다. 보초를 서며 게으르게 이야기를 나누는 경비병들도, 졸고 있는 시종들과 하인들도. 심지어 촛대 옆을 지날 때 초의 불꽃조차 흔들리지 않았다. 시궁쥐들이 여자의 기척을 느끼고 수염 난 주둥이를 찍찍거리며 가만히 있었다. 하지만 도망치지는 않았다. 여자를 알고 있었기 때문이다.

이쪽으로 자주 다녔으니까.

보끌레흐 궁에는 복도가 있었는데, 복도 끝에는 누구도 그 존재를 알지 못하는 방이 있었다. 궁의 주인인 아나리에타 공주도, 증조할머니였던 이 성의 첫 번째 주인 아데마르트타도. 이 성을 바닥에서부터 수리했던 유명 건축가 피오트르 파라몽드도, 파라몽드의 지시와 설계에 따라 일했던 인부들도 몰랐다. 하다못해 보끌레흐에 대해 모든 것을 알고 있다고 여겨지는 르고프 시종장마저도 이 복도와 방의 존재는 모르고 있었다.

강력한 환영으로 가려진 이 복도와 방은 이 궁을 처음 세운 엘프들만이 그 존재를 알고 있었다. 엘프들이 사라지고 투생 공국이 된 후엔 공국의 주인들과 인척 관계에 있는 몇몇 마법사들만 알고 있었다. 그중에는 아르토리우스 비고가 있었는데 마법의 아라카나의 거장으로 환영을 만드는 것을 전문으로 하였다. 그리고 그의 젊은 조카인 프린질라 비고 역시 환영에는 특별한 재주가 있었다.

재빨리, 그리고 아무 소리도 내지 않고 보끌레흐의 복도를 지나온 프린질라 비고는 무성한 아칸서스 문양으로 장식된 두 개의 기둥 앞에 섰다. 조그만 목소리로 주문을 외우고 손짓으로 재빨리 무언가를 그리자, 지금까지 환영으로 벽처럼 보였던 곳은 사라지고 언뜻 보기에는 끝이 막혀 있는 복도가 드러났다. 복도 끝에는 환영으로 가려져 있던 문이 있었다. 그리고 그 문 뒤로 어두운 방이 있었다.

안으로 들어서자마자 지체하지 않고 프린질라는 텔레커뮤니케이터를 켰다. 타원형의 거울은 흐려지더니 빛을 내며 방 전체를 밝혔는데, 벽에 걸려 있는 오래된 태피스트리의 먼지까지 보였다. 거울에는 거대하고 섬세한 키아로스쿠로 안에 잠겨 있는 홀과 원탁, 그리고 그 뒤에 앉아 있는 여인들의 모습이 나타났다. 아홉 명이었다.

"말씀하시죠, 비고 님. 새 소식은 있나요?"

필리파 에일하트가 물었다.

"미안하지만 없어요, 아무것도요. 마지막으로 텔레커뮤니케이션을 한 후로는. 스캔을 하려는 시도도 없었고요."

프린질라 비고가 헛기침을 하고 말했다.

"좋지 않군요. 당신이 무언가를 발견하리라 기대했는데. 하지만 그거라도 말해주세요. 위쳐는 이제 안정된 상태인가요? 투생에 5월까지는 잡아둘 수 있겠어요?"

필리파의 물음에 프린질라 비고는 잠시 동안 아무 말도 하지 않았다. 원탁의 여인들에게 이번 주에만 위쳐가 두 번이나, 그것도 반드시 프린질라 자신의 이름을 불러야 할 상황에서 예니퍼라고 불렀다는 사실을 밝힐 생각은 추호도 없었다. 그러나 여자 마법사들도 진실을 기대할 권리가 있었다. 솔직함과 제대로 된 결론도. 프린질라 비고가 침묵을 깨고 마침내 대답했다.

"아니요, 5월까지는 어려울 것 같아요. 하지만 최대한 오래 잡아둘 수 있도록 최선을 다하겠어요."

코레드. 다양한 모습을 한 스트리기포르메스 종의 하나. 지역에 따라 코리간, 루테르킨, 룸펠스틸츠헨, 장난괴물, 최면괴물로 불리기도 함. 한마디로 말하자면, 못되기가 이루 말할 수 없는 괴물임. 쓰레기 악질 개자식으로 우리는 이 괴물의 외양이나 습성에 대해 기록하지 않겠음. 그러나 한마디만 하자면, 이런 나쁜 놈에 대해 한마디라도 쓰는 건 낭비임.

피지올로구스

제 4 장

몬테칼보 성의 기둥이 늘어선 방에는 나무판과 녹고 있는 초와 열 가지의 향수 냄새가 풍기고 있었다. 참나무 원탁과 스핑크스 머리가 조각되어 있는 의자에 둘러앉은 열 명의 여인들이 고른, 열 개의 조합된 향수였다.

프린질라 비고 맞은편에는 목까지 올라오는 연한 푸른색의 드레스를 입은 트리스 메리골드가 앉아 있었다. 트리스 옆에는 그늘에 가려진 키이라 메츠가 앉아 있었다. 여러 면으로 깎은 커다란 황수정 귀걸이가 눈부시게 반짝거리며 시선을 끌었다.

"이야기를 계속하세요, 비고 님. 어떻게 끝나는지 빨리 알아야겠어요. 그리고 필요한 조치를 취해야겠죠."

필리파 에일하트가 재촉했다.

필리파는 주홍색 드레스에 꽂은 붉은색 줄무늬 마노 카메오를 제외하고는, 예외적으로 그 어떤 보석도 치장하고 있지 않았다. 프린질라는 이미 소문으로 그 카메오가 누가 준 선물인지, 누구의 옆모습이 조각되어 있는지 알고 있었다.

필리파 옆에 앉아 있는 쉴라 드 탄자빌은 다이아몬드만이 빛날 뿐 전체적으로 검은 드레스를 입고 있었다. 마르가리타 록스 안틸레는 단 한 점의 보석도 착용하지 않고 포도주빛 두꺼운 아틀라스 천으로 된 드레스를 입고 있었고, 사브리나 글레비식은 자신의 눈 색상과 옷에 맞춰, 가장 좋아하는 오닉스로 된 목걸이와 귀걸이, 반지를 하고 있었다.

프린질라 비고와 가장 가까이 앉아 있는 마법사는 두 엘프였다. 프란체스카 핀다베어와 이다 에민 아엡 시브니. 골짜기의 데이지 꽃, 프란체스카 핀다베어의 머리 모양이나 주홍빛 드레스는 조금도 튀지 않았고, 왕관과 목걸이에서 붉게 빛나는 보석은 루비도 아닌 소박하지만 품위 있는 가넷이었음에도 불구하고 언제나처럼 여왕다웠다. 그에 비해 이다 에민은 가을빛이 화려하고 섬세하게 날리는 듯한 모슬린과 튈을 입고 있었는데, 드레스는 중앙난방에서 나오는 거의 느낄 수 없는 바람에도 아네모네 꽃잎처럼 파도를 치며 흩날렸다.

아시르 바 아나히드는 언제나 그랬듯이 소박하지만 격조 높은 세련됨으로 경탄을 불러일으켰다. 딱 맞는 어두운 초록빛 드레스의 살짝 파인 목 사이로 금테를 두른 동그란 에메랄드 펜던트가 반짝였다. 잘 손질된 손톱에는 아주 어두운 초록빛 매니큐어가 칠해져 있어서 전체적인 색조에 여자 마법사다운 화려한 기운을 살짝 보태고 있었다.

"프린질라 비고 님, 말씀하시죠. 시간이 없어요."

쉴라 드 탄자빌까지 재촉하자 프린질라 비고는 헛기침을 했다. 그리고 이야기를 시작했다.

"12월이 되었어요. 율레 축일이 지나고, 새해가 왔죠. 위쳐는 상당히 안정된 상태고 입만 열면 시리 얘기를 하던 것과 달리, 이제 그 정도는 아니에요. 정기적으로 괴물을 잡으러 나가는 일 때문에도 상당히 바빠져서 다른 여유가 없었죠. 아니, 어쩌면 완전히 그렇다고 말하기는 어려울지도…….”

프린질라 비고는 하던 말을 멈추었다. 트리스 메리골드의 푸른 눈에 분노가 번쩍인 것 같은 기분이 들었다. 하지만 계속해서 흔들리는 촛불의 불빛이 반사된 것인지도 모른다. 필리파는 카메오를 만지작거리며 콧방귀를 뀌었다.

“그런 겸손한 소리는 집어치워요, 프린질라 비고 님. 우리끼리 있는 자리니까요. 우리 모두는 섹스가 쾌락 말고도 어떤 역할을 하는지 알아요. 필요하다면 누구나 그걸 이용하죠. 얘기를 계속해요.”

프린질라 비고는 다시 이야기를 시작했다.

“위쳐가 낮에는 그런 사실을 숨기고 자존심을 세우며 잘난 척했을지는 몰라도, 밤에는 완전히 나의 영향 아래 있었어요. 내게 모든 것을 다 말했죠. 그의 나이를 고려했을 때, 그는 내 여성성에 완전히 굴복하고 최선을 다했다고 말할 수 있어요. 그러고는 잠이 들었죠. 내 팔에 안겨서, 나의 가슴에 입술을 묻고. 한 번도 경험해보지 못한 엄마의 사랑을 찾으면서요.”

프린질라는 이번에야말로 조금 전 번쩍이던 트리스 메리골드의 분노가 촛불의 불빛 때문이 아님을 확신했다. 좋아, 질투하라고, 프린질라 비고는 생각했다. 날 질투해봐. 질투할 만하니까.

프린질라 비고는 다시 한 번 강조했다.

“그는 완전히 내 통제 아래 있었어요.”

“침대로 돌아와요, 게롤트. 아직 해가 뜨지도 않았다고요, 맙소사!”

“약속을 했어. 포메롤에 가야 해.”

"당신이 포메롤에 가는 건 싫어요."

"약속을 했다니까. 한 말은 지켜야지. 양조장 주인이 성문 앞에서 날 기다리고 있을 거요."

"당신이 괴물을 잡으러 다니는 건 바보 같고 아무런 의미도 없어요. 굴에서 나오는 또 다른 괴물 한 마리를 죽여서 뭘 증명하고 싶은 거죠? 증명하고 싶다면 더 좋은 방법이 있어요. 자, 침대로 돌아와요. 포메롤에는 가지 말아요. 적어도 지금 당장은요. 양조장 주인이야 기다리든지 말든지! 양조장 주인 따위 뭐가 중요하죠? 난 당신과 사랑을 나누고 싶다고요."

"용서해줬으면 좋겠군. 지금은 시간이 없어. 약속을 했으니까."

"난 당신과 사랑하고 싶다고요!"

"아침 먹을 때 옆에 있어주고 싶다면 옷을 입든지."

"이제 날 사랑하지 않는 건가요, 게롤트? 날 사랑하지 않아요? 대답해봐요."

"저 진줏빛 드레스를 입었으면 싶은데, 밍크 깃이 달린. 저게 당신 얼굴에 잘 받더라고."

"그는 내 요청이라면 무엇이든지 들어주며 완전히 내 매력에 빠져버렸죠. 내가 원하는 건 무엇이든지 했어요. 그랬죠."

"물론 당신 말을 믿어요. 이야기를 계속해봐요."

쉴라 드 탄자빌이 매우 건조하게 말했다.

프린질라는 주먹에 대고 기침을 한 뒤 말을 이었다.

"문제는, 같이 온 그의 일행들이었어요. 그 이상한 무리 말이죠. 카히르 모르 디플린 엡 셀락은 날 보더니, 얼굴이 시뻘게질 정도로 내가 누구인지 기억해내려고 애쓰더군요. 하지만 기억하지 못했죠. 왜냐하면 할아버지 대의 성, 다른 디프라에서 내가 머물 때 그는 여섯 살인가, 일곱 살이었으니까요. 겉으로 보면 명랑하고 강해 보이는 밀바의 경우, 마구간 구석에서 울고 있는 걸 나에게 두 번이나 들켰죠. 앵글로메는 변덕스러운 아이에요. 그리고 레지스 로헬렉 테르지에프–고드프로이, 도저히 뭐라고 규정할 수 없는 인간이었죠. 이 무리 모두가 게롤트에게 영향을 미쳤어요. 그건 내가 어찌할 도리가 없었죠."

알았어, 알았다고, 말을 이어가던 프린질라는 생각했다. 눈 좀 그렇게 치켜뜨지들 말라고, 입술도 일그러뜨리지 말고. 기다려. 이게 이야기의 끝은 아니야. 나의 승리에 대해 들어야지.

프린질라 비고는 다시 이야기를 시작했다.

"아침마다 그 무리 전체가 보끌레흐 성 지하에 있는 주방에서 만났어요. 무슨 이유인지는 알 수 없지만 주방장이 그들을 좋아했죠. 그들을 위해 맛있는 음식들을 준비했는데, 항상 잔뜩 차려놔서 아침 식사가 보통 두 시간, 어쩔 땐 세 시간이나 계속되곤 하더군요. 나 역시 여러 번 게롤트와 함께 그들과 아침을 먹었죠. 그래서 그들이 얼마나 황당한 대화를 나눴는지 잘 알아요."

주방에는 발톱을 드러낸 채 겁먹은 듯한 검은 암탉과 갈색 점이 있는 암탉이 돌아다니고 있었다. 아침을 먹고 있는 일행을 쳐다보며 바닥에 떨어진 음식 부스러기들을 쪼아 먹고 있었다.

일행은 매일 아침 궁전의 주방에서 모였다. 이유는 모르지만 주방장이 일행을 좋아해서, 항상 무언가 맛있는 음식들을 준비해줬다. 오늘은 스크

램블 에그와 발효된 호밀에 소시지와 감자를 넣고 끓인 쥬렉 수프, 찐 가지와 토끼 파테*, 거위 가슴살과 과일 소스가 얹어진 흰 소시지에 커다란 흰 치즈 덩어리도 있었다. 모두들 신이 나서 말 한마디 없이 먹는 데 집중했다. 아무 말이나 나오는 대로 내뱉고 있는 앵글로메만 제외하고.

"내가 분명히 말하는데, 이곳에는 사창가를 차려야 한다니까요. 우리가 하기로 한 일을 다 마치면, 여기로 다시 돌아와서 매춘 사업을 해야 된다고요. 시내를 내가 둘러봤거든요. 여긴 모든 것이 다 있어요. 이발소가 아홉 곳, 약국은 여덟 곳. 하지만 사창가는 아주 지저분한, 한마디로 사창가라고 할 수도 없는 수준의 딱 한 집이 있을 뿐이라니까요. 그러니 경쟁 상대도 없죠. 우린 초호화판으로 차리는 거예요. 정원이 딸린 집을 사서……."

"앵글로메, 제발 좀."

"……특정 고객층만 상대하는 거죠. 제가 마담을 할게요. 장담하는데 돈을 무지하게 많이 벌 수 있어요. 그리고 귀족처럼 사는 거예요. 그러면 언젠가는 나를 시의원으로 뽑아주겠죠? 그럼 나도 여러분을……."

"앵글로메, 제발! 자, 여기 파테를 발라서 빵이나 좀 먹어."

앵글로메는 아주 잠시 조용해졌다.

"오늘은 뭘 잡으러 가요, 게롤트? 빡센 일인가요?"

"직접 봤다는 사람들이 전혀 상반되는 묘사를 하고 있어. 어쩌면 프리스키르닉**일지도 모르지. 그럼 상당히 힘들 거야. 아니면 델리혼**, 그럼 중간 정도 힘들겠고. 어쩌면 나졤픽**, 그럼 중간 정도로 쉽겠지. 생각보다 아

---

* 파테(pâté): 고기와 채소 등을 갈아 오븐에 구워 파이 반죽이나 빵과 함께 먹는 요리.
** 프리스키르닉(Pryskirnik), 델리혼(Delichon), 나졤픽(Narzępik): 투생의 굴이나 지하실에 사는 괴물.

주 쉬운 일일 수도 있어. 왜냐하면 괴물을 마지막으로 본 게 작년 라마스 축일 때라던데, 그럼 이미 포메롤에서 멀리멀리 떠났을지도."

게롤트가 접시 위로 고개를 들고는 말했다.

"그랬으면 좋겠네요."

프린질라 비고가 거위 뼈를 씹으며 말했다.

"단델라이온은 어떻게 지내고 있는 거요? 본 지가 하도 오래돼서 단델라이온에 대한 내 기억이 시내 악사들의 노랫말에 의존할 지경이 되었는데."

게롤트의 물음에 레지스가 입을 다문 채 웃으며 말했다.

"우리 역시 마찬가지죠. 우리가 아는 건, 우리 시인님이 아나리에타 공주님과 너무나 가까운 사이라 사람들 앞에서도 친근하게 별명으로 부른다는 것 뿐. 별명은 족제비라고 하더군요."

"진짜 딱 맞는데! 그 공주님 코는 정말 족제비 같다니까. 이빨은 말하지 않더라도 말이야."

앵글로메가 음식물을 입에 한가득 문 채 말했다.

"세상에 완벽한 사람은 아무도 없어요."

프린질라 비고가 눈을 깜빡였다.

"사실이지."

검은색과 갈색의 암탉들은 이미 배가 부르게 먹고는 밀바의 구두를 쪼기 시작했다. 밀바는 발로 걷어차더니 닭들을 쫓으며 욕설을 내뱉었다.

게롤트는 아까부터 밀바를 계속 쳐다보다가 결국 마음을 먹었다.

"마리아, 우리가 나누는 이야기가 뭐 그렇게 중요하거나 아주 격조 높은 농담은 아니지만, 그렇게까지 얼굴을 찡그리고 있어야겠어? 도대체 왜 그러는 거야?"

게롤트는 심각한, 아니 엄격한 표정으로 물었다.

"그럴 만한 일이 있죠."

밀바 대신 앵글로메가 말했다. 게롤트는 앵글로메를 무서운 눈길로 쏘아보며 입을 막으려고 했지만 너무 늦었다. 밀바는 의자가 넘어질 정도로 갑작스럽게 자리에서 일어났다.

"당신들이 뭘 알아? 도대체 뭘 안다고 그래요? 다들 염병에나 걸려라! 젠장! 알겠어?"

식탁에서 잔을 움켜쥐더니 모조리 마시고는 일말의 망설임도 없이 바닥에 던져버렸다. 그러고는 문을 쾅 닫으며 뛰쳐나갔다.

"문제가 심각해요……."

앵글로메가 또다시 입을 열었지만, 이번에는 레지스가 앵글로메의 입을 막고 말했다.

"문제가 아주 심각하죠. 하지만 우리의 궁수가 저렇게 극단적인 반응을 보일 줄은 몰랐습니다. 보통 저런 행동은 차였을 때 반응이지, 차고 난 후의 반응은 아니니까."

"젠장, 지금 도대체 무슨 소리를 하는 거야? 응? 도대체 무슨 말인지 누가 설명 좀 해봐."

게롤트가 신경질을 냈다.

"아마디스 드 트라스타마라 남작이요."

"그 무뚝뚝한 얼굴의 사냥꾼 남작?"

"맞아요, 그 사람. 밀바에게 청혼했어요. 사흘 전 사냥터에서요. 이미 한 달 전부터 같이 사냥을 다니고 있었죠."

레지스의 말이 끝나기 무섭게 앵글로메가 이를 드러내며 끼어들었다.

"한 번은 1박 2일 일정의 사냥이었다고요. 사냥터의 작은 성에서…… 무슨 말인지 알겠어요? 장담하지만……."

"입 다물어, 앵글로메. 그래서 어떻게 됐다는 거요, 레지스?"

"격식을 갖추어 제대로 청혼을 한 겁니다. 밀바는 거절했고요. 그것도 딱 잘라서. 남작은 상당히 이성적인 사람으로 보였는데, 그럼에도 그 거절에 마치 젊은이처럼 마음이 상해서 바로 보끌레흐를 떠나고 말았죠. 그리고 그때부터 밀바의 기분은 계속 저런 상태랍니다."

"우리가 여기 너무 오래 있었군. 너무 오래 있었어."

게롤트가 중얼거렸다.

"여기 오래 머물렀다는 그 말, 지금 누가 말하는 거요?"

지금까지 아무 말도 하지 않고 있던 카히르가 비꼬듯 물었다.

"미안. 이 문제에 대해서는 돌아와서 좀 더 얘기하도록 하지. 포메롤 양조장 주인이 날 기다리고 있어. 위쳐의 직업 예절에 지각이란 있을 수 없지."

게롤트는 자리에서 일어났다.

밀바가 갑자기 뛰쳐나가고 게롤트가 떠난 후 일행은 아무 말 없이 아침을 먹었다. 주방에는 발톱을 드러낸 채 겁먹은 듯한 검은 암탉과 갈색 점이 있는 암탉이 돌아다니고 있었다.

"나도 고민이 있는데……."

앵글로메가 빵 껍질로 접시를 닦고 있는 프린질라에게 눈길을 던지며 입을 열었다.

"좋아. 걱정할 건 하나도 없어. 마지막 생리가 언제였지?"

여자 마법사가 고개를 끄떡이며 물었다.

"뭐라고요? 그런 게 아니에요! 전혀 다른 문제라고요!"

앵글로메가 벌떡 일어나는 바람에 닭들이 기겁하며 흩어졌다.

"그럼 뭔데? 말해봐."

"게롤트가 다시 길을 떠날 때, 날 여기 놔두고 가려고 해요."

"아."

"게롤트 말로는 나를 위험에 빠트리면 안 된다는 둥 어쩐다는 둥 그런 바보 같은 소리를 한다니까요. 난 게롤트와 함께 가고 싶은데……."

앵글로메는 코를 훌쩍였다.

"아."

"내 말을 끝까지 들으라고요, 알았어요? 난 게롤트랑 같이 갈 거예요. 왜냐하면 게롤트랑 같이 있어야 무섭지 않다고요. 외눈박이 팔코가 또 나를 쫓아오면, 여기 투생에서는……."

"앵글로메, 지금 쓸데없는 짓을 하는 거야. 비고 님은 네 말을 듣고는 있지만, 무슨 말인지는 듣고 있지 않거든. 게롤트가 떠난다는 사실만 신경 쓰고 있으니까."

레지스가 앵글로메의 말을 막았다.

"오, 테르지에프-고드프로이 씨, 지금 무슨 말이 하고 싶은 거죠? 게롤트가 떠난다고요? 혹시 물어봐도 되는 거라면, 언제 떠나는데요?"

프린질라 비고가 눈을 깜빡거리며 레지스를 향해 시선을 돌렸다.

"아마 오늘내일은 아니겠죠. 하지만 언젠가는 분명 떠날 겁니다. 아무에게도 상처 주지 않고."

레지스가 부드러운 목소리로 대답했지만, 프린질라의 표정은 차가워졌다.

"상처를 받은 건 아니에요. 물론, 지금 이야기한 게 날 염두에 둔 거라면 말이죠. 네 얘기로 돌아가자꾸나, 앵글로메. 투생을 떠나는 문제에 대해서는 내가 게롤트와 이야기해볼게. 내 의견을 분명히 말하겠어."

"물론 그렇겠지. 그렇게 대답할 거라는 걸 내가 어떻게 알았을 것 같소, 프린질라 비고 씨?"

카히르가 코웃음을 치자 프린질라는 그를 한동안 바라보다가 마침내 입을 열었다.

"게롤트는 투생에서 떠나선 안 돼요. 그가 잘되길 바라는 사람이라면 이곳에 그를 붙잡아두려 할 거예요. 여기만큼 게롤트에게 좋은 곳이 어디 있겠어요? 아주 잘 살고 있잖아요. 잡아야 할 괴물도 있고, 그 일로 돈벌이도 좋죠. 이곳을 다스리는 공주님의 연인인 사람과 친구이고, 공주님도 게롤트를 좋아해요. 특히 침실을 방문해서 사람들을 괴롭히는 여자 악령을 해치운 일에 대해 고마워하고 있죠. 맞아요, 신사 여러분. 아나리에타는 투생의 모든 여자들처럼 위쳐에게 고마워하고 있어요. 여자 악령이 칼이라도 맞은 듯 더 이상 찾아오지 않게 되었으니까요. 투생의 여자들은 돈을 모으고 있고, 곧 게롤트의 치안파넬리 계좌로 입금이 될 거예요. 그럼 지금까지 모은 돈이 더 불어나게 되겠죠."

"여자분들의 성의가 고맙군요. 그리고 보상금은 당연한 것이지요. 여자 악령을 멈춰 세운다는 건 쉬운 일이 아니니까요. 제 말을 믿어도 좋습니다, 프린질라 비고 씨."

레지스는 시선을 피하지 않았다.

"나도 알아요. 그리고 말이 나왔으니 말인데, 궁의 경비병 중 하나가 여자 악령을 보았다는 거예요. 카로베르타 탑의 총안이 있는 흉벽에서요. 다른 악령과 같이 있었다더군요. 마치 뱀파이어 같은 악령 말이에요. 두 악령들이 친한 친구처럼 산책을 하고 있었다던데, 경비병이 맹세해도 좋다고 말했어요. 혹시 이 사실에 대해 아는 게 있나요, 레지스? 설명이 가능한가요?"

"아니, 그건 알 수 없는 일이죠. 땅에 발을 딛고 사는 철학자로서는 상상도 못할 일이로군요."

레지스는 눈 하나 깜짝하지 않았다.

"그런 일도 분명 일어날 수 있는 법이죠. 그럼 게롤트가 떠날 준비를 한다는 사실에 대해 뭔가 더 알고 있는 건 없나요? 나에게는 그런 말을 한 적이 없는데. 나한테는 보통 모든 걸 다 말하는데 말이에요."

프린질라가 새카만 머리를 끄덕이며 물었다.

"물론 그렇겠지."

카히르가 불쑥 내뱉었지만, 프린질라는 못 들은 척 무시했다.

"레지스 씨?"

"아니요, 없습니다, 프린질라 비고 씨. 그러니 안심하세요. 게롤트가 당신보다 우리를 더 믿거나 더 많은 애정을 쏟거나 하는 건 아니니까요. 당신 앞에서 감추는 비밀을 우리에게만 털어놓는 것도 아니고."

"그럼 도대체 그가 떠난다는 말은 뭐죠?"

프린질라 비고는 마치 화강암처럼 완강했지만, 레지스는 이번에도 눈 하나 깜짝하지 않았다.

"우리 귀여운 앵글로메의 매력적인 표현을 빌리자면, 화장실에서는 싸거나 나와야 하는 법이죠. 다른 말로 하자면……."

"됐어요. 다른 말은 됐다고요. 매력적인 그 표현으로 충분하네요."

프린질라가 매섭게 말을 끊었다.

오랫동안 침묵이 흘렀다. 검은색과 갈색의 암탉들은 떨어지는 모든 것을 쪼아 먹고 있었다. 앵글로메는 과일즙이 묻은 소매로 코를 닦았다. 레지스는 생각에 잠긴 채 소시지 끝을 만지작거리고 있었다. 프린질라가 마침내 침묵을 깼다.

"내 덕분에 게롤트는 지금까지 극소수만이 알고 있던 시리의 복잡한 혈통에 대해 알게 되었죠. 내 덕분에 1년 전에는 짐작도 하지 못했던 사실들을 알게 된 거예요. 내 덕분에 그 정보를 활용할 수 있게 되었고, 정보는 곧 무기예요. 내 덕분에, 그리고 내 마법의 방어막 덕분에 적들의 스캔에서 안전하고, 암살자들에게서도 안전해요. 내 덕분에, 그리고 내 마법 덕분에 이제 무릎도 안 아프고 굽힐 수도 있어요. 목에는 내가 만들어준 메달을 걸고 있는데, 위쳐의 메달은 아니지만, 뭐 그래도요. 내 덕분에, 오로지 내 덕분에 봄이나 여름이 오면, 이 모든 정보를 가지고, 안전하고 건강하게, 제대로 무장을 갖추고 준비가 된 상태에서 적들과 다시 싸울 수 있을 거예요. 만약 여러분 중 누구라도 나보다 게롤트에게 더 많은 것을 해준 사람이 있다면, 한 번 말해봐요. 내가 기꺼이 공을 돌릴 테니까."

아무도 입을 열지 않았다. 암탉들이 카히르의 구두를 쪼았지만 카히르는 전혀 신경 쓰지 않았다. 그리고 빈정거리듯 대답했다.

"정말이지 우리 중 그 누구도 당신만큼 게롤트에게 많은 것을 해주진 못했군."

"그렇게 대답하리라는 사실을 내가 어떻게 알았을까요?"

"그게 문제가 아닙니다, 프린질라 비고 씨."

레지스가 이야기를 시작하려 했지만, 프린질라는 레지스에게 말할 기회를 주지 않았다.

"그럼 뭐가 문제라는 거죠? 게롤트가 나와 함께 있다는 사실 말인가요?

우리가 서로 감정을 가지고 있다는 게 문제인가요? 게롤트가 떠나는 걸 내가 싫어하는 게 문제인가요? 게롤트가 양심의 가책 때문에 망가지는 걸 내가 원치 않는 게 문제인가요? 당신들을 길로 내모는 것, 그것도 그 양심의 가책이 내리는 벌인가요?"

프린질라가 따지듯 물었다.

레지스는 침묵했다. 카히르 역시 대답하지 않았다. 앵글로메는 주위를 두리번거렸는데, 무슨 말인지 잘 모르는 것 같았다. 잠시 침묵이 흐르고 프린질라가 말을 이었다.

"만약 게롤트가 시리를 찾게 된다면, 이미 어딘가에 예언되어 있을 것이고 그건 운명이에요. 게롤트가 산으로 가든, 여기 투생에 앉아 있든 상관없다고요. 운명은 사람을 찾아오는 법이에요. 그 반대가 아니라, 알겠어요? 레지스 테르지에프-고드프로이 씨, 알아듣겠어요?"

"프린질라 비고 씨, 당신이 생각하는 것 이상으로 저는 그 사실을 잘 알고 있습니다."

레지스는 소시지 토막을 손가락으로 돌리며 말을 이었다.

"미안한 말이지만 저에게 운명이란 위대한 데미우르고스의 손으로 예언서에 써놓은 그 어떤 것도, 하늘의 뜻도, 거역할 수 없는 어떤 섭리도 아닙니다. 운명은 서로 간에 관계가 없는 것처럼 보이는 여러 사실과 여러 사건과 행동의 결과죠. 당신이 말한 것처럼, 운명이 사람을 찾아온다는 것에는…… 꼭 인간만 해당되는 것은 아니지만…… 동의합니다. 그러나 그 반대가 불가능하다는 말은 저에게는 그다지 설득력이 없군요. 왜냐하면 그런 편리한 운명론이 태만과 정체, 오리털 이불과 여인의 품에서 전해지는 포근함을 찬양하게 된답니다. 요약해서 말하자면, 꿈속에서의 삶이라고나 할까요. 하지만 프린질라 비고 씨, 삶은 어쩌면 꿈일지도, 꿈으로 끝나는 것일지도 모르지만…… 적극적으로 꿔야 하는 꿈입니다. 그래서 우리 앞에 길이 기다리고 있는 것이랍니다.”

“마음대로들 하세요!”

프린질라 비고는 좀 전의 밀바처럼 의자가 넘어질 정도로 자리에서 벌떡 일어났다.

“마음대로요! 겨울 산길은 눈보라가 몰아치고 추위와 운명이 기다리고 있어요. 그리고 당신들이 필요로 하는 속죄와 보속(補贖)도요. 길은 열려 있어요! 하지만 게롤트는 이곳에 남을 거예요. 투생에! 나랑 같이!”

“제 생각이지만, 잘못 생각하고 있는 것 같군요, 프린질라 비고 씨. 게롤트가 꾸는 꿈은 저도 인정하지만, 마술적이고 아름다운 꿈이죠. 하지만 어떤 꿈도 너무 오래 지속되면 악몽으로 변하기 마련입니다. 비명을 지르며 깨어나는 악몽 말입니다.”

레지스가 가라앉은 눈길로 차분하게 말했다.

몬테칼보의 커다란 원탁 뒤에 앉은 아홉 명의 여인들이 프린질라 비고에게 시선을 고정하고 있었다. 갑자기 말을 더듬기 시작한 프린질라를 향해서.

“게롤트는 1월 8일 아침에 포메롤 양조장으로 갔어요. 그리고 돌아왔죠…… 아마도 같은 날 밤에…… 아니, 어쩌면 9일 오전에…… 화, 확실치는 않아요…… 나도 기억이 분명치는…….”

가만히 이야기를 듣고 있던 쉴라 드 탄자빌이 부드럽게 부탁했다.

“정확히 말해봐요. 정리를 해서, 프린질라 비고 님. 만약 이야기 중 개인적으로 불편한 부분이 있다면 그 부분은 넘어가도 좋으니까."

주방에는 발톱을 드러낸 갈색 암탉이 조심스럽게 돌아다니고 있었다. 채소들과 닭고기를 넣고 끓인 맑은 로수 냄새가 진하게 풍겼다.

쾅 소리를 내며 문이 열렸다. 들어온 것은 게롤트였다. 바람을 맞아 빨개진 얼굴에는 멍이 들어 있었고 보랏빛으로 말라붙은 핏자국이 나 있었다.

"자, 모두들 짐을 싸. 떠나자고! 절대 늦지 말고 정확히 한 시간 후에, 기둥이 서 있는 시내 외곽 언덕에서 보자. 마구를 갖추고 짐을 챙겨. 멀고 험한 길을 떠나야 하니까 단단히 준비하라고."

게롤트는 아무런 서론도 없이 말을 쏟아냈지만, 그것으로 충분했다. 마치 모두들 오랫동안 이 소식을 기다려온 것처럼, 오랫동안 준비가 되어 있던 것처럼.

"난 금방 돼! 반시간이면 준비할 수 있어요!"

밀바가 외치며 자리에서 일어났다.

"나도. 하지만 왜 이러는 거지? 변덕인가? 연인들 사이의 싸움? 정말 길을 나서려는 거요?"

카히르가 숟가락을 내던지며 일어나 게롤트를 찬찬히 바라보았다.

"정말 길을 나서는 거야. 앵글로메, 왜 그런 표정을 짓고 있지?"

"게롤트, 난……."

"걱정 마. 너만 남겨놓진 않을 테니까. 마음을 바꿨어. 이 코흘리개야, 넌 감시가 필요해, 시야 밖으로 내놓으면 안 된다고. 서둘러. 내가 말했잖아, 짐을 싸라고. 말에 봇짐을 꾸려. 그리고 한 명씩 들키지 않게, 시내 외곽의 기둥에서 한 시간 후에 만나자."

"네, 알겠습니다! 씹할, 드디어 간다!"

앵글로메가 외쳤다.

눈 깜짝할 사이에 주방에는 게롤트와 갈색 암탉, 그리고 차분하게 올챙이국수가 들어 있는 로수를 먹고 있는 뱀파이어만 남았다.

"특별한 초대라도 기다리고 있는 건가? 왜 아직도 앉아 있는 거요? 노새 드라큘이 짊어질 짐을 꾸리고, 여자 악령과 작별 인사를 해야지!"

게롤트가 신경질적으로 다그쳤지만, 레지스는 서두르지 않고 큰 냄비에서 국자로 로수를 뜨며 말했다.

"게롤트, 여자 악령과 작별 인사를 하는 데는 당신이 검은 머리 아가씨와 작별 인사하는 시간만큼만 있으면 돼요. 만약 당신이 검은 머리 아가씨와 작별 인사를 할 생각이라면 말이죠. 그리고 우리끼리 하는 말인데 젊은이들이야 갑자기 소리 지르고 난리를 치면서 짐을 싸라고 닦달하며 내보낼 수 있지만, 최소한 나에게는 나이를 고려해서 몇 마디라도 설명을 해줬으면 좋겠군요."

"레지스……."

"설명이요, 게롤트. 빨리 시작할수록 더 나을 거예요. 내가 도와주지요. 어제 아침, 계약대로 포메롤 양조장 주인을 성 앞에서 만났는데……."

율레 축제 전날 밤 '꿩' 주막집에서 만난, 검은 수염의 포메롤 양조장 주인 알시데스 피에라브라스가 노새를 타고 성문 앞에서 게롤트를 기다리고 있었다. 그는 마치 어디론가 멀리멀리, 솔베이가 문을 넘고 엘스케르데그 산맥을 지나 여행이라도 떠나려는 듯한 차림새였다.

"여기서 가깝긴 하지만, 사실 가깝지는 않습니다. 위쳐 선생처럼 드넓은 세상을 돌아다니신 분은 이 작은 투생을 시골이라고 생각하시고, 국경선에서 국경선까지 마른 모자를 던지면 닿을 거라고들 생각하죠. 그건 오산입니다. 우리가 가는 포메롤 양조장까지는 상당한 거리라 정오까지 도착하기만 하면 성공입니다."

알시데스 피에라브라스는 게롤트의 의아해하는 표정을 보더니 설명했다.

"그렇다면 이렇게 늦게 만난 건 잘못이군요."

게롤트가 건조하게 대꾸했다.

"아, 그럴지도 모릅니다. 선생께서 새벽에 일찍 일어나시는 분인 줄은 몰랐지요. 보통 중요하신 분들은 그러지 않으시니."

알시데스 피에라브라스가 게롤트를 응시하며 콧수염에 콧김을 불었다.

"전 중요한 분이 아닙니다. 갑시다, 여기서 이야기하느라 시간을 낭비할 수는 없지 않습니까."

"저도 같은 생각입니다."

둘은 가장 빠른 길로 가기 위해 시내 한복판을 통과했다. 게롤트는 처음에 골목에서 길이 막혀 시간이 지체될까봐 걱정했었다. 하지만 양조장 주인 피에라브라스는 시내를 매우 잘 아는 것 같았고, 언제 사람이 없는지도 잘 아는 듯했다. 둘은 아무 문제없이 시내를 빠져나갔다.

광장을 가로지르며 처형대를 지났다. 그리고 목 매달린 사람이 걸려 있는 교수대도.

"위험한 일이지요. 시를 짓고 노래를 부른다는 것은요. 공개적으로 말입니다."

양조장 주인이 교수대를 고갯짓으로 가리키며 말했다.

"이곳은 처벌이 무겁군요. 다른 곳은 풍자와 관련된 처벌이라면 태형 정도에서 끝날 텐데."

게롤트는 무슨 일인지 금방 알아차렸다. 알시데스 피에라브라스가 냉정하게 말을 이었다.

"누구를 풍자했는지에 따라 다르지요. 그리고 어떻게 풍자했는지도. 우리의 공주님은 마음씨가 착하고 좋은 분이시지만, 화가 나면……."

"제 친구가 한 말인데, 노래는 막을 수 없다고 하더군요."

"노래야 막을 수 없죠. 하지만 그 노래를 부른 자는 막을 수 있지요."

시내를 가로질러 거품을 내며 얕게 콸콸 흐르고 있는 블레쉬어 계곡을 따라 자리하고 있는 통 제조업자들의 점포 문 앞을 지났다. 눈은 구덩이와 파인 곳에만 쌓여 있었지만 날씨는 꽤 추웠다.

베데테와의 국경 지역인 세르반테스 산맥으로 향하고 있는 기사 무리를 만났다. 방패와 망토, 마구에는 그리핀과 사자, 하트와 백합, 별과 십자가, V자 등 각종 문장이 새겨져 있어 화려했다. 말발굽 소리가 울려 퍼지고, 깃발이 펄럭거리고, 기사의 슬픔과 기다려줘야 할 아가씨가 그만 시집을 가버린다는 바보 같은 노랫소리로 시끄러웠다.

게롤트는 기사 무리를 시선으로 좇았다. 방랑 기사들의 모습은 이제 맹세한 기간을 마치고 도시의 유부녀 애인 품에서 새로운 힘을 축적한 레이나르와 불어난 강물, 맹수로 가득한 숲, 그리고 다른 무서운 것들 때문에 집으로 못 돌아오는 그 유부녀의 남편을 생각나게 했다. 게롤트는 레이나르를 애인의 품에서 떼어낼 생각은 없었지만, 포메롤 양조장 주인과의 약속을 좀 더 뒤로 미루지 않은 것을 후회했다. 레이나르와 함께 있었으면 싶었던 것이다.

"달립시다, 위쳐 선생."

"그러죠, 피에라브라스 님."

강의 상류를 향해 길을 따라 달렸다. 블레쉬어 강은 구불구불 흐르고 있었지만 그 위에는 다리도 많아 다른 길로 돌아갈 필요는 없었다.

로취와 노새의 코에서 허연 콧김이 뿜어져 나왔다.

"피에라브라스 님, 겨울이 오랫동안 계속될 것 같습니까?"

"사오빈 날 추웠죠. 옛말에 '사오빈에 추우면, 따뜻한 내복을 입어라'라고 했습니다."

"알겠습니다. 그럼 포도나무들은 괜찮습니까? 추위에 나무가 상하진 않나요?"

"더 추울 때도 있었지요."

침묵 속에서 한동안 말을 달리던 중, 피에라브라스가 어딘가를 가리키며 말했다.

"저쪽을 보세요. 저기, 저 분지에 여우 계곡이라는 곳이 있지요. 믿기 어려운 일이지만 저 풀밭에서 냄비들이 자라난답니다."

"뭐라고요?"

"냄비요. 땅에서 나오지요. 자연의 힘으로만, 인간의 어떤 손길도 없이. 감자나 무가 자라는 것처럼 여우 계곡에서는 냄비가 자랍니다. 여러 종류와 여러 크기의 냄비들이 말입니다."

"정말입니까?"

"지금 제가 멀쩡한 것만큼이나 사실입니다. 그래서 여우 계곡은 매흐트의 두드노라는 곳과 자매결연을 맺고 있어요. 그곳에서는 땅에서 냄비 뚜껑이 자란다고 하더군요."

"여러 종류와 여러 크기로?"

"바로 그렇지요, 위쳐 선생. 그렇습니다."

둘은 아무 말도 없이 한참을 더 달렸다. 블레쉬어 강은 거품과 함께 강바닥에 깔린 자갈을 따라 요란하게 흐르고 있었다.

"그리고 저쪽을 보세요. 던 틴의 옛 성의 폐허지요. 전해오는 이야기에 따르면 저 성은 끔찍한 사건을 겪었답니다. 부정한 아내를 두었던 발게리우스는 불륜을 저지른 아내와 상대 남자, 아내의 어머니와 여동생, 오라비 모두를 잔인하게 죽였죠. 그렇게 모두를 죽이고는 자리에 앉아 울었다는데, 왜 그런지는 아무도 모르지만……."

"그 이야기는 알고 있습니다."

"여기 와본 적이 있나요?"

"아니, 없습니다."

"하, 그렇다면 소문은 정말 멀리까지 퍼지는군요."

"그렇죠, 정말 그렇습니다."

"그리고 저기, 끔찍하다는 저 성에 있는 저 작은 탑은 뭡니까?"

게롤트가 손가락으로 어딘가를 가리키며 물었다.

"저것 말씀입니까? 저건 신전입니다."

"어떤 신을 모시는 신전인가요?"

"그런 걸 누가 기억하겠습니까, 위쳐 선생."

"그렇군요. 누가 그런 걸……."

정오가 다 되어서야 양조장이 보였다. 블레쉬어 강 쪽으로 완만하게 떨어지는 언덕 위에는 짧고 빳빳하게 깎인 포도 넝쿨들이, 지금은 잎을 다 떨군 채 앙상하게 드러나 있었다. 바람이 몰아치는 언덕 가장 높은 곳에는 하늘을 향해 탑들이 삐죽 솟아 있었고, 두터운 내성과 포메롤 성의 감시 망루가 보였다.

게롤트는 포메롤 성으로 향하는 이 길이 주도로만큼이나 말발굽과 바퀴 자국으로 닳아 있다는 사실이 흥미로웠다. 주도로에서 방향을 틀어 포메롤 성으로 오는 사람들이 꽤나 많은 듯했다. 성 바로 밑에 장거리 운송에 적합하고 견고한 포장마차가 열 몇 대쯤 세워진 광경을 볼 때까지 게롤트는 질문을 참았다.

"포도주 상인들이지요. 포도주를 거래하는."

질문을 받은 양조장 주인이 대답했다.

"상인들이요? 아니, 무슨 수로? 산맥의 길은 눈으로 막혀 투생은 세상으로부터 격리되었다고 생각했는데요. 도대체 무슨 수로 상인들이 여기까지 올 수 있는 겁니까?"

게롤트가 의아해하며 물었다.

"상인에게는 나쁜 길이란 없는 법이지요. 최소한, 직업의식이 충실한 상인들이라면. 그들의 원칙은 이렇습니다. 목표가 있는 한, 방법은 찾으면 된다."

피에라브라스는 진지하게 말했다.

"그렇군요. 제대로 된, 본받아야 할 원칙이군요. 어떤 상황에서라도."

"그렇습니다. 하지만 사실을 말씀드리자면, 어떤 상인들은 가을부터 이미 이곳에 와 있었죠. 나가지도 못하고 말입니다. 그렇다고 기가 죽지는 않아요. 봄이 되면 경쟁자가 도착도 하기 전에 자신들의 순서가 첫 번째일 테니까요. 그런 것을 긍정적인 사고방식이라고 하던가요."

피에라브라스의 이야기를 듣던 게롤트가 고개를 끄떡였다.

"그 역시 비판하기 힘든 원칙이군요. 한 가지 의문스러운 점은, 저 상인들은 왜 보끌레흐가 아닌, 인적이 드문 이곳에 와 있는 겁니까? 공주님께서 저들을 돕지 않으실 리 없을 텐데. 혹시 공주님이 상인들을 안 좋아하시나요?"

"그럴 리가요. 공주님께서는 상인들에게 항상 성으로 오라고 하시지요. 하지만 상인들은 늘 예의 바르게 거절합니다. 그리고 양조장 근처에서 머물지요."

"왜죠?"

"저들의 말에 따르면 보끌레흐에서는 연회며 무도회며 술자리며 연애가 일상이라는 겁니다. 그런 곳에 계속 있다 보면 사업을 생각하는 대신 썩어 문드러져 바보가 된다는 거죠. 진짜 중요한 게 무엇인지 생각해야 하는데 말입니다, 목표가 있는 곳에서요. 계속해서 생각해야죠. 유흥과 유희에 정신을 팔아선 안 되는 겁니다. 그렇게 해야만 원하는 목적을 달성할 수 있지요."

"정말로 그렇군요, 피에라브라스 님. 당신과 함께 이곳에 와서 정말 기쁘군요. 당신과의 대화에서 많은 것을 배웠습니다, 정말로 많이."

게롤트의 예상과는 달리 피에라브라스는 포메롤 성으로 바로 가지 않고, 좀 더 멀리 떨어진 언덕에 자리한, 조금 더 작고 상태가 좋지 않은 성으로 향했다. 성의 이름은 주르바란이라고 했다. 게롤트는 곧 작업을 시작할 수 있을 것 같다는 생각에 흥분되었다. 어둡고 거칠게 삭은 주르바란의 흉벽은 그야말로 마법과 괴상한 일들로 가득한, 괴물이 득시글거릴 만한 폐허처럼 보였기 때문이다.

성의 안뜰에는 괴이한 사건이나 괴물 대신 통을 굴리거나 나무판자를 매끈하게 다듬거나 못으로 널빤지를 연결하는 작업이 한창이었다. 신선한 목재 냄새와 새로 만든 회반죽 냄새, 퀴퀴한 고양이 냄새와 쉬어버린 포도주 냄새, 그리고 콩 수프 냄새가 났다. 콩 수프는 곧 날라져왔다.

춥고 바람 부는 길을 뚫고 오느라 배가 고팠던 둘은 아무 말 없이 열심히 수프를 먹었다. 피에라브라스의 부하 직원으로 쉬몬 길카라고 소개된 사람이 함께했다. 땋아 내린 긴 금발을 허리까지 드리운 아가씨들이 시중을 들었다. 그들 모두 게롤트에게 너무 뻔한 눈길을 던지는 통에 게롤트는 한시라도 빨리 일에 착수해야겠다고 생각했다.

쉬몬 길카는 괴물을 본 적이 없다고 했다. 괴물의 생김새 역시 다른 이들에게서 들은 바가 전부라고 말했다.

"마치 역청처럼 새카맣지만, 벽을 기어갈 때는 벽돌이 비쳐 보인다고 합니다. 젤리처럼 말이죠, 위쳐 님. 아니면 좀 더럽지만, 콧물처럼요. 팔은 길고 가는데, 여덟 개가 넘는다고 합니다. 욘텍이 그 자리에 서서, 계속 쳐다보다가 결국 제정신을 차리고 소리를 질렀죠. '없어져라! 썩 꺼져!' 그러고는 악령을 쫓기 위해 덧붙였죠. '죽어라, 신들의 이름으로!' 그러자 괴물이 풀쩍풀쩍 뛰기 시작했대요. 그렇게 풀쩍 뛰더니, 더 이상 보이지 않았다고 합니다. 깊은 동굴 속으로 들어가 버린 거예요. 그 이후에 농부들은, 괴물이 나왔으니까 일당을 더 올려줘야 한다고 요구하더군요. 위험한 일을 하니까 조건을 맞춰달라는 것이죠. 그렇지 않으면 조합에 가서 고발을 하겠다고. 그래서 제가, 그 젠장맞을 조합이……."

"언제입니까, 괴물이 마지막으로 목격된 것은?"

게롤트가 길카의 말을 끊으며 물었다.

"3주 전입니다. 율레 전이었죠."

그 말에 게롤트는 양조장 주인을 바라보며 말했다.

"아까는 라마스 전이라고 말씀하셨는데."

피에라브라스의 얼굴 중 수염으로 가려지지 않은 부분이 붉어졌다. 길카는 코웃음을 쳤다.

"그러니까, 그러니까, 사장님, 운영을 잘하시려면 이곳에 더 자주 오셔야 한다니까요. 보끌레흐 분점에 앉아만 있지 마시고. 제 생각에는……."

"자네 생각은 관심 없네. 괴물 얘기나 더 해보게."

피에라브라스가 길카의 말을 끊으며 다그쳤다.

"괴물에 관한 이야기는 이미 다 말했는데요? 그게 답니다, 사장님."

"다친 사람은 없고? 아무도 공격하지 않았나?"

"아무도요. 하지만 작년에 농장에서 일을 돕던 일꾼 하나가 실종됐습니다. 어떤 사람들은 괴물이 굴 깊숙이 끌고 가서 해치웠다고 말하더군요. 또 다른 사람들은 그건 괴물에게 당한 게 아니라 일꾼이 그냥 도망친 거라고, 왜냐하면 빚도 있고 일이 좀 있었거든요. 그 일꾼은 주사위 노름을 심하게 했고, 물레방앗간 집 딸의 배는 점점 불러오고 있었고, 물레방앗간 집 딸은 법원에 갔는데, 일꾼에게 돈을……."

"그럼 괴물이 더 이상 아무도 공격하지 않았단 말입니까? 본 사람도 없고?"

끝없이 계속되는 이야기에 게롤트는 그의 말을 냉정히 끊고 물었다.

"예예, 없습니다."

게롤트에게 지역의 포도주를 따라주던 아가씨 중 하나가 가슴으로 게롤트의 귀를 스치며 윙크를 했다. 게롤트가 재빨리 말했다.

"나갑시다. 앉아서 노닥거리며 시간을 낭비할 수는 없으니까. 지하실로 안내하시죠."

프린질라 비고가 만들어준 부적 메달은, 불행히도 기대한 만큼의 효과를 발휘하지 못했다. 은테 안에 들어 있는 반들반들하게 깎은 녹옥수(綠玉髓)가 위쳐의 늑대 메달을 대신할 수 있다고는 단 한순간도 생각한 적이 없었다. 사실 프린질라 비고도 그렇게 말한 적은 없었다. 하지만 확신을 가지고 말했었다. 이 부적을 지닌 사람의 정신과 합쳐져, 부적은 여러 가지 작용을 할 수 있으며, 그중에는 위험을 경고하는 기능도 포함된다고 말이다.

프린질라 비고의 마법이 실패했거나, 아니면 게롤트와 메달이 서로 위험에 대해 의견이 일치하지 않는 모양이었다. 게롤트가 지하실로 내려갈 때 커다란 적갈색 고양이가 꼬리를 세우고 길을 가로질렀을 때 녹옥수는 거의 느끼지도 못할 만큼 조금 떨렸다. 하지만 고양이는 부적으로부터 어떤 느낌을 받았는지 사납게 야옹거리며 곧바로 사라졌다.

게롤트가 지하실로 내려가자 메달은 짜증날 정도로 쉴 새 없이 떨렸는데, 문제는 그 지하실이 건조하고 제대로 정돈된 깨끗한 장소라는 사실이었다. 위험한 것이라고는 거대한 통에 들어 있는 포도주밖에 없었다. 통제력을 잃은 사람이 입을 벌린 채 통을 막고 있는 코르크 밑에 드러눕는다면 엄청난 위험이 될지도 모르지만, 그 밖에는 그 어떤 위험도 없었다.

반대로 게롤트가 지하실을 떠나 계단과 갱도를 통해 더 아래로 내려갈 때는 메달이 전혀 떨리지 않았다. 게롤트는 이미 투생의 대다수 지하 저장고들이 고대의 광산이었다는 것을 파악하고 있었다. 분명히 포도나무를 심어 포도가 열리고 그로 인한 이익이 더 많이 발생하자 광산업은 중단되었을 것이다. 그리고 버려진 광산의 일부가 포도주 상점과 저장고로 바뀌었을 것이다. 포메롤과 주르바란 같은 성도 옛 광산 위에 자리하고 있었다. 이곳에는 갱도와 구멍이 엄청나게 많아 조금만 부주의했다가는 온몸의 뼈가 부러진 채 어느 갱도의 바닥으로 떨어지기 십상이었다. 어떤 구멍은 다 삭은 나무판자로 막혀 있었는데, 그 위에 동굴에서 떨어진 먼지까지 쌓여 있어서 그냥 바닥과 거의 구분되지 않았다. 이런 나무판자를 밟게 된다면 매우 위험해지기 때문에 메달이 경고를 해야 했지만, 그런 경고는 하지 않았다.

뿐만 아니라 게롤트에게서 고작 열 걸음 떨어진 먼지 쌓인 곳에서 분명치 않은 회색빛의 형체가 튀어나와 발톱으로 갱도 바닥을 긁으며 난리를 치고, 귀가 째지는 듯한 목소리로 울다가 높은 소리로 낄낄거리며 벽에 나 있는 여러 개의 구멍 중 한 곳으로 사라졌을 때조차 녹옥수 메달은 아무런 경고도 하지 않았다.

게롤트는 욕설을 퍼부었다. 마법의 부적이 고양이에게는 반응하고, 그렘린*한테는 반응하지 않다니. 프린질라와 이 메달에 대해 얘기 좀 해봐야겠군, 게롤트는 그렘린이 사라진 구멍 쪽으로 내려가며 생각했다.

그때 메달이 강하게 떨리기 시작했다.

신호가 빨리도 오네, 게롤트는 생각했다. 하지만 잠시 후 다시 생각해봤다. 메달이 그렇게 멍청한 것은 아닐지도 모른다. 그렘린은 보통 달아난 뒤 숨어 있다가 공격하는 것을 좋아하는데, 쫓아오는 이를 향해 낫처럼 날카로운 발톱으로 갑작스러운 일격을 가한다. 저 어두운 곳에 그렘린이 숨어 있

* 그렘린(gremlin): 기계장치나 설비 등을 망가뜨리기 좋아하는 지하에 사는 괴물로 습격하는 것을 좋아하지만 참을성이 없어 언제나 소음을 낸다.

을지도 모르고, 메달이 그것을 경고한 것인지도 모른다.

게롤트는 오랫동안 숨을 죽인 채 필사적으로 청력을 강화하며 기다렸다. 메달은 아무런 움직임도 없이 가슴에 매달려 있었고, 구멍에서는 썩어가는 냄새가 났다. 죽은 듯한 침묵이 계속 이어졌다. 그렘린이라면 이렇게 오랫동안 조용히 있을 리 없었다.

게롤트는 더 이상 고민하지 않고 구멍으로 들어가 거칠거칠한 바위에 등을 긁히며 네 발로 기어가기 시작했다. 그다지 많이 들어가지 않았을 때였다.

무언가 따닥, 하는 소리를 내더니 바스락거리는 소리와 함께 바닥이 솟아오르는 듯했고, 게롤트는 그대로 수백 개의 자갈과 먼지 더미에 뒤엉킨 채 아래로 떨어졌다. 다행히 추락은 계속되지 않았고, 아래에 있었던 것은 끝 모를 절벽이 아니라 그냥 굴이었다. 게롤트는 마치 하수관의 똥처럼 아래로 떨어져 삭아버린 목재들이 쌓여 있은 곳으로 곤두박질쳤다. 게롤트는 머리를 세차게 흔들고 모래를 뱉어내며 심한 욕설을 내뱉었다. 메달은 가슴 위에서 참새처럼 쉴 새 없이 울어댔다. 게롤트는 이 부적용 메달을 당장 떼어버리고 싶었지만 간신히 참았다. 이유는 두 가지였는데, 우선 프린질라가 화를 낼 게 뻔했기 때문이다. 두 번째는 녹옥수에 다른 마술적인 효과가 있다고 했기 때문이다. 게롤트는 그 다른 효과가 이렇게 실망스럽지는 않을 거라고 믿기로 했다.

자리에서 일어나려던 순간, 손이 둥그런 해골에 닿았다. 그리고 자신이 떨어진 자리가 목재를 쌓아놓은 곳이 아니라는 것을 깨달았다.

게롤트는 일어나 얼른 뼈를 살펴보았다. 전부 사람 뼈였다. 뼈의 주인들은 죽는 순간까지 수갑을 차고 있었고, 아마도 발가벗겨져 있었던 것 같았다. 뼈는 삭았고 씹힌 자국이 있는 것도 있었다. 씹혔을 때에는 이미 살아 있지 않았으리라 짐작되었지만, 확실히는 알 수 없었다.

갱도에서 화살처럼 곧게 뻗은 복도가 나 있었다. 거친 천장은 꽤 반질반질하게 다듬어져 있어서 광산처럼 보이지 않았다.

그러다가 갑자기 커다란 암굴에 닿았는데, 천장은 컴컴해서 잘 보이지 않았다. 암굴의 한가운데에는 거대하고 새카만, 바닥이 보이지 않는 구멍이 있었는데 그 위로는 위험해 보이는 가느다란 돌다리가 걸쳐져 있었다.

벽에서 똑똑 떨어지는 물방울 소리가 울리고 있었다. 구멍에서는 냉기와 고약한 냄새가 올라왔다. 메달은 전혀 움직이지 않았다. 게롤트는 바스러지는 난간 부분에서 최대한 떨어지고자 노력하며 돌다리 위에 올랐다.

다리를 건너가니 또다시 복도가 나타났다. 매끈하게 손질된 벽에는 횃불을 거는 녹슨 고리가 박혀 있었다. 이곳 역시 벽감이 있었는데 어떤 곳에는 사암으로 만든 조각상이 서 있기도 했다. 그러나 오랫동안 떨어지는 물의 작용으로 조각상들은 녹아내려 형태를 알아볼 수 없는 눈사람 모습을 하고 있었다. 벽에는 부조 장식도 있었는데, 좀 더 내구성이 강한 재료로 만들어진 부조는 아직 형태를 알아볼 수 있었다. 게롤트는 반달 모양의 뿔이 달린 여자와 탑, 제비, 멧돼지, 돌고래, 유니콘을 알아보았다.

그 순간, 목소리가 들렸다. 게롤트는 귀를 쫑긋하고 자리에 섰다. 메달이 떨리기 시작했다.

환영은 아니었다. 돌가루가 흩어지는 소리도, 물방울이 떨어지는 소리도 아니었다. 사람의 목소리였다. 게롤트는 눈을 감고 듣기에 집중했다. 그리고 위치를 짐작했다.

목소리는 옆에 있는 벽감, 그리고 그곳에 있는 조각상, 녹아내리긴 했지만 여자의 형체를 알아볼 수 있는 조각상에서 흘러나오고 있었다. 이번에는 메달이 제대로 작용했다. 메달이 번쩍하고 빛나는 순간, 게롤트는 벽 틈에서 금속이 번뜩이는 것을 볼 수 있었던 것이다. 게롤트는 여자 조각상을 꽉 잡고 세게 돌렸다. 삐걱거리는 소리가 나더니 벽감 전체가 금속 걸쇠에 걸려 돌아가기 시작했고 그 너머로 나선계단이 모습을 드러냈다.

계단 꼭대기에서 또다시 목소리가 들려왔다. 게롤트는 오래 망설이지 않았다.

위쪽에는 문이 있었는데, 아무 저항 없이 문은 조용히 열렸다. 문 뒤로는 천장이 장식되어 있는 작은 방이 있었다. 벽에는 거대한 네 개의 구리 파이프가 튀어나와 있었는데 그 끝은 마치 트럼펫처럼 넓었다. 그 트럼펫 끝이 가리키는 곳에는 의자가 있었고 의자에는 해골이 앉아 있었다. 해골의 정수리에는 비레타*가 씌워져 있었는데, 이빨 부분까지 늘어져 있었고 옛날에는 화려했을 복장의 조각이 걸쳐져 있었으며 목에는 금 사슬 목걸이가, 그리고 시궁쥐들이 한참을 물어뜯은 것 같은 끝이 뾰족한 코르도바산 가죽신을 신고 있었다.

트럼펫 한쪽에서 갑자기 기침 소리가 너무 크게 울리는 바람에 게롤트는 자리에서 펄쩍 뛰어오를 뻔했다. 이어서 누군가가 코를 훌쩍거렸는데, 구리관을 통해 소리가 증폭되어 정말이지 못 들어줄 지경이었다.

구리관에서 목소리가 울려 퍼졌다.

“코 상태가 심각한걸, 스켈렌.”

게롤트는 금 사슬 목걸이부터 챙기는 것을 잊지 않고 의자에서 해골을 밀

* 비레타(biretta): 가톨릭 성직자들이 쓰는 각진 형태의 모자.

쳐냈다. 그러고는 이야기를 잘 들을 수 있는 곳에 자리를 잡고 앉았다. 트럼펫 끝에서 나오는 이야기들이었다.

이야기하는 사람 중 한 명의 목소리는 깊고 울림이 강한 베이스였다. 그가 말할 때는 구리관이 떨릴 정도였다.

"코 상태가 정말 심각한데, 스켈렌. 도대체 어디서 그렇게 지독한 감기에 걸렸나? 언제?"

"말하기도 짜증납니다. 젠장할 감기, 한 번 걸렸더니 떨어지지도 않고, 잠깐 나아졌다가 또 이렇습니다. 마법도 소용이 없군요."

"마법사를 바꿔보는 것은 어때? 그러고 보면 빌게포츠는 지금까지 봤을 때 딱히 성공한 일이 없잖은가. 내 식으로 하자면……."

오래되어 녹슨 걸쇠처럼 삐걱거리는 또 다른 목소리가 말했다.

"놔두라고. 그런 얘기나 하려고 여기 투생까지 와서 만나자고 한 게 아니야. 세상의 끝에서 말이지."

모음을 독특하게 끄는 버릇이 있는 목소리가 끼어들었다.

"이런 깡촌에서!"

"이 깡촌이 내가 알기로는 정보부가 없는 유일한 나라죠. 황국 전체에서 바티에 드 리도의 첩자들로 득실거리지 않는 유일한 곳이고. 언제나 즐겁고 항상 취해 있는 이 공국에 대해서 모두들 코미디라고 생각하고 아무도 심각하게 생각하지 않죠."

코를 훌쩍거리는 사람의 말에 모음을 끌며 발음하는 사람이 반론을 제기했다.

"이런 작은 나라들이 항상 첩자들의 천국이 되고 모임을 갖기에 최적의 장소가 되죠. 그러면서 이중 첩자들과 밀고자들, 직업적으로 정보를 수집하며 들쑤시고 다니는 놈들도 끌어들이고 말입니다."

"과거에는 그랬을지도 모르지. 하지만 여자들이 다스린 지 100년이나 된 지금의 투생은 그렇지 않아. 이곳에서는 그 누구도 우릴 쫓아오거나 우리 이야기를 듣지 못해. 우리는 포도주 상인인 척하고 당신네 공주님께 중요한 문제들을 얘기할 수 있지. 당신들의 재산과 장원과 직접적으로 관련이 있는 얘기들을 말이야."

그러자 녹슨 걸쇠가 삐걱거리는 듯한 목소리의 남자가 화를 내기 시작했다.

"자신의 이익만 추구하는 건 질색이오! 그러려고 여기 온 것도 아니고! 나에게 중요한 건 오로지 황국의 이익이오. 그리고 황국은 힘이 센 나라지. 그러니 황국의 황위에 어떤 나쁜 피의 잘못된 열매, 잡종, 그러니까 육체적으로나 정신적으로 건강하지 못한 북쪽 나라 모르모트의 자손이 들어와서는 안 된단 말이오, 절대로! 나, 요아힘 드 베트는 위대한 태양을 두고 맹세하는데 그런 일이 생기도록 가만히 앉아 보고 있지만은 않을 것이오! 게다가 내 딸이 거의 확실히 황제의……."

"당신의 딸이? 드 베트? 그럼 난 무슨 말을 해야 하지? 난 황위 찬탈 싸움이 났을 때 그 애송이 에미르를 위해 싸웠다고! 바로 나의 영지에서 군인들이 황궁을 장악하려고 나섰지. 그리고 그 전에는? 바로 우리 집에 숨어 있었다고. 그때는 그 사기꾼 같은 놈이 우리 딸 에일란을 바라보며 웃으면서 칭찬을 늘어놓고는, 커튼 뒤에선 젖꼭지를 비틀곤 했다고! 그러더니 지금…… 다른 황후감을 찾아? 이렇게 날 무시하는 건가? 이런 식으로 행동해? 영원한 제국의 황제가, 오래된 가문의 딸들보다 신트라에서 온 떠돌이가 더 낫다고? 내 덕분에 지금 황위에 앉아 있는 주제에 우리 에일란을 감히 무시해? 도저히 참을 수가 없어!"

울리는 듯한 낮은 목소리가 말했다. 그러자 또 다른 높고 흥분한 목소리가 외쳤다.

"나 역시 마찬가지야! 나 역시 무시당했다고! 그 신트라에서 온 거지 계집애 때문에 내 마누라를 내쳤어!"

"다행히 재수가 좋아서 그 신트라에서 온 떠돌이는 저세상으로 보냈지. 스켈렌 씨의 말씀에 따르면 말이야."

모음을 끌면서 말하는 남자의 말에 녹슨 걸쇠가 삐걱거리는 듯한 목소리가 대꾸했다.

"그 얘기는 주의 깊게 들었지. 그리고 얘기를 잘 들어보면, 거지 계집애가 사라졌다는 얘기 말고는 다른 결론이 없어. 만약 사라졌다면, 또다시 나타날 수도 있는 거라고. 작년 여름부터 지금까지 대체 몇 번이나 사라졌다 나타났다 했던 거야! 젠장, 스켈렌 씨! 당신은 우리를 매우 실망시켰어. 당신과 당신의 마법사, 빌게포츠 말이야!"

"지금 그런 얘기를 할 때가 아니라고, 요아힘! 지금 서로 누가 잘했느니 잘못했느니 공격하면서 우리의 단결을 깰 때가 아니지. 우린 지금 뭉쳐야 할 때야. 결심을 단단히 해야 한다고. 신트라 여자애가 죽었는지 살았는지는 상관하지 말고. 오래된 가문을 한 번 무시한 황제는 앞으로도 계속 그럴 거라고! 신트라 계집애가 죽었다고? 그럼 이제 몇 달 후면 제리카니아나 장베바르에서 온 황후감을 우리 앞에 소개하겠지. 그럴 수는 없다고, 위대한 태양에 걸고 맹세하지만, 그런 일이 생기도록 놔둘 수는 없어!"

"놔둘 수 없지! 바로 그거야. 당신 말이 맞아, 아르달! 엠레이스 가문은 우리의 기대를 저버렸어. 에미르가 황위에 앉아 있는 시간이 늘어날수록 황국에는 해가 될 뿐이지. 그리고 황위에 앉힐 만한 사람은 많아, 젊은 부히스나……."

커다란 재채기 소리가 울려 퍼지더니, 귀를 찢는 듯한 코 푸는 소리가 이어지고 그의 말소리가 들려왔다.

"입헌군주제도 있죠. 이제 발전적인 입헌군주제로 넘어갈 때입니다. 그런 다음 민주주의로…… 민중에게 권력을……."

"부히스 황제, 부히스 황제란 말이오, 스켈렌 씨. 그리고 부히스 황제는 내 딸 에일란이나 요아힘의 딸들 중 하나와 결혼하는 거요. 그럼 나는 야전 사령관으로 드 베트 총장이 되겠지. 그럼 스테판, 당신은 남작이 되고 내무부 장관이 되는 거요. 자, 민중인지 뭔지 때문에 작위와 자리를 거절하실 생각인가?"

낮고 굵은 목소리가 강한 어조로 다그치자 감기 걸린 남자가 적당히 무마하는 말투로 말했다.

"역사의 흐름은 내버려두죠. 그건 누구도 막을 수 없으니까요. 하지만 지금, 아엡 다히 지휘관님, 부히스 공에 대한 저의 반대 의견이 있다면 그건 단지 부히스 공이 매우 자존심이 강한데다가 굽힐 줄 모르는 강철 같은 성격을 가지고 있어서 영향을……."

모음을 끄는 버릇의 남자가 감기 걸린 남자의 말을 자르며 끼어들었다.

"여기서 참고로 한마디하자면, 부히스 공은 아주 어린 모르브란이라는 아들이 있지. 그 아들이 황제 후보로는 훨씬 낫다고. 우선 모계와 부계 혈통으로 봤을 때 황위에 좀 더 걸맞은 자격을 갖추고 있고, 아직 어리기 때문에 섭정 위원회가 대신 나라를 다스려야겠지. 바로 우리가 말이야."

"바보 같은 소리! 아들까지 갈 것도 없이 그 아버지 정도면 우리가 충분히 좌지우지할 수 있다고! 방법을 찾아야지."

"내 마누라를 부히스에게 보내보면 어떨까!"

높고 흥분한 목소리의 남자가 말했다.

"그만 좀 하세요, 브로인 남작. 지금 그런 얘기를 할 때가 아닙니다. 여러분, 아무래도 다른 이야기를 해야겠군요. 제 말은, 에미르 바 엠레이스가 아직 황국을 다스리고 있다는 겁니다."

감기 걸린 남자가 손수건에 코를 풀며 말을 이었다.

"그것도 멀쩡히 살아 있고, 몸도 정신도 건강하죠. 특히나 정신적인 부분에 대해 말하자면, 닐프가드의 주요 귀족들의 충성과 따르는 군대를 없애버린 후에도 쌩쌩하죠. 아르달 공, 동쪽 부대의 지휘관으로 언제 전쟁터에 나가야 할지도 모르는 마당에 어떻게 쿠데타를 일으킬 작정이십니까? 요아힘 공도 지금쯤이면 특수부대 '베르덴'에 복귀하셔야 할 텐데요."

"그렇게 뾰족하게 굴지 말라고, 스테판 스켈렌. 그리고 그런 표정을 지으면 당신의 새로운 주인인 마법사 빌게포츠와 비슷해 보이니까 그러지 좀 말고. 알고 있나, 올빼미? 에미르가 무언가를 의심하게 되면 그 죄는 당신과 빌게포츠가 다 뒤집어쓰게 된다고. 말해봐, 당신들은 신트라 계집애를 잡아와 그 여자애를 바치고 에미르의 환심을 사려던 것 아니었나? 그런데 그 여자애가 죽어버렸으니, 이제 갖다 바칠 것도 없지? 그렇지 않나? 에미르가 당신들을 말에 묶어 찢어 죽일지도 몰라. 인정하라고! 당신도, 마법사도 우리에게 대적하려는 음모를 꾸몄다는 사실을!"

"아무도 우리에게 대적하려는 음모를 꾸미지 않았소, 요아힘. 사실을 직시해야지. 우리 역시 스켈렌보다 조금도 처지가 낫지 않아. 어쩌다 보니 우리는 운명 공동체가 된 거라고."

울리는 듯한 낮은 목소리의 남자가 끼어들며 말했다.

"하지만 그렇게 만든 건 저 올빼미의 잘못이야! 은밀히 행동하기로 했잖아, 그런데 지금 이 꼴이 뭐냐고! 에미르는 모든 걸 다 알고 있어. 바티에 드리도의 부하들이 올빼미를 찾아 온 황국을 뒤지고 있다고! 그리고 우리를 없애버릴 심산으로 전장에 내보냈고!"

모음을 끌면서 말하는 남자가 목소리를 높였다.

"그건 솔직히 난 괜찮아. 이용할 수 있으니까. 지금 계속되는 이 전쟁은, 내가 장담하지만 모두가 질려버린 상태지. 군대도, 일반인들도, 무엇보다도 상인들과 업자들도. 전쟁이 끝나기만 하면 황국 전체가 엄청나게 기뻐할 거라고. 어떤 결과로 끝나든 상관없이 말이야. 그리고 당신들은 군대의 지휘관으로서 이 전쟁의 결과에 영향을 미칠 수 있지. 전쟁을 지휘하는 지휘관들이니까. 승리로 끝난 전쟁 직후, 쿠데타를 승리의 월계관으로 장식하는 게 뭐 어려울 거 있나? 만약 패전을 한다면 주의 깊은 대신들이자 교섭관으로 피 흘리는 전쟁의 끝맺음을 하는 거지."

"그렇지. 위대한 태양에 맹세코, 이 말이 맞아. 로이바르덴 공, 생각을 제대로 하는군."

삐걱거리는 목소리가 말했다.

"에미르는 우리를 전방으로 내보내면서 자기 목을 교수대에 매단 꼴이 된 거라고."

낮은 목소리의 말에 흥분한 목소리가 말했다.

"에미르는 아직 살아 있다고. 그것도 아주 멀쩡히! 잡지도 못한 곰한테서 가죽부터 벗길 생각은 하지 말자고."

"그렇지. 일단 곰을 먼저 죽여야지."

낮은 목소리가 대꾸했다. 오랫동안 침묵이 이어졌다.

"그렇다면 쿠데타로 죽여야지."

"죽여야지."

"암, 죽여야지!"

"죽여야 하고 말고. 그것만이 유일한 해결책이야. 에미르가 살아 있는 한, 그의 편은 존재할 수밖에 없어. 하지만 에미르가 죽으면, 모두가 우리를 지지할 거라고. 귀족들은 분명 우리 편에 서겠지, 우리가 귀족이니까. 그리고 귀족의 힘은 서로 뭉치는 데 있잖은가? 군대도 상당수 우리 편에 설 거야. 특히 장교들은 소덴에서의 패배 후 에미르의 숙청 작업을 기억하고 있으니까. 그리고 일반인들은……."

"일반인들은 아무것도 모르는 바보라서 조종하기 쉬워요. 그냥 외치기만 하면 됩니다. '만세!' 단상에 올라가 연설을 하고 감옥을 열어주고 세금을 내려주기만 하면 되는 거죠."

코를 훌쩍이며 스켈렌이 말을 받았다.

"그 말이 정말 맞군, 스켈렌. 당신이 왜 그렇게 민주주의를 외치는지 알겠어."

모음을 끄는 목소리의 남자가 말했다.

"미리 말해두지만, 그렇게 쉽게 되지는 않을 거야. 우리의 모든 계획은 에미르가 죽는다는 전제하에 기반하지. 하지만 에미르는 자기편이 많고, 군대가 있고, 실력 있는 호위병들을 거느리고 있다는 사실을 간과해서는 안 돼. '임페라' 호위부대를 물리치는 건 쉬운 일이 아니지. 그 부대는 마지막 한 사람까지 목숨을 바칠 테니까."

요아힘이라고 불린 남자가 삐걱거리는 목소리로 말했다.

"그리고 우리는 빌게포츠가 도울 겁니다. 궁정을 포위하는 일도, '임페라' 호위부대와 맞설 일도 없습니다. 마법의 방어벽을 구사할 수 있는 암살자 한 명이면 충분하죠. 맞습니다, 타네드의 소요 사태 바로 전에 일어났던 트레토고르 건이 그런 거였죠."

스테판 스켈렌이 말했다.

"르다니아의 라도비드 왕."

"그렇죠."

"그런 암살자가 있나?"

"있습니다. 여러분들의 신뢰를 얻기 위해 그게 누군지 말씀드리죠. 그 암살자는 지금 잡혀 있는 여자 마법사 예니퍼입니다."

"잡혀 있다고? 예니퍼는 빌게포츠와 한패라고 들었는데?"

"빌게포츠에게 잡혀 있죠. 마법으로 최면에 빠진 상태에서 골렘처럼 조종되어 암살을 할 겁니다. 그런 다음에 자살하는 거죠."

"최면에 빠진 마녀 따위, 난 별로인데. 영웅이나, 불타는 사상가나, 복수가 더……."

모음을 잡아끄는 남자가 그건 별로였기 때문인지 더욱더 길게 말을 잡아끌자 스켈렌이 그의 말을 잘랐다.

"복수. 로이바르덴 님, 복수가 딱 맞습니다. 예니퍼는 독재자가 저지른 해악을 상대로 복수하는 것이니까요. 에미르는 예니퍼가 데리고 있던 죄 없는 여자아이를 쫓다가 결국 죽였으니까요. 잔인한 독재자, 변태, 황국과 국민들을 돌보지 않고 아이들을 쫓아다니며 죽인 사악한 인간. 그러므로 복수의 손을 뻗쳐……."

"난 말이지, 아주 마음에 들어."

아르달 아엡 다히가 낮게 울리는 목소리로 말했다.

"나도."

요아힘 드 베트가 삐걱거리는 목소리로 말했다.

"최고군! 남의 아내를 강간하는 변태 독재자에게 내린 복수의 손, 좋은데!"

브로인 남작이 흥분한 목소리로 외쳤다.

"단 한 가지, 스켈렌 남작, 우리의 신뢰를 얻고자 한다면 빌게포츠의 위치를 말해주시오."

로이바르덴이 모음을 길게 끌며 말했다.

"여러분 저는…… 그건 제가……."

"그래야 확신할 수 있지. 당신의 진실성과 이 문제에 대한 당신의 헌신을 증명하시오."

"배신은 걱정하지 말라고. 여기 이 자리에 있는 사람은 누구도 배신하지 않으니까. 역설적이지. 다른 경우라면 자기 목숨을 보전하기 위해 남들을 팔아넘기는 자가 우리 중에서 나올 수도 있지. 하지만 우린 모두, 밀고를 해봤자 아무 소용도 없다는 걸 알고 있어. 에미르 바 엠레이스는 용서가 없는 사람이지. 용서할 줄을 몰라. 심장 대신 얼음 조각을 품고 있는 놈이야. 그래서 죽음을 맞이하게 되겠지."

아르달 아엡 다히가 덧붙였다.

스테판 스켈렌은 더 이상 망설이지 않았다. 그가 입을 열었다.

"좋습니다. 그럼 진실을 담아, 솔직하게 말씀드리죠. 빌게포츠는 현재……."

구리 파이프로 연결된 트럼펫 끝에 앉아 있던 게롤트는 손이 으스러질 만큼 주먹을 꽉 쥐었다. 그리고 청력과 기억력을 최대한으로 끌어올렸다.

프린질라 비고가 만들어준 부적 메달에 대한 게롤트의 의심은 괜한 것으로 밝혀졌고, 모든 의구심은 순식간에 사라졌다. 큰 동굴로 들어가 검은 심연 위에 놓인 돌다리 근처로 접근하자 메달이 요동치기 시작했다. 이제 참새가 아니라 크고 힘이 센 새처럼 움직이기 시작한 것이다. 마치 큰까마귀처럼.

게롤트는 자리에 멈춰 섰다. 그리고 메달을 진정시켰다. 바스락거리는 소리나 숨소리를 자신의 귀가 착각하지 않도록 조금도 움직이지 않았다. 기다렸다. 게롤트는 벼랑의 반대편 부분, 다리 위에 무언가 있다는 것을, 무언가 어둠 속에서 도사리고 있다는 것을 알고 있었다. 자신의 등 뒤에도 무언가 있을 수 있고, 다리는 함정에 지나지 않을지도 모른다는 가능성 역시 배제하지 않았다. 함정에 빠질 생각은 전혀 없었다. 게롤트는 기다렸다. 그리고 기다리는 데 성공했다. 목소리가 들려왔기 때문이다.

"어서 와, 위쳐. 우리가 여기서 널 기다렸지."

어둠 속에서 들려온 목소리는 기이했다. 하지만 게롤트는 이미 그런 목소리를 들어본 적이 있었다. 인간의 언어로 의사소통하는 것에 익숙하지 않은 생물의 목소리. 폐와 횡격막, 기관과 목을 쓸 줄 알고 입술과 입천장, 혀의 구조가 인간과 상당히 비슷한데도 불구하고 소리를 정확하게 낼 정도로 그 기관들의 쓰임을 완전히 파악하지 못한 그런 목소리. 이런 존재가 말하는 단어는 강세가 이상한 데 놓이고 어조가 부자연스러우며, 사람의 귀에는 거슬리는 소리들, 이를테면 거친 소리부터 사납게 씩씩거리며 징그럽게 쳐지는 소리까지 포함하고 있었다.

"우리가 여기서 널 기다렸지. 네가 여기 오는 걸 알았어, 소문에 혹해서 말이야. 여기, 이 지하로 기어들어 와 우리를 죽이고 쫓아내고 괴롭히고 살해하려고. 이제 넌 여기서 못 나가. 이제 네가 좋아하는 태양도 다시는 보지 못해."

"모습을 보여라."

어둠 속 다리 위에서 무언가가 움직였다. 어둠이 유독 한 장소에서 더 짙어지는 듯하더니 언뜻 봐서는 사람 같은 형체가 드러났다. 괴물은 단 한순간도 같은 자세로 있거나 같은 자리에 머물지 못하는 것 같았다. 계속해서 재빠르고 신경질적인, 번뜩이는 몸짓으로 자세와 자리를 바꾸고 있었다. 게롤트는 이런 괴물을 이미 본 적이 있었다.

"코레드*. 이런 곳이라면 너희 같은 놈들이 나오리라는 걸 예상했어야 했는데. 진작에 만나지 않은 게 이상할 지경이군."

게롤트가 차갑게 말했다.

"그래, 그래. 캄캄한 곳에서 어떻게 알아봤나? 그럼 이건 알아볼 수 있나? 이건 뭐야, 이건?"

쉴 새 없이 움직이는 괴물의 목소리가 비아냥거리듯 울렸다.

어둠 속에서 마치 유령처럼 아무 소리도 없이 세 마리의 다른 괴물이 나타났다. 이렇게 되면 총 네 마리인가. 한 놈은 코레드의 등 뒤에서 웅크리고 있었는데 형태나 겉모습은 마치 인간처럼 보였지만, 키가 작고 허리가

---

* 코레드(korred): 코리간, 루터킨, 룸펠스틸츠 등의 이름으로 알려져 있으며 사람 크기의 부엉이처럼 생긴 괴물로 지하실이나 굴에 산다.

굽어 있었으며 원숭이처럼 보였다. 게롤트는 이것이 킬물리스*라는 것을 알았다.

다른 두 괴물은 게롤트가 예상했듯이 다리 밑에 숨어 있다가 게롤트가 다리 위로 올라오면 돌아갈 길을 막아서려고 준비하고 있었다. 두 괴물 중 왼쪽 놈은 마치 거대한 거미처럼 손으로 바위를 긁고 있다가 멈춰 서서 수많은 발을 드러냈다. 프리스키르닉이었다. 또 한 놈은 얼핏 보면 마치 촛대처럼 생겼는데 갈라진 벽 틈에서 솟아나온 것처럼 보였다. 게롤트도 놈이 무슨 괴물인지 짐작조차 되지 않았다. 위쳐의 교과서에도 이런 괴물은 나오지 않았으니까.

"난 싸움은 원하지 않아. 너희들과 싸울 생각은 없어. 하지만 그런 일이 생긴다면, 방어는 해야겠지."

게롤트는 괴물들이 보통 그러듯이 어둠 속에서 목덜미를 향해 달려들지 않고 일단 대화로 시작했다는 사실에 약간의 기대를 걸고 말했다.

"우린 이미 다 생각해놨어. 그래서 우리 넷이 함께 온 거야. 그런 다음 널 여기로 불러낸 거지. 넌 잘 살고 있는 우리를 방해했어, 못된 위쳐놈. 이 근방에서 가장 아름다운 굴, 겨울을 지내기에 제일 좋은 장소인 이곳에서 우리는 선사시대부터 겨울을 났지. 그런데 네놈이 여기로 기어들어 와 우리를 잡으려 한 거야, 나쁜 놈. 돈을 받고서 우릴 쫓아내고 괴롭히고 죽이려고. 이제 그 짓도 끝이야. 너도 끝이고."

코레드가 씩씩거리는 목소리로 말했다.

"잠깐, 내 말 좀 들어봐, 코레드."

---

* 킬물리스(kilmulis): 물레방앗간에 사는 난쟁이 괴물로 거대한 코를 가지고 있다.

"더 정중하게 말해. 난 교양 없는 건 질색이니까."

괴물이 소리를 질렀다.

"그럼 널 뭐라고 불러야 하지?"

"슈바이처 씨라고 불러."

게롤트는 일단 겸손하고 솔직한 어조로 다시 말을 이어갔다.

"아, 그럼 슈바이처 씨, 어쩌다 보니 일이 이렇게 됐군. 나도 이곳에 들어올 때는, 솔직히 말해서 위쳐로서, 위쳐의 일을 하려고 들어왔어. 하지만 내가 입을 다물어주지. 이 지하실에 잠시 머무는 동안, 상황이 엄청나게 바뀌는 일이 일어나고 말았거든. 나에게는 너무나 중요한 어떤 사실을 알게 되었어. 내 인생이 바뀔 만한 그런 사실을 말이지."

"그래서 뭐가 달라졌는데?"

"난 지금 당장 밖으로 나가야 해. 조금의 지체도 없이, 멀리 길을 떠나야 한다고. 그 길은 어쩌면 다시는 돌아올 수 없는 길일지도 모르고. 그리고 이 동네로 내가 다시 돌아올 일은 없을 것 같아……."

게롤트는 최대한의 평정심과 참을성을 보이며 말했다.

"그딴 이야기로 네 목숨을 보전하려는 건가, 위쳐? 소용없어. 네가 애원해봤자 아무 소용없다고. 우린 널 완전히 포위했고 절대 놔주지 않을 거야. 우리의 안위만 지키려고 널 죽이는 게 아니라, 우리의 다른 형제들을 생각하며 널 죽일 거야. 우리의 자유와 그들의 자유를 위해서."

슈바이처 씨가 씩씩거리자 게롤트는 계속 참을성을 가지고 말했다.

"난 이 동네로 다시는 돌아오지 않을 뿐만 아니라, 위쳐를 그만둘 거야. 이제 난 너희들 중 누구도 죽이지 않을……."

"거짓말! 무서워서 거짓말을 하는 거야!"

"아니, 거짓말이 아니야. 내가 말한 것처럼 난 여기서 빨리 나가야 해. 너희에게 두 가지 선택권을 주지. 첫째는 내 말을 믿고 날 그냥 보내준다. 둘째는 너희의 시체를 밟고 나간다."

게롤트는 놈들이 말을 끊도록 내버려두지 않았다.

"셋째는 네놈이 시체가 된다."

코레드가 하악 하는 소리를 내자 게롤트는 등에 찬 칼집에서 칼을 휙 빼들었다.

"나만 시체가 되는 건 아닐 거야. 나만 그렇게 되진 않아, 슈바이처 씨."

게롤트가 건조하게 말했다.

코레드는 잠시 침묵했다. 게롤트의 등 뒤에서 버티고 있던 킬물리스는 몸을 흔들거리며 거친 숨소리를 내고 있었다. 프리스키르닉은 몸을 구부려 다리들을 쭉 폈다. 촛대 모양 괴물은 형태를 바꾸었다. 이제는 이글이글 불타는 눈을 가진 휘어진 크리스마스트리처럼 보였다.

"증거를 대봐. 네가 진실을 말하고 있으며 선의를 가지고 있다는 증거를."

코레드가 마침내 입을 열었다.

"어떤 증거?"

"네 칼. 위쳐를 그만둔다고 했잖아. 위쳐와 위쳐의 칼은 같은 것이지. 칼을 벼랑 아래로 던져버려. 아니면 부러뜨리든지. 그럼 널 그냥 보내주지."

게롤트는 벽과 천장에서 똑똑 떨어지는 물소리만 들리는 정적 속에서 미동도 없이 서 있었다. 그는 천천히 서두르지 않고 바위틈으로 칼을 깊숙이 꽂아 넣었다. 그러고는 칼날을 세게 밟아 부러뜨렸다. 칼날이 챙 하는 소리를 내며 부러지는 소리가 동굴 안에 메아리쳤다.

물은 벽을 타고 마치 눈물처럼 흐르고 있었다.

“도저히 믿을 수가 없군. 도저히 믿을 수가 없어, 저렇게 바보 같을 줄이야.”

코레드가 중얼거리듯 천천히 말했다.

이어서 아무런 소리도, 신호도, 명령도 없이 곧장 세 괴물이 게롤트에게 덤벼들었다. 다리를 처음 건너온 것은 슈바이처 씨였는데 발톱을 길게 세운 채 늑대 부럽지 않은 날카로운 이빨을 드러냈다.

게롤트는 코레드가 가까이 오기를 기다렸다가 허벅지를 이용해 몸을 돌려 코레드의 아래턱과 목을 베었다. 다음 순간 게롤트는 다리 위에 서서 킬물리스를 대각선으로 베어버렸다. 몸을 굽혔다가 바닥으로 적시에 낙하하며 게롤트에게 덤벼든 촛대 괴물은 게롤트의 윗옷을 발톱으로 긁지도 못한 채 공중으로 날아갔다. 게롤트는 가느다란 발들을 마치 풍차 날개처럼 휘젓고 있는 프리스키르닉 위를 훌쩍 뛰어넘었다. 프리스키르닉의 발 하나가 게롤트의 옆머리를 치자 게롤트는 춤추듯 몸을 피하고는 칼을 휘두르며 방어했다. 프리스키르닉은 또다시 뛰어올랐지만, 게롤트를 가격하는 데 실패했다. 대신 쌓아놓은 돌담과 세차게 부딪쳤고 담이 무너지면서 돌들과 함께 벼랑 아래로 떨어지고 말았다. 지금까지 아무 소리도 내지 않았던 프리스키르닉은 벼랑 아래로 떨어지며 비명을 질렀다. 한참이 지난 후에야 비명 소리가 사라졌다.

이번엔 두 방향에서 공격이 들어왔다. 한쪽에서는 촛대 괴물이, 다른 한쪽에서는 피를 꿀렁꿀렁 쏟고 있는 킬물리스였는데 부상을 입었지만 다시 일어난 상태였다. 게롤트는 다리의 난간으로 뛰어 올라갔다. 발밑의 돌이 밀려나면서 서로 마찰하는 소리가 나더니 다리 전체가 흔들거렸다. 게롤트는 재빨리 중심을 잡고 날카로운 손톱이 잔뜩 달린 촛대 괴물의 손발을 피해 킬물리스의 뒤편으로 갔다. 킬물리스는 목이 없었기 때문에 게롤트는 놈의 관자놀이를 겨냥했다. 하지만 킬물리스의 머리는 마치 쇠처럼 단단해서 두 번이나 내리쳐야 했다. 때문에 약간의 시간을 허비하고 말았다.

게롤트가 미처 알아채기도 전에 머리로 일격이 떨어진 것이다. 극심한 통증으로 눈앞이 번쩍거렸다. 게롤트는 몸을 빙글빙글 돌리며 칼을 휘둘러 방어하는 중에도 머리카락 아래로 피가 흘러내리는 것을 느끼며 이게 어떻게 된 일인지 생각했다. 기적적으로 두 번째 손톱 공격을 피한 후에야 어떻게 된 상황인지 깨달았다. 촛대 괴물이 모습을 바꾼 것이다. 지금은 손이 훨씬 더 길어진 상태로 공격해오고 있었다.

하지만 그런 형태는 단점이 있었다. 무게 중심과 균형이 맞지 않는 것이다. 게롤트는 기다란 손들 아래로 몸을 숙여 거리를 좁혔다. 촛대 괴물은 무슨 상황인지 알아채고는 고양이처럼 등을 아래로 한 채 떨어지며 앞발만큼이나 발톱이 뾰족하게 나 있는 뒷발들을 드러냈다. 게롤트는 촛대 괴물 위로 뛰어올라 그대로 칼을 휘둘렀다. 칼날이 놈의 몸을 가르는 것이 느껴졌다. 게롤트는 몸을 굽혔다가 뒤로 돌아 무릎으로 낙하하며 다시 한 번 놈을 베었다. 촛대 괴물은 비명을 지르며 갑작스럽게 앞으로 머리를 확 꺾더니 게롤트의 가슴 바로 앞에서 끔찍한 이빨을 딱딱거렸다. 큰 눈이 어둠 속에서 빛났다. 게롤트는 칼 손잡이를 세게 휘둘러 괴물을 떼어내고는 머리를 두 동강 내버렸다. 머리의 절반이 날아간 상태였지만, 위쳐 교과서 어디에도 등장하지 않는 이 괴상한 촛대 괴물은 이빨을 몇 번 더 딱딱거렸다. 그러고는 끔찍하게도 마치 사람 같은 한숨 소리를 내더니 숨통이 끊어졌다.

피 웅덩이에 뻗어 있던 코레드는 발작적으로 몸을 떨고 있었다.

게롤트가 그 앞에 섰다.

"도저히 믿을 수가 없군. 칼을 부러뜨리는 정도의 간단한 환영을 믿는 바보가 있을 줄이야."

코레드가 자신의 말을 알아들을 수 있을 정도로 정신이 있는지는 알 수 없었다. 아무래도 상관없었지만. 게롤트가 뺨으로 흘러내리는 피를 닦으며 말했다.

"난 경고했어. 여기서 반드시 나가야만 한다고 말이야."

슈바이처 씨는 숨을 헐떡이며 컥컥대고 씩씩거리며 이를 갈았다. 그러더니 곧 조용해졌고 더는 움직이지 않았다.

벽과 천장에서는 물방울이 계속 떨어지고 있었다.

"이제 만족스러운 거요, 레지스?"

"이제는."

"그럼, 빨리 달려가서 짐을 싸라고, 당장."

게롤트가 자리에서 일어나며 다시 한 번 재촉했다.

"시간은 별로 안 걸릴 겁니다. 옴니아 메아 메쿰 포르토*."

"뭐라고?"

"난 짐이 별로 없어요."

"잘됐군. 30분 후, 시내 외곽에서."

"거기서 봅시다."

게롤트는 그 여자를 제대로 몰랐다. 바로 발각되었던 것이다. 게롤트 자

* 옴니아 메아 메쿰 포르토(Omnia mea mecum porto): 라틴어로 '나의 모든 것은 다 들고 다닌다'는 뜻이다.

신의 잘못이었다. 서둘러 나가는 대신 궁전 뒤편으로 가서 방랑 기사들과 궁의 직원들, 하인들과 다른 일행들이 쓰는 큰 마구간에 로취를 매어둘 수도 있었다. 서두르는 마음에 그리고 몸에 밴 습관대로 공주의 마구간을 이용했던 것이다. 공주의 마구간에는 고자질을 할 만한 사람이 항시 대기 중이라는 것쯤은 짐작했어야 했다.

프린질라 비고는 마구간의 한 칸 한 칸을 돌아다니며 바닥에 널린 지푸라기를 걷어차고 있었다. 프린질라는 여우 털로 만든 짧은 겉옷과 흰 새틴 블라우스, 승마용 검은 치마에 긴 부츠를 신고 있었다. 말들은 프린질라에게서 뿜어져 나오는 분노를 감지한 듯 콧김을 내뿜었다.

프린질라가 게롤트를 보더니 손에 든 채찍을 구부러뜨리며 말했다.

"그래요, 그래. 함께 도망쳐요! 작별 인사도 없이. 아마도 책상 위에 놓여 있을 편지는 작별 인사가 아닐 테니까요. 우리가 함께한 순간들이 있는데, 이럴 수는 없어요. 당신의 행동은 굉장히 중요한 논점을 설명하고 정당화하고 있다는 것쯤은 나도 알겠어요."

"설명하고 정당화한다라…… 미안하군, 프린질라."

"미안하군, 프린질라? 정말로 간단하고 단순하군요. 감정도, 배려도 없는 말이에요. 내가 분명히 말하지만, 나에게 남긴 편지 역시 이런 식으로 쓰여 있겠죠. 열정으로 잉크를 낭비하는 짓은 하지 않았겠군요."

프린질라가 분노로 입술을 일그러뜨리자 게롤트는 헛기침을 하며 말했다.

"난 가야 해. 왜인지는 짐작할 수 있겠지. 그리고 누구를 위해서인지…… 제발, 나를 용서해주면 좋겠는데. 난 몰래, 조용히 사라질 생각이었어. 왜냐하면…… 왜냐하면…… 당신이 우리와 함께 이곳을 떠나는 일이 없게 하려고……."

"헛된 걱정이군요. 당신이 내 발치에 엎드려 부탁한다고 해도, 난 같이 가지 않을 거예요. 절대로요, 위쳐님. 혼자 가요, 혼자 가서 죽어버리든지, 산맥에서 얼어버리든지. 난 시리에 대해 어떤 책임도 없어요. 당신에 대해서는? 당신은, 당신이 누리던 것을 원하는 사람들이 얼마나 많은지 알고 있나요? 당신이 지금 경멸하며 내던져버리려는 그것을?"

프린질라 비고는 채찍을 심하게 구부리며 이 사이로 내뱉듯 말했다.

"당신을 절대 잊지 않을 거요."

"오호, 그거 알아요? 정말 그렇게 되도록 내가 만들어주고야 말겠다는 생각이 얼마나 드는지. 마법으로, 아니면 이 채찍으로!"

프린질라는 거칠게 숨을 몰아쉬었다.

"그렇게는 안 하겠지."

"당신 말이 맞아요, 그렇게는 안 하죠. 그렇게는 못해요. 무시당하고 버림받은 연인처럼 가만히 있겠죠. 고전적으로 말이에요. 고개를 들고 퇴장할 거예요. 자존심과 위엄을 잃지 않고, 눈물을 삼키면서. 그러고는 베개에 얼굴을 파묻고 오열한 다음, 다른 남자와 어울리겠죠!"

마지막 말은 거의 고함처럼 들렸다.

게롤트는 아무 말도 하지 않았다. 프린질라 역시 침묵했다. 그러더니 전혀 다른 목소리로 말했다.

"게롤트, 나와 함께 있어요."

게롤트가 대답을 못하고 있자 덧붙여 말했다.

"내 생각에는 내가 아무래도 당신을 사랑하는 것 같아요. 나와 함께 있어요. 제발 부탁이에요. 난 누구에게도 이런 걸 부탁해본 적이 없었어요, 그리고 앞으로도 그럴 수 있으리라고는 생각지 않아요. 하지만 당신에게는 이렇게 부탁할게요."

한동안 침묵하던 게롤트가 입을 열었다.

"프린질라, 당신은 남자들이 꿈에서나 그릴 수 있는 그런 여자요. 이건 온전히 나의 잘못이지, 내가 꿈꾸는 사람이 아니라는 건."

프린질라는 아무 말 없이 그를 응시하다가 입술을 깨물며 말했다.

"당신은 한 번 물면 피와 살점을 함께 뜯어내야지만 떼어낼 수 있는 낚싯바늘 같아요. 뭐, 어쩌겠어요. 위험한 장난감을 갖고 놀고 있다는 걸 알고 있었죠. 내가 뭘 하는지는 나도 알고 있었어요. 그러니 내 잘못이죠. 다행히 나는 그 결과를 어떻게 받아들여야 하는지도 알아요. 그런 면에서 난, 여자라는 종족 중에서 뛰어난 편이죠."

게롤트는 아무 말도 하지 않았다. 프린질라는 게롤트의 뺨에 난 멍을 바라보았다.

"내 부적은 어땠나요? 제대로 작동했나요?"

"한마디로 훌륭했지. 고맙게 생각해."

프린질라 비고는 고개를 끄떡였다.

"어디로 가는 거죠? 뭘 알아낸 거죠? 빌게포츠가 숨어 있는 장소를 이제 알게 된 건가요?"

방금과는 전혀 다른 목소리와 다른 톤이었다.

"그렇지. 나에게 그곳이 어딘지 묻지는 말아줬으면 싶은데. 말하지 않을 테니까."

"그 정보를 사도록 하죠. 나도 뭔가가 있어요."

"아, 그래?"

"나에게 정보가 있어요. 중요한 정보죠. 당신에게는 그야말로 소중한 정보. 그 정보를 교환하겠어요, 당신의…….”

“마음의 평화와 말이지. 내가 당신에게 주었던 신뢰와 함께. 조금 전까지 사랑을 이야기하더니, 지금은 거래를 하는 거요?”

게롤트가 프린질라의 눈을 보며 말했다.

프린질라 비고는 오랫동안 침묵했다. 그러더니 갑자기 채찍으로 세차게 구두 굽을 내리쳤다.

“예니퍼! 당신이 쾌락의 순간에 몇 번이나 잘못 불렀던 그 이름! 예니퍼는 당신도, 시리도 절대 배신하지 않았어요. 빌게포츠와 한편이 된 적도 없었죠. 시릴라를 구하기 위해 예니퍼는 상상도 못할 위험을 무릅썼어요. 그러나 그 시도가 실패로 끝났고 결국 빌게포츠의 손아귀로 떨어지게 되었죠. 작년 가을에 있었던 스캔 시도는 분명 고문에 의한 것이었을 거예요. 아직 살아 있는지는 알 수 없어요. 더 이상은 나도 몰라요, 맹세코.”

“고맙소, 프린질라.”

“이제 가요.”

하지만 게롤트는 자리를 떠나지 않고 말했다.

“난 당신을 믿어. 그리고 우리 사이에 있었던 일은 절대로 잊지 못할 거요. 난 당신을 믿어, 프린질라. 당신과 함께 남지는 못하지만, 나도 당신을 사랑했던 것 같아. 내 방식으로 말이지. 그러니까 나에게서 지금 듣게 될 이 사실은 가장 깊숙한 비밀로 숨겨두면 좋겠군. 빌게포츠가 숨어 있는 곳은…….”

“잠깐, 나중에, 그건 나중에 말해요. 지금, 떠나기 전에는 나와 작별을 해야죠, 그렇게 했어야 하는 것처럼. 편지나 미안하다는 헛소리가 아니라. 내가 원하는 방식으로 그렇게 작별해요.”

프린질라 비고는 여우 털을 벗어 쌓여 있는 짚 더미에 던졌다. 그리고 세차게 블라우스를 찢었다. 안에는 아무것도 입고 있지 않았다. 프린질라는 게롤트를 자기 위로 잡아끌며 여우 털 외투 위로 쓰러졌다. 게롤트는 프린질라의 목을 잡고 치마를 끌어올리다가, 장갑을 벗어둘 시간이 없다는 걸 깨달았다. 프린질라는 다행히 장갑을 끼고 있지 않았다. 속옷도 입고 있지 않았다. 게다가 가장 중요한 점은 승마용 부츠를 신고 있었지만 박차는 달고 있지 않았다는 점이다. 그 부츠의 움직임을 생각해봤을 때, 박차가 있었다면 끔찍한 꼴을 당했을 것이다.

프린질라가 비명을 지르자 게롤트는 입을 맞추었다. 그렇게 비명 소리를 눌렀다.

그들의 성난 열정을 느낀 말들이 거칠게 울어대며 발을 굴렀고, 울타리에 몸을 부딪는 탓에 먼지와 지푸라기가 천장에서 떨어져 내렸다.

"나자이르의 무레디 호숫가, 시타델라 리스-룬."

프린질라는 이야기를 의기양양하게 끝마쳤다.

"그곳에 빌게포츠의 은신처가 있어요. 위쳐가 떠나기 전에, 그 정보를 끌어냈죠. 위쳐를 앞설 시간은 충분해요. 위쳐는 4월 전에는 절대로 그곳에 닿지 못할 거예요."

기둥이 서 있는 몬테칼보의 성, 방 안에 모인 아홉 명의 여인들은 고개를 끄떡이며 프린질라의 공적을 인정하는 눈길을 보냈다.

"리스-룬, 나자이르의 리스-룬. 흠, 곧 만나겠군요, 빌게포츠 씨…… 곧!"

필리파 에일하트가 맹수 같은 웃음 사이로 이빨을 드러내 보이며 원피스에 꽂힌 붉은 줄무늬 마노 카메오를 만지작거렸다.

"위쳐가 그곳에 도착했을 땐, 돌덩이만 남아 있겠지. 화재의 냄새마저 사라진 후일 거야."

키이라 메츠가 씩씩거리며 말했다.

"시체도 남아 있지 않고."

사브리나 글레비식이 매력적으로 웃으며 말했다.

"잘했어요, 비고 씨. 정말 훌륭한 작업이었어요."

쉴라 드 탄자빌이 고개를 끄떡였다. 프린질라 비고는 이 유명한 여자 마법사가 그런 표정을 지을 거라고는 한 번도 생각해본 적이 없었다.

프린질라가 고개를 숙이자 쉴라 드 탄자빌이 덧붙였다.

"브라보, 세 달이나 투생에서⋯⋯ 하지만 보람이 있었군요."

프린질라 비고는 자기 맞은편에 앉아 있는 여자 마법사들을 시선으로 훑었다. 쉴라, 필리파, 사브리나 글레비식, 키이라 메츠, 마르가리타 록스 안틸레, 그리고 트리스 메리골드. 프란체스카 핀다베어와 이다 에민의 엘프식 진한 눈 화장 속에서는 어떠한 표정도 읽을 수 없었다. 아시르 바 아나히드의 눈에서는 불안함과 걱정스러움이 묻어났다.

"보람이 있었죠."

프린질라가 나지막이 말했다. 완전히 솔직하게.

어두운 푸른빛이었던 하늘이 천천히 검은색으로 변했다. 얼음장 같은 칼바람이 포도밭 사이로 휘몰아쳤다. 게롤트는 늑대 털가죽 옷을 단단히 여미고 양모로 된 목도리로 목을 감쌌다. 기분은 최고였다. 게롤트는 평소 사랑을 나눈 후에는 언제나 육체적으로, 정신적으로 최고의 상태에 이르곤 했다. 의혹의 그림자마저 날려버린 후, 밝고 활기찬 생각으로 가득했다. 이런 최고의 기분을 앞으로 꽤 오랫동안 경험하지 못할 거라는 생각에 그저 아쉬울 뿐이었다.

레이나르 드 보아-프레스네스의 목소리가 게롤트를 상념에서 깨웠다.

"나쁜 날씨가 몰려오고 있어요. 서둘러야 합니다. 저 바람과 눈이 합쳐진다면, 그러다 말뢰르 산맥에서 눈보라를 만나게 된다면, 그건 함정에 빠지는 것과 같아요. 그럼 지금까지 모셔온, 아니면 이름이라도 들어본 세상의 모든 신들에게 눈이 녹게 해달라고 빌어야 할 겁니다"

레이나르는 바람이 불어오는 동쪽을 바라보며 말했다.

"그럼 서두릅시다."

"처음 며칠은 산스레투르 강을 따라가면 됩니다. 그러다 덫을 놓는 사냥꾼들의 일터가 나타나면 그곳이 바로 산스레투르 강 오른쪽 지류가 합류하는 자리에요. 꼭 기억해야 합니다. 오른쪽이요. 바로 그 강이 말뢰르 산맥으로 올라가는 길을 보여줄 겁니다. 신의 뜻에 따라 여러분이 말뢰르를 넘게 되어도, 너무 기뻐하진 말아요. 왜냐하면 상메르시와 모르블랑 산맥이 남았으니까요. 그 두 산맥을 다 넘으면 수두트 계곡으로 내려가게 됩니다. 수두트는 마치 투생처럼, 그곳만 유독 온화한 분지랍니다. 거기가 토양만 좋았으면, 그곳에도 포도를 심는 건데……."

쏘아보는 눈길들을 느낀 레이나르는 말을 멈추고 헛기침을 했다.

"아, 다시 본론으로 돌아가서, 수두트 계곡에는 카라비스타라는 작은 도시가 있어요. 그곳에 제 사촌이 살죠. 기 드 보아-프레스네스. 제 사촌을 찾아가 제 이름을 말하세요. 만약 사촌이 죽었거나, 혹은 이상하게 행동하면, 꼭 기억하세요. 당신들이 가야 할 방향은 막 데이라, 실테 계곡입니다. 그

다음에는, 게롤트, 그때 갔던 시내의 지도쟁이가 그려준 그대로입니다. 지도 얘기를 했으니 말인데, 무슨 성에 대해 왜 그렇게 물어본 것인지……."

"그건 그냥 잊어야 합니다, 레이나르. 그런 일은 없었던 것으로 합시다. 아무것도 못 들었고, 아무것도 못 본 걸로. 누가 고문을 해서 물어보더라도, 알겠습니까?"

"그래요, 알겠습니다."

"말을 타고 오는 사람이 있군. 저기 궁전 쪽에서 한 명이 말을 몰아 달려오고 있소."

카히르가 몸부림치는 검은 말을 다스리며 말했다.

"만약 한 명이라면, 그건 좀 문제인데."

앵글로메가 안장 옆에 걸린 손도끼를 만지작거리며 이빨을 드러낸 채 중얼거렸다.

말을 몰아 미친 듯이 달려온 그 한 명은 단델라이온이었다. 놀랍게도 말은 페가수스였는데 딱히 달리는 데 익숙하지도, 달리는 것을 좋아하지도 않는 거세숫말이었다.

"휴, 다행이네. 따라잡지 못할까봐 걱정했다고."

"지금 와서 우리와 같이 가겠단 말은 하지 마."

"아니, 게롤트. 같이 가진 않아. 난 여기 투생에 족제비랑 같이 있을 거야. 내 말은, 아나리에타와 이곳에 있겠다는 거야. 하지만 어떻게 작별 인사도 없이 보낼 수 있겠어? 조심히 가라는 인사 정도는 해야지."

단델라이온이 고개를 떨구었다.

"지금까지 고마웠다고 공주님께 전해드려. 그리고 이렇게 갑자기, 인사도 없이 떠나는 상황에 대해 변명 좀 해줘, 어떻게든."

"기사로서의 맹세를 했으니까 됐지. 투생의 모든 이들은 공주님을 포함해서 기사의 맹세가 뭔지 알고 있어. 그리고 여기…… 자, 나도 좀 보태게 해줘."

게롤트가 단델라이온에게서 무거운 주머니를 받아 들더니 고개를 저었다.

"단델라이온, 우리가 돈이 없는 건 아니야. 쓸데없이……."

"나도 좀 보태는 거야. 돈이라는 게 그렇잖아, 있으면 언제든 유용하지. 그리고 사실 내 돈도 아니야. 족제비의 개인 금고에서 가져왔어. 왜 쳐다보는 거지? 여자들은 돈이 필요 없잖아. 돈이 왜 필요하겠어? 술을 마시나, 주사위 노름을 하나, 젠장. 자기들이 여자니까 여자도 필요 없잖아. 자, 가라고. 빨리 가, 눈물이 나올지도 몰라. 그리고 일이 다 끝난 후에는 돌아가는 길에 꼭 투생에 들러서 무슨 일이 있었는지 나에게 다 이야기해줘야 해. 그리고 나도 시리를 안아주고 싶다고. 약속해, 게롤트."

"약속하지."

"그래, 잘 가."

"잠시만."

게롤트는 말을 돌리더니 페가수스 바로 옆으로 다가가 겨드랑이에서 몰래 편지를 꺼냈다.

"이 편지가 전달되도록 힘을 좀 써줘."

"프린질라 비고에게?"

"아니, 딕스트라에게."

"뭐라고, 게롤트? 그걸 내가 무슨 수로?"

"방법을 찾아내. 할 수 있다는 걸 알아. 그리고 이제 정말 작별이군. 자, 친구, 뺨에 작별 인사라도 해줘야지, 이 바보 같은 놈."

"해야지, 이 바보 같은 놈아. 기다리고 있을게."

게롤트 일행은 단델라이온이 보끌레흐 쪽으로 달려가는 뒷모습을 바라보았다.

하늘은 완전히 어두워졌다.

"레이나르, 우리와 같이 갑시다."

게롤트가 안장에서 몸을 돌리고 말했다.

말없이 게롤트를 바라보던 레이나르 드 보아-프레스네스가 대답했다.

"아니요, 게롤트. 난 방랑 기사지, 미치광이는 아닙니다."

몬테칼보의 기둥이 있는 커다란 방은 보통 땐 찾아볼 수 없는 묘한 흥분으로 가득했다. 평소 방을 채우던 우윳빛의 은은한 초의 불빛 대신 오늘은 거대한 마법의 화면이 그 자리를 채우고 있었다. 화면의 영상은 떨리면서 깜빡거렸고, 나왔다 끊어졌다를 반복하며 흥분과 긴장을 더욱더 고조시켰다. 그리고 불안감도.

"하, 저곳에 같이 못 간 게 아쉽네. 나도 좀 몸을 움직여야 하는데. 아드레날린도 필요하고."

필리파 에일하트가 맹수처럼 웃으며 말했다.

쉴라 드 탄자빌은 아무 말 없이 필리파 에일하트를 못마땅한 듯 노려보았다. 프란체스카 핀다베어와 이다 에민은 주문으로 화면을 안정시키고 벽 전체를 차지할 수 있도록 화면을 늘렸다. 남색의 하늘을 배경으로 검은 산꼭대기와 호수에 비치는 별빛, 그리고 뾰족하게 튀어나온 어두운 성이 보였다.

"난 아직도 확신이 서지 않아. 공격 팀의 지휘를 사브리나와 젊은 키이라 메츠에게 맡긴 게 말이지. 키이라는 타네드에서 갈비뼈가 부러졌으니 복수를 원할 수도 있어. 그리고 사브리나는…… 사브리나는 몸 쓰는 일과 아드레날린을 너무 좋아하는 경향이 있고. 그렇지 않나, 필리파?"

쉴라가 말했다.

"이미 그 얘긴 끝났잖아요. 정할 건 이미 다 정했어요. 그 누구도 불필요하게 죽이지 않기로. 사브리나와 키이라가 리스-룬에 생쥐처럼 살그머니 들어가 빌게포츠를 산 채로 데리고 나오기로 말이죠. 할퀴거나 때리지 않고. 그렇게 결정했어요. 물론 난 이번 기회가 좋은 본보기가 되어야 한다고 생각하지만. 저 성에 있는 몇몇 사람들은 이 밤을 꿈에서만 봐도 비명을 지르며 깨어나도록 말이죠."

필리파의 목소리는 자두 절임만큼이나 시고 날카로웠다.

"복수는 비천하고 나약한 겁쟁이들의 기쁨이지."

코비어의 여자 마법사 쉴라 드 탄자빌이 싸늘하게 말했다.

"그 말이 맞는지도 몰라요. 하지만 기쁨은 기쁨이죠."

필리파가 겉으로 보기엔 아무렇지 않은 듯 웃음을 띤 채 말했다.

"그만해. 프린질라 비고 님의 건강을 위해 건배를 제안해요. 열심히 해준 덕분에 빌게포츠의 은신처가 밝혀졌으니까요. 프린질라 비고 님, 정말 훌륭하고 모범적인 작업이었어요."

마르가리타 록스 안틸레가 거품이 이는 포도주 잔을 들어 보이며 말했다.

프린질라 비고는 건배에 몸을 굽혀 인사했다. 필리파의 검은 눈동자에서는 무언가 비웃는 듯한, 그리고 트리스 메리골드의 푸른 눈에서는 싫은 기색이 느껴졌다. 프란체스카와 쉴라의 웃음 속에서는 그 무엇도 읽어낼 수 없었다.

"이제 시작합니다."

아시르 바 아나히드가 마법의 화면을 가리키며 말했다.

모두들 편하게 앉았다. 좀 더 선명히 보이도록 필리파가 주문으로 조명을 낮추었다.

암벽 위로 재빠른 검은 형체들이 박쥐처럼 소리도 없이 날쌔게 오르는 것을 보았다. 아주 낮게 날아 리스-룬 성의 총안과 흉벽으로 내려앉는 모습을 보며 필리파가 중얼거렸다.

"빗자루를 타본 지 한 100년은 된 것 같네. 좀 있으면 나는 법도 잊어버릴 것 같아."

화면에 눈을 고정하고 있던 쉴라가 참을 수 없다는 듯 쉿 소리를 내며 필리파의 입을 막았다.

검은 성의 창문에 잠시 동안 불이 번쩍였다. 하나, 둘, 셋. 모두들 그것이 무엇인지 알고 있었다. 문의 빗장과 걸쇠가 마침내 둥근 번개를 맞아 산산조각 나며 흩어졌다.

"이제 안으로 들어갔네. 공격 팀이 안으로 들어갔군요. 하지만 뭔가 이상한데, 저럴 수가 없는데 왜……."

유일하게 화면이 아니라 식탁 위에 놓인 묵직한 크리스털 구슬을 뚫어지게 바라보고 있던 아시르 바 아나히드가 낮은 목소리로 중얼거렸다.

프린질라 비고는 심장의 피가 배 쪽으로 쏟아지는 듯한 기분이 들었다. 뭔가 이상하다는 느낌이 엄습해왔다.

"글레비식 님이 직통 연결을 열고 있어요."

아시르가 중얼거리듯 다시 말했다.

방의 기둥 사이의 공간이 갑자기 번쩍하더니 타원형의 형체가 나타났다. 곧이어 남자 옷을 입고 이마 위 시폰 스카프로 머리를 묶은, 검은색 위장 줄

무늬를 얼굴에 칠한 사브리나 글레비식의 모습이 보였다. 그 뒤로는 더러운 돌계단이 보였는데 그 위로는 옛날에 태피스트리였던 것으로 추정되는 넝마 조각이 흩어져 있었다.

사브리나 글레비식은 거미줄이 잔뜩 묻은 장갑 낀 손을 앞으로 들어 보였다.

"이것뿐이야. 이것뿐이라고! 아무것도 없어! 젠장, 이게 무슨 바보 같은…… 이게 대체…….”

사브리나 글레비식이 세차게 손을 저으며 소리쳤다.

"제대로 말을 해, 사브리나!"

"뭐, 제대로? 뭘 어떻게 제대로 말해? 보고도 몰라? 여기가 바로 리스-룬 성이야! 텅 비었다고! 텅 비었고 아주 더러워! 여긴 이미 오래전에 버려진 폐허야! 아무것도 없어, 아무것도!"

얼굴에 위장 무늬를 한 사브리나가 고함을 질렀다.

사브리나 글레비식의 어깨 뒤로, 역시 위장 줄무늬를 얼굴에 칠한 탓에 마치 지옥에서 올라온 악마처럼 보이는 키이라 메츠가 나타났다.

"이 성에는 지금 아무도 없고, 그 전에도 누군가 머물렀던 흔적은 없어요. 대략 50년은요. 50년 동안 이곳에 들어온 사람은 아무도 없을 거예요. 거미, 시궁쥐, 박쥐만 빼고. 말도 안 되는 장소에서 작전을 진행한 거예요."

키이라 메츠가 차분히 설명했다.

"혹시 환영으로 가려져 있는 건 아닌지 조사한 건가?"

"우리를 어린애로 보나요, 필리파?"

"둘 다 내 말 잘 들어. 용병과 수련생들에게 오늘 일은 연습이었다고 해. 돈을 주고 여기로 돌아와, 지금 당장. 표정 관리하고. 듣고 있어? 표정 관리부터 하라고!"

필리파 에일하트는 신경질적으로 머리칼을 손가락으로 빗어 넘겼다.

직통 연결을 이어주던 타원형이 사라지고, 벽 화면에 비치는 영상만 남았다. 정확히는 별이 반짝이는 하늘을 배경으로 우뚝 서 있는 리스-룬의 성과 별빛이 반사되는 호수만 남았다.

프린질라 비고는 식탁을 내려다보았다. 피가 얼굴로 몰려 뺨에서 쏟아질 것만 같았다.

"나는…… 정말로…… 어떻게 된 일인지…… 정말로 모르겠네요……."

방 전체에 무겁게 내려앉은 침묵을 견디지 못하고 프린질라가 마침내 입을 열었다.

"난 알겠는데."

트리스 메리골드가 혼잣말처럼 중얼거렸다.

두 사람의 대립 상황에는 전혀 신경 쓰지 않은 채 생각에 빠져 있던 필리파가 입을 열었다.

"저 성…… 리스-룬…… 저곳을 완전히 파괴해야 해. 완전히 폐허로 만들어야겠어. 그리고 이 사건에 대한 전설이나 이야기가 나오게 되면, 제대로 꼼꼼히 검열해야 한다고. 내가 무슨 생각을 하는지 모두들 알고 있겠죠?"

"좋아요."

아까부터 아무 말도 하지 않고 있던 프란체스카 핀다베어가 고개를 끄떡였다. 역시 침묵하던 이다 에민은 여러 가지로 해석될 수 있는 긴 한숨을 내쉬었다.

"나는…… 난 정말 이해를 못하겠어요…… 어떻게 저런 일이……."

프린질라의 목소리는 계속 잠겨 있었다.

"오, 그런 게 아니에요, 비고 님. 완벽한 사람은 없으니까요."

아주 오랜 침묵이 흐른 후 쉴라 드 탄자빌이 말했다.

필리파가 낮게 코웃음을 쳤고, 아시르 바 아나히드는 한숨을 내쉬며 천장에 시선을 고정했다.

"말하자면, 우리 모두 그런 적이 있었죠. 여기 앉아 있는 우리 모두 다 말이에요. 남자에게 속고, 이용당하고, 웃음거리가 된 적이 있었다는 거예요."

쉴라가 입술을 내밀며 말했다.

"너를 사랑해, 너의 아름다운 형태를.
네가 원하지 않는다면, 난 힘을 쓸 수밖에 없을 거야!"
"아빠, 아빠, 그가 나를 결국 잡았어요.
마왕이 나를 아프게 해요, 나를 꽉 잡아요!"

요한 볼프강 폰 괴테

이 모든 것이 이미 있었던 것이다. 이미 일어났던 일이다. 그리고 언젠가 글로 다 써졌던 것이다.

코르보의 비소고타

제 5 장

숲에 찾아온 오후는 지글지글 익는 듯 숨이 막혔고, 조금 전까지만 해도 옥처럼 어두웠던 호수의 바위들은 황금처럼 빛나고 있었다. 시리는 눈을 손바닥으로 가려야만 했다. 물에서 반사되는 빛에 눈이 침침해지고 눈동자와 관자놀이가 아플 지경이었다.

시리는 빽빽한 관목을 통과해 호숫가로 달려와 켈피를 무릎이 잠길 만큼 깊은 호수 안까지 몰았다. 물은 완전히 투명해서 안장에 앉은 채로도 호수 바닥의 민물조개와 흔들거리며 물살에 따라 움직이는 물풀의 모자이크 무늬가 환히 보였다. 작은 가재 한 마리가 위엄 있게 돌멩이를 헤치며 움직이고 있었다.

켈피가 히힝 소리를 냈다. 시리는 고삐를 잡아당겨 얕은 곳으로 말을 몰았지만, 완전히 기슭으로 가지는 않았다. 기슭이 모래로 되어 있는데다가 자갈로 뒤덮여 있어서 빨리 달릴 수 없었기 때문이었다. 시리는 호수의 물이 끝나는 쪽으로 켈피를 몰고 갔다. 호수 바닥의 딱딱한 자갈 위로는 빨리 달릴 수 있었기 때문이었다. 곧장 속력을 내기 시작했는데, 켈피는 마치 안장을 얹고 달리는 말이 아니라 마차를 끄는 말처럼 빨리 달리기 시작했다. 하지만 시리는 이 속도도 너무 느리다고 생각했다. 그래서 발로 차고 소리를 지르며 켈피를 더 다그쳤다. 물방울이 사방으로 흩어지며 햇빛 속에서 마치 녹는 은처럼 빛나는 가운데 둘은 달리고 또 달렸다.

탑을 보았을 때에도 시리는 속도를 줄이지 않았다. 굉장한 속도로 달렸기 때문에 보통 말이었더라면 쓰러졌을 것이다. 하지만 켈피의 숨소리에는 헐떡이는 기색도 없었고 발걸음에는 힘이 들어가지 않고 가벼웠다.

그렇게 전속력으로 달리다가 말발굽 소리를 내며 전정에 도달했을 때, 말을 세게 잡아당기자 말발굽이 끼익 하는 소리를 내며 보도 위에 미끄러졌다. 시리는 탑 아래에서 기다리고 있던 엘프들 바로 앞에 섰다. 바로 코앞에. 평소라면 조금도 동요하지 않았을 두 여자 엘프들이 어쩔 수 없이 약간 뒤로 물러나는 것을 보고 시리는 만족감을 느꼈다.

"무서워하지 말아요! 내가 말을 타고 넘어가진 않을 테니까! 그렇게 할 생각은 없어요."

시리는 콧방귀를 뀌며 외쳤다.

여자 엘프들은 어느새 제정신을 찾고 다시 평온한 얼굴이 되었다. 여자 엘프들의 눈에는 전혀 상관없다는 무심함만이 가득했다.

시리는 말에서 날듯이 풀쩍 뛰어내렸다. 두 눈동자는 반항심으로 이글거렸다.

"브라보. 멋진 입장이군, 록'흘라이트."

삼각형 얼굴의 금발 머리 엘프가 아치 아래, 그늘에서 나오며 말했다.

전에도 같은 말을 했었다. 시리가 제비의 탑으로 들어가 꽃이 만발한 봄을 마주했을 때. 하지만 그것은 이미 오래전 일이었고 시리에게 그런 것은 더 이상 놀랄 일이 되지 못했다.

"난 호수의 여인 따위가 아니라고요! 난 감옥에 갇힌 죄수예요! 그리고 당신들은 간수고요! 다른 말로 꾸며댈 필요 없어요!"

시리는 소리를 지르고는 여자 엘프 중 하나에게 고삐를 던졌다.

"자, 말은 털어주고 몸이 식으면 물을 먹여요. 잘 돌봐주고!"

금발 머리의 남자 엘프는 슬쩍 웃었다. 그리고 두 여자 엘프들이 아무 말 없이 켈피를 마구간으로 데려가는 것을 보며 말했다.

"바로 그렇지. 넌 여기서 박해받는 죄수야. 그리고 저 둘은 엄격한 간수지. 딱 봐도 그렇게 보이네."

"그렇겠죠! 저들이 날 다루는 것처럼 나도 그렇게 행동할 뿐이에요. 그리고 감옥은 감옥이에요!"

시리는 양손을 옆구리에 올리고 코를 치켜들며 마치 아콰마린 같은 연한 하늘색의 상당히 유순해 보이는 금발 머리 엘프의 눈을 똑바로 바라보았다.

"이상한 소리를 하는 군, 록'흘라이트."

"그리고 당신은 날 바보 취급하죠. 자기소개도 안 하고."

"미안. 난 크레반 에스페인 아엡 케옴한 마차야. 그게 무슨 뜻인지 안다면, 아엔 세베르네지."

"알아요. 모든 것을 알고 있는 자, 엘프 마법사."

시리는 감추지 못한 존경의 기색을 그대로 내비친 채 그를 바라보았다.

"뭐, 그렇게 부를 수도 있겠지. 편리를 위해 아발라크라는 가명을 쓰고 있어. 너도 날 그렇게 불러도 돼."

그러거나 말거나 시리의 얼굴은 불만으로 가득했다.

"내가 당신을 부를 일이 있을까요? 모든 것을 아는 자든 모르는 자든, 당신 역시 간수이고, 난…….”

“죄수지, 네 말에 따르면. 그것도 박해받는 죄수. 말을 타고 주변을 돌아다니는 것도 아마 강제로 하는 거겠지? 등에 칼을 둘러메고 있는 것도 벌의 의미로 차고 다니는 것일 테고. 이곳에 네가 처음 나타났을 때보다 훨씬 더 깨끗하고 세련되고 우아하고 고급스러운 옷을 입고 있는 것 역시 벌을 받아 그렇게 입고 있는 거겠지. 하지만 이런 최악의 조건에도 넌 굴하지 않는 것이고. 너에게 가해지는 핍박에 대해 건방지게 대답하면서 복수를 하는 거야. 아마 좀 더 용기가 생기거나 잔뜩 화가 나면 예술 작품인 거울도 깨겠지.”

시리의 얼굴이 붉어졌다. 시리는 자신에게 매우 화가 나 있었다. 아발라크가 말을 이었다.

“오, 깨든지 말든지 마음대로 해도 좋아, 얼마든지. 그저 물건일 뿐이잖아. 고작 700년 전에 만들어졌다는데 그게 뭐 대수인가? 그건 그렇고 함께 호숫가나 산책할까?”

갑자기 불어온 바람이 뜨거운 공기를 조금은 식혀주었고, 큰 나무들과 탑이 그늘을 드리우고 있었다. 호수의 물은 탁한 초록색이었는데, 물 위로 잔뜩 자라난 개연꽃 이파리 사이로 노란색 개연꽃이 이곳저곳에 피어 있어서 마치 들판처럼 보였다. 쇠물닭이 빨간 부리로 소리를 내며 이파리 사이를 맴돌고 있었다.

“거울은…… 미안해요. 너무 화가 났어요. 그뿐이에요.”

시리가 젖은 자갈 속에 구두 굽을 깊이 박으며 말했다.

“아.”

“날 무시한단 말이에요, 저 엘프들이. 내가 말을 하면 못 알아듣는 척해요. 그리고 나에게 말할 때 일부러 내가 못 알아듣게 말해요. 날 모욕하는 거라고요."

"네 엘프어는 아주 훌륭해. 그래도 너에겐 외국어지. 게다가 네가 쓰는 엘프어는 헨 링게이고, 저들이 쓰는 건 엘릴론이야. 차이가 많이 나지는 않지만, 있기는 있지."

아발라크는 차분히 말했다.

"당신이 말하는 건 다 이해해요. 한 마디, 한 마디."

"너와 이야기할 때는 헨 링게를 쓰니까. 너의 세상에서 엘프들이 쓰는 말이지."

시리는 몸을 홱 돌려 아발라크를 바라봤다.

"그럼 당신은? 당신은 어느 세상에서 온 거죠? 난 어린아이가 아니에요. 밤에 하늘을 보기만 하면 돼요. 여긴 내가 아는 별자리가 단 하나도 없어요. 이 세상은 나의 세상이 아니에요. 여긴 내 자리가 아니라고요. 어쩌다 보니 이곳에 들어오게 된 거예요…… 그리고 여기서 나가고 싶어요. 떠나고 싶다고요."

시리는 몸을 굽혀 돌멩이를 주워들더니 아무 생각 없이 돌멩이를 호수 쪽으로, 떠다니고 있는 쇠물닭 쪽으로 던져버리려는 몸짓을 취하다가 아발라크의 눈길에 마음을 바꿔 먹었다.

"내가 1스타예*도 가기 전에, 난 호수로 돌아와 있죠. 그리고 저 탑을 봐요. 어떤 방향으로 달려도, 어떻게 방향을 틀어도, 호수와 저 탑이 있어요, 항상! 호수와 탑에서 멀어질 방법이 없다고요. 그러니까 이건 감옥이에요. 지하

---

* 스타예(staje, stajnie): 폴란드의 옛 도량형 단위로 경작지나 도로의 길이를 잴 때 사용하며, 삼국분할 전 폴란드에서 1스타예는 약 134미터이다.

감옥보다 더 나빠요. 캄캄하고 철창이 처진 감옥보다 못하다고요. 왜 그런지 알아요? 왜냐하면 더 모욕적이니까요. 엘릴론이고 뭐고, 날 비웃고 날 무시하는 게 보일 때마다 화가 나요. 네, 맞아요, 그런 표정 할 거 없어요. 당신도 날 무시하잖아요. 날 비웃고. 그런데도 내가 화를 내는 게 이상한가요?"

시리는 씁쓸함을 감추지 않고 말했다.

"그래, 이상해. 이상한 건 이상한 거니까."

아발라크가 눈을 크게 뜨며 대꾸하자 시리는 한숨을 내쉬더니 어깨를 으쓱해 보였다.

"일주일도 전에 탑에 들어왔어요. 다른 세상에서 여기로 온 거죠. 당신은 앉아서 피리를 연주하며 날 기다리고 있었어요. 뿐만 아니라 오는 데 왜 이렇게 오래 걸렸냐고 놀라기까지 했어요. 내 이름을 부르면서 말을 걸었죠, 호수의 여인 어쩌고 하는 바보 같은 소리는 나중에 시작했지만. 그러더니 아무 말도 없이 사라졌어요. 날 이 감옥에 내버려두고. 당신이 나한테 보여준 그 행동들을 부르고 싶은 대로 불러봐요. 난 그걸 '교활하고 못돼먹은 무시의 행동'이라고 부르겠어요."

시리는 어떻게든 침착함을 유지하려고 애쓰며 말했다.

"지라엘*, 겨우 8일이었잖아."

"아, 그 말은 그러니까, 그 정도면 별것 아니라는 건가요? 8주 후일 수도 있었고, 아니면 여덟 달 후? 그것도 아니면 8년……?"

얼굴을 잔뜩 찡그린 시리가 입을 다물었다.

"굉장히 멀리…… 라라 도렌의 혈통으로부터 넌 굉장히 멀리 왔어. 너의

---

* 지라엘(Zireael): '제비'라는 뜻의 고대어이자 엘프어이며 시리의 별명이기도 하다.

유산을, 네 혈통과의 끈을 잃은 거지. 조금 전의 여자들이 너를 이해하지 못하고, 네가 그들을 이해하지 못한 것도 이상할 건 없어. 넌 말하는 것뿐 아니라, 생각하는 것도 다르니까. 전혀 다른 식으로 생각하는 거지. 8일이나 8주가 무슨 상관이지? 시간은 아무런 의미도 없어."

아발라크는 조용히 말했다.

"좋아요! 알았어요! 난 똑똑한 여자 엘프가 아니라 멍청한 인간일 뿐이에요. 나한테 시간은 의미가 있어요. 난 매일을 헤아리고, 심지어 매시간도 세요. 시간도, 하루하루도 많이 지났다고 생각한다고요! 이제 당신들한테 아무것도 원하지 않아요. 아무 설명도 듣지 않고 그냥 가겠다고요. 왜 여기는 봄인지, 왜 여기에 유니콘들이 있는지, 왜 하늘에는 전혀 다른 별자리가 보이는지 이제 상관없어요. 당신이 내 이름을 어떻게 아는지, 무슨 수로 내가 이곳에 나타나리라는 걸 알았는지도 상관없어요. 내가 원하는 건 단 하나예요. 나 자신으로, 내 세상으로 돌아가는 거라고요! 사람들한테로요! 나와 똑같이 생각하는 인간들 곁으로요! 당신들과는 전혀 다른 방식으로 말이죠!"

시리는 화를 내며 소리쳤다.

"돌아가게 될 거야. 조금만 더 있다가."

"지금 당장! 조금만 더 있다가가 아니라! 왜냐하면 이곳에서 시간은 영원이니까요! 도대체 무슨 권리로 나를 여기 붙잡아놓고 있는 거예요? 왜 내가 여기서 떠날 수 없는 거죠? 난 이곳에 내 발로 들어왔어요! 내가 원해서요! 날 붙잡아둘 권리는 없어요!"

시리는 있는 힘껏 고함을 질렀다.

"그래, 여긴 네 발로 들어왔지. 하지만 네가 원해서 온 건 아니야. 이곳으로 널 인도한 것은 운명이고, 우리가 그 운명을 조금 도왔지. 여기서는 말이지, 너를 오랫동안 기다렸어. 아주 오랫동안. 우리 식으로 계산해도 아주 긴 시간이었지."

아발라크는 여전히 평온한 어조로 말했다.

"무슨 말인지 하나도 이해하지 못하겠어요."

"우리는 오래 기다렸어. 네가 과연 이곳으로 올 수 있을지 그것만 걱정하면서. 결국 넌 여기로 왔어. 그렇게 넌 네 혈통을, 네 가문을 입증한 거야. 그리고 그 말은, 너의 자리는 도'이네들 사이가 아니라 바로 여기라는 거야. 넌 라라 도렌 아엡 시아달의 딸이니까."

"난 파베타의 딸이에요! 당신이 말하는 라라인지 뭔지는 누군지도 모른다고요!"

"그렇다면 내가 말하는 라라가 누구인지 네게 설명을 해주는 게 좋겠구나. 시간이 없으니 가는 길에 이야기하는 것이 좋겠다. 하지만 어쩌나, 괜히 우리에게 시위하느라 네 말을 그렇게 지칠 때까지 달리게 해서……."

"지치게 했다고요? 하! 내 말이 얼마나 강한지 아직 모르는군요. 그런데 어디로 가는데요?"

"그것도, 가능하면 가는 길에 얘기해주지."

시리는 쌕쌕거리는 켈피를 멈춰 세웠다. 그렇게 미친 듯이 달렸던 것이 아무 의미도, 아무 소용도 없다는 것을 알았다.

아발라크는 거짓말을 한 것이 아니었다. 여기, 들판과 관목 숲이 펼쳐진 탁 트인 공간, 멘히르*들이 서 있는 이곳에서도 지라엘 탑, 곧 제비의 탑에

* 멘히르(menhir): 땅 위에 세운 돌기둥이나 비석, 거석으로 서유럽에서 발견되는 선사시대 유물.

서와 똑같은 힘이 작용하고 있었다. 목이 부러질 듯한 속도로 어느 방향으로 달려도, 1스타예만 지나면 눈에 보이지 않는 힘이 탑을 중심으로 빙글빙글 돌게 만드는 것이었다.

시리는 쌕쌕거리는 켈피의 목을 두드리며 평화롭게 달리고 있는 엘프 무리를 보았다. 조금 전, 아발라크에게서 자신들이 무엇을 원하는지 듣게 된 시리는 그들로부터 도망치기 위해서, 그들로부터 최대한 멀리 떨어지기 위해서, 그들과 도저히 상상조차 할 수 없는 그들의 뻔뻔스러운 제안으로부터 탈출하기 위해서 미친 듯이 달렸다.

하지만 그들은 다시 눈앞에 있었다. 1스타예 정도의 거리 앞에.

아발라크는 거짓말을 한 것이 아니었다. 도망칠 수 없었다.

미친 듯이 달린 덕분에 좋은 점은, 머리가 식으면서 화가 좀 가라앉았다는 것이다. 시리는 아까보다 훨씬 안정된 상태였다. 하지만 아직도 분노로 몸을 떨고 있었다.

큰일 났네, 시리는 생각했다. 이 탑에는 내가 뭐 하러 들어온 걸까?

시리는 기억을 떠올리다가 온몸을 떨었다. 회색 말을 타고 얼음 위를 달려오던 본하트를 기억해낸 것이다.

시리는 점점 더 심하게 몸을 떨었다. 하지만 잠시 뒤, 시리는 마음을 가라앉히고 생각에 잠겼다.

난 살아 있어, 시리는 주위를 둘러보며 생각했다. 아직은 싸움이 끝난 게 아니야. 싸움의 끝은 죽음이지. 죽음이 아닌 다른 것들은 그저 싸움을 잠시 멈출 뿐이야. 케어 모헨에서 나에게 그렇게 가르친 것처럼.

켈피의 속도를 늦췄던 시리는 켈피가 여전히 고개를 들고 있는 것을 보고 또다시 빨리 달리기 시작했다. 줄지어 늘어선 멘히르 사이를 달렸다. 잔디와 에리카꽃이 안장의 발걸이까지 높이 자라 있었다.

시리는 아발라크와 세 명의 여자 엘프를 금세 따라잡았다. 모든 것을 알고 있는 이는, 미소를 지으며 무언가를 묻는 듯한 아콰마린색 시선으로 시리를 바라봤다.

"아발라크, 제발. 말도 안 되는 농담이었다고 해줘요."

시리가 쉰 목소리로 말했다.

아발라크의 얼굴에 그림자 같은 것이 잠시 지나갔다.

"난 그런 농담은 하지 않아. 그리고 그걸 농담이라고 생각한다면, 다시 한 번 진지하게 말해주지. 우리는 너의 아이를 가지길 원해, 제비야, 라라 도렌의 딸아. 아이를 낳아주면 여기서 떠날 수 있도록, 너의 세상으로 돌아갈 수 있도록 해주지. 물론 선택은 너에게 달려 있어. 네가 그렇게 미친 듯이 말을 달린 덕분에 결정을 내리는 데 도움이 되었을 거라고 생각해. 자, 그럼 이제 대답은?"

"대답은 '아니요'에요. 절대로, 무슨 일이 있어도 싫어요. 난 동의하지 않아요. 그게 다에요."

"할 수 없군. 물론 난 실망했어. 하지만 뭐, 네 선택이니까."

아발라크는 어깨를 으쓱해 보였다.

"어떻게 그런 걸 요구할 수 있는 거예요? 어떻게 감히 그런 걸? 도대체 무슨 권리로?"

시리가 떨리는 목소리로 물었다.

아발라크는 시리를 찬찬히 바라보았다. 여자 엘프들의 시선 역시 느껴졌다.

"내 생각에는 네 혈통에 대해 내가 자세히 설명한 것 같은데. 너도 충분히 이해했고. 그러니 네 질문이 더 이상한 거야. 우리에게는 그럴 권리가 있고 너에게 요구할 수 있어, 제비야. 네 아버지인 크레게난이 우리에게서 아이를 빼앗아간 거야. 그걸 네가 우리에게 다시 돌려주는 거지. 빚을 갚는 거야. 아주 논리적이고 공평한 일이지."

"우리 아버지는…… 난 아빠를 기억하지 못해요. 하지만 이름은 듀니였어요, 크레게난이 아니라. 이미 말했잖아요."

"그리고 난 이미, 웃기는 인간 혈통 몇 세대쯤은 우리에게 아무런 의미가 없다고 설명했고."

"하지만 난 싫어!"

시리가 격하게 고함을 지르자 켈피가 깜짝 놀라 앞으로 달려 나갔다.

"난 싫다고, 알아들어요? 싫다고! 그런 기생충 같은 걸 내 몸에 이식하다니, 생각만 해도 토할 것 같아! 징그럽다고. 그리고 그 기생충이 내 안에서 자라나……."

시리는 여자 엘프들의 얼굴을 보고 말을 중단했다. 두 엘프들의 표정은 한없는 당혹감으로 물들었고, 세 번째 엘프의 표정은 참을 수 없는 증오로 가득했다. 아발라크는 의미심장하게 헛기침을 했다.

"같이 좀 달려볼까. 조금 앞서서 우리 둘이 따로 얘기하는 게 좋겠구나. 네 생각은 말이지, 다른 이들이 듣기엔 너무 극단적이구나, 제비야."

아발라크가 냉정하게 말했다.

시리는 일단 동의했다. 둘은 아무 말 없이 오랫동안 달렸고, 먼저 말문을 연 건 시리였다.

"당신들에게서 도망칠 거예요. 나를 이곳에 계속 가둬둘 수는 없어요. 난 타네드 섬에서도 도망쳤고, 현상금 사냥꾼들에게서도 도망쳤고, 닐프가드인들에게서도 도망쳤고, 본하트와 올빼미의 손아귀에게서도 도망쳤어요. 그러니까 당신들에게서도 도망칠 거예요. 당신들의 마법을 무너뜨릴 수 있는 방법을 찾아낼 거라고요."

잠시 말이 없던 아발라크가 차가운 목소리로 말했다.

"난 네가 친구들을 좀 더 소중하게 생각하는 줄 알았는데. 예니퍼나 게롤트 말이야."

"그걸 당신이 안다고요? 그렇군요. 정말이네요. 당신은 모든 걸 아는군요! 그렇다면 내가 지금 그들을 생각하고 있다는 것도 알겠군요. 내 세상에서 지금, 바로 이 순간, 그들은 위험에 처해 있어요. 그런데 당신들이 나를 여기에 가둬놓고…… 아마도 최소한 아홉 달은 됐겠죠. 당신 역시, 내가 어쩔 수 없다는 건 알 거예요. 당신들에게는 중요한 일이라는 걸 이해해요, 그 아이, 옛 혈통…… 하지만 난 못해요. 한마디로 못해요."

시리는 한숨을 내쉬었고, 아발라크는 잠시 동안 침묵했다. 그러더니 시리의 무릎이 닿을 만큼 가까이 다가왔다.

"이미 말했지만, 선택은 너에게 달렸어. 하지만 네 앞에서 이런 사실을 숨기는 건 정직하지 못한 게 되겠지. 여기서 도망칠 수는 없어, 제비야. 그러니 협조하지 않는다면, 넌 이곳에 영원히 남게 되는 거야. 네 친구들과 네 세상을 이제 다시는 보지 못하게 될 거야."

"그건 너무 끔찍한 협박이잖아요!"

"하지만 대신 우리의 부탁을 네가 들어준다면, 너에게 시간은 아무런 의미도 없다는 걸 증명해 보이지."

아발라크는 시리의 고함 같은 건 신경 쓰지 않고 말했다.

"무슨 말인지 모르겠어요."

"이곳의 시간은 너의 세상과는 다르게 흘러가지. 만약 우리의 부탁을 들어준다면, 우리도 너에게 보답을 할 거야. 네가 여기서 우리와 함께 있는 동안 잃어버린 그 시간을 다시 찾게 해줄게. 우리 오리나무 종족들과 함께 보낸 시간 전부를."

시리는 켈피의 까만 갈기에 시선을 고정한 채 아무 말도 하지 않았다. 시간을 벌어야 해, 시리는 케어 모헨에서 베스미어가 했던 말을 떠올렸다. 널 교수형에 처하려고 하면, 일단 물 한 잔을 청해. 그 물 한 잔을 가져올 때까지 무슨 일이 일어날지는 아무도 모르는 거니까…….

여자 엘프들 중 한 명이 갑자기 고함을 지르며 휘파람을 불었다.

아발라크의 말이 히힝 소리를 내며 제자리에서 발을 굴렀다. 아발라크는 말을 안정시키며 여자 엘프들에게 무어라 소리를 쳤다. 시리는 여자 엘프 중 한 명이 안장에 걸려 있는 가죽 통에서 활을 꺼내는 것을 보았다. 시리는 손으로 차양을 만들며 안장 발걸이에 기대섰다.

"침착해."

아발라크가 날카롭게 말했다. 시리는 한숨을 쉬었다.

이백 보쯤 떨어져 있는, 에리카꽃이 가득한 덤불 사이로 유니콘들이 달려가고 있었다. 한 무리의 유니콘들은 최소 30마리는 되어 보였다.

시리는 이미 예전에, 특히 새벽에 제비의 탑 아래 호수로 다가오는 유니콘들을 본 적이 있었다. 하지만 가까이 다가갈 수는 없었다. 유니콘들은 언제나 유령처럼 사라지곤 했다.

무리를 이끄는 유니콘은 신비한 붉은색 갈기가 있는 커다란 수말이었다. 그 유니콘이 갑자기 멈춰 서더니 찢어질 듯한 소리로 울며 두 앞발을 하늘로 쳐들었다. 그러고는 진짜 말이라면 절대로 불가능할 방법으로 뒷발질을 하며 동시에 앞발을 공중으로 뻗고 있었다.

시리는 당황한 채 아발라크와 세 명의 여자 엘프들이 기이하고 단조로운 곡조를 함께 소리 내어 부르는 모습을 보았다.

넌 누구니?

시리는 고개를 흔들었다.

넌 누구니? 질문이 머릿속에서, 관자놀이에서 또다시 울렸다. 엘프들의 노랫소리가 갑자기 높아졌다. 붉은 갈기의 유니콘이 히힝 하고 울자, 무리 전체가 소리를 지르며 대답했다. 유니콘들이 달려 나가자 땅이 떨렸다.

아발라크와 엘프들의 노랫소리가 멈췄다. 시리는 모든 것을 아는 이가 몰래 이마의 땀을 닦아내는 것을 보았다. 아발라크가 곁눈질로 시리를 흘끗 보더니 시리가 그 모습을 봤다는 걸 알아챘다.

"보이는 것처럼 여기도 다 좋은 건 아니야. 다는 아니지."

아발라크는 냉정하게 말했다.

"유니콘을 무서워하나요? 유니콘은 똑똑하고 착하잖아요."

아발라크는 대답하지 않았다. 하지만 시리는 포기하지 않았다.

"듣기로는 엘프와 유니콘은 서로 사랑한다던데요."

아발라크가 고개를 돌렸다.

"그럼, 지금 본 건 연인 사이의 싸움이라고 생각해."

그의 목소리는 차가웠다. 시리는 더 이상 질문하지 않았다.

시리 자신의 근심 걱정만으로도 충분히 버거웠기 때문이다.

언덕 꼭대기는 선사시대의 무덤과 고인돌들이 장식하고 있었다. 그 광경은 예니퍼가 엘란더에서 마법이 무엇인지를 가르쳐주었던 그 바위를 연상케 했다. 하지만 그건 너무 옛날 일이야, 시리는 생각했다. 아주 옛날…….

엘프 중 한 명이 또다시 고함을 질렀다. 시리는 엘프가 가리키는 방향을 바라보았다. 무슨 일인지 알아차리기도 전에 붉은 갈기의 유니콘이 이끄는 무리가 방향을 바꾸었고, 다른 여자 엘프가 고함을 질렀다. 시리는 발걸이 위에 섰다.

반대 방향, 언덕 뒤에서 또 다른 유니콘 무리가 나타났다. 이 무리를 이끄는 유니콘은 푸른 회색에 점무늬가 드문드문 박힌 말이었다.

아발라크가 재빨리 몇 마디를 내뱉었다. 시리에게는 어려운 엘릴론 말이었지만 여자 엘프들이 그 명령을 듣자마자 바로 활을 잡는 것을 보고 무슨 말인지 알 수 있었다. 아발라크는 시리 쪽으로 얼굴을 돌렸고, 시리는 머릿속에서 속삭이는 소리들이 메아리치는 것을 들었다. 바다의 조개껍질을 귀에 댔을 때 들리는 소리와 매우 비슷했지만, 그보다는 훨씬 더 강렬했다.

'저항하지 마. 방어하지 마. 내가 뛰어가야 해. 너를 다른 곳으로 데려가야 해. 죽음의 위험이 너를 에워싸고 있어.'

시리는 목소리를 들었다.

멀리서 휘파람 소리와 계속되는 비명 소리가 들려왔다. 곧이어 땅이 말발굽 소리에 흔들렸다.

땅을 뒤흔드는 듯한 말들의 머리에는 눈에 구멍이 뚫린 망토가 씌워져 있었고, 기수들은 정수리 부분이 뾰족한 투구를 쓰고 있었으며, 어깨에서는 망토가 펄럭였다. 망토의 붉은 갈색, 아마란스 같은 주홍빛은 석양으로 물든 하늘을 연상케 했다.

휘파람 소리, 고함 소리. 기수들이 급습해오고 있었다. 그들이 반 스타예까지 다가오기 전에, 유니콘들은 이미 사라지고 없었다. 들판에서 피어오르는 연기만 남기고 사라졌다.

기수들의 우두머리는 까만 머리의 엘프로 마치 용처럼 커다란 어두운 색의 수말을 타고 있었다. 수말은 무리의 모든 말들처럼 용의 비늘이 수놓인 망토를 입고 있었고, 머리에는 진짜 소뿔을 장식으로 얹었다. 다른 엘프들처럼 까만 머리의 엘프는 붉은 갈색과 아마란스 같은 주홍빛 망토 밑에 믿을 수 없을 정도로 작은 사슬로 정교하게 짜인 사슬갑옷을 입고 있었는데, 사슬갑옷은 마치 모로 된 옷처럼 몸에서 부드럽게 흔들렸다.

"아발라크."

까만 머리의 엘프가 인사하며 말했다.

"에레딘."

"넌 나에게 빚진 것이 있어. 내가 원할 때 갚아야 하는 빚."

"네가 원한다면 갚아야지."

까만 머리의 엘프가 말에서 내려왔다. 아발라크 역시 말에서 내리며 손짓으로 시리에게도 내리라고 지시했다. 그러고는 함께 넝쿨과 도금양 관목으로 뒤덮여 있어 괴상한 모양이 된 흰 바위 사이로 언덕을 올라갔다.

시리는 둘을 바라보았다. 둘 다 키는 똑같았고, 둘 다 크지 않았다. 하지만 아발라크의 얼굴은 좀 더 온화했고 까만 머리 엘프의 얼굴은 맹금류를 연상시켰다. 금발과 흑발, 시리는 생각했다. 착한 놈과 나쁜 놈, 빛과 어둠…….

"지라엘, 내가 소개할게. 에레딘 브리악 글라스야."

"만나서 반갑습니다."

엘프는 몸을 숙여 인사했다. 시리도 답례로 서툴게 몸을 숙였다.

"어떻게 알았지? 우리를 위협하는 게 있다는 것을?"

아발라크가 물었다.

"나도 몰랐어. 여기 들판을 순찰하고 있었지. 유니콘들이 동요하면서 공격을 준비한다는 소문이 퍼져서. 왜 그러는지 이유를 몰랐는데 이제는 알겠군. 이 숙녀분 때문이지."

엘프는 시리를 찬찬히 뜯어보며 대답했다.

아발라크는 이 말을 부정도 긍정도 하지 않았다. 시리는 까만 머리 엘프의 눈길을 피하지 않고 팽팽히 맞서는 중이었다. 한동안 둘은 서로를 바라보았는데, 둘 중 누구도 먼저 시선을 돌리려 하지 않았다.

"그러니까…… 옛 혈통이다, 이거지. 아엔 헨 이케르. 시아달과 라라 도렌의 유산이라고? 그다지 믿고 싶진 않군. 이 아인 평범하고 작은 도'이네일 뿐이잖아. 인간 여자."

에레딘이라는 이름의 까만 머리 엘프가 말했다.

아발라크는 대답하지 않았다. 얼굴 표정은 변함이 없었고 그 말에 상관하지 않는 듯했다.

"내기를 해야겠군, 네가 잘못 본 게 아니라고. 물론 넌, 소문에 따르자면 절대로 잘못 아는 일이 없다고 하던데. 이 아이 안에, 깊숙이 라라의 유전자가 숨어 있다니. 그래, 찬찬히 들여다보면 이 여자아이에게서 라라 도렌의 피를 확증하는 몇 가지가 보이긴 해. 라라 도렌의 기억을 불러일으키는 무언가가 눈에 있긴 하군. 그렇지, 아발라크? 네가 아니라면 그걸 누가 더 정확히 말할 수 있겠어?"

까만 머리 엘프가 말했다.

아발라크는 이번에도 대답하지 않았다. 하지만 시리는 아발라크의 창백한 얼굴에 잠시 홍조가 스쳐 지나가는 것을 보았다. 이상한 일이었다. 시리는 생각에 잠겼다.

"그러니까 다시 요약하자면, 이 작은 도'이네에게 무언가 가치 있는 것이, 무언가 아름다운 것이 있다는 거군. 나도 느낄 수 있어. 이건 마치 퇴비 속에 금덩이가 있는 것과 같군."

까만 머리 엘프가 입술을 우그러뜨렸다.

시리의 눈은 분노로 이글거렸다. 아발라크가 천천히 고개를 돌리며 말했다.

"에레딘, 마치 인간들처럼 말을 하는군."

에레딘 브리악 글라스는 웃으며 이를 드러냈다. 시리는 이런 이빨을 이미 본 적이 있었다. 아주 하얗고 아주 작고 인간의 치아와는 완전히 다른, 자로 잰 듯 반듯하고 송곳니가 없는 그런 이. 케드웬의 망루 마당에 줄지어 놓여 있던 죽은 엘프들의 이빨이 바로 이랬다. 이스크라의 이빨도 이랬다. 하지만 이스크라가 웃을 때, 그 치아는 예뻐 보였지만 에레딘의 이빨은 유령처럼 보였다.

"그래서 저 여자아이, 지금 날 죽일 듯 노려보는 저 아이는 내가 왜 이곳에 왔는지 그 이유를 아는 건가?"

에레딘이 물었다.

"당연히."

"협조할 준비는 되어 있고?"

"아직, 그다지."

"그다지라…… 하, 좋지 않은걸. 그 일의 성격이 완전한 협조를 필요로 하는데 말이야. 완전한 협조가 전제되지 않는다면 한마디로 안 되는 거잖

아. 티르 나 리아까지는 반나절 정도 더 가야 하니, 현재 상태가 어떤지 제대로 파악해야지."

"왜 그렇게 서두르지? 서둘러서 우리가 얻을 수 있는 게 뭐야?"

아발라크는 입술을 조금 빼물었다.

"영원. 하지만 그건 네 전문이지, 아발라크. 네 전문이고 네 책임이고."

에레딘의 얼굴이 심각해졌다. 초록빛 눈에서 무언가가 잠시 번쩍거렸다.

"그렇게 말한다면."

"그렇게 말하지. 하지만 지금은 할 일이 있어. 여기 호위대를 남겨두지, 위험하지 않도록. 이 언덕에서 자고 가는 편이 나을 거야. 그리고 내일 새벽동이 틀 때 출발하면 티르 나 리아에는 적당한 시간에 닿을 수 있을 거야. 바 하일. 아, 하나 더."

에레딘 브리악 글라스는 잠시 몸을 굽히더니 꽃이 피어 있는 도금양 가지를 끊었다. 그러고는 가지를 얼굴에 가져다 대더니 절을 하며 시리에게 바쳤다.

"사과의 표시야. 생각 없이 말 한 건 미안. 바 하일, 루네드."

에레딘은 곧장 말을 돌려 떠났다. 부대 중 일부와 함께 떠나는 말발굽 소리가 요란했다.

"제발, 저자와 내가…… 저자라면…… 절대로……."

시리가 뇌까리듯 중얼거렸다.

"아니, 에레딘은 아니야. 흥분하지 마."

아발라크가 침착한 목소리로 말했다.

시리는 도금양꽃을 얼굴에 가져다 댔다. 흥분과 궁금함을 아발라크에게 들키지 않기 위해서였다.

"난 흥분하지 않았어요."

바싹 마른 엉겅퀴와 에리카만 무성했던 스텝은 푸른 풀과 축축한 고사리가 자라나 있고, 미나리아재비꽃과 루피너스꽃으로 노란빛, 보랏빛인 들판으로 바뀌었다. 곧 포플러 나무들이 늘어선 사이로 게으르게 흐르고 있는 강이 보였다. 강물은 마치 수정처럼 맑은데도 적갈색 빛을 띠고 있었고, 토탄 냄새가 풍겼다.

아발라크는 피리를 들고 여러 즐거운 멜로디를 연주했다. 시리는 우울한 채로 깊은 생각에 빠져 있었다. 시리가 마침내 입을 열었다.

"당신들에게 그렇게 중요한, 그 아이의 아버지가 될 이는 누구죠? 아니면 누가 아버지가 되든 상관없는 건가요?"

"상관이 있지. 그러면 이제 결심이 선 걸로 받아들여도 되는 건가?"

"아니, 그렇게 받아들이지 말아요. 그냥 궁금한 걸 물어본 것뿐이에요."

"그럼 궁금증을 풀어주지. 뭘 알고 싶은데?"

"뭔지 알잖아요."

둘은 잠시 동안 아무 말 없이 말을 달렸다. 시리는 백조들이 위엄 있게 강물 위를 가로지르는 모습을 바라보았다.

"아이의 아버지는 오베론 뮈르세타흐가 될 거야. 오베론 뮈르세타흐는…… 인간의 언어로 말하자면 우리의 지도자지."

아발라크가 차분하게, 그리고 있는 그대로 말했다.

"왕? 아엔 쉐이드 전체의 왕이에요?"

"아엔 쉐이드, 언덕의 종족들, 그건 네 세계의 엘프들이야. 우린 아엔 엘르, 오리나무의 종족들이지. 그리고 오베론 뮈르세타흐는 우리의 왕이야."

"오리나무의 왕?"

아무 말 없이 달렸다. 날씨는 매우 따뜻했다.

"아발라크."

"응?"

"만약 내가 결심을 하게 된다면…… 이후엔…… 난 자유의 몸이 되나요?"

"넌 자유의 몸이 되고 네가 원하는 곳으로 갈 수 있어. 이곳에 남는 걸 원하지 않는다면. 아이와 함께."

시리는 무시하듯 콧방귀를 뀌었지만 아무 말도 하지 않았다.

"그럼, 결심을 한 건가?" 아발라크가 물었다.

"우리가 그곳에 도착하면, 거기서 결심할게요."

"우린 이미 다 왔어."

수양버들 가지가 물 위에 초록빛 커튼처럼 늘어져 있고 그 뒤로 궁전이 보였다. 저런 형태의 건축물은 한 번도 본 적이 없었다. 궁은 대리석과 앨러배스터로 만들어졌음에도 마치 나뭇가지로 엮은 차양막처럼 여기저기 구멍이 나 있어서 바람에 날릴 듯 가볍고 섬세했다. 진짜 건물이 아니라, 건물의 환영처럼 보였다. 언제든 바람이 불어와 강에서 피어오르는 아지랑이와 함께 궁전이 사라져버릴 것만 같았다. 하지만 바람이 불어오고, 아지랑이가 흩어지고, 수양버들 가지가 움직이며 강에 잔물결이 일었지만 궁전은 사라지지 않았다. 오히려 더 아름답게 보일 뿐이었다.

시리는 궁전의 테라스를 바라봤다. 마치 연꽃처럼 물 위에 뻗어 있는 작은 탑들과 담쟁이덩굴처럼 강 위에 걸려 있는 작은 다리들과 계단들, 난간들, 아치와 복도, 전정, 큰 기둥들과 작은 기둥이 줄지어 서 있는 모습, 큰 돔과 작은 돔들, 마치 아스파라거스처럼 늘씬하게 뻗어 있는 작은 첨탑들을 홀린 듯 바라보았다.

"여기가 티르 나 리아야."

아발라크가 작은 목소리로 말했다.

가까이 다가갈수록 궁전의 아름다움은 점점 더 마음을 사로잡았다. 목이 졸려오는 듯했고 눈가에는 눈물이 어릴 것만 같았다. 시리는 분수와 모자이크와 테라코타를, 조각과 동상들을 바라보았다. 얼기설기 엮인 것처럼 보이는, 그 쓰임새를 짐작조차 할 수 없는 구조물들을 바라보았다. 어떤 것들은 쓸모라고는 전혀 없는 것처럼 보이기도 했다. 오직 미적인 조화를 위해 존재하는 듯했다.

"티르 나 리아, 이런 걸 한 번이라도 본 적 있니?"

아발라크가 물었다.

"당연하죠. 잔해를 본 적이 있어요. 쉐라웨드에서."

시리는 목이 졸려오는 듯한 감각을 애써 참으며 말했다.

이제는 아발라크가 오랫동안 침묵할 차례였다.

시리와 아발라크는 구멍이 숭숭 뚫린 아치형의 다리를 따라 강 건너편으로 건너갔다. 다리는 마치 바스라질 것처럼 보였기 때문에 켈피는 다리 위로 올라가기 전 오랫동안 싫은 티를 내며 콧김을 씩씩 내뿜었다.

신경이 곤두섰고 긴장한 상태였으나 시리는 주위를 유심히 둘러보았다. 이 동화 같은 티르 나 리아의 풍경을 무엇 하나 놓치고 싶지 않았다. 우선은 호기심에 불탔기 때문이고, 다음으로는 탈출할 생각을 그만둘 수 없었기 때문에 기회를 엿보고 있었던 것이다.

다리와 테라스, 큰길과 전정, 발코니와 복도에는 머리가 긴 남자 엘프들이 몸에 꼭 맞는 조끼와 환상적인 이파리 무늬가 수놓인 짧은 망토를 입고서 분주히 돌아다니고 있었다. 머리 손질을 하고 화장을 진하게 한 여자 엘프들이 바람에 날리는 가벼운 드레스를 입거나 남자 옷과 비슷한 차림을 한 채 돌아다니는 모습도 보였다.

궁전들 중 한 궁의 현관 지붕 아래에서 에레딘 브리악 글라스가 둘을 맞았다. 짧게 어떤 명령을 내리자 회색 옷을 입은 키가 작은 여자 엘프들이 나타나 조용히 말들을 맡았다. 시리는 조금 놀란 채 그 광경을 바라봤다. 아발라크와 에레딘, 그리도 지금까지 보았던 엘프들 모두 키가 매우 커서 시선을 맞추기 위해서는 고개를 바짝 들어야만 했다. 하지만 회색의 여자 엘프들은 시리보다도 키가 작았다. 다른 종족인가? 시중을 드는 종족. 여기, 이 동화 같은 도시에도 다른 이의 허영을 위해 노동을 해야 하는 이들이 존재하는 모양이었다.

시리와 아발라크는 궁전으로 들어섰다. 시리는 낮게 한숨을 내쉬었다. 왕족으로서 시리는 궁전에서 컸다. 하지만 이런 대리석과 이런 공작석, 이런 스투코 장식과 이런 바닥, 이런 모자이크, 이런 거울과 촛대는 태어나서 단 한 번도 본 적이 없었다. 이 눈부신 궁전 안에서 시리는 기분이 좋지 않았다. 무언가 불편하면서 자신이 이곳과 어울리지 않는 듯한 기분이 들었다. 먼지투성이에 땀투성이 여행자로 더러워 보일 거라는 생각을 떨쳐낼 수 없었던 것이다.

아발라크는 그와는 반대로, 아무렇지도 않은 것 같았다. 장갑으로 바지를 탁탁 털고 구두 굽을 털며 먼지가 거울에 내려앉는 건 전혀 신경 쓰지 않는 듯했다. 그러고는 머리를 숙이고 있는 회색의 작은 여자 엘프를 향해 거만하게 장갑을 던졌다.

"오베론은? 기다리고 있나?"

아발라크의 짧은 물음에 에레딘이 웃어 보였다.

"기다리고 있지. 아주 급하다고. 제비가 곧장 자기 방으로 올 수 있도록 준비하라고 당부했지. 그렇게는 안 된다고 내가 설득했지만."

아발라크가 눈썹을 치켜올리자 에레딘이 침착하게 설명했다.

"지라엘은 스트레스 없이, 강제력 없이, 잘 쉬고 편안한 상태에서 좋은 기분으로 왕에게 가야 해. 목욕을 하고 새 옷을 입고 머리를 손질하고 화장을 하면 기분이 좋아질 거야. 그 정도는 오베론도 기다려줄 수 있겠지."

시리는 깊게 한숨을 내쉬고는 에레딘을 바라보았다. 친절하게 보이는 것이 이상할 정도였다. 에레딘은 웃으며 송곳니가 없는 가지런한 이빨을 드러내 보였다. 에레딘이 말을 이었다.

"한 가지 내가 걱정스러운 건, 우리 제비의 눈에 매의 눈 같은 날카로움이 있다는 거지. 우리 제비가 왼쪽, 오른쪽을 계속 매의 눈으로 살펴보고 있어. 새장 안에 구멍이 어디 있는지 찾고 있다는 소리야. 제비는 무조건적인 복종과는 아직 거리가 멀어."

아발라크는 아무 말도 하지 않았다. 당연하지만 시리 역시 아무 말도 하지 않았다. 에레딘이 이야기를 계속했다.

"이상할 건 없지. 시아달과 라라 도렌의 피라면 다르게 행동할 수는 없을 거야. 하지만 지라엘, 내 말을 잘 들어. 여기서는 도망치지 못해. 게아스 가라드, 마법의 벽을 뚫을 수 있는 방법은 존재하지 않아."

그럼에도 시리의 눈은 자기가 직접 시험해보기 전에는 못 믿겠다는 눈빛이었다. 에레딘은 시리에게서 시선을 떼지 않고 말을 이었다.

"만약 어떤 기적이라도 일어나 벽을 억지로 움직인다 해도, 그건 너의 패배를 의미할 뿐이지. 이곳은 보기에는 아름답게 보여. 하지만 죽음을 품고 있지. 특히나 잘 모르는 이들에게는. 유니콘의 뿔로 입은 상처는 마법으로도 치료할 수 없어."

에레딘은 시리가 뭐라고 말하기도 전에 이야기를 계속했다.

"또한 너의 이상한 재능도 이곳에서는 아무 소용이 없을 거야. 점프할 생각은 꿈도 꾸지 마. 혹여 네가 성공한다 하더라도 나의 데아르그 루아드리, 붉은 기사들이 널 시간과 공간의 심연까지 쫓아가 찾아낼 거야."

시리는 에레딘이 무슨 소리를 하는지 제대로 이해할 수 없었다. 하지만 에레딘의 장광설을 들은 아발라크의 얼굴이 순식간에 어두워지면서 분명한 불쾌감을 드러냈다. 마치 에레딘이 너무 많은 것을 말해주었다는 듯이. 잠자코 있던 아발라크가 말했다.

"가, 지라엘. 여자들에게 가봐. 예쁘게 보여야지. 첫인상이 가장 중요한 법이잖아."

심장은 가슴에서 마구 뛰었고, 피는 관자놀이에서 소리를 내며 돌고 있었으며, 손은 떨리고 있었다. 시리는 주먹을 꽉 쥐어 손이 떨리는 것을 멈추려고 애썼다. 천천히 들숨과 날숨을 쉬며 안정을 찾으려 했고, 어깨의 힘을 빼고 긴장해서 굳어버린 목을 움직였다.

또다시 거대한 거울을 들여다보았다. 거울에 비친 모습은 그럭저럭 만족스러웠다. 목욕으로 아직 젖어 있는 머리카락은 약간이라도 얼굴의 흉터를 가릴 수 있도록 빗겨져 있었다. 화장은 눈과 입을 예쁘게 강조했고, 허벅지 가운데까지 찢어진 은회색의 치마와 까만 조끼, 진줏빛 크레이프 원단으로 된 얇은 블라우스도 나쁘지 않았다. 목에 감은 비단 스카프가 전체적인 차림새를 흥미롭게 강조했다.

시리는 스카프를 반듯하게 다시 고쳐 매고는 사타구니 사이로 손을 넣어 그쪽을 고쳐 입었다. 치마 속에 입은 것은 상당히 놀라운 것이었다. 마치 거미줄로 만든 것처럼 섬세한 팬티와 묶는 끈 없이도 알 수 없는 방법으로 다리에 착 붙어 있는 스타킹이었다.

시리는 한참을 망설이다가 조심스럽게 문고리를 잡았다. 그것이 문고리가 아니라 잠들어 있는 코브라라도 되는 것처럼.

젠장, 시리는 반사적으로 엘프어로 생각했다. 난 남자들과 칼을 들고 싸운 적도 있어. 그중 한 명은…… 시리는 눈을 꼭 감고 한숨을 쉬었다. 그리고 방 안으로 들어갔다.

방 안에는 아무도 없었다. 공작석으로 만든 탁자에는 책과 술병이 놓여 있었다. 벽에는 기이한 부조와 조각 장식이, 주름을 잡아 늘어뜨린 커튼과 꽃이 수놓인 태피스트리가 있었다. 구석에는 조각상이 하나 서 있었다.

방 저쪽에는 차양이 달린 침대가 놓여 있었다. 시리의 심장이 또다시 쿵쿵 뛰었다. 시리는 침을 삼켰다.

곁눈질로 보니 무언가 움직이는 것이 보였다. 방 안이 아니라 발코니였다.

그는 그곳에 앉아 있었다. 약간 틀어져 있는 옆모습이 보였다.

엘프들이 어떻게 생겼는지 시리도 대충 알고 있었지만 조금 놀랐다. 왕에 대한 이야기가 나왔을 때 하마터면 며느리가 될 뻔했던 베르딘의 에르빌을 떠올렸다. 왕이라고 하자마자 떠오른 것은 두꺼운 기름층을 온몸에 두르고 더러운 수염 위에 핏발선 눈을 한 채 양파와 맥주를 삼키고 있는 코가 빨간 뚱뚱이였던 것이다. 검버섯으로 얼룩덜룩한 퉁퉁한 손에 홀과 보주를 들고 있는 납작한 뚱보.

하지만 발코니 난간 옆에 앉아 있는 왕은 전혀 다른 왕이었다.

매우 말랐고, 키가 상당히 커 보였다. 새하얀 머리 수건으로 꽉 묶은 시리의 머리와 똑같은 잿빛 머리카락은 어깨와 등 위로 흘러내렸다. 검은 벨벳 조끼를 입고, 엘프들이 항상 신는, 잠금단추가 죽 달려 있는 긴 부츠를 신고 있었다. 가늘고 하얀 손의 손가락은 길었다.

왕은 비눗방울을 부는 데 열중하고 있었다. 손에는 비눗물이 든 그릇과 빨대를 들고서 훅하고 불면 무지갯빛이 영롱한 비눗방울이 강 아래로 흘러갔다.

시리는 조용히 헛기침을 했다.

오리나무 종족의 왕이 머리를 돌렸다. 시리는 헉하고 숨을 들이켰다. 왕의 눈이 너무나 특이했기 때문이다. 끝을 가늠할 수 없는 녹아버린 흑연 같은 밝은 색의 눈, 그 안은 상상할 수도 없는 슬픔으로 가득 차 있었다.

"제비, 지라엘. 오겠다고 해줘서 고마워."

시리는 무슨 말을 해야 할지 몰라 침을 꿀꺽 삼켰다. 오베론 뮈르세타흐는 다시 빨대를 입으로 가져가더니 비눗방울을 불었다.

시리는 손이 떨리는 것을 막기 위해 손을 꼬며 손마디에서 우두둑 소리를 냈다. 그러고는 불안하게 손가락으로 머리를 빗어 넘겼다. 엘프의 왕은 비눗방울에만 열중하는 것 같았다.

"불안해?"

"아니…… 아니요."

시리가 퉁명스럽게 거짓말을 했다.

"어디 급하게 갈 데라도 있나?"

"그건 맞아요."

너무 아무렇지 않은 척한 것인지, 시리는 자신의 말투가 예의범절의 아슬아슬한 지점에 있다고 생각했다. 그러나 엘프의 왕은 신경 쓰지 않는 듯했다. 빨대 끝에 거대한 비눗방울을 만들더니 살짝 흔들어 커다란 오이 모양으로 만들었다. 그리고 오랫동안 자신의 작품을 감상했다.

"어디를 그렇게 급하게 가야 하는지, 내가 물어봐도 될까?"

"집에요! 그러니까…… 내 세상으로요."

시리는 화를 내며 대답했지만 곧 차분한 어조로 덧붙였다.

"어디로?"

"내 세상이요."

"아, 미안. 내 이상이라고 말한 줄 알았어. 이상했거든. 우리말을 정말 잘하는구나, 하지만 발음과 억양은 조금 고쳐야 할 부분이 있겠는걸."

"억양이 중요한가요? 난 당신과 이야기나 하려고 이곳에 온 게 아니잖아요."

"완벽을 추구하는 데 방해가 되어서는 안 되지."

빨대 끝에 또 다른 비눗방울이 대롱거리다가 빨대에서 떨어져 수양버들 가지에 닿아 터져버렸다. 시리는 한숨을 쉬었다. 잠시 후 오베론 왕이 말했다.

"네 세상으로 가는 일이 급하단 말이지? 네 세상이라니! 정말, 너희 인간들은 겸손이라는 걸 모르는 종족이구나."

엘프의 왕은 빨대를 그릇에 넣고 휘저었다. 눈으로 보기에는 그저 아무런 노력 없이 훅 숨을 불어 무지갯빛 비눗방울들로 자신의 주위를 온통 감쌌다. 오베론이 말을 이었다.

"인간은, 그러니까 네 아버지 혈통인 털북숭이들은 이 세상에 닭보다 훨씬 나중에 나타났지. 그럼에도 지금까지 그 어떤 닭도 세상에 대해 어떤 불만을 가지고 있는 걸 본 적은 한 번도 없어. 어째서 원숭이처럼 몸을 꼬며 발을 구르고 있지? 내 이야기가 너에겐 분명 흥미로울 텐데. 역사잖아. 내가 짐작해볼까? 넌 이 역사가 지겹고 아무 상관도 없는 거야."

무지갯빛의 커다란 비눗방울이 강 쪽으로 날아갔다. 시리는 입술을 깨문 채 아무 말도 하지 않았다. 오베론은 빨대로 그릇을 휘저으며 말을 이었다.

"너의 털북숭이 조상은 엄지손가락과 약간의 지성을 어떻게 써야 하는지 곧 깨달았지. 그 덕분에 여러 가지 일들을 했어. 웃기기도 하고 끔찍하기도 한 여러 가지 일들을. 내 말은, 네 조상들이 끔찍한 짓만 하지 않았다면, 그저 웃기는 짓들만 했을 거라는 이야기야."

또다시 비눗방울, 그 뒤로도 비눗방울들이 계속 이어졌다.

"우리 아엔 엘르에게는 어쨌든 별 상관없었지. 너의 조상이 무슨 짓을 하든, 우리의 사촌인 아엔 쉐이드와 달리 우리는 그 세상에서 옛날에 떠나왔으니까. 우린 훨씬 더 흥미로운 세계를 발견했어. 내 이야기가 이상하게 들리겠지? 그래, 이 세상, 저 세상 마음대로 오갈 수 있어. 약간의 재능이 있고 방법을 안다면. 내가 무슨 말을 하는지 넌 분명 잘 알고 있을 거야."

시리는 호기심이 끓어오르고 있었지만 고집스럽게 입을 꾹 다물었다. 엘프의 왕이 자신을 조롱하고 있다는 것을 알고 있었다. 그런 조롱을 더 쉽게 하도록 만들고 싶지는 않았다.

오베론 뮈르세타흐는 웃어 보이고는 몸을 돌렸다. 목에는 황금으로 된 목걸이를 걸고 있었는데 고어로 토르크라고 불리는, 지도자의 상징이었다.

"미레, 루네드."

오베론은 빨대를 경쾌하게 저으며 살짝 불었다. 빨대 끝에 한 개의 큰 비눗방울이 아니라 몇 개의 작은 비눗방울들이 달렸다. 그는 노래하듯 말을 계속했다.

"비눗방울 옆에 비눗방울, 그 옆에 또 비눗방울. 그렇지, 바로 그랬던 거야. 우리는 그렇게 말했어. 여기에서도 좀 살고, 저기에서도 좀 살고. 도'이네가 자기네 세상과 함께 멸망해 버리건 말건 무슨 상관이야? 우린 다른 곳으로 가면 되잖아. 다른 비눗방울 속으로……."

그의 타는 듯한 시선에 시리는 고개를 끄떡이고는 입술을 빨았다. 엘프의 왕은 또다시 웃더니 비눗방울을 떨어뜨리고 빨대를 불었다. 이번에는 빨대 끝에 커다란 포도송이 같은, 서로서로 붙어 있는 작은 비눗방울들이 한꺼번에 생겨났다. 오베론은 비눗방울이 잔뜩 달려 있는 빨대를 들어 보이며 말했다.

"그리고 세계의 결합이 일어났지…… 세계는 더 많아졌어. 하지만 문은 닫혀 있었지. 한 줌도 되지 않는 선택된 자들 외에는 문을 열 수 없었고, 그렇게 시간이 흐른 거야. 하지만 문은 열어야만 하지, 반드시 말이야. 그럴 수밖에 없어. 무슨 말인지 알겠나?"

"난 바보가 아니에요."

"아니지, 아니야. 넌 바보가 될 수 없는 거야. 아엔 헨 이케르, 넌 오래된 피잖아. 이리 가까이 와."

오베론이 시리에게 손을 내밀자 시리는 자기도 모르게 이를 악물었다. 하지만 오베론은 시리의 팔과 손을 건드렸다. 시리는 개미가 지나가는 듯한 기분 좋은 쾌감을 느꼈다. 그러고는 용기를 내어 오베론의 기이한 눈동자를 똑바로 바라보았다.

"다들 그렇게 말했을 때, 난 믿지 않았어. 하지만 사실이었던 거야. 너는 시아달의 눈을 가지고 있어. 라라의 눈이지."

오베론의 속삭임과 함께 시리는 시선을 거두었다. 자신이 없어지고 바보 같은 기분이 들었다.

오리나무 종족의 왕은 난간에 팔꿈치를 얹고 턱을 괴었다. 한동안 강 위를 헤엄치고 있는 백조만 뚫어져라 바라보던 오베론이 고개도 돌리지 않은 채 말했다.

"와줘서 고마워. 이제 가봐. 혼자 있고 싶어."

시리는 아발라크가 강 위의 테라스에서 굉장히 아름다운 여자 엘프와 함께 배를 타고 출발하려는 모습을 보았다. 여자 엘프의 입술에는 피스타치오 색상의 립스틱이 칠해져 있었고 눈썹과 관자놀이에는 작은 금색 점이 찍혀 있었다.

시리가 돌아서서 자리를 떠나려고 했을 때, 아발라크가 손짓으로 시리를 멈춰 세웠다. 그러고는 배에 타라고 손짓했다. 시리는 망설였다. 듣는 이가 있는 곳에서 대화를 나누고 싶지는 않았다. 아발라크는 무언가 재빨리 여자 엘프에게 속삭이더니 손바닥으로 키스를 보냈다. 여자 엘프는 어깨를 으쓱해 보이고는 자리를 떠났다. 여자 엘프는 떠나기 전 잠시 고개를 돌려 시리를 응시했는데 시리에게 자신이 무슨 생각을 하는지 눈길로 보여주기 위해서였다.

"그래도 된다면, 무슨 일이 있었는지 얘기하지 말아줬으면 좋겠어."

시리가 뱃머리 근처에 앉자 아발라크가 말했다. 그러고는 한쪽에 앉아 피리를 꺼내더니 배는 상관하지 않고 피리를 불었다. 시리는 불안한 마음에 주위를 살펴보았지만 배는 강 한가운데 뜬 채로 건물의 계단과 기둥 쪽으로는 조금도 움직이지 않고 있었다. 이상한 배였다. 이런 배는 한 번도 본 적이 없었다. 물 위에 떠 있는 것이라면 뭐든 유심히 보았던 스켈리게에서도 본 적 없는 배였다. 배는 높고 날씬했으며 뱃머리는 열쇠 모양으로 조각되어 있었고 아주 길면서도 좁은 탓에 옆으로 심하게 흔들렸다. 이런 배에 앉아 노와 키를 잡지 않고 피리를 불 수 있는 건 엘프나 가능한 일이었다.

아발라크가 피리 부는 것을 멈추었다.

"할 말이 뭔데?"

아발라크는 시리의 이야기를 듣더니 이상한 웃음을 지으며 시리를 바라보았다.

"이상한 거지. 이상하고, 실망하고. 그리고 무엇보다 화가 났군."

"아니에요! 아니라고요!"

"그럴 필요는 없어. 오베론은 널 여기서 태어난 진짜 아엔 엘르처럼 존경심을 가지고 대한 거야. 잊지 마. 우리 오리나무 종족은 절대로 서두르지 않아. 우린 시간이 있으니까."

아발라크의 표정이 심각해졌다.

"전혀 다른 얘기를 했는데요."

"무슨 얘기를 했는지 알아."

"그럼 그게 무슨 뜻인지도 알아요?"

"알지."

시리는 이미 많은 것을 배웠다. 아발라크가 피리를 입술에 대고 다시 연주를 하는 동안, 참을 수 없는 감정과 화가 나 있는 감정을 드러내지 않았다. 아름다운 멜로디의 곡이었다. 오랜 시간 이어져온 긴긴 그리움이 담긴 듯한 멜로디.

배가 천천히 떠갔다. 시리는 머리 위로 지나가는 다리를 헤아렸다. 다리 네 개를 지나자 아발라크가 입을 열었다.

"우리는 그저 짐작이 아니라 확실한 근거를 가지고 너희 세상이 멸망하리라는 걸 알고 있어. 거대한 규모의 기후 재난이 닥쳐올 거야. 넌 배운 게 많으니 분명 〈아엔 이틀린느 스피스〉, 이틀린느의 예언을 들어본 적이 있겠지. 우리가 판단하기론 대 빙하시대가 올 거야. 그리고 너희 세상 육지의 9할은 북반구에 있으니 그 빙하기는 살아 있는 대부분의 생명을 위협하겠지. 한마디로 얼어 죽는 거야. 살아남는 이들 역시 서로 먹을 것을 빼앗는 잔인하고 야만적인 싸움 속에서 죽거나, 굶주림으로 미쳐버린 맹수들의 사냥감이 될 테고. 예언에서 뭐라고 말하고 있는지 기억해봐. 경멸의 시간, 도끼의 시간, 늑대와 같은 눈보라의 시간."

시리는 아발라크가 다시 피리를 연주할까봐 아무 말도 하지 않았다.

"우리에게 그토록 중요한 그 아이는 라라 도렌의 유전자를 가진 후계자, 즉 그 유전자는 우리가 특별히 만들어놓은 거야. 저 세상에 사는 이들을 구할 수 있지. 우린 라라와 너의 후계자가 모든 것을 아는 이가 가지고 있는 능력보다 수천 배나 월등한 능력을 가지고 있을 거라고 생각할 만한 근거가 있어. 그 능력의 일부는 너도 가지고 있지. 그게 무슨 말인지 알지?"

아발라크가 피리를 어루만지며 말했다.

고어에서 이런 질문은 그저 수사학적인 것일 뿐 답변을 요구하는 것도 아니고, 사실 대답을 해서는 안 된다는 것을 시리는 잘 알고 있었다. 아발라크는 이야기를 계속했다.

"간단히 말하자면 다른 세계로 이동할 수 있는 능력이지만, 중요하지도 않은 어떤 개인의 세계들만 말하는 게 아니야. 아르드 가에트, 굳게 닫혀 있는 거대한 문을 열어 모두가 통과할 수 있도록 해주는 능력을 말하는 것이지. 천구의 결합이 있기 전에 우리는 그 능력을 획득하려고 했고 지금도 마찬가지야. 죽어가는 세계에서 아엔 쉐이드를 탈출시키는 거지. 우리가 도와야만 하는 우리 형제들. 우리가 그들을 구하려는 시도조차 하지 않는다면, 우린 도저히 살 수 없어. 우린 포기하지 않았어, 믿어도 좋아. 그리고 그 세상에서 위협받는 모두를 데려오고 구해낼 거야. 모두를 말이야, 지라엘. 인간도."

"정말인가요? 도'이네도?"

시리는 참지 못하고 물었다.

"그래, 도'이네도. 그러니 네가 얼마나 중요한 인물인지, 너에게 얼마나 많은 것이 달려 있는지 이제 알겠지. 네가 인내하는 것이 얼마나 중요한지도. 그리고 네가 오늘 저녁 오베론에게 가서 밤새도록 머무는 것이 얼마나 중요한지도 말이야. 내 말을 믿어도 좋아, 그의 행동은 네가 싫어서 하는 행동이 아니야. 오베론도 알아, 너에게 쉬운 일이 아니라는 것을. 뻔뻔스럽게 서둘러 너를 만졌다가 화를 돋울 수 있다는 것도 알고 있지. 제비야, 오베론은 정말 많은 것을 알고 있어. 너도 알아챘겠지만."

"알아챘죠. 게다가 물살에 떠밀려 티르 나 리아에서 상당히 많이 떠내려온 것도 알아챘고요. 노를 잡아야 할 때가 왔어요. 그런데 이 배에는 노도 없네요."

시리는 콧방귀를 뀌며 말했다.

"여긴 노가 없어."

아발라크는 손을 올려 손바닥을 뒤집고는 손가락을 쭉 폈다. 배는 자리에서 멈췄다. 잠시 동안 그 자리에 가만히 있더니, 물살을 거슬러 올라가기 시작했다.

아발라크는 편안히 앉아 입술에 피리를 대고 더 이상 아무 말 없이 연주에만 전념했다.

오리나무 종족의 왕 오베론은 시리를 저녁 식사에 초대했다. 비단 소리를 바스락거리며 시리가 들어서자, 오베론은 식탁에 앉으라고 손짓했다. 시중드는 이는 없었다. 오베론이 시리에게 직접 음식을 덜어주었다.

저녁은 열댓 가지의 채소로 이루어져 있었다. 끓이거나 굽거나 소스에 졸인 버섯도 있었다. 시리는 그런 버섯을 먹어본 적이 한 번도 없었다. 어떤 버섯은 하얀색에 나뭇잎처럼 얇고 부드럽고 섬세한 맛이었으며, 다른 갈색 버섯과 검은 버섯은 고기 같은 식감에 향이 진했다.

오베론은 이어서 로제 와인을 가득 따라주었다. 얼핏 느끼기엔 약한 와인 같았지만, 머리를 흔들며 긴장을 풀어주고 혀를 움직이게 했다. 정신을 차리기도 전에 시리는 오베론에게 평소라면 절대 하지 않았을 법한 이야기를 하고 있었다.

오베론은 시리의 이야기를 잠자코 들었다. 참을성 있게. 그러다 문득 시리는, 자기가 왜 이곳에 왔는지를 기억해내고 우울하게 입을 다물었다.

"내가 이해하기로는, 그러니까 그 게롤트와 너는 운명으로 이어졌다는 거지?"

오베론은 시리의 접시에 또 처음 보는 버섯을 덜어주었다. 초록빛에 샬롯 냄새가 나는 버섯이었다.

"맞아요, 운명이요. 게롤트는 내 운명이고, 난 게롤트의 운명이에요. 우리는 서로 엮여 있어요. 그러니까 여기서 나가야 해요, 빨리요. 무슨 말인지 알겠어요?"

입술에 바른 립스틱이 이미 여러 차례 묻은 자기 잔을 들어 올리며 시리가 말했다.

"사실을 말하자면 잘 모르겠어."

시리는 와인 한 모금을 꿀꺽 마셨다.

"운명이라니까요! 운명을 방해해서는 안 돼요. 그래서 내 생각엔…… 아니, 아니, 이제 그만, 이제 그만 줘요, 너무 많이 먹어서 터져버릴 것 같다고요."

"네 생각엔 뭐라고?"

"내 생각엔 나를 여기 이렇게 붙잡아두는 건 잘못이라는 거예요. 그리고 나에게 억지로…… 무슨 말인지 알잖아요. 난 여기서 나가야 해요, 그들을 빨리 도와주러 가야 한다고요…… 왜냐하면 나의 운명은……."

"운명은 반드시 가게 되는 곳이지. 피할 수 없는 어떤 것. 그건 실제적으로 도저히 내다볼 수 없는 일들이 수없이 합쳐져서 그 어떤, 다른 그 무엇도 아닌 반드시 그 결과로 끝나는 메커니즘이야. 그렇지?"

오베론은 잔을 들어 올리며 시리의 말을 끊고는 되물었다.

"바로 그거예요!"

"조건과 상황과는 상관없이, 결과는 그렇게 되고야 말 거야. 운명이라면 무조건 일어나야만 하는 일이고, 그렇지?"

"그래요!"

"그럼 도대체 어디로, 왜 가려는 거지? 포도주를 마시고, 지금 이 순간을 즐기고, 인생을 기쁘게 생각해. 피할 수 없는 일은, 그러니까 운명은 어차피 그렇게 되고야 마는 거니까."

"그래요, 하지만 말처럼 그렇게 쉬운 건 아니에요."

"그건 네가 한 말과 상반되는데."

"아니에요."

"그건 운명과는 모순되는 거야. 그렇게 악순환이 시작되는 거지."

"아니에요! 여기 앉아서 아무것도 안 하고 있을 수는 없어요! 저절로 되는 건 아무것도 없다고요!"

시리는 고개를 흔들며 목소리를 높였다.

"그건 궤변이야."

"아무 생각 없이 시간을 허비해서는 안 되는 거예요! 순간을 놓칠 수도 있으니까요…… 바로 그 순간, 다시는 되풀이되지 않을 그 순간 말이에요. 시간은 다시는 되풀이되지 않으니까요!"

"잠깐, 자, 이걸 좀 봐."

오베론은 자리에서 일어나 어딘가를 가리켰다. 그가 가리킨 벽에는 환조로 비늘에 뒤덮인 커다란 뱀이 새겨져 있었다. 8자 모양을 한 뱀은 자신의 꼬리를 입으로 물고 있었다. 시리는 이런 걸 어디선가 본 적이 있었지만, 그게 어디였는지는 기억이 나지 않았다.

"이건 전설의 뱀 우로보로스. 우로보로스는 끝나지 않는 무한성을 상징하고, 자기 스스로가 끝나지 않는 바로 그것이지. 영원한 떠남, 그리고 영원한 복귀. 시작도 끝도 없는 그 무엇. 시간은 바로 이 우로보로스와 같아. 시간은 흐르는 순간순간, 모래시계 안에서 떨어지는 모래 알갱이지. 시간은 우리가 그 크기를 재고 싶어 하는 그 순간이고 사건이야. 하지만 전설의 우로보로스는 우리에게 매 순간마다, 매 분마다, 모든 사건마다 과거와 현재와 미래가 숨어 있다는 것을 말해주고 있어. 모든 순간마다 영원이 숨어 있는 거지. 그러므로 모든 떠남은 동시에 모든 귀환이고, 모든 작별은 만남이고, 모든 만남은 작별이야. 모든 것은 시작인 동시에 끝인 것이지."

오베론은 시리를 쳐다보지도 않은 채 말을 이었다.

"너 역시 다르지 않아. 너는 시작인 동시에 끝이야. 운명에 대한 이야기가 나온 김에 말해두자면, 이게 바로 너의 운명이야. 시작인 동시에 끝이 되는 것. 알겠어?"

시리는 잠시 망설였다. 하지만 불타는 오베론의 눈이 시리에게 대답을 강요하고 있었다.

"알았어요."

"옷을 벗어."

너무나 아무렇지 않게, 아무런 신경도 쓰지 않고 그런 말을 하는 것에 시리는 화가 나서 고함을 지를 뻔했다. 하지만 떨리는 손으로 조끼의 단추를 풀기 시작했다.

손가락이 말을 잘 듣지 않았다. 자수와 작은 단추들, 묶인 끈이 말을 듣지 않고 빡빡했다. 시리는 이 모든 걸 빨리 해치워버릴 생각에 최대한 서둘렀지만, 옷을 벗는 데 상당한 시간이 걸렸다. 하지만 오베론은 서두르는 기색이 전혀 없었다. 정말로 영원한 시간을 가지고 있다는 듯이.

누가 알겠는가, 어쩌면 정말로 그럴지도?

이제 완전히 옷을 벗은 시리는 발을 한 발씩 바꿔 서고 있었다. 바닥이 차서 발바닥이 시렸던 것이다. 오베론이 그런 시리를 보더니 아무 말 없이 침대를 가리켰다.

침대 위에는 밍크 털이 깔려 있었다. 밍크 가죽 여러 장을 바느질해 커다란 이불처럼 만든 것이었다. 부드럽고 따뜻하고 기분 좋게 까슬까슬했다.

오베론은 시리 바로 옆에 옷을 모두 입은 채로, 심지어 부츠까지 신은 채 그대로 누웠다. 오베론이 시리를 만졌을 때, 시리는 자기도 모르게 긴장을 풀었다. 끝까지 결코 넘어가지 않겠노라 결심했기 때문에 스스로에게 화가 났다. 이러나저러나 이빨이 딱딱 맞부딪쳤지만 전기가 통하는 듯한 오베론의 손길은 시리를 안정시켰고, 손가락은 가르침을 주며 지시하고 있었다. 더불어 어떻게 해야 할지 보여주었다. 그 가르침을 제대로 이해하게 되었을 때, 그 의미를 거의 알게 되었을 때, 시리는 눈을 감고 상대가 미슬이라고 생각했다. 하지만 생각처럼 되진 않았다. 왜냐하면 오베론은 미슬과 너무나 달랐기 때문이다.

오베론은 손바닥으로 시리에게 어떻게 해야 할지를 지시했고, 시리는 그가 시키는 대로 따랐다. 심지어 좋아하면서, 서두르기까지 했다.

오베론은 전혀 서두르지 않았다. 애무로 시리를 마치 비단 리본처럼 부드럽게 만들었다. 그리고 신음하도록, 입술을 깨물도록, 온몸이 경련하듯 떨도록 이끌었다.

그러나 오베론이 이어서 한 일은 시리가 전혀 예상치 못한 것이었다. 오베론은 자리에서 일어나 나가버렸다. 온몸이 뜨거워진, 숨을 몰아쉬고 있는 시리를 남겨둔 채.

그는 뒤도 돌아보지 않았다.

시리는 얼굴과 관자놀이로 뜨거운 피가 몰리는 것을 느꼈다. 그대로 침대 위에 웅크리고 앉아 밍크 담요로 온몸을 감쌌다. 그러고는 훌쩍거리며 울었다. 분노와 창피함, 수치스러움 때문에.

다음 날 아침, 시리는 궁전 앞 전정에 늘어서 있는 조각상 사이에서 아발라크를 보았다. 조각상들은 엘프 아이들을 묘사하고 있었다. 여러 종류의 조각상들 대부분은 엘프 아이들이 놀이를 하고 있는 모습을 표현하고 있었다. 특히 아발라크 바로 옆의 엘프 아이 조각상은 흥미로웠다. 화가 나 찡그린 얼굴과 꼭 쥔 주먹, 한 발로 서 있는 아이의 조각상이었다.

시리는 오랫동안 시선을 뗄 수 없었고, 아랫배에서 먹먹한 아픔이 느껴졌다. 아발라크가 재촉하자 그제야 시리는 모든 이야기를 털어놓았다. 대충 뭉뚱그려서, 그리고 말을 더듬으면서.

"오베론은 650번도 넘게 사오빈의 연기를 보았지. 내 말을 믿어, 제비야, 그건 우리 오리나무 종족에게도 상당히 많은 숫자야."

시리의 이야기가 끝나자 아발라크가 심각하게 말했다.

"그게 나랑 무슨 상관인데요? 약속을 했잖아요! 당신네 형제들인 드워프들에게, 계약이 뭔지 몰라요? 난 약속을 지켰어요, 최선을 다했다고요! 그가 안 되거나 원하지 않거나, 그런 것들이 나랑 무슨 상관이죠? 너무 늙어서 안 되거나 내가 매력이 없거나 하는 것들이 나랑 무슨 상관이냐고요? 아니면 그저 도'이네라서 싫어하는 거 아니에요? 그것도 아니면 에레딘처럼 날 퇴비 속의 금덩이로 생각하는 건 아닌가요?"

아발라크의 얼굴이 지금까지 본 적 없는 표정으로 변하며 일그러졌다.

"그래도 오베론에게 그런 말은 하지 않았기를 바란다."

"그런 말은 안 했어요. 그럴 생각은 있었지만."

"조심해. 넌 얼마나 위험한지 잘 몰라."

"나랑은 어차피 상관없어요. 난 계약을 했어요. 그러니까 되건 말건 그건 내가 상관할 바가 아니에요! 계약을 실행하든지, 아니면 계약을 파기하고 난 자유의 몸이 될 거예요."

"조심해, 지라엘. 저렇게 되진 말아야지, 저기 저 아이처럼. 한 마디 한 마디 조심하라고. 이해하려고 노력하고. 그리고 뭔가를 이해할 수 없다면, 제발 성급하게 행동하지 마. 참을성을 가져. 기억해, 시간은 아무 의미도 없다는 것을."

아발라크는 놀고 있는 엘프 아이들의 조각상을 가리키며 말했다.

"의미가 있어요!"

"제발, 떼쟁이 아이가 되지는 말아줘. 한 번만 더 말할게. 오베론 앞에서는 참을성을 가져야 해. 네가 자유를 얻을 유일한 기회니까."

"정말? 그것도 진짜인지 모르겠어요! 날 속인 게 아닐까 하는 의심이 든다고요. 모두들 나를 속이고……."

시리는 거의 소리를 지르고 있었다.

"내가 약속했잖아. 네 세계로 돌아가게 될 거라고. 내가 약속했어. 아엔 엘르 입장에서는 약속을 의심받는 건 굉장한 모욕이지. 그런 일이 없도록, 이 대화는 여기서 그만하도록 하자."

아발라크의 표정은 조각상의 얼굴처럼 아무 변화가 없었다.

아발라크는 가려고 했지만, 시리가 길을 막았다. 아발라크의 아콰마린색 눈이 가늘게 좁혀지고, 시리는 자신이 매우 위험한 엘프와 상대하고 있다는 걸 깨달았다. 하지만 물러서기엔 이미 늦었다.

"이런 건 정말 엘프식이네요. 혼자서 실컷 화내놓고 다른 이는 화도 못 내게 하는 건."

시리는 독사처럼 씩씩거렸다.

"조심하라고, 제비."

"내 말 들어요. 당신네 왕은 임무를 완수할 수 없어요, 그건 확실해요. 그게 그의 문제인지, 아니면 나 때문인지는 중요치 않아요. 아무 상관도 없고 아무 의미도 없는 문제죠. 하지만 난 이 계약을 파기하겠어요. 다 끝났다고요. 그러니까 당신들에게 그렇게 중요한 그 아이는, 다른 엘프가 있는 방으로 날 보내서 만드는 게 어때요?"

시리는 고개를 빳빳이 치켜세웠다.

"넌 지금 네가 무슨 말을 하고 있는지도 모르고 있어."

"그리고 내가 만약 문제라면, 그건 당신이 실수한 거예요, 아발라크. 이곳에 적합한 여자를 데려온 게 아니라 날 잘못 데려온 거라고요."

시리는 말투도 표정도 바꾸지 않았다.

"넌 네가 무슨 말을 하고 있는지 몰라, 지라엘."

"만약 모두들 날 그렇게 징그럽게 생각한다면, 그럼 '당나귀로 바꿔치기' 방법이라도 쓰라고 해요! 왜, 몰라요? 종마에게 암말을 보여주고, 눈을 가린 다음 당나귀 암컷을 데려다 놓는 거 말이에요!"

시리는 고래고래 소리를 질렀다.

아발라크는 대답할 필요성조차 느끼지 못했는지 그저 모르는 척 시리를 지나쳐 조각상 사이로 걸음을 옮겼다.

"왜, 당신은 어때요? 원한다면 당신에게 기회를 줄게요! 뭐라고요? 그렇게까지 봉사할 마음은 없다고요? 내 눈이 라라의 눈과 똑같다며!"

시리는 계속해서 고함을 질러댔다.

순간 바람 같은 속도로 두 걸음을 내디딘 아발라크가 시리 옆으로 다가와 시리의 목을 향해 뱀처럼 손을 뻗더니 강철로 된 죔쇠처럼 조이기 시작했다. 시리는 그제야 깨달았다. 아발라크가 마음만 먹는다면 자신을 새끼 새처럼 목 졸라 죽일 수 있다는 것을.

아발라크는 손을 풀었다. 그리고 몸을 굽히더니 시리의 눈을 들여다보았다.

"넌 도대체 뭐지? 이런 식으로 라라 도렌의 이름을 감히 모독하다니. 네가 도대체 뭔데 이렇게 비참한 자비를 내게 베풀려고 하는 거지? 오, 물론 알고 있지, 난 네가 누군지 알아. 넌 라라 도렌의 딸이 아니야. 넌 크레게난의 딸이지. 넌 아무 생각 없고 자만심으로 가득 찬, 자기애에 빠진 도'이네일 뿐이지. 너희 종족의 대표급이랄까. 아무것도 이해하지 못하고 모든 것을 망치고 파괴해야만 하는, 그저 만지기만 해도 상처를 내는, 생각만으로도 더럽히고 추악하게 만드는 종족이야. 너의 조상은 내 사랑을 앗아갔지, 나에게서 빼앗아갔어. 자기만족에 취해 거만하게도 나에게서 라라를 앗아간 거야. 하지만 너, 인간의 딸인 네가 나에게서 라라의 추억을 빼앗아가게 놔두지는 않겠어."

아발라크의 목소리는 차분했다.

그는 그대로 돌아섰다. 시리는 관자놀이가 옥죄어오는 듯한 느낌과 싸우고 있었다.

"아발라크."

그의 시선이 느껴졌다.

"날 용서해요. 아무 생각 없이 못되게 행동했어. 날 용서해줘요. 그리고 할 수 있다면, 잊어줘요."

등을 돌린 채 서 있던 아발라크가 시리를 향해 돌아서더니 부드럽게 끌어안았다.

"벌써 잊었어. 이제 다시는 이런 이야긴 하지 말자."

그의 목소리는 따뜻했다.

저녁 무렵, 시리가 목욕을 마치고 향수를 뿌리고 머리를 빗고 왕의 침실로 들어갔을 때, 오베론은 책상 앞에 앉아 체스판 위로 고개를 숙이고 있었다. 아무 말 없이 시리에게 반대편에 앉으라고 손짓했다.

아홉 수를 더 두고 오베론이 이겼다.

두 번째 판에는 시리가 하얀 말을 가졌는데, 오베론이 열한 수만에 이겼다.

그런 후에야 기이하고 밝은 빛의 눈으로 시리를 바라보았다.

"옷을 벗어."

하나는 확실히 인정할 만했다. 오베론은 섬세하고 절대로 서두르지 않았다.

오베론이 이전과 똑같이 침대에서 일어나 아무 말 없이 나가자 시리는 차분하게 포기했다. 하지만 새벽이 될 때까지 다시 잠들 수는 없었다.

그리고 새벽빛에 창문이 밝아질 무렵 겨우 잠들었는데, 아주 이상한 꿈을 꾸었다.

비소고타는 웅크린 채 사향쥐를 잡는 덫에서 개구리밥을 헹궈내고 있었다. 바람에 흔들리는 갈대 소리가 들려왔다.

내가 잘못한 것 같아, 제비야. 내가 그 무모한 여행을 너에게 제안했잖니. 그 저주받은 탑으로 가는 길을 찾아주고.

"자책할 필요 없어요, 늙은 까마귀님. 그 탑이 아니었더라면 본하트가 날 잡았을 거예요. 이곳은 최소한 안전하잖아요."

넌 그곳에서 안전하지 않아.

비소고타는 몸을 쭉 폈다.

비소고타의 등 뒤로 시리는 헐벗고 둥근 형태의 언덕을 보았다. 언덕은 풀 사이에서 마치 공격을 하려고 웅크리고 있는 괴물의 등처럼 보였다. 언덕 위에는 거대한 바위가 있었다. 바위 옆에는 두 사람이 보였다. 여자와 소녀였다. 바람이 여자의 검은 머리를 날리며 흩트리고 있었다. 지평선은 번쩍이는 번개로 인해 타는 듯 보였다.

내 딸아, 너를 향해 혼돈이 손을 뻗는구나. 오래된 피의 아이, 움직임과 변화, 학살과 새로운 탄생 사이에 엮인 아이야. 운명을 수행하고 동시에 네 자신이 운명인 아이. 닫힌 문 뒤에서 혼돈이 너에게 발톱을 내밀고 있구나. 네가 그의 도구가 될지, 아니면 그의 계획을 방해하게 될지 모르는 채. 네가 운명의 시계 안에서 모래알의 역할을 하지 않을지도 모르지. 혼돈은 너를 두려워하고 있다. 운명의 아이. 그러면서도 네가 두려움을 느끼길 원하지. 그래서 너에게 꿈들을 보내는 거야.

비소고타는 몸을 굽힌 채 사향쥐의 덫을 씻었다. 비소고타는 죽었잖아, 시리는 정신을 차리고 생각했다. 그러면 저승 세계에서 죽은 사람들은 사향쥐의 덫을 청소해야 하는 건가?

비소고타는 몸을 폈다. 그의 등 뒤로 불길이 솟아오르고 있었고, 들판에는 수천 명의 기사들이 달리고 있었다. 붉은 망토를 입은 기사들이었다.

데아르그 루아드리.

내 말을 잘 들어, 제비야. 네 혈관에 흐르고 있는 오래된 피는 너에게 엄청난 권력을 줄 거야. 넌 장소와 시간의 주인이 되는 것이지. 너에겐 대단한 힘이 있어. 도둑들과 악한들이 너에게서 그것을 빼앗아가 사악한 목적에 쓰도록 허락해서는 안 돼. 네 자신을 지켜! 그들의 더러운 손에서 벗어나야 한다!

"말은 쉽죠! 날 마법의 벽에 가둔 거예요, 감옥처럼……."

너는 장소와 시간의 주인이야. 너를 가둘 수는 없어.

비소고타는 또다시 몸을 곧게 폈다. 비소고타의 등 뒤로는 평평한 바위 밭이 보였고 거기에는 난파선의 잔해들이 보였다. 열 척은 되는 것 같았다. 그리고 그 너머로 검고 위협적이며 흉벽에는 총안이 나 있는, 산속 호수 위로 우뚝 솟아 있는 성이 보였다.

너의 도움이 없으면 그들은 죽어, 제비야. 너만이 그들을 구할 수 있어. 예니퍼의 입술은 찢어지고 터져 있었고 소리를 내지 않는 채 피를 흘리고 있었다. 엉망으로 헝클어진 더러운 검은 머리카락 사이로 바싹 마르고 고통으로 벌겋게 일그러진 얼굴이 드러났다. 고통 속에서도 예니퍼의 보랏빛 눈이 타오르고 있었다. 바닥의 움푹 파인 곳에는 냄새나는 웅덩이가 있었는데 그 주위로 시궁쥐들이 돌아다니고 있었다. 돌로 된 벽은 소름 끼치도록 차가웠다. 손목에 차고 있는 수갑도, 복사뼈를 옥죄는 쇠고랑도…… 예니퍼의 손과 손가락은 말라붙은 검붉은 피로 뒤엉켜 있었다.

"엄마! 도대체 무슨 일이에요?"

아래로 내려가는 대리석 계단. 세 번을 거쳐서 내려가야 하는 계단.

바'에세 데이레아드 아엡 에이게안…… 무언가는 끝나고…… 뭐?

계단 아래, 바구니처럼 생긴 쇠로 된 받침대 안에서 불이 타고 있다. 불타는 태피스트리.

가자, 게롤트가 말했다. 계단을 따라 아래로 내려가야 해, 그렇게 해야만 해. 다른 길은 없다. 이 계단밖에. 난 하늘을 보고 싶어.

게롤트의 입술은 움직이지 않았다. 파랗게 질려 있었고 입술 위에 피가 묻어 있었다. 피, 어디를 봐도 피…… 계단 전체가 피…….

다른 길은 없다. 없어, 별의 눈.

"도대체 무슨 수로요? 내가 무슨 수로 그들을 도울 수 있다는 거예요? 난 다른 세상에 있다고요! 갇혀 있단 말이에요! 아무 힘도 없이!"

시리가 소리쳤다.

너를 가둘 수는 없어. 이 모든 것이 이미 쓰여 있던 거야, 비소고타가 말했다. 이것마저도. 발밑을 봐.

시리는 공포에 질린 채 발밑을 내려다보았다. 자신이 뼈 더미 위에 서 있다는 것을 깨달았다. 해골과 정강이뼈와 갈비뼈.

너만이 그걸 막을 수 있어, 별의 눈.

비소고타는 다시 한 번 몸을 쭉 폈다. 비소고타의 등 뒤로는 겨울과 눈, 눈보라가 펼쳐져 있었다. 바람이 무서운 소리를 내며 세차게 불었다.

눈보라 사이로 말을 탄 게롤트가 있었다. 머리에 털모자를 썼고 얼굴은 양모로 된 목도리로 칭칭 감고 있었지만 시리는 게롤트를 알아보았다. 게롤트의 등 뒤로 눈보라 속에서 말 탄 이들의 흐릿한 모습이 어른거렸다. 다들 꽁꽁 싸매고 있어서 누구인지는 알아볼 수 없었다.

게롤트는 시리를 똑바로 바라보았다. 하지만 시리가 눈에 보이지는 않는 것 같았다. 눈이 게롤트의 눈 속으로 쏟아졌다.

"게롤트! 나예요! 여기!"

게롤트는 눈보라에 가려져 보지 못했고, 바람 소리에 가려져 듣지 못했다.

"게롤트!"

산양이야, 게롤트가 말했다. 산양일 뿐이야, 돌아가자.

말 탄 이들은 눈보라 속으로 서서히 사라져갔다.

"게롤트! 안 돼!"

시리는 꿈에서 깨어났다.

아침이 되자마자 시리는 곧장 마구간으로 갔다. 아침도 먹지 않고. 아발라크를 만나고 싶지 않았고, 그와 이야기하고 싶지 않았다. 뻔뻔스럽고 참견하는 것 같고 캐묻는 듯 자기에게 들러붙는 남녀 엘프들의 시선도 피하고 싶었다. 다른 일이라면 보란 듯이 아무 관심도 없어 보이는 엘프들이 왕의 침실 일이라면 호기심에 불타고 있었다. 시리는 이 궁전 곳곳에 틀림없이 벽에도 귀가 있을 거라고 생각했다.

시리는 마구간에서 켈피를 찾아냈다. 그리고 안장과 마구도 찾았다. 마구와 안장을 켈피에게 입히기도 전에 회색 옷을 입고 시중을 드는, 보통의 아엔 엘르보다 머리 하나쯤 작은 여자 엘프들이 옆에 나타났다. 그들은 절을 하고 친절하게 웃으며 켈피에게 마구 입히는 것을 도와주었다.

"고마워요. 나 혼자 할 수 있지만, 그래도 고마워요. 정말 친절하시네요."

시리의 감사 인사에 가장 가까이 있던 여자 엘프가 입을 크게 벌리고 미소를 지어 보였고, 시리는 그것을 보고 몸을 떨었다.

왜냐하면 여자아이에게는 송곳니가 있었기 때문이었다. 시리가 너무 빠른 속도로 여자아이에게 다가가는 바람에 여자아이는 두려워하며 자리에 주저앉을 뻔했다. 시리는 여자아이의 귀밑머리를 쓸어 넘겼다. 귀 끝이 뾰족하지 않았다.

"넌 인간이잖아!"

여자아이, 그리고 옆에 있던 다른 여자아이들 모두 조금 전에 깨끗하게 비질을 한 바닥에 무릎을 꿇었다. 그리고 고개를 숙였다. 벌이 내려지길 기다리는 것 같았다.

"나는…… 나는……."

시리는 채찍의 가죽끈을 꼬며 무슨 말을 해야 할지 몰라 더듬거렸다. 여자아이들은 그저 고개를 숙인 채 아무 말도 하지 않았다. 말들은 불안한 듯 히힝 울며 발을 굴렀다.

안장에 올라 말을 타고 밖으로 나온 후에도 시리는 생각을 정리할 수 없었다. 인간 여자아이들, 하녀들. 하지만 그게 다가 아니다. 중요한 것은 이 세계에도 도'이네가 있다는 사실…….

도'이네가 아니라 인간이야, 시리는 생각했다. 난 이미 그들처럼 생각하고 있어.

생각에서 깨어난 건 켈피가 크게 울며 펄쩍 뛰었기 때문이었다. 시리가 고개를 들자 에레딘이 보였다. 에레딘은 자신의 적갈색 말을 타고 있었는데, 지금은 악마 같은 소뿔 장식이나 전쟁에 나갈 때 착장하는 다른 장식들이 거의 보이지 않았다. 하지만 에레딘은 붉은빛이 도는 망토 밑에 사슬갑옷을 입고 있었다.

에레딘의 적갈색 말은 인사라도 하듯 히힝 소리를 내며 머리를 흔들고 켈피에게 누런 이를 드러내 보였다. 켈피는 원칙에 따라 주인과 의논해야지 아랫것과 상의할 일이 아니라고 생각했는지 에레딘의 허벅지에 자신의 이를 가져다 댔다. 켈피의 행동에 시리는 거세게 고삐를 잡아당기며 말했다.

"조심해요. 거리를 두고 떨어져요. 내 암말은 낯선 이들을 좋아하지 않으니까. 그리고 물기도 해요."

"그렇게 무는 것들은 쇠줄로 묶어놔야 해. 꽉, 피가 날 정도로 단단히. 버릇을 가르치는 데는 최고의 방법이지. 말도 마찬가지야."

에레딘은 시리를 무섭게 노려보았다.

에레딘이 자신의 적갈색 말의 고삐를 확 잡아당기자 말은 헉헉거리며 뒤로 몇 걸음 물러났고 입에서는 거품이 일었다.

"갑옷은 왜 입었어요? 전쟁 준비라도 하고 있나요?"

이번엔 시리가 에레딘을 노려봤다.

"그 반대야. 난 평화를 원하지. 네 암말은 성질이 안 좋은 것 말고, 무슨 장점이라도 있나?"

"어떤 종류의 장점이 궁금한 거죠?"

"지금 달릴 참이었나?"

"만약 당신이 원한다면, 달릴 수 있어요. 저기, 저 거석들이 있는 방향으로……."

시리가 발걸이 위에 섰다.

"안 돼, 거긴 안 돼."

"왜죠?"

"그곳은 금지 구역이야."

"모든 이들에게 해당되는 건가요?"

"아니, 당연히 모든 이들에게 해당되는 건 아니지. 제비, 넌 우리와 함께 있어야 해. 그게 너무 중요해서, 너나 아니면 다른 누군가 때문에 우리가 함께 있지 못하게 되는 그런 위험은 무릅쓸 수 없어."

"다른 누군가? 설마 유니콘을 말한 건 아니겠죠?"

"내가 무슨 생각을 하는지 시시콜콜 다 말해서 널 지루하게 만들 생각은 없어. 그리고 내 생각을 네가 이해하지 못하는 바람에 널 괴롭게 만들 생각도 없고."

"무슨 소리를 하는지 모르겠군요."

"네가 이해하지 못한다는 걸 알아. 그걸 이해할 만큼 너의 머릿속에 진화된 주름이 만들어지지 않았을 테니까. 그러니까 잘 들어. 만약 달리기 경주를 하고 싶다면 강을 따라가. 저쪽으로. 저기 반암으로 된 다리까지, 세 번째 다리 말이야. 그리고 다리를 건너. 강 반대편 기슭에서 강이 흐르는 방향으로 달리다가 시냇물이 흘러들어 오는 데가 결승점이야, 준비됐나?"

"난 언제나!"

시리의 대답과 동시에 에레딘이 고함을 지르며 말을 출발시켰고 말은 바람처럼 달려 나갔다. 켈피가 출발하기도 전에 이미 한참을 앞서 있었다. 하지만 시리는 반암으로 된 다리가 나오기도 전에 에레딘을 금방 따라잡았다. 다리는 좁았다. 에레딘이 소리를 지르자 말은 믿을 수 없는 속도로 달렸다. 시리는 이게 어떤 상황인지 알아챘다. 이 좁은 다리 위로는 말 두 마리가 도저히 함께 올라갈 수 없었다. 한 마리는 속도를 늦춰야만 했다.

그러나 시리는 그럴 생각이 없었다. 시리는 켈피의 갈기에 바싹 붙었고 켈피는 화살처럼 달려 나갔다. 에레딘의 발걸이를 스치며 시리가 먼저 다리에 올랐다. 에레딘은 고함을 질렀고 에레딘의 적갈색 말은 두 발로 서더니 앨러배스터로 만든 조각상을 밀어내 받침대 위에서 떨어뜨렸다.

시리는 마치 유령처럼 웃으며 다리를 통과해 달려 나갔다. 뒤도 돌아보지 않은 채로.

시냇물이 합류하는 곳에 다다르자 시리는 말에서 내려 기다렸다.

잠시 후 에레딘이 달려왔다. 그는 웃는 얼굴이었고 차분했다.

"대단하군. 말도, 그 말을 모는 아마존 여전사도."

에레딘은 말에서 내리며 짧게 말했다.

한껏 자랑스러운 기분이 들었지만, 아무렇지도 않은 듯 시리는 콧방귀를 뀌었다.

"아하! 그럼 이제 우리에게 쇠 재갈은 안 물리겠네요?"

"아마도. 뭐 어떤 암말들은 거친 애무를 좋아하기도 하지만."

에레딘은 의미심장하게 웃었다.

"얼마 전에는 퇴비에 비유하더니 지금은 애무인가요?"

시리가 에레딘을 노려보며 쏘아붙였지만, 그는 묵묵히 켈피에게 다가가 켈피의 목을 쓰다듬고 툭툭 치며 땀 한 방울 흘리지 않는 것을 보고 고개를 저었다. 켈피는 머리를 돌리고 오랫동안 히힝 소리를 냈다. 에레딘이 시리를 향해 몸을 돌렸다. 만약 내 머리도 툭툭 친다면, 후회하게 될 거야.

"날 따라와."

시냇물이 강으로 떨어지는 지점에는 빽빽하게 풀이 자란 가파른 언덕 위로 바스러지고 있는 사암 계단이 있었다. 계단은 오래되어 군데군데 무너져 있었고 나무뿌리들로 뒤덮여 있었다. 언덕 위로 지그재그 형태로 올라가는 계단이었는데 어떤 곳은 끊겨 있기도 했다. 주위는 온통 오래된 물푸레나무와 서어나무, 전나무, 단풍나무와 참나무로 가득한 야생의 숲이었고, 그 아래에는 개암나무와 능수버들, 나무딸기가 무성하게 자라 있었다. 쑥과 샐비어, 쐐기풀과 젖은 바위, 봄 내음과 곰팡이 냄새가 함께 풍겼다.

시리는 아무 말 없이 서두르지 않고 호흡을 조절하며 따라갔다. 불안한 마음도 다스리고 있었다. 에레딘이 자신에게 뭘 원하는지 짐작도 가지 않았지만, 예감이 좋지 않았다.

바위 사이로 소리를 내며 떨어지는 또 다른 폭포 옆에는 돌로 된 테라스가 있었는데 그 위, 야생 라일락 덤불이 그늘을 드리우는 곳에 담쟁이덩굴과 자주달개비로 가득한 정자가 있었다. 정자 아래로는 숲우듬지와 구불거리며 흘러가는 강, 티르 나 리아의 발코니와 전정, 지붕이 보였다.

그 광경을 바라보며 둘은 잠시 아무 말 없이 서 있었다. 침묵을 먼저 깬 것은 시리였다.

"아무도 말해주지 않았어요, 저 강의 이름을."

"에스나드."

"한숨? 예쁜 이름이군요. 그럼 이 시냇물은?"

"투아트."

"속삭임. 이것도 예쁘군요. 이 세계에도 인간들이 살고 있다는 사실을 왜 아무도 말해주지 않았죠?"

"왜냐하면 그건 중요한 것도 아니고 너에겐 아무 의미도 없으니까. 정자 안으로 들어가자고."

"왜요?"

"들어와."

정자 안에서 처음 눈에 띈 것은 나무로 된 긴 침상이었다. 시리는 관자놀이에서 피가 솟구치는 것을 느꼈다. 그래, 이 정도는 예상 가능한 일이었어. 신전에 있을 때 안나 틸러가 쓴 로맨스 소설을 읽었던 기억이 떠올랐다. 늙은 왕과 젊은 왕비, 그리고 권력을 요구하는 귀족들. 에레딘은 인정사정없는 성격에 야심으로 가득하고 확고하지. 왕비를 차지하는 자가 진짜 왕이 되리라는 것을, 진짜 지도자가 된다는 것을 알고 있어. 진짜 남자. 왕비를 차지하는 자가 나라를 차지하겠지. 여기, 이 침상에서, 국가의 전복이 시작되…….

에레딘은 대리석으로 된 식탁 뒤에 앉으며 시리에게도 의자에 앉으라고 손짓했다. 시리보다는 창문 너머로 보이는 풍경에 훨씬 더 관심이 있는 것 같았다. 침상 쪽은 아예 보지도 않았다.

"넌 이곳에 영원히 남는 거야. 나비처럼 가벼운 아마존 여전사. 네 나비의 일생이 끝날 때까지."

에레딘의 말은 시리를 놀라게 했다. 시리는 아무 말도 하지 않고 에레딘을 똑바로 바라보았다. 그 눈 속에는 아무것도 없었다. 에레딘이 말을 이었다.

"그들은 네가 떠나도록 허락하지 않을 거야. 예언이나 전설과는 달리 네가 아무것도 아니고, 아무 의미도 없는 존재라는 걸 그들은 절대로 받아들이지 않겠지. 그들은 그걸 절대로 믿지 않기 때문에 널 보내주지 않아. 네가 그들의 말을 믿도록 약속으로 널 현혹하지만 그 약속을 지킬 생각은 절대로 없어, 절대로."

"아발라크가 분명히 약속했어요. 엘프의 약속을 의심하는 건 모욕이라고 했단 말이에요."

시리의 목소리가 갈라졌다.

"아발라크는 모든 것을 아는 자야. 모든 것을 아는 이들은 그들만의 방식이 있지. 그들이 내뱉는 두 마디 중 한 마디는 목적이 수단을 신성하게 만드는 역할을 하지."

"당신이 왜 나에게 이런 얘기를 해주는지 모르겠어요. 나한테서…… 뭔가를 원하는 건가요? 당신이 원하는 무언가가 내게 있나요? 그래서 거래를 하려는 거예요, 뭔가를? 에레딘, 내 자유를…… 무엇과 맞바꿔주려는 건가요?"

에레딘은 시리를 오랫동안 바라보았다. 그리고 시리는 에레딘의 눈 속에서 어떤 표시나 신호를, 혹은 어떤 지시를 찾으려고 헛되이 애썼다. 어떤 것이라도.

"지금쯤이면 오베론이 어떤 인물인지 조금은 깨달았을 거야. 그리고 분명, 오베론이 상상도 할 수 없을 정도의 야심가라는 것도 알았겠지. 오베론은 절대로, 절대로 인정하지 않고 알려고 하지 않는 일들이 있어. 그러느니 차라리 죽는 게 낫다고 생각할 정도지."

에레딘의 차분한 음성이 이어지는 동안 시리는 입술을 깨문 채 침상을 보며 침묵했다.

"오베론 뮈르세타흐는 현재의 상황을 바꾸기 위해 마법을 쓰거나 다른 방법을 사용하는 일은 절대로 하지 않을 거야. 방법들은 있지. 좋으면서도 강력한, 검증된 방법들이 있어. 아발라크의 하녀들이 네 화장품에 뿌리는 미약보다 훨씬 더 효과적인 것들이지."

에레딘은 울퉁불퉁한 검은 식탁 아래로 재빨리 손을 뻗었다. 곧이어 식탁 위에는 잿빛의 초록색 연옥으로 만든 작은 병이 놓여 있었다.

"싫어요. 절대로 싫어. 그런 건 하지 않을 거예요."

"아직 말이 끝나지 않았어."

"날 바보 취급하지 말아요. 난 오베론에게 그 병에 있는 걸 주지 않을 거예요. 날 그런 일에 이용할 수는 없어요."

"아주 성급한 결론을 내리는군. 혼자서 질주하고 있어. 그 질주는 추락으로 끝날 텐데. 아주 고통스러운 추락으로."

에레딘은 시리의 눈을 똑바로 응시하며 천천히 말했다.

"난 안 된다고 분명 말했어요."

"잘 생각해봐. 이 병 속에 있는 것이 무엇이든 간에, 넌 항상 이기게 되는 거야. 무조건 너에게 이득이라고, 제비."

"싫어!"

좀 전과 똑같은, 마술사도 부러워할 만한 재빠른 움직임으로 에레딘은 식탁 위의 병을 낚아챘다. 그러고는 나무 사이로 반짝이는 에스나드 강을 바라보며 오랫동안 침묵했다. 그가 마침내 입을 열었다.

"넌 여기서 죽게 될 거야, 나비. 네가 여기서 나가는 걸 결코 허락하지 않겠지. 하지만 그건 결국 네 선택의 결과야."

"난 약속을 했어요. 내 자유를……."

"자유라…… 계속해서 자유라는 말을 하는데, 그럼 자유가 생기면 뭘 할 건데? 어디로 갈 생각이지? 제발이지 이해를 좀 해봐. 너의 그 세상과 이 세상은 거리만 떨어져 있는 것이 아니라 시간도 떨어져 있어. 이곳의 시간은 그곳과는 다르게 흘러. 네가 그곳에서 보았던 어린아이는 지금쯤 곰팡내 나는 늙은이가 되어 있고, 너와 동갑이었던 이들은 죽은 지 오래야."

"믿을 수 없어요."

"너희 세계의 전설을 떠올려봐. 알 수 없는 이유로 사라졌다가 다시 돌아왔는데 사랑하는 사람들은 이미 죽은 지 오래고 무덤에 풀이 잔뜩 자란 것을 봐야만 했다는 그런 전설을. 그게 망상이라고, 지어낸 얘기라고 생각해? 그건 착각이야. 그 사람들은 몇 백 년 동안 납치되어 있었던 거라고. 와일드 헌트라고 불리는 기사들에 의해 다른 세상으로 끌려온 거야. 납치되어 이용당하고 나중엔 속을 빼먹은 달걀 껍데기처럼 버려지지. 하지만 넌 그런 운명조차 마주하지 못해, 지라엘. 넌 여기서 죽게 될 테니까. 그러니 네 친구들의 무덤조차 못 보게 되겠지."

"당신의 말을 못 믿겠어요."

"네가 믿든, 안 믿든 그건 너의 문제지. 그리고 그에 따른 결과는 네가 선택한 것이고. 돌아가자. 부탁이 있어, 제비. 티르 나 리아에 가면 나와 간식이라도 같이 먹지 않겠어?"

심장이 뛰는 몇 초 동안 시리의 마음속에서는 배고픔과 호기심이 분노와 독약에 대한 공포와 맞서 싸웠고 승패는 금방 결정났다.

"기꺼이. 고마워요."

시리는 에레딘의 시선을 피하며 고개를 끄덕였다.

"내가 고맙지. 그럼 가자."

정자에서 발길을 돌리던 시리가 다시 한 번 침상을 흘낏 쳐다봤다. 로맨스 소설 작가 안나 틸러는 멍청이고 헛소리나 휘갈기는 엉터리라고 시리는 생각했다.

천천히, 침묵 속에서 박하와 샐비아와 쐐기풀 향기를 맡으며 둘은 '한숨'의 강으로 내려왔다. 계단을 통해서 아래로, '속삭임'이라는 시냇물을 지나 궁으로 향했다.

밤이 되자 시리는 향수를 뿌리고, 향기로운 목욕물에 아직 젖어 있는 머리를 대충 쓸어 넘긴 뒤 왕의 침실로 들어갔다. 오베론은 소파에 앉아 책을 읽고 있었다. 아무 말도 없이 오베론은 손짓으로 옆에 앉으라고 지시했다.

책은 화려한 삽화들로 가득 차 있었다. 사실 그 책은 그림 외에는 거의 아무것도 없었다. 시리는 이런 것쯤은 다 안다는 티를 내보려고 했지만, 피가 뺨에 몰리는 것은 어쩔 수 없었다. 엘란더 신전의 도서관에서 이와 비슷한 책을 본 적은 있었다. 하지만 오리나무 종족의 왕이 가지고 있는 책과는 도저히 비교가 안 되는 것이었다. 그 화려함과 체위의 다양함, 그림의 예술적 완성도로 봤을 때, 오베론이 보고 있는 책이 압도적이었다.

둘은 오랫동안 아무 말도 하지 않고 그림을 들여다보았다.

이번에는 오베론도 옷을 벗었다. 몸은 마르고 소년 같았다. 깡마른 그의 모습은 강이나 산속 호수에서 함께 수영할 때 여러 번 보았던 기젤러나 카

일레이, 리프의 모습과 비슷했다. 하지만 기젤러와 시궁쥐들에게는 생명력, 살아 있는 느낌, 은빛으로 흩어지던 물방울 속에서 타오르던 삶의 의지 같은 것이 있었다.

그러나 오리나무 종족의 왕에게서 느껴지는 것은 차가운 영원함이었다.

오베론은 침착했다. 몇 번이나 이제는, 이번에는 뭔가 될 것 같았다. 그러나 아무 일도 일어나지 않았다. 시리는 스스로에게 화가 나 있었다. 이게 다 자신이 뭘 모르고 경험이 없기 때문이라고 탓했던 것이다. 오베론이 그것을 눈치채고 시리를 안정시켰다. 언제나 그랬듯이 매우 효과적으로. 그리고 시리는 잠들었다. 오베론의 팔 안에서.

하지만 아침에 눈을 떴을 때, 오베론은 자리에 없었다.

다음 날 저녁, 오리나무 종족의 왕은 처음으로 참을성이 바닥난 듯한 태도를 보였다.

오베론은 책상 위로 고개를 숙이고 있었는데 책상에는 호박으로 테두리를 장식한 거울이 놓여 있었다. 거울은 하얀 가루로 뒤덮여 있었다.

드디어 시작되는군, 시리는 생각했다.

오베론은 작은 가위로 마약 가루를 긁어모으더니, 두 개의 작은 덩어리로 뭉쳤다. 그리고 책상에서 은으로 된 빨대를 집어 덩어리를 코로 빨아들였다. 하나는 왼쪽, 다른 하나는 오른쪽 콧구멍으로. 항상 빛나고 있던 오베론의 눈이 마치 불이 꺼진 듯 흐릿해지며 눈물이 어렸다. 시리는 이번이 처음 해보는 흡입이 아니라는 것을 단번에 알아차렸다.

오베론은 유리 위에 두 개의 새로운 덩어리를 만들더니, 시리에게 손짓하며 은으로 된 빨대를 건네주었다. 뭐 어때, 시리는 생각했다. 더 쉬워질 거야.

마야은 굉장히 강력한 것이었다.

잠시 후 둘은 침대에 앉아 서로를 끌어안고는 눈물이 어린 눈으로 달을 바라보았다.

시리는 재채기를 몇 번 한 뒤 비단 블라우스 소매로 코를 닦으며 말했다.

"불법적인 밤이군요."

"마법의 밤이지. 엔쉬'에아스, 엔'레아스가 아니라. 발음을 좀 고쳐야겠어."

오베론이 시리의 말을 고치며 눈을 비볐다.

"노력하고 있어요."

"옷을 벗어."

처음엔 잘될 것 같았다. 마야은 시리처럼 오베론도 흥분시키는 것 같았다. 시리는 적극적이고 활동적으로 변했는데, 오베론의 귀에 매우 점잖지 않은 몇 개의 단어도 속삭였다. 약간은 효과가 있는, 아니 거의 효과를 보이는 듯해서 잠시 동안 시리는 이제 됐다, 이젠 됐어, 하고 생각했다. 확신한 것은 아니었지만.

하지만 바로 그때, 오베론은 참을성을 잃었다. 자리에서 벌떡 일어나 바싹 마른 어깨에 흑담비 망토를 걸쳤다. 그러고는 몸을 돌린 채 창 너머로 밤하늘에 뜬 달을 바라보며 서 있었다. 시리는 어깨로 무릎을 감싼 채 웅크리고 앉았다. 실망하고 화가 났지만 이상하게도 애석한 기분이 들었다. 분명 이것도 강한 마야의 효과인 것 같았다. 시리가 작게 중얼거렸다.

"이건 다 내 잘못이에요. 내 얼굴의 상처 때문에, 나도 알아요. 날 바라볼 때 뭐가 보일지, 나도 알아요. 내 안에 엘프는 별로 남아 있지 않아요. 퇴비 속의 황금 덩어리……."

시리의 말이 채 끝나기도 전에 오베론이 몸을 획 돌리며 내뱉듯 말했다.

"넌 너무 겸손해. 내 생각에 넌 돼지 똥 속의 진주, 썩어가는 시체로 가득한 궁전의 다이아몬드야. 우리말도 더 익힐 겸, 더 나은 비유를 생각해봐. 내일 내가 물어볼 테니까, 작은 도'이네. 엘프다운 건 하나도 남아 있지 않은, 인간아."

오베론은 책상으로 다가가 빨대를 들고 다시 거울 위로 머리를 숙였다. 시리는 돌이 된 듯 앉아 있었다. 마치 누군가가 자신에게 침을 뱉은 것만 같았다. 시리는 화가 나서 소리쳤다.

"당신이 좋아서 여기 오는 줄 알아요? 난 이곳에 갇힌 채 협박당하는 중이라고요! 당신도 알잖아요! 하지만 난 하기로 했어요, 내……."

"누굴 위해서?"

오베론은 화가 난 듯, 엘프답지 않게 시리의 말을 끊고는 소리쳤다.

"나를 위해서? 네 세계에 갇힌 아엔 쉐이드를 위해서? 이 바보 같은 계집! 넌 오로지 너를 위해 하는 거야! 너를 위해 여기 와서 헛되이 너를 바치려고 하는 거지. 왜냐하면 이게 네 유일한 희망이고, 빠져나갈 수 있는 구멍이니까. 그리고 또 말해줄까? 기도해! 열심히 기도하라고! 너희 인간들의 우상들, 잡신들, 토템들에게. 왜냐하면 나, 아니면 아발라크의 실험실 말고는 너에게 다른 방도가 없으니까! 너도 실험실에 가서 다른 해결책과 마주하고 싶지는 않을 텐데!"

"난 상관없어요. 자유를 얻을 수만 있다면, 뭐든 다 동의할 거예요. 당신들에게서 벗어날 수만 있다면. 내 세계로, 내 친구들에게 돌아갈 수만 있다면."

시리는 침대 위에서 몸을 웅크리며 먹먹한 목소리로 말했다.

"네 친구들이라고? 네 친구들은 바로 여기 있어!"

오베론은 비웃으며 시리에게 마약 가루가 흩어져 있는 거울을 던졌다.

"네 친구들은 여기 있잖아, 잘 보라고."

오베론은 되풀이하며 말하더니 털외투를 휘날리며 방에서 나가버렸다.

처음에는 더러워진 거울 속에 흐릿한 자기 자신의 그림자밖에 보이지 않았다. 하지만 거울은 우윳빛으로 빛나기 시작하더니 연기가 서렸고, 곧이어 영상이 보였다.

예니퍼는 심연에 떠 있었는데 온몸의 힘이 다 빠져 있었고 팔은 위로 뻗은 상태였다. 예니퍼의 드레스 소매가 새의 날개처럼 펄쳐져 있었다. 머리카락은 흩날리고 머리카락 사이로 작은 물고기들이 헤엄치고 있었다. 반짝거리며 재빠르게 움직이는 작은 물고기들. 어떤 물고기들은 예니퍼의 뺨과 눈을 쪼고 있었다. 예니퍼의 다리는 호수 바닥까지 이어진 줄에 묶여 있었고 진흙탕과 물풀 속에 묻혀 있는 줄 끝에는 돌이 들어 있는 거대한 바구니가 묶여 있었다. 멀리 위로는 반짝이며 빛을 반사하는 물의 표면이 보였다.

예니퍼의 드레스는 물풀과 똑같은 리듬으로 이리저리 한들거리고 있었다.

마약 가루가 흩어져 있는 거울 표면에 다시 연기가 서렸다.

게롤트의 얼굴은 유리처럼 창백했다. 눈을 감은 게롤트는 거대한 고드름이 달려 있는 바위 사이로 쉴 새 없이 내리는 눈보라에 휩싸인 채 눈에 쌓여 움직임이 없었다. 하얀 머리는 이미 하얀 얼음이 되어 있었고, 눈썹에도, 속눈썹에도, 입술에도 고드름이 맺혀 있었다. 눈은 쉼 없이 계속 내렸다. 게롤트의 다리 주변으로 눈 더미는 계속 쌓여가고, 어깨 위에도 차곡차곡 눈이 쌓이고 있었다. 눈보라는 우짖는 듯한 소리를 내며 휙휙…….

시리는 침대에서 벌떡 일어나 거울을 벽에 던져버렸다. 호박으로 된 틀이 깨지고, 유리는 산산조각이 났다.

시리는 이런 종류의 환영을 알고 있었고, 기억하고 있었다. 자신의 옛날 꿈에서.

"이건 전부 사실이 아니야! 듣고 있어, 오베론? 난 믿지 않아! 이건 사실이 아니야! 이건 당신의 악의가 만들어낸 환영일 뿐이야! 아무 힘도 없는 당신 같은 환영! 당신의 나쁜……."

악을 쓰며 소리를 지르던 시리는 마룻바닥에 주저앉았다. 그리고 엉엉 울었다.

이 궁전에는 벽에도 귀가 있을 거라고 시리는 생각했다. 다음 날이 되자, 의미심장한 시선들을 피할 수 없었고 등 뒤에서 쏟아지는 소곤대는 소리와 비웃음 소리를 느꼈다.

아발라크의 모습은 보이지 않았다. 무슨 일이 생겼는지 알아채고 날 피하는 거겠지. 내가 일어나기도 전에 금발의 여자 엘프와 배를 타고 가버렸거나 말을 타고 갔겠지. 나와 말하고 싶지 않을 테고, 그의 계획이 전부 실패로 돌아갔다는 걸 인정하고 싶지 않겠지.

에레딘의 모습 역시 보이지 않았다. 이상한 일은 아니었다. 에레딘은 자신의 데아르그 루아드리, 붉은 기사들과 함께 어디론가 가는 일이 많았던 것이다.

시리는 켈피를 마구간에서 끌고 나와 강가로 달렸다. 계속해서 흥분 상태로 많은 생각을 하느라 주위를 잘 살피지도 않았다.

여기서 도망치자. 그 모든 영상이 거짓이건 진짜건 상관없이. 한 가지는 확실했다. 예니퍼와 게롤트는 그곳, 내 세계에 있고 그들 옆이 나의 자리야. 여기서 도망쳐야 해, 지체 없이! 틀림없이 무슨 방법이 있을 거야. 내 힘으로 이곳에 들어왔으니, 내 힘으로 나갈 줄도 알아야지. 에레딘은 나에게 야생의 재능이 있다고 말했고, 비소고타도 그런 의심을 했었어. 지라엘 탑, 내가 온전히 통과한 그 탑에는 출구가 없었어. 하지만 여기 어딘가에 또 다른 탑이 있을지도 몰라.

시리는 멀리 떨어져 있는 언덕을 바라보았다. 언덕에 서 있는 거석의 윤곽이 보였다. 금지 구역이라고, 시리는 생각했다. 하지만 저긴 너무 먼데. 저기까지는 마법의 벽 때문에 갈 수 없을 거야. 쓸데없는 짓이야. 차라리 강 위쪽으로 달리는 게 나아. 저쪽은 아직 안 가봤으니까.

켈피가 히힝 하고 머리를 흔들며 마구 달리기 시작했다. 방향을 바꿀 수는 없었지만, 언덕 쪽으로 계속 나아갔다. 시리는 너무 놀란 나머지 잠시 동안 전혀 반응하지 않고 켈피가 가는 대로 놔두었다. 정신을 차리고 나서야 시리는 소리를 지르며 고삐를 잡아당겼다. 그러자 켈피는 순간 멈춰 서서 두 앞다리를 공중으로 뻗은 채 휘젓더니 다시 뛰기 시작했다. 역시 같은 방향이었다.

시리는 켈피를 제어하거나 다스리려고 하지 않았다. 그러기엔 너무 놀랐던 것이다. 하지만 시리는 켈피를 잘 알고 있었다. 켈피가 종종 성질을 부리는 말이긴 했지만, 이 정도는 아니었다. 이렇게까지 행동하는 데에는 분명 무슨 이유가 있다는 생각이 들었다.

어느 순간 켈피는 속도를 늦추더니 찬찬히 걷기 시작했다. 마치 화살을 쏜 것처럼 똑바로, 언덕 위의 거석이 있는 방향으로 향하고 있었다.

1스타예 정도 왔네, 시리는 생각했다. 곧 장막이 효과를 발휘할 것이다.

켈피는 둥글게 늘어선 거석들 안, 이끼가 잔뜩 낀 채 옆으로 기울어져 가시 가득한 나무딸기 사이에 빼곡히 세워져 있는 돌들 사이를 달리다가 갑자기 멈춰 섰다. 움직이는 것은 쫑긋 세우고 있는 귀뿐이었다.

시리는 켈피를 돌려세우려고 애썼다. 그리고 그 자리를 떠나려고 안간힘을 썼다. 하지만 아무런 소용이 없었다. 켈피의 뜨거운 목의 핏줄이 느껴지지 않았다면, 말이 아니라 동상 위에 앉아 있다는 착각이 들었을 것이다. 그 순간, 무언가가 시리의 등에 닿았다. 무언가 날카로운 것이 옷을 뚫고 들어와 아프게 찔렀다. 시리는 몸을 돌리지 못했다. 조금의 바스락거림도 없이 붉은 털을 가진 유니콘이 거석 뒤에서 나와 시리의 겨드랑이 사이로 뿔을 찔러 넣었다. 세게, 그리고 날카롭게. 시리는 옆구리에서 피가 흘러내리는 것을 느꼈다.

다른 쪽에서 또 다른 유니콘이 나왔다. 이 유니콘은 완전히 하얀색으로 귀 끝에서부터 꼬리 끝까지 새하얬다. 콧구멍만 분홍빛이고 눈은 검정색이었다.

새하얀 유니콘이 다가왔다. 그리고 천천히, 아주 천천히 시리의 허벅지에 머리를 얹었다. 너무 놀라고 흥분한 나머지 시리는 소리를 지를 뻔했다.

난 자랐어, 시리의 머릿속에서 목소리가 말했다. 난 자랐어, 별의 눈. 예전에 사막에서는 어떻게 행동해야 할지 몰랐어. 하지만 지금은 알아.

"작은 말?"

시리는 신음하듯 물었다. 두 유니콘의 뿔에 찔려 대롱대롱 매달린 상태였다.

내 이름은 이후아라쿠악스야. 날 기억하지, 별의 눈? 날 어떻게 치료해줬는지 기억하지? 날 구해준 것도?

유니콘은 뒷걸음질 치며 몸을 돌렸다. 다리에 상처가 보였다. 알아보았다. 기억이 났다.

"작은 말아! 너였구나! 하지만 털이 다른 색이었는데……."

난 컸어.

머릿속이 갑자기 혼란스러워지며 속삭임과 목소리, 함성 소리와 히힝 하는 울음소리로 가득 찼다. 뿔은 물러났다. 시리는 자신의 등 뒤에 있는 다른 유니콘이 청회색 빛이라는 것을 알았다.

나이 든 유니콘들이 너를 배우고 있는 중이야, 별의 눈. 나를 통해서 너를 배우고 있어. 잠시만 기다려. 곧 이야기할 수 있게 될 거야. 나이 든 유니콘들이 너에게 뭘 원하는지 직접 말할 거야.

시리의 머릿속 혼란이, 여러 목소리가 뒤섞인 소음이 폭발할 것만 같았다. 그러다 갑자기 편안해지더니 명확하고 알아들을 수 있는 생각들이 머릿속으로 흘러들어 왔다.

우린 네가 탈출하는 걸 돕고 싶어, 별의 눈.

시리는 심장이 마구 뛰었지만 아무 말도 하지 않았다.

기쁘지 않아? 우리에게 고맙지 않아?

"하지만 왜 갑자기 날 도우려고 하는데? 날 그렇게 좋아하는 거야?"

시리가 따지듯 물었다.

우린 널 좋아하지 않아. 하지만 여긴 너의 세상이 아니야. 여긴 네가 있을 곳이 아니야. 넌 여기 있어선 안 돼. 우린 네가 이곳에 있는 걸 원하지 않아.

시리는 이를 악물었다. 탈출할 기회가 생겼다는 사실이 기쁘긴 했지만 시리는 부정하듯 고개를 저었다. 작은 말, 이후아라쿠악스는 귀를 뾰족하게 세우고 발굽으로 땅을 파며 까만 눈으로 시리를 응시했다. 붉은 털의 유니콘은 위협적으로 뿔을 휘두르며 땅이 울릴 정도로 발을 굴렀다. 붉은 털의 유니콘이 화난 듯 콧김을 내뿜자 시리는 그것이 무슨 의미인지 이해했다.

우리를 믿지 않는구나.

"믿지 않아. 여기서는 누구나 자기만의 게임을 하고 있어. 아무것도 모르는 나를 이용하려고만 하고. 왜 내가 너희를 믿어야 하지? 너희들과 엘프들은 사이가 좋지 않잖아. 풀밭에서 싸움이 일어날 뻔한 걸 나도 봤어. 그러니 너희들이 엘프들을 화나게 만들 속셈으로 나를 도와주는 거라고 생각해도 되겠지. 물론 나도 엘프들을 좋아하는 건 아니야. 날 이곳에 가둬놓고 내가 원하지 않는 걸 강요하니까. 하지만 너희들 또한 날 이용하도록 허락할 수는 없어."

시리는 차갑게 말했다.

붉은 털의 유니콘이 머리를 흔들자 뿔이 또다시 위협적으로 움직였다. 청회색 유니콘은 히힝 하고 울었다. 시리의 머릿속이 우물 안처럼 울렸고, 시리가 전달받은 생각은 좋지 않은 것이었다.

"아하! 너희들은 그들과 똑같아! 너희 말을 듣지 않으면 죽음이라고? 난 무섭지 않아! 하지만 날 이용하게 내버려두지는 않을 거야!"

시리가 외쳤다. 또다시 머릿속이 혼란스러워지더니 몹시 시끄러웠다. 혼돈 속에서 명확한 생각을 듣게 되기까지는 약간의 시간이 필요했다.

좋아, 별의 눈. 넌 이용당하는 것을 싫어하지. 우리도 마찬가지야. 바로 그것을 너에게 보장하는 거야. 우리에게, 그리고 이 세상 전체에게, 모든 세상에게.

"무슨 말인지 모르겠어."

넌 무서운 무기야, 위험한 도구지. 그런 무기가 오리나무 종족, 여우 종족, 그리고 새매 종족 왕의 손에 떨어지도록 놔둘 수는 없어.

"누, 누구라고?"

시리는 말을 더듬었다. 아하…… 여우, 크레반, 아발라크. 그럼 새매는 누구지? 그래, 난 누구인지 알고 있어, 시리는 생각했다.

오리나무의 왕은 늙었지. 하지만 여우와 새매는 아르드 가에트, 세계들의 문을 다스릴 수 없어. 이미 한 번 그런 권력을 가지고 있었지. 그리고 잃어버렸어. 이제는 더 이상 아무것도 할 수 없어. 세계들 사이를 작은 발걸음으로 마치 유령처럼, 아무 힘도 없이 헤맬 수밖에. 리스는 티르 나 베아 아라인네로, 새매와 그의 기사들은 스피랄리아로. 거기까지밖에 갈 수 없지, 더 이상은 힘이 없어. 그래서 그들은 아르드 가에트와 권력을 꿈꾸는 거야. 그들이 그 권력을 어떻게 썼는지 너에게 보여줄게. 별의 눈, 네가 여기서 떠나게 되면 우리가 보여줄게.

"난 여기서 떠날 수 없어. 나에게 마법을 건 거야. 장막이 있어. 게아스 가라드……."

너는 가둘 수 없어. 너는 세계들의 주인이야.

"퍽이나 그렇구나. 나에겐 그 어떤 야생의 힘도 없어. 내가 할 수 있는 건 아무것도 없다고. 그리고 힘은 예전에 사막에서, 1년 전에 나는 포기했어. 작은 말이 그 증인이야."

사막에서 너는 마법 운용을 포기했을 뿐이야. 핏줄에 흐르고 있는 그 힘은 포기할 수 있는 게 아니야. 넌 계속 그 힘을 가지고 있어. 그걸 어떻게 이용해야 하는지 우리가 가르쳐줄게.

"혹시 세상들을 지배하는 힘, 내가 가지고 있다는 그 힘을 너희들이 갖고 싶어서 이러는 건 아니야?"

시리가 외치듯 물었다.

그렇지 않아. 우리에겐 그런 힘이 필요 없어. 우린 처음부터 그 힘을 가지고 있었으니까.

이들의 말을 믿어, 이후아라쿠악스가 애원했다. 별의 눈, 이들의 말을 믿어.

"한 가지 조건이 있어."

유니콘들은 머리를 들고 콧김을 뿜었다. 그들의 눈에서 불똥이 튀고 있었다고 시리는 맹세할 수 있었다. 조건을 제시하는 걸 좋아하지 않는군, 그 말 자체를 너무 싫어해…… 시리는 생각했다. 할 수 없지, 내가 제대로 하는 걸까…… 부디 비극적으로 끝나지만 않았으면…….

들어볼게. 그 조건이 뭐지?

"이후아라쿠악스가 나와 함께 가는 거야."

저녁이 되자 날씨가 흐려졌고 습기가 차올랐다. 강에서 끈끈하고 짙은 아지랑이가 몰려왔다. 티르 나 리아가 어둠에 잠기자, 멀리서 폭풍우가 다가오는 소리가 들려왔고 둥그런 번갯불이 수평선을 밝히고 있었다.

시리는 이미 한참 전에 준비가 끝난 상태였다. 까만 옷을 입고, 등에는 칼을 차고, 신경이 곤두선 채로 긴장하며 짙은 어둠이 내리기만을 기다리고 있었다.

조용히 빈 복도를 지나온 시리는 기둥들을 따라 미끄러지듯 발코니로 나왔다. 칠흑처럼 검은 에스나드 강이 어둠 속에서 빛났고 수양버들은 바스락거렸다.

먼 하늘에서 번개가 치고 있었다.

시리는 마구간에서 켈피를 끌어냈다. 켈피는 어떻게 해야 하는지 알고 있었다. 온순하게 반암으로 된 다리 쪽으로 걸음을 옮겼다. 시리는 잠시 동안 배가 정박되어 있는 테라스에서 켈피의 자취를 바라보았다.

이럴 수는 없어, 시리는 생각했다. 한 번만 더 그를 보고 가자. 그러면 수색대가 좀 더 늦게 출발할 수도 있지 않을까? 위험해, 하지만 어쩔 수 없어.

처음에는 그가 없는 것처럼, 왕의 침실이 비어 있는 것처럼 보였다. 왜냐하면 그곳은 고요함과 적막만이 있었기 때문이었다.

오베론을 본 것은 조금 후였다. 한쪽 구석 소파에, 흰색 셔츠를 풀어헤친 채 바싹 마른 가슴팍을 드러낸 그가 앉아 있었다. 셔츠는 너무 얇은 천으로 만들어져서 마치 젖은 것처럼 몸에 착 달라붙어 있었다.

오베론의 얼굴과 손은 셔츠와 똑같이 새하얀 색이었다. 그는 시리에게로 시선을 돌렸지만, 눈은 텅 비어 있었다.

"시아달? 네가 와서 다행이야. 다른 이들이 그랬어, 네가 죽었다고 말이야."

오베론이 속삭이며 손바닥을 펴자 바닥에 깔린 천 위로 무언가가 뚝 떨어졌다. 연옥으로 된 회색빛과 초록빛의 작은 병이었다.

"라라, 카엠 아 메, 루네드. 나한테 오렴, 내 딸아. 카엠 아 메, 엘라이네."

오리나무의 왕은 고개를 흔들며 자기 목을 만졌다. 마치 황금으로 된 국왕의 토르크로 자신의 목을 조르기라도 하듯이.

오베론의 숨결에서 시리는 죽음을 느꼈다. 그는 노래를 부르고 있었다.

"엘라이네 블라트, 페아인네 웨드…… 미르, 루네드, 리본이 풀렸네…… 내가 다시 매줘도 될까……."

오베론은 팔을 들려고 했지만 팔은 들리지 않았다. 깊은 한숨을 쉬고는 갑자기 고개를 쳐들더니 시리의 눈을 바라보았다. 이번엔 제정신이었다.

"지라엘. 록흐라이트. 정말 넌 운명이로구나, 호수의 여인. 내 운명이기도 해…… 바'에세 데이레아드 아엡 에이게안……."

느릿느릿 중얼거리는 오베론을 바라보던 시리는 그 말과 움직임이 마치 악몽처럼 점점 느려지는 것을 느끼며 공포에 질렸다.

"하지만 그래도 무언가는 다시 시작된다는 것이 참으로 다행이야."

오베론은 긴 한숨을 내쉬었다.

창밖에서는 계속해서 천둥이 치고 있었다. 폭풍우는 멀리 있었지만 빠른 속도로 다가왔다.

"그럼에도 불구하고, 지라엘, 난 정말이지 죽고 싶지 않아. 죽어야 한다니 정말 싫어. 누가 이런 생각을 하기나 할까. 때가 되어도 난 괜찮을 거라고 생각했어. 오랫동안 살았고, 모든 걸 경험했지. 그리고 모든 것에 진력이 났고…… 그런데도 지금은 죽고 싶지 않아. 그리고 또, 그거 알아? 몸을 숙여봐. 귀에 대고 말해줄게. 우리끼리의 비밀로 하자."

시리가 몸을 굽히자 오베론이 낮게 속삭였다.

"난 무서워."

"알아요."

"내 옆에 있는 거지?"

"그래요."

"바 파일, 루네드."

"잘 가요, 오리나무의 왕."

시리는 오베론의 손을 잡고 작은 숨소리가 완전히 사라질 때까지 그 옆에 앉아 있었다. 눈물을 닦지는 않았다. 그저 흐르는 대로 놔두었다.

폭풍우가 가까이 다가왔다. 지평선은 번개로 번쩍였다.

시리는 서둘러 대리석 계단을 내려와 기둥들을 지나 배가 정박되어 있는 테라스로 내려왔다. 그중 아까 저녁에 봐둔 배 한 척을 풀었다. 그리고 미리 확보해둔 기다란 마호가니 커튼 봉으로 배를 밀어냈다. 하지만 이 배가 아발라크가 탔을 때처럼 말을 잘 들을지는 의문이었다.

배는 아무 소리도 내지 않고 물살을 탔다. 티르 나 리아는 조용하고 어두컴컴했다. 테라스의 조각상들만이 시리를 죽은 눈으로 응시하고 있었다. 시리는 다리의 개수를 헤아렸다.

숲 위의 하늘이 번개로 번쩍였다. 시간이 조금 지나자 천둥소리가 연이어 들려왔다.

세 번째 다리.

그때였다. 무언가 다리 밑에서 조용히, 커다란 검은 들쥐처럼 날쌔게 움직였다. 그 무언가가 뱃머리로 뛰어내리자 배가 흔들렸다. 시리는 커튼 봉을 내던지고 칼을 꺼내 들었다.

"역시 그렇군. 우리에게 너와 함께 있을 기회를 주지 않는구나."

에레딘 브리악 글라스가 씩씩거렸다.

에레딘 역시 칼을 빼 들었다. 번쩍이는 번개에 시리는 에레딘의 무기를 아주 잠깐 확인할 수 있었다. 날은 약간 휘어진 형태였고, 번쩍이는 칼날의 접합 부분은 매우 날카로웠으며, 손잡이는 길고, 둥글면서 구멍이 뚫려 있는 판의 모양을 하고 있었다. 에레딘이 이 칼을 매우 능숙하게 다룬다는 것을 보자마자 알 수 있었다.

에레딘은 한쪽 다리를 배 옆에 얹어 배를 심하게 흔들었다. 예상치 못한 행동이었다. 시리는 날렵하게 몸을 숙여 균형을 잡았다가 뱃전에서 뛰어오르며 에레딘처럼 배를 흔들었다. 에레딘은 칼을 들고 시리에게 덤벼들었다. 시리는 칼날을 막아내면서 본능적으로 에레딘이 앞으로 오지 못하도록 막았는데, 왜냐하면 앞이 잘 보이지 않았기 때문이었다. 그리고 재빨리 아래쪽으로 칼을 휘둘렀다. 에레딘은 그 공격을 막아내며 칼로 쳤지만 시리가 이를 다시 쳐냈다. 마치 부싯돌처럼, 칼날이 부딪칠 때마다 불꽃이 튀었다.

에레딘이 다시 한 번 배를 거칠게 흔드는 바람에 배는 거의 뒤집어질 뻔했다. 시리는 춤추듯 몸을 흔들며 팔을 뻗어 균형을 잡았다. 에레딘은 뱃머리로 물러나 칼을 던졌다.

"이런 건 어디서 배운 거야, 제비?"

"들으면 놀랄 텐데."

"그럼 강을 따라가면 장막을 뚫을 수 있다는 사실은 너 혼자 깨달은 건가, 아니면 누군가 가르쳐준 건가?"

"그건 중요하지 않아."

"중요해. 그러니 확실히 하자. 그리고 거기에도 다 대비책이 있어. 그럼 이제 칼을 버리고 돌아가자."

"돌아가자고?"

"돌아가자, 지라엘. 오베론이 기다려. 내가 보장하지, 오늘 밤은 분명 활기가 넘칠 거야."

"하, 활기가 넘친다라…… 활기를 보장한다는 그걸 너무 많이 썼어. 당신이 그에게 준 것 말이야. 아니면 애초부터 그건 활기를 불러일으키는 게 아니었을지도?"

"지금 무슨 소리를 하는 거야?"

"오베론은 죽었어."

순간 멈칫한 에레딘이 재빨리 충격에서 벗어나 곧장 시리에게 덤벼들었다. 배가 마구 흔들렸다. 중심을 잡으면서 에레딘과 시리는 분노가 담긴 공격을 주고받았고 날카로운 쇳소리가 물 위에 울려 퍼졌다.

번개가 밤을 환하게 밝혔고, 머리 위로는 다리가 지나가고 있었다. 티르나 리아의 마지막 다리 중 하나였다. 어쩌면 진짜 마지막 다리였을까?

"분명 넌 이해할 거야, 제비. 네가 피할 수 없는 것을 다만 지연시키는 것뿐이라는 사실을. 난 네가 여길 떠나도록 내버려둘 수 없어."

에레딘이 쉰 목소리로 말했다.

"왜? 오베론은 죽었잖아. 그리고 난 아무것도 아니고, 아무런 의미도 없어. 당신이 나에게 말한 것처럼."

"왜냐하면 그게 사실이니까. 아무 의미도 없지. 손가락으로 꾹 눌러 죽여서 먼지로 만들 수 있는 작은 좀벌레. 하지만 기회만 있으면 비싼 천에 구멍을 뚫을 수도 있지. 아니면 아주 작은 후추 한 알. 하지만 생각 없이 깨물었다가는 가장 훌륭한 요리의 맛도 망쳐버리고, 먹은 걸 다 뱉게 만들지. 넌 바로 그런 존재야. 아무것도 아니지. 짜증날 만큼 아무것도 아니라고."

에레딘은 칼을 들었다.

번개. 번개의 번쩍하는 빛에 시리는 자신이 확인하고 싶었던 것을 보았다. 에레딘은 칼을 휘두르며 배의 앉는 자리로 뛰어올랐다. 높이가 훨씬 유리해졌다. 다음 공격에서는 에레딘이 이길 것이다.

"날 상대로 무기를 빼 드는 건 좋은 선택이 아니었어, 지라엘. 이제는 너무 늦었지. 널 용서할 수 없어. 널 죽이진 않을 거야, 죽이진 않지. 하지만 몇 주 동안 침대에 붕대를 감고 누워 있으면 버릇을 고치는 데 좋을 거야."

"잠깐, 내가 해줄 말이 있어. 비밀 한 가지를 말해줄게."

"네가 나한테 말해줄 것이 있다고? 내가 모르는 무언가를 네가 가르쳐준다고? 무슨 대단한 걸 나에게 알려줄 건데?"

에레딘은 콧방귀를 뀌며 비아냥거렸다.

"그건 바로, 당신은 다리 밑을 통과하지 못한다는 거야."

에레딘은 뭐라고 대꾸할 틈도 없이 다리에 턱을 세게 부딪치고는 완전히 균형을 잃고 앞으로 나가떨어졌다. 시리는 에레딘을 배 밖으로 밀어버릴 수도 있었지만 그 정도로는 충분치 않았다. 그리고 고의든 아니든 간에, 오리나무 왕을 죽인 건 에레딘이었다. 그러므로 고통을 받아야 했다.

시리는 사슬갑옷이 미처 가려주지 못한 에레딘의 허벅지를 베었다. 에레딘은 비명을 지르지도 않았다. 다만 배에서 뛰어내려 강물로 풍덩 빠지더니 물속으로 사라져버리고 말았다.

시리는 몸을 돌려 강물을 바라보았다. 물 밖으로 헤엄쳐 나오기까지는 꽤 오래 걸렸다. 강으로 뻗어 있는 대리석 계단으로 기어 나오기까지는 말이다. 에레딘은 물과 피를 뚝뚝 흘리며 움직이지 않고 뻗어 있었다.

"몇 주 동안 침대에 붕대를 감고 누워 있으면 버릇을 고치는 데 좋을 거야."

시리가 중얼거렸다. 다시 커튼 봉을 잡고 배를 세게 밀어냈다. 에스나드 강은 점점 더 세차게 흘렀고 배 역시 더 빨리 나아가고 있었다. 티르 나 리아의 마지막 건물도 곧 뒤로 지나갔다. 시리는 뒤를 돌아보지 않았다.

아주 캄캄해지면서 배는 오래된 숲으로 들어갔다. 강 양쪽에서 자라난 나뭇가지들이 서로 만나며 지붕처럼 드리워져 있는 곳이었다. 그곳을 지나자 점차 밝아지면서 숲이 끝나더니 양쪽 기슭에 오리나무와 갈대, 부들이 나 있는 습지가 펼쳐졌다. 맑았던 강물 아래로 뭉쳐진 이끼와 물속에 잠겨 있는 물풀, 나무 등걸이 나타났다. 번개가 번쩍하자 시리는 물 위에 둥근 무늬가 있는 것을 보았고, 천둥소리가 지나간 후에는 겁에 질린 물고기들이 물속에서 뛰어오르는 소리를 들었다. 무언가 펄떡거리고 찰랑거리고 쩝쩝 찹찹 소리를 내는 것이 있었다. 멀지 않은 곳에서 몇 번이나 커다랗고 이글이글 타는 눈을 보았고, 배는 몇 번이나 무언가 살아 있는 덩어리와 부딪쳤다. 이곳의 모든 것이 다 아름다운 것은 아니구나, 이곳에 익숙지 않은 이들에게 이 세상은 그저 죽음일 뿐, 시리는 머릿속에서 에레딘의 말을 되새겼다.

강물의 흐름이 넓어지면서 강폭이 커졌다. 조그마한 섬들과 작은 물길들이 나타났다. 시리는 배가 물결에 따라 흘러가도록, 운에 맡긴 채 놔두었다. 하지만 겁이 나기 시작했다. 만약 실수로, 이상한 물길을 따라 흘러가면 어떻게 하지?

그렇게 생각한 순간, 기슭의 덤불에서 켈피의 울음소리와 유니콘이 머릿속으로 보내는 메시지가 들려왔다.

"너 여기 있구나, 작은 말아!"

서둘러, 별의 눈. 내 뒤를 따라와.

"이제 내 세상으로 가는 거야?"

그 전에 네게 무언가 보여줘야 해. 나이 든 유니콘들이 그렇게 하라고 시켰어.

켈피를 탄 시리와 유니콘은 함께 숲을 지나고, 협곡 깊숙이 가르고 있는 들판을 지나 달렸다. 번개가 번쩍거리고, 천둥소리에 귀가 먹먹했다. 폭풍우는 점점 더 가까이 다가오고 바람이 거세게 불었다.

유니콘은 시리를 협곡 중 한 곳으로 인도했다.

여기야.

"여기가 어디지?"

내려와서 봐.

시리는 시키는 대로 했다. 하지만 땅바닥이 울퉁불퉁해서 시리는 넘어지고 말았다. 그때 무언가 빠스락하며 발바닥 아래에서 부스러지는 게 느껴졌다. 번개가 다시 번쩍하자 시리는 낮게 비명을 질렀다.

시리는 뼈가 가득한 곳에 서 있었던 것이다. 모래로 된 협곡의 벽이 거센 비에 씻겨 내려가면서 숨겨져 있던 것을 드러낸 것이다. 무덤이었다. 시체로 가득한 무덤. 백골만 모아놓은 곳. 정강이뼈, 골반뼈, 갈비뼈, 허벅지뼈, 그리고 두개골.

시리는 해골 하나를 집어 들었다.

번개가 번쩍하자 시리는 비명을 질렀다. 누구의 뼈들이 이곳에 묻혔는지 알아차린 것이다.

칼에 맞은 자국이 나 있는 해골은 송곳니가 있었다.

이제 알겠지, 시리의 머릿속에서 목소리가 말했다. 그들이 한 짓이야. 아엔 엘르, 오리나무의 왕. 여우, 새매. 이 세상은 그들의 세상이 아니었어. 그들의 세상이 된 것이지. 이 세상을 차지한 거야. 그들이 너를 속이고 이용하려고 한 것처럼 우리를 속이고 이용해서 아르드 가에트를 열었을 때.

시리는 해골을 떨어뜨리며 캄캄한 어둠을 향해 소리쳤다.

"나쁜 놈들! 살인자들!"

요란한 소리를 내며 천둥이 쳤다. 아후아라쿠악스는 경고하듯 크게 울었다. 시리는 무슨 뜻인지 이해했다. 달려가 안장 위에 앉은 시리는 소리를 질러 켈피를 달리게 했다.

그들의 자취를 쫓는 수색대가 오고 있었다.

옛날에도 이런 적이 있었어, 시리는 바람을 마시며 달리는 동안 생각했다. 언젠가 이런 적이 있었지. 이렇게 미친 듯이 어둠 속을 달렸던 일이. 유령과 환상과 귀신들이 가득한 밤에.

"앞으로 계속 달려, 켈피!"

무서운 질주에 눈에는 눈물이 어렸다. 번개가 하늘을 가르고, 번쩍거리는 빛 속에서 시리는 양쪽 길에 서 있는 오리나무를 보았다. 이상한 모양의 나무들이 시리를 향해 길고 울퉁불퉁한 나뭇가지를 뻗으면서 검은 주둥이 같은 구멍을 딱딱거리며, 시리가 가는 길에 저주와 협박을 뿌리고 있었다. 켈피는 찢어지는 듯한 소리로 울어댔고, 얼마나 빨리 달리는지 발굽이 땅에 스치기만 하는 것 같았다. 시리는 켈피의 목에 꼭 붙었다. 바람의 저항을 최소화하기 위해서 뿐만이 아니라, 시리를 안장에서 밀쳐내거나 끌어내리려고 하는 오리나무 가지를 피하기 위해서였다. 나뭇가지들은 쉭쉭 소리를 내며 회초리처럼, 채찍처럼 내리치면서 시리의 옷과 머리를 붙잡으려고 했다. 이상한 모양의 나무둥치가 흔들리고 나무의 구멍이 소리를 내며 입을 딱딱 마주쳤다.

켈피가 야생의 울음소리를 냈다. 곧이어 유니콘 역시 울음소리로 대답했다. 유니콘은 어둠 속에서 하얀색 점처럼 길을 가리키고 있었다.

더 빨리, 별의 눈! 있는 힘을 다해!

오리나무는 점점 더 많아졌고, 점점 더 가지를 피하기가 힘들었다. 조금만 더 지나면 길 전체가 나뭇가지로 가득할지도 몰라.

뒤쪽에서는 고함 소리가 들려왔다. 추격대의 목소리였다.

이후아라쿠악스가 울부짖었다. 시리는 신호를 알아들었다. 무슨 말을 하는지 알 수 있었다. 시리는 켈피의 목을 더 꽉 끌어안았다. 켈피를 더 재촉할 필요는 없었다. 공포에 질린 켈피는 목이 부러질 듯한 속도로 달리고 있었다.

또다시 유니콘에게서 신호가 왔다. 더 확실한, 머릿속을 파고드는 신호였다. 그것은 신호라기보다는 명령이었다.

뛰어, 별의 눈. 넌 뛰어야 해. 다른 장소로, 다른 시간으로.

시리는 무슨 말인지 몰랐지만, 이해하려고 노력했다. 사력을 다해 집중하려고 애썼다. 너무 집중한 탓에 피가 얼굴로 몰리고 귀에서 소리가 나는 것만 같았다.

번개, 그리고 갑작스러운 어둠, 부드럽고 검은 어둠, 검고 검은, 아무것도 밝히지 않는 어둠.

귓전으로 바람을 가르는 소리가 휙휙 지나갔다.

얼굴에 바람이 불고 있었다. 찬바람이었다. 빗방울이 느껴지고, 소나무 향기가 났다.

켈피는 껑충껑충 뛰며 콧김을 내뿜고 발을 굴렀다. 목은 땀으로 젖어 있고 뜨거웠다.

번개에 이어 천둥이 쳤다. 번쩍하는 빛 속에서 시리는 이후아라쿠악스가 머리와 뿔을 흔드는 것을, 발로 세차게 땅을 구르는 것을 보았다.

"작은 말아?"

난 여기에 있어, 별의 눈.

하늘에는 별이 가득했다. 별자리가 모두 보였다. 용, 겨울 여인, 일곱 염소, 물병.

그리고 지평선 바로 위에 있는 큰 눈. 시리는 크게 숨을 내쉬었다.

"성공했어! 작은 말아, 우리가 성공한 거야. 여긴 내 세상이야!"

유니콘이 보낸 신호는 너무나 명확해서 시리는 금방 알아들었다.

아니야, 별의 눈. 우린 저쪽 세상에서 도망쳤지만, 아직은 그 장소와 그 시간이 아니야. 우린 아직 갈 길이 멀어.

"날 혼자 남겨두면 안 돼."

널 혼자 남겨두지 않아. 난 너에게 빚이 있어. 그 빚을 갚아야만 해, 끝까지.

점점 더 거세지는 바람과 함께 하늘은 서쪽부터 어두워졌고 몰려오는 구름에 별자리들은 하나둘 보이지 않게 되었다. 용자리, 겨울 여인, 일곱 염소, 물병. 가장 환하게 빛나고 가장 오랫동안 빛나는 큰 눈 역시 더는 보이지 않았다.

지평선과 맞닿은 부분에 잠시 동안 번개가 번쩍이며 환해졌다. 천둥이 먹먹하게 쿵쿵거리며 울렸다. 바람은 순식간에 거세지고 먼지와 마른 나뭇잎이 눈을 찔렀다.

유니콘이 울며 신호를 보내왔다.

시간 낭비할 수 없어. 우리의 유일한 희망은 빨리 도망치는 데 있어. 제대로 된 장소, 제대로 된 시간으로. 서두르자, 별의 눈.

"난 세상들의 주인이야. 난 오래된 피야. 난 시아달의 딸, 라라 도렌의 혈통을 이어받았어."

이후아라쿠악스가 히힝 하고 울며 시리를 재촉했고, 켈피는 길게 콧김을 내뿜었다. 시리는 장갑을 꽉 잡아당기며 말했다.

"난 준비가 됐어."

귀를 스치는 바람 소리, 번쩍거리는 밝은 빛, 그리고 어둠이 찾아왔다.

요아힘 드 베트의 재판과 판결, 그리고 처형에 대해서 대부분의 역사학자들은 이를 에미르 황제의 폭력적이고 잔인하며 독재자적인 성격에서 기인한 것이라 추측하고 있다. 또한 소설 쓰기를 좋아하는 저자들의 이야기에서는 상당히 개인적인 감정을 되갚겠다는 복수심 또한 작용한 것으로 나온다. 지금은 정말 무슨 일이 있었는지 그 사실을 정확히 밝힐 때이다. 그 진실과 관련해서 주의 깊은 연구자라면 이미 깨달았을 것이다.

드 베트 공작은 '베르덴' 부대를 이끌었는데, 그의 지도력에 대해서는 '좋지 않다' 정도로 평가하는 것으로는 한참 부족하다. 자신의 병력에 비해 반밖에 되지 않는 적군을 맞이했음에도 북쪽으로 후퇴하며 공격을 미루더니 병력의 전부를 베르덴 게릴라를 퇴치하는 데 사용한 것이다. 그러면서 '베르덴' 부대는 민간인에게 전례가 없었던 잔인함을 보였다. 그 결과는 쉽게 예상할 수 있는 필연적인 것이었다. 겨울 무렵 반란군은 오백 명이 채 되지 않았는데, 봄이 되자 지역 전체가 반란군으로 돌아섰다. 황국에 충성했던 베르덴의 에르빌 왕은 암살당했고, 국가 전복의 선봉에는 그의 아들, 북부 왕국인들의 편을 들었던 키스트린 공이 있었다.

측면에서는 스켈리게의 해적들을, 선봉에서는 시다리스에서 온 북부 왕국인들을, 그리고 후방에서는 반란군들을 맞선 상태에서 드 베트는 엉망진창인 전투를 진행하며 패전을 거듭했다. 이러는 동안 '중부' 부대를 이용해 공격하는 것도 늦어졌다. 이전에 정한 바와 같이 북부 왕국인들의 날개를 묶어놓는 대신, '베르덴' 부대는 메노 코에훈을 묶어놓고 말았다. 북부 왕국인들은 이 상황을 바로 이용해 역습에 나섰고 마에나와 마리보의 봉쇄를 풀어 이 중요한 요새를 다시 차지할 가능성조차 없애버렸다.

드 베트의 무능과 어리석음은 사기의 측면에도 큰 영향을 끼쳤다. 절대로 패배하지 않는 닐프가드의 전설이 무너진 것이다. 북부 왕국인들의 군대에는 수백 명씩 자원병이 몰려들었다.

레스티프 드 몬톨론, 〈북구의 전쟁, 신화, 거짓말, 그리고 절반의 사실들〉

제 6 장

쟝은 말할 것도 없이 몹시 실망한 상태였다. 신전에서 자라고 교육받았으며 원래 열린 마음을 가지고 있어 사람과 사람들의 선의와 이익을 따지지 않는 선한 마음을 믿고 있었던 것이다. 그런 믿음은 이제 많이 남아 있지 않았지만.

쟝은 이미 두 밤을 밖에서, 쌓인 건초 더미 위에서 잤는데 아무래도 세 번째 밤도 밖에서 자야 할 것 같았다. 빵 한 조각이나 잘 곳을 부탁했던 시골 마을마다 꼭 잠긴 문 뒤에서 무거운 침묵이나 욕설 또는 협박이 들려왔던 것이다. 자기가 누구인지, 어디로 그리고 무슨 목적으로 여정에 올랐는지 설명해도 아무 소용이 없었다.

쟝은 사람들에게 매우 실망했다.

날은 금세 어두워지고 있었다. 쟝은 경쾌하고 힘차게 들판 사이로 난 길을 걷고 있었다. 건초 더미를 살펴보며 오늘도 하늘을 지붕 삼아 하룻밤 지새울 생각을 하고 있었다. 예외적으로 따뜻한 3월이긴 했지만, 밤이면 정말 추워졌다. 그리고 정말 무서웠다.

잫은 하늘을 바라보았다. 거의 일주일 동안이나 서쪽에서 동쪽으로 황금빛과 붉은빛의 유성이 땋은 머리 같은 긴 꼬리를 끌며 매일매일 하늘을 가로지르고 있었다. 쟝은 이 이상한 현상이 어쩌면 많은 예언에서 말했던 심상치 않은 징조가 아닐까 생각했다.

쟝은 계속 걸었다. 점점 더 어두워졌다. 길을 따라 늘어서 있는 빽빽한 관목들은 희끄무레한 어둠 속에서 공포를 불러일으켰다. 아래쪽, 더 컴컴한 곳에서는 식물들과 알 수 없는 무엇이 더해져 고약한 썩은 내가 섞인 찬바람이 불어왔다. 그게 뭔지는 알 수 없지만, 매우 좋지 않은 느낌이 들었다.

쟝은 걸음을 멈췄다. 정체 모를 이 한기는 그저 추워서 그런 것뿐이라고 스스로를 안심시켰지만 별 소용이 없었다.

무성한 가지들과 울퉁불퉁한 버드나무 둥치로 뒤덮여 있고, 막 쏟아낸 새카만 타르처럼 번들거리는 물길 위로 낮게 나무다리가 걸쳐 있었다. 나무가 썩고 떨어진 자리에는 길게 구멍이 나 있었고 난간은 부러져 물속에 처박혀 있었다. 다리 건너의 버드나무들은 더 울창했다. 아직 한밤중이 되려면 한참 남았지만, 물길 뒤로 보이는 먼 들판 위의 허연 안개는 보여도 빽빽한 버드나무들 사이는 어둠에 잠겨 컴컴했다. 쟝은 어둠 속에서 어떤 구조물 같은 것의 잔해를 보았다. 아마 물레방아나 수문, 아니면 장어를 훈제하는 곳인 듯했다.

저 다리를 건너가야만 해, 쟝은 생각했다. 할 수 없지, 어쩌겠어! 느낌으로는 분명 저 어둠 속에 무언가 좋지 않은 것이 도사리고 있는 것 같지만, 그래도 이 물길을 건너야만 해. 멜리텔레 신전의 낡은 책장에서 꺼내 읽었던 전설에 나오는 지도자나 주인공이 그랬던 것처럼, 저 물길을 건너야 해. 그 물길을 건너야…… 그걸 뭐라고 하지? 카드는 이미 나누어졌다? 아니, 주사위는 이미 던져졌다고 하는 거지. 내 뒤로는 나의 과거가, 내 앞으로는 나의 미래가 펼쳐지는 거야.

다리에 올라서자마자 쟝은 자신의 느낌이 틀리지 않았다는 것을 알았다. 그들을 보고, 알아채기도 전에.

"봐, 내가 뭐라고 그랬어? 기다리자고 했잖아, 그럼 누군가 올 거라고."

쟝의 앞길을 막아선 남자가 쉰 목소리로 외쳤다.

"그렇네, 오쿨티흐. 널 앞으로 점쟁이나 예언자로 모셔야겠다. 자, 이리 와봐, 너! 좋은 말로 할 때 가진 걸 다 내놓을래, 아니면 맞고 내놓을래?"

굵은 몽둥이를 들고 있던 남자는 혀가 좀 짧은 것 같았다.

"난 아무것도 가진 게 없어요! 난 가난한 방랑자예요! 한 푼도 없다고요! 내가 뭘 내놔야 해요? 이 막대기? 아니면 이 옷?"

쟝은 폐 속의 힘을 쥐어짜 큰 소리로 외쳤다. 하지만 자신의 목소리를 듣고 누군가 도와주러 올 거라고는 별로 기대하지 않았다.

"옷도 당연히 내놔야지. 왜냐하면 가난한 방랑자, 우린 어떤 여자애를 찾고 있거든. 하지만 이제 곧 밤이고 아무도 오지 않으니, 물고기가 없을 땐 가재도 고기라는 말 못 들어봤어? 자, 저놈을 잡아!"

혀 짧은 남자의 목소리에는 무언가 쟝을 떨게 만드는 것이 있었다.

"경고하는데, 난 칼이 있다!"

쟝이 소리쳤다. 칼을 가지고 있는 것은 사실이었다. 도망치기 전날 신전의 부엌에서 훔쳐와 봇짐에 숨겨둔 것이었다. 하지만 칼을 꺼내지는 않았다. 무서워서 몸이 굳은데다가 칼을 꺼내봤자 아무 소용없을 거라는 생각 때문이었다.

"난 칼이 있어!"

"오호, 그래? 칼이 있대. 상상도 못 했는걸."

혀 짧은 남자가 가까이 다가오며 말했다.

쟝은 도망칠 수가 없었다. 공포에 질린 나머지 다리가 땅에 박힌 기둥처럼 굳어버렸던 것이다. 아드레날린이 올가미처럼 목을 죄어왔다.

"어라!"

갑자기 세 번째 남자가 소리쳤다. 나이가 좀 어려 보였고, 어디선가 들어본 듯한 목소리였다.

"쟤 아는 녀석인데! 맞아, 맞아, 내가 아는 애라고! 잠깐 비켜봐! 아는 사람이라니까! 쟝? 나 알지? 나 멜피…… 야, 쟝! 나 알아보겠어?"

"아…… 알……."

쟝은 온몸을 장악당하는 끔찍한 느낌, 지금까지는 몰랐던 느낌과 온 힘을 다해 싸우고 있었다. 나무토막에 부딪친 허벅지가 아프다는 걸 깨닫고서야, 쟝은 그 느낌이 무엇인지 알았다. 그건 기절할 때의 느낌이었다.

"히야, 이런 일이 다 있다니. 이건 진짜 황당한데! 아는 사람을 다 만나다니! 엘란더 출신을 말이야! 친구! 안 그래, 쟝?"

멜피가 다시 한 번 말했다.

쟝은 이 이상한 무리가 준 질겨서 끊어지지도 않는 비계 조각을 겨우 삼키고는 구운 무를 한 입 물었다. 쟝은 대답 대신 모닥불을 둘러싸고 있는 여섯 명을 향해 고개를 끄덕였다.

"어디로 가는 길인데, 쟝?"

"비지마로."

"하! 우리도 비지마로 가는 길인데! 이건 진짜 더 황당하네! 밀톤, 어떻게 생각해? 장, 밀톤 기억나지?"

장은 기억나지 않았다. 한 번이라도 봤던 사이인지 알 수 없었다. 멜피 역시 자신을 친구라고 말한 건 좀 과장된 표현이라고 생각했다. 멜피는 엘란더의 통 제조업자 아들이었다. 함께 신전의 학교에 다녔을 때 멜피는 장을 쐐기풀 사이에서 낳은 사생아, 엄마도 아빠도 없는 놈이라고 부르며 장을 정기적으로 때렸다. 통 제조업자 아버지가 멜피는 통 만드는 데 말고는 아무짝에도 쓸모가 없다는 걸 깨닫고 학교에서 데리고 나갈 때까지 그런 상황은 1년 정도 계속되었다. 아무튼 멜피는 읽고 쓰는 것을 배우는 대신, 땀 흘려 나무판자를 모아 통 만드는 기술을 배웠다. 장이 학교를 마친 뒤 신전의 추천서를 가지고 도시의 법원 서기 조수가 되자, 멜피는 아버지를 본받아 장을 보면 허리를 굽혀 인사하고 선물을 주며 우정을 자랑했던 것이다. 멜피가 이야기를 계속했다.

"비지마로 갈 거야, 군대로. 우린 모두 입대할 생각이거든. 여기, 밀톤과 오그라벡은 농부의 아들인데 징집되었어, 알다시피……."

"알아. 10에이커당 한 명씩이지, 징집 말이야. 그럼 멜피 너는?"

장은 농부의 아들이라는, 형제처럼 비슷하게 생긴 금발의 두 사내에게 시선을 돌렸다. 이들 역시 잿더미에서 구운 알 수 없는 무언가를 씹고 있었다. 장이 멜피를 바라보자 그는 한숨을 내쉬며 대답했다.

"난 뭐, 도제 조합에서 군인을 보내야 한다길래 제비뽑기를 해야 했는데 처음에는 우리 아버지가 나는 뽑지 않도록 해줬어. 하지만 또다시 제비뽑기 차례가 돌아왔지. 왜냐하면 시에서…… 알다시피……."

"맞아. 엘란더 시가 1월 16일자로 새 법령에 따라 징집 명단을 확장하기로 했잖아. 닐프가드의 위협에 맞서기 위해서는 필요한 조치……."

"강꼬치고기, 이 자식 말하는 것 좀 들어봐. 대단하신데! 똑똑한 놈인가 봐!"

오쿨티흐라고 불린, 머리를 빡빡 깎은 몸집 좋은 남자가 쉰 목소리로 끼어들었다. 다리에서 쟝에게 가장 먼저 소리를 지른 놈이었다.

"똑똑한 놈이네! 잘난 척하기는!"

뒤를 이어 몸집이 크고 항상 바보 같은 웃음을 둥그런 얼굴에 붙이고 있는 하인 출신의 남자애가 빈정거렸다.

"그만해, 클라프로스. 똑똑한 놈이 말할 때는 좀 들어봐야지. 뭐라도 배울 수 있잖아. 배워서 나쁠 건 없다고, 언제나 말이야. 그리고 누구에게나 그건 마찬가지야."

강꼬치고기라고 불린, 일행 중 가장 나이가 많고 뒷머리를 목에서부터 밀고 콧수염이 있는 남자가 혀 짧은 소리로 말했다. 그러자 옆에 있던 멜피가 거들었다.

"그건 사실이야. 쟝은 바보가 아니라고. 글을 쓸 줄도 알고 읽을 줄도 알아. 배운 녀석이라니까. 엘란더에서 법원 서기도 했어. 그리고 멜리텔레 신전에는 책이 엄청나게 많은데 그걸 얘가 직접 관리를……."

"알았다고. 그러면 법원과 신전에 계시던 서기 양반께서 무슨 일로 비지마까지 가시는지?"

강꼬치고기가 연기와 불꽃 사이로 쟝을 바라보며 물었다.

"너희들과 똑같아. 나도 군대에 가."

쟝이 대답했다.

"법원과 신전에 계시던 서기 양반께서 군대에는 도대체 뭐 하러 가는 거지? 징집을 당한 것도 아니잖아? 엉? 신전은 징집에서 예외라는 건 바보라도 알고 있어. 그리고 법원에서 일하는 서기라면 당연히 징집을 피할 수 있고. 그럼 도대체 왜? 공무원 양반?”

강꼬치고기의 눈은 뱃머리에 달아둔 타르에 적신 나무토막*이나 물고기의 눈처럼 번들거렸다.

“난 자원병으로 군대에 가는 거야. 내가 가고 싶어서 자원하는 거라고, 징집이 아니라. 어느 정도는 개인적인 이유로, 주된 이유는 애국의 의무를 이행하기 위해서.”

쟝의 고백에 무리는 우레와 같은 소리로 웃음을 터트렸다. 웃음소리가 쩡쩡 울릴 지경이었다. 한참을 웃어대더니 강꼬치고기가 말했다.

“맙소사, 애들아! 이렇게 반대되는 상황이 있을 수 있다니. 배울 만큼 배우고 알 만큼 아는 젊은이가 바보도 아니면서 전쟁터에 나가면 무슨 꼴을 당하는지, 그 정도는 알아야 하는 거 아닌가? 누가 누구를 때리고 죽이는지 말이야. 하지만 이 젊은이는 자신이 원해서, 애국인지 나발인지 때문에 지금 지고 있는 편에 제 발로 들어가겠다는 거잖아?”

강꼬치고기의 말에 누구도 대꾸하지 않았다. 그건 쟝 역시 마찬가지였다. 강꼬치고기가 다시 말을 이었다.

“애국심의 의무라니, 정신이상자나 할 만한 소리군. 법원에서 일하고 신전에서 자랐다고 해도 말이야. 하지만 개인적인 이유도 있다고 하니까, 뭐. 도대체 그 개인적인 이유가 뭔지 정말 궁금한데?”

“그건 너무나 개인적인 이유라 이야기하지 않겠어. 그리고 너희들이 군에 입대하려는 이유 역시 나에게 말해줄 필요는 없어.”

* 과거에는 나무토막을 타르에 적셔 광택이 나도록 만들어 번들거림을 이용해 어둠 속에서 사용했다.

쟝의 대꾸에 침묵이 흘렀고 잠시 뒤 강꼬치고기가 말을 이었다.

"들어봐, 애들아. 만약 어떤 무식한 놈이 저런 소릴 했다면 바로 한 대 갈겼을 거야. 하지만 배우신 서기 양반이니…… 봐주도록 하지. 이번 한 번은 말이야. 그리고 대답하자면 나 역시 자원해서 군에 가는 거야."

"지고 있는 편에 제 발로 들어가는 건 정신이상자나 하는 짓 아니야? 거기다가 가는 길에 다리 위에서 만만한 사람들 좀 벗겨 먹고?"

쟝은 자신의 갑작스러운 대담함에 스스로도 놀랐다.

"얘가 아직도 다리에서 있었던 일로 계속 삐져 있네. 이제 그만해, 쟝. 그냥 장난이었을 뿐이라고! 나쁜 뜻은 없었어. 그치, 강꼬치고기?"

멜피가 끼어들며 강꼬치고기보다 앞서 말했다.

"그렇지. 나쁜 뜻은 없었어, 장난 좀 친 거야. 인생은 슬프고 힘든 거라고, 도살장에 끌려가는 송아지처럼. 그러니 장난이나 농담이라도 있어야 좀 재미있게 살 수 있는 거 아닌가? 그렇게 생각하지 않나, 서기 양반?"

강꼬치고기는 하품을 하더니 딱 소리가 울릴 정도로 이빨을 세게 마주쳤다.

"그거야 그렇지, 원칙적으로는."

쟝은 고개를 끄덕이며 대답했다.

"그럼 됐어. 생각이 다르다면 너랑 같이 가는 건 힘들 테니까. 혼자서 비지마로 가는 편이 나을 거야, 지금이라도."

강꼬치고기는 쟝에게서 이글거리는 시선을 거두지 않았다.

쟝은 아무 말도 하지 않았다. 강꼬치고기는 기지개를 쭉 켜며 말했다.

"할 말은 다 했으니까 이제 잠이나 자. 장난도 쳤겠다, 놀기도 했겠다, 재미도 있었고, 이제 잘 시간이야. 저녁때까지 비지마로 가려면 아침에 해 뜨자마자 출발해야지."

밤에는 매우 추웠다. 쟝은 망토를 두른 채 무릎이 턱에 닿을 정도로 몸을 웅크리고 있었지만 피곤한데도 불구하고 잠이 오지 않았다. 겨우 잠이 들었지만 계속해서 꿈을 꾸다가 깨는 바람에 잠을 설쳤다. 꿈은 대부분 기억나지 않았다. 두 가지만 빼고. 첫 번째 꿈은 쟝도 알고 있는 위쳐, 리비아의 게롤트가 고드름이 주렁주렁 달려 있는 암벽 아래에서 온몸이 눈에 쌓여 꽁꽁 얼어버린 채 꼼짝도 하지 않고 앉아 있는 것이었다. 두 번째 꿈은 시리가 검은 말을 타고서 말의 목을 꼭 끌어안은 채 비틀어진 가지로 자신을 붙잡으려고 하는 울퉁불퉁한 오리나무들 사이를 쏜살같이 달려가는 것이었다.

그리고 동트기 바로 전에는 트리스 메리골드의 꿈을 꾸었다. 작년에 신전을 방문한 후, 트리스는 소년의 꿈에 몇 번이나 나타났었다. 트리스가 나오는 꿈을 꾸는 날이면, 쟝은 매우 수치스러운 뒤처리를 해야 했다.

하지만 이번에는 수치스러울 만한 일이 없었다. 그러기엔 너무 추웠던 것이다.

다음 날 아침, 해가 뜨자마자 일곱 명으로 늘어난 무리는 바로 길을 나섰다. 징집당한 농부의 아들들인 밀톤과 오그라벡이 군가를 부르며 기운을 북돋았다.

청년 군인이 말을 타고 가네, 군장을 절그럭거리며,
아가씨야, 얼른 도망가, 아니면 키스를 할 테니!
키스를 하세요, 누가 못하게 했나요?

넓은 가슴으로 우리 조국을 지키는 군인인데!

강꼬치고기, 오쿨티흐, 클라프로스, 그리고 통쟁이 멜피는 서로 자기 생각에는 재밌다고 여기는 이야기를 하느라 시끌벅적했다.

"……그래서 닐프가드인이 물어봤다는 거야. '도대체 이 냄새나는 건 뭐지?' 그랬더니 엘프가 뭐라 그랬는지 알아? '똥!' 하하하!"

"헤헤, 히히히!"

"하하하! 그럼 이런 얘기 알아? 닐프가드인이랑 엘프랑 드워프가 길을 가고 있었어. 근데 쥐 한 마리가……."

날이 밝아질수록 길에는 다른 여행자들과 농부들의 수레들, 관리인들의 마차와 군부대의 마차들이 늘어났다. 어떤 마차들은 물품을 가득 싣고 있어서 강꼬치고기 일당은 사냥개처럼 코를 땅에 박고 떨어지는 것들을 줍고 있었다. 당근 하나, 감자, 무, 어쩔 땐 양파도 있었다. 주운 것 중 몇 개는 비상시를 대비해 놔두고 나머지는 농담하는 중에 성급하게 먹어 치웠다.

"……아, 그래서 닐프가드인이 으악! 하면서 설사를, 하하하!"

"히히히, 하하! 신들이시여…… 참을 수가 없네, 설사라니…… 으하, 하하!"

"헤, 히히히, 히!"

쟈은 이 무리에서 벗어날 기회와 구실을 엿보고 있었다. 강꼬치고기도 오쿨티흐도 마음에 들지 않았다. 강꼬치고기와 오쿨티흐가 지나가는 상인들의 마차와 농부들의 수레, 그리고 포장마차 안에 앉아 있는 여인들과 아가씨들을 쳐다보는 눈길도 마음에 들지 않았다. 강꼬치고기의 비꼬는 말투도, 특히 자기 자신도 패배와 살육이 당연하다고 생각하면서도 자원해서 군대에 간다는 이야기가 마음에 들지 않았다.

갈아놓은 땅의 냄새가 났다. 연기 냄새도 났다. 체스판처럼 반듯하게 펼쳐진 밭과 숲, 그리고 거울처럼 빛나는 양어장이 있는 계곡에는 건물의 지붕들이 보였다. 멀리서 개 짖는 소리와 소 울음소리, 닭이 홰를 치는 소리도 들려왔다.

"저 마을은 돈이 좀 있어 보이는데. 크진 않지만, 아기자기한 마을이야."

강꼬치고기가 입술을 핥으며 혀 짧은 소리로 중얼거리자 오쿨티흐가 설명을 시작했다.

"저기, 계곡 아래 말이야. 하플링들이 농사를 지으며 살고 있지. 하플링의 마을은 항상 아기자기하고 좋잖아. 난쟁이들은 진짜 열심히 일한다니까."

"젠장할 난쟁이들, 저 땅강아지들! 지들은 저기서 농사지으며 잘 살고 있네? 인간들은 가난에 시달리고 있는데 말이지. 저놈들은 전쟁이 나도 별 상관없다니까."

클라프로스가 쉰 목소리로 말했다.

"일단은 저 마을을 기억해두자고, 저기 맨 끝에 자작나무 있는 데 말이야. 잘 기억해둬. 다시 오게 됐을 때, 길을 헤매면 안 되니까."

강꼬치고기가 흉측한 웃음을 지으며 입술을 늘렸다.

쟝은 고개를 돌린 채 못 들은 척하며 앞에 있는 길에만 신경 썼다.

모두들 걷고 있었다. 밀톤과 오그라벡, 징집당한 농부의 아들들은 새 노래를 부르기 시작했다. 아까 부르던 노래보다 덜 군가다운 것이었다. 좀 더 비관적인 노래였다. 좀 전에 강꼬치고기가 했던 말과 함께 생각해보면, 좋지 않은 징조처럼 해석할 수도 있었다.

사람들아, 들어보라고,
잔인함과 죽음을 알게 되겠지,
젊은이나 늙은이나,
죽음의 해악을 피할 수는 없겠지,
죽음이 목을 조를 때는
누구나 도망쳐야지.

"저 사람은 분명 돈이 있을 거야. 저자에게 돈이 없다면 내 불알을 잘라도 좋아."

오쿨티흐가 음산하게 말했다. 그가 위험천만한 발언을 불사하게끔 만든 사람은 길을 가고 있는 행상으로 당나귀가 끄는 두 바퀴 수레 옆을 걷고 있었다.

"돈도 돈이지만 당나귀도 가치가 있지. 얘들아, 걸음을 서두르자."

강꼬치고기가 혀 짧은 소리로 나직이 말하자 쟝이 멜피의 소매를 붙들었다.

"멜피, 정신 차려. 지금 무슨 짓을 하려는 건지 몰라?"

쟝의 만류에 멜피는 몸을 홱 틀었다.

"그냥 장난이야, 쟝. 그냥 장난이라고……."

상인의 수레는 가까이서 보니 더 잘 보였는데 수레인 동시에 가판대로, 손쉽게 접었다 폈다 할 수 있도록 만들어졌다. 당나귀가 끌고 있는 이 구조물은 현란하게 쓰인 눈에 띄는 글씨로 장식되어 있었다. 써 있는 바에 따르면 상인은 발삼과 약, 부적과 수호 메달, 미약, 마법의 필터와 습포제, 세탁 세제에다가 금속 탐지기, 광석, 송로버섯, 그리고 절대 실패가 없는 물고기용, 오리용, 그리고 아가씨용 낚싯바늘을 팔고 있었다.

상인은 왜소했고 나이가 많아 몸이 굽었는데 주위를 둘러보다가 일곱 명의 무리를 보고 욕을 내뱉더니 당나귀를 재촉했다. 하지만 당나귀는 당나귀일 뿐인지라 빨리 달릴 생각이 없어 보였다.

"옷이 좋은데. 수레에도 분명 값나가는 게 있을 거야."

오쿨티흐가 작은 목소리로 평가했다.

"자, 얘들아, 하나, 둘! 길에 사람이 없을 때 해치우자고."

강꼬치고기가 명령했다.

그 순간 쟝은 자기도 모를 용기가 솟아났고 재빨리 몇 걸음 달려 나가 일행과 상인 사이를 막아섰다. 쟝은 목이 졸리는 듯한 느낌과 싸우며 간신히 입을 열었다.

"안 돼, 이런 짓을 해서는……."

강꼬치고기는 천천히 외투 자락을 열더니 벨트에 꽂힌 긴 칼을 가리켰다. 그 칼은 면도날처럼 날카롭게 벼려 있었다.

"비켜, 서기 양반. 모가지가 귀한 줄 알면 말이지. 우리 무리에 합류한 줄 알았는데, 아무래도 신전이 성스럽다 보니 향냄새를 너무 많이 맡은 것 같군. 빨리 비켜, 안 그러면……."

강꼬치고기의 혀 짧은 소리가 소름 끼치게 무서웠다.

"여기, 이게 무슨 일이지? 엉?"

이스메나 계곡의 가장 평범한 풍경인, 길 양옆의 울퉁불퉁하고 가지가 갈라진 버드나무 뒤에서 갑자기 두 사람의 형체가 튀어나왔다.

두 남자 모두 왁스를 발라 위쪽으로 꼬아서 고정시킨 수염을 달고, 색색의 부풀린 모양의 반바지 차림이었다. 그 위로는 누비천 끝에 리본이 달린 짧은 윗도리를 입고서, 커다랗고 부드러운 깃털 다발로 장식된 벨벳 모자를 쓰고 있었다. 넓은 벨트에 매달린 손도끼와 단검 외에도 두 남자는 손잡이가 두 개인, 칼날만 1송젠에 손잡이는 팔꿈치 길이 정도 되는 크고 휘어진 칼을 등에 차고 있었다.

두 남자는 용병이었다. 제자리 뛰기를 하며 바지를 추켜올리고 있었다. 그 커다란 칼을 보고 누구도 꼼짝하지 못했다. 강꼬치고기와 오쿨티흐는 곧바로 온순해졌고, 몸집이 큰 클라프로스는 마치 바람 빠진 돼지 오줌통처럼 쪼그라들었다.

"우린…… 우린…… 아무것도 아닙니다…… 나쁜 짓은 전혀……."

강꼬치고기가 혀 짧은 소리로 더듬거리자 멜피가 재빨리 고개를 끄덕거리며 말했다.

"그냥 장난이었어요!"

그때 허리가 굽은 노쇠한 상인이 예상치 못한 말을 하며 끼어들었다.

"누구도 해를 입지 않았습니다. 아무도요!"

"우린 비지마로 자원입대하러 가는 길입니다. 혹시 그쪽으로 가시는 길인가요?"

쟝이 얼른 끼어들었다.

"물론이지. 우리도 비지마로 가는 중이다. 원한다면 우릴 따라와도 돼. 더 안전할 테니까."

무슨 상황인지 대충 알아챈 용병이 콧방귀를 뀌며 말했다.

"분명 더 안전하지. 그리고 미리 말해두지만, 얼마 전에 여기서 비지마의 기마 순찰부대가 순찰을 돌았어. 목매다는 걸 아주 좋아하더군. 현행범으로 잡히는 도둑놈은 끝이 좋지 않을걸."

옆에 있던 또 다른 용병이 강꼬치고기를 노려보며 의미심장하게 덧붙였다.

"그럼요, 그럼요, 나리들. 나쁜 놈들은 법에 따라 벌을 내려야죠, 그게 당연해요. 우린 이 길을 따라 비지마로 가는 중입니다, 군대로요. 애국의 의무를 수행해야 하거든요."

강꼬치고기가 자신감을 되찾고 군데군데 빠진 이를 드러내며 웃어 보였다.

용병은 강꼬치고기를 오랫동안 상당히 경멸하는 눈길로 쏘아보더니 어깨를 으쓱하고는 등에 찬 칼을 고쳐 매고 길을 나서기 시작했다. 옆에 있던 다른 용병과 쟝, 그리고 당나귀와 수레를 끌고 가던 상인은 조금 거리를 두고 뒤를 따랐고, 그 뒤로는 강꼬치고기 일행이 발을 끌며 따라오고 있었다.

"고맙습니다, 군인 양반들. 그리고 당신도요, 젊은 양반."

시간이 조금 지난 후 노쇠한 상인이 나뭇가지로 당나귀를 재촉하며 말했다.

"아무것도 아닙니다. 익숙한 일이죠."

용병이 손을 휘저으며 대답하자 다른 용병이 뒤를 힐끗 돌아보며 말했다.

"군대로 가는 이들은 여러 종류가 있죠. 시골이나 도시에서 10에이커마다 한 명씩 징집을 하게 되면, 동네에 있는 골칫거리 놈팡이들을 치워버리는 데 이용되죠. 그러면 길에는 그런 놈들로, 저기 저 불한당 같은 놈들로 꽉 차게 됩니다. 뭐, 군대에 입대하면 군대의 몽둥이맛을 보고 저런 놈들도 뭐든 배우게 되겠죠. 한 명씩 처맞게 되면……."

"저는 군대에 자원입대하러 가는 길이에요, 징집이 아니라."

쟝이 얼른 말했다.

"대단하군, 대단해. 얼핏 봐도 넌 저 무리와는 좀 달라 보였지. 그런데 왜 저 따위 놈들과 함께 가고 있었지?"

용병이 쟝을 바라보며 왁스로 고정한 수염 끝을 꼬았다.

"어쩌다 보니 그렇게 됐어요."

"난 본 적이 있지. 그렇게 어쩌다 만나서 어우렁더우렁하다가, 다 함께 어우렁더우렁 교수대로 가는 걸 말이야. 이 얘기를 듣고 뭔가 배우라고."

용병의 목소리는 진지했다.

"네, 배우겠습니다."

구름에 가린 태양이 머리 위로 떠오르기 전에 일행은 주도로로 들어섰다. 여기서는 어쩔 수 없이 멈춰 서야 했다. 쟝과 용병 일행보다 먼저 길에 다다른 다른 무리들도 마찬가지였다. 행군하는 군대가 길에 꽉 차 있어서 쟝과 일행은 걸음을 멈춰야만 했다.

"남쪽, 전선으로 향하고 있어. 마리보와 마예나로 향하고 있군."

용병 중 한 명이 행군 방향을 의미심장하게 가리키며 말했다.

"깃발을 봐."

다른 한 명이 고갯짓으로 깃발을 가리키자 쟝이 말했다.

"르다니아군요. 주홍빛 바탕에 은색 독수리."

"제대로 맞췄군. 똑똑한 젊은이로구만. 저건 헤드위그 왕비께서 우리를 위해 보내준 르다니아군이야. 우리도 저 군대의 일부지. 테메리아, 르다니아, 에이단, 케드웬, 지금 우리 연합군이 모두 힘을 합치고 있지."

용병이 쟝의 어깨를 두드리며 말했다.

"빠르기도 해라."

등 뒤에서 강꼬치고기가 비웃음을 띤 얼굴로 끼어들었다. 용병은 뒤를 돌아봤지만 아무 대꾸도 하지 않았다.

"좀 앉았다 가자. 다리도 좀 쉬고. 저 군대 행렬은 끝이 안 보이네. 길이 빌 때까지는 한참 기다려야 할 것 같아."

멜피의 제안에 상인이 고개를 끄덕이며 말했다.

"그래요, 좀 앉읍시다. 저기, 저 언덕으로 가서요. 저기 있으면 더 잘 보일 테니까."

르다니아의 기마부대가 지나가고, 그 뒤로 먼지를 날리며 궁수들과 큰 방패를 든 병사들의 행렬이 이어졌다. 그 뒤로는 중무장을 한 또 다른 기마부대가 보였다.

"저들은 깃발이 다른데? 깃발은 검정색인데 하얀색의 뭔가가……."

멜피가 중무장한 기마부대를 가리키며 말했다.

"맙소사, 촌놈들은 정말 무식하군. 자기 나라 왕의 깃발도 못 알아보다니. 저건 은 백합이잖아, 이 멍청한……."

용병이 경멸의 눈길로 멜피를 쏘아봤다.

"검은 바탕에 은 백합이 수놓인 깃발이죠."

장은 자신만큼은 무식한 촌놈이 아니라는 걸 증명해 보이고자 계속 말을 이었다.

"옛 테메리아 왕조의 문장에는 행진하는 사자가 그려져 있었죠. 하지만 테메리아의 국왕들은 다양한 문장을 썼어요. 방패에 바탕을 더해서, 세 송이의 백합을 그려 넣은 거죠. 왜냐하면 문장에 등장하는 백합꽃은 왕위 계승자, 왕의 아들, 홀과 보주를 이어받을……."

"잘난 척하기는."

클라프로스가 짖듯이 빈정거렸다.

"가만히 있지 못해? 이 말대가리야. 이봐, 넌 하던 이야기 계속해봐. 흥미롭군."

용병이 클라프로스를 윽박지르고는 쟝에게 이야기를 계속해보라며 재촉했다.

"가르딕 왕의 아들 고이드마르 왕자가 악녀 팔카와의 전쟁에 나섰을 때 테메리아의 군대는 바로 저 문장, 그러니까 백합 문장 아래에서 승리를 거두었죠. 그리고 고이드마르가 아버지로부터 왕위를 물려받은 뒤 자신의 승리와 함께 기적적으로 적들의 손에서 살아남은 아내와 아이들을 기념하기 위해 세 송이 백합을 검은 바탕에 그려 넣었죠. 이후에 세드릭 왕은 특별칙령으로 국가의 문장을 검은 바탕에 은색 백합으로 바꾸게 됩니다. 그렇게 해서 오늘날 테메리아의 문장이 있게 된 거예요. 지금 마침 길에 테메리아의 창기병이 지나가고 있으니 눈으로 확인할 수 있겠네요."

"아주 제대로 요약해서 말하는구만."

늙은 상인이 감탄하며 말했다.

"제가 아니라 문장 연구가인 아트레의 얀이 한 말이에요."

쟝이 한숨을 쉬며 말했다.

"하지만 자네도 상당히 배운 사람인 건 틀림없군."

"입대하기에 아주 제격이지. 테메리아와 국왕을 위해, 은 백합인지 뭔지 아래에서 뒈지기 딱 좋잖아."

강꼬치고기가 혀 짧은 소리로 웅얼거렸다.

어딘가에서 노랫소리가 들려왔다. 마치 폭풍 속의 파도 같은, 다가오는 비바람의 검은 어둠 같은 위협적인 군가였다. 테메리아 군대 뒤로는 반듯하게 열을 맞춘 다른 군대가 행군하고 있었다. 거의 색이 없는 회색의 기마대였는데, 아무런 깃발도 나부끼지 않았다. 다만 대열의 맨 앞에서 말을 탄 채 그들을 이끄는 지휘관들 앞, 말총으로 장식된 장대에 세 개의 해골이 매달려 있는 것이 보였다.

"자유부대야. 용병이지, 직업 군인."

용병이 회색 기마병들을 가리켰다.

"바로 알겠네요. 용맹해 보여요. 멋지네! 무슨 퍼레이드라도 하듯 똑바로 걷고 있어……."

멜피가 한숨을 쉬며 중얼거리자 용병이 말을 이었다.

"자유부대야. 잘 봐둬, 이 촌놈들아. 진짜 군인이라고. 이미 전장에 다녀온 아담 판그라트, 몰라, 프론틴, 아바테마르코의 부대라고. 저들이 마예나에서 용감하게 싸운 덕분에 닐프가드의 봉쇄가 뚫린 거야. 요새를 차지한 것도 저들 덕분이지."

"용감하고 씩씩한 군인들이야, 저 자유부대는. 전장에서는 바위처럼 꿈쩍도 하지 않지. 돈을 받고 싸우는 군인들이지만. 저들이 부르는 노랫말처럼 말이야."

회색의 군대가 점점 가까이 다가왔다. 힘차고도 으스스한 노랫소리는 음이 틀려서인지 기이한 음울함이 느껴졌다.

홀도 왕위도 우리를 얻지 못하네
왕들과는 절대로 연합하지 않으리
우리는 금화의 부대, 황금 태양처럼 빛나는 금화
그 명령을 받들어라!

당신들의 맹세는 아무것도 아니지

깃발에도 손에도 우리는 키스하지 않아,

우리는 금화, 황금 태양처럼 빛나는 금화에

영원한 충성을 맹세하네!

회색의 용병부대를 바라보던 멜피가 다시 한숨을 내쉬며 중얼거렸다.

"저런 군인들 밑에서 일하고 저런 이들과 함께 싸우면…… 부귀와 영광도 모두 누리……."

"잠깐, 내가 잘못 본 거야, 뭐야? 저기 두 번째 부대 맨 앞에…… 여자 아니야? 지금 저 군인들, 여자한테 명령을 받는 거야?"

오쿨티흐가 얼굴을 찌푸리며 의아해하자 용병이 말했다.

"여자 맞지. 하지만 보통 여자가 아니야. 저 사람은 줄리아 아바테마르코, 별명은 달콤한 변덕쟁이지. 대단한 군인이야, 하! 줄리아의 지휘 아래 자유부대가 마예나에서 검은 부대와 엘프들을 물리쳤다고. 오백 명으로 구성된 두 부대인데 삼천 명을 상대했단 말이지!"

용병의 말에 강꼬치고기가 구역질이 올라오는 아부하는 듯한 말투로, 그러면서도 동시에 화가 난 어조로 말했다.

"아하, 나도 들어본 적 있어요. 하지만 그 승리는 별 의미도 없었고 자유부대에 들어간 돈도 다 허사가 되었다던데요? 닐프가드가 다시 정신 차리고 전보다 센 공격에 나섰다던데. 결국 마예나를 또다시 포위했다고 그러던걸요? 아니, 지금쯤이면 이미 함락되지 않았을까요? 아니면 함락 직전이거나? 곧 여기까지 쳐들어올지도 모르죠. 아니면 돈으로 살 수 있는 용병들이니까 이미 닐프가드의 돈에 넘어갔을지도 모르고, 어쩌면……."

"어쩌면 얼굴을 처맞고 싶은 거냐, 이놈아? 우리 군대에 대해서 생각 없이 떠들다간 교수형 당할 수도 있어! 조심하라고! 좋은 말로 할 때 입 닥치고!"

화가 난 용병이 강꼬치고기의 말을 끊으며 을러댔다.

"오오! 어어! 저기 좀 봐! 난쟁이 똥자루들이 가고 있네!"

덩치 큰 클라프로스가 입을 크게 벌리고는 소리치며 상황을 수습하려 했다.

쿵쿵 울리는 북소리와 시끄러운 백파이프 소리, 그리고 귀가 찢어질 듯한 피리 소리와 함께 미늘창과 울퉁불퉁한 칼, 전투용 도끼, 도리깨, 고리에 삐쭉삐쭉한 쇠공이 달린 막대 등으로 무장한 보병부대가 행진하고 있었다. 털가죽 옷과 사슬갑옷을 입고 뾰족한 투구를 쓴 보병들 모두 키가 작았다.

"산에서 온 드워프들이야. 마하캄의 자원부대 중 하나지."

용병의 설명에 오쿨티호가 중얼거렸다.

"난 지금까지 드워프들은 우리 편이 아니라고 생각했는데. 못된 난쟁이들이 우릴 배신하고 검은 부대와 함께……."

"그거야 네 생각이지. 궁금해서 물어보는데, 생각은 뭘로 하는 거야? 이 무식한 놈아, 수프 먹다가 바퀴벌레를 삼키면 네 창자가 네 머리보다 똑똑해질 텐데. 저기 행진하는 저들은 브로우버 훅, 마하캄의 지도자가 우리를 돕기 위해 보내준 드워프 정예부대라고. 저들 역시 이미 전장에 갔다 왔지. 피해가 상당히 커서 잠시 비지마 뒤로 후퇴해 전열을 정비하는 거라고."

용병이 오쿨티호를 측은하다는 듯 바라보며 핀잔을 주었다.

"드워프들은 힘이 세다고. 엘란더의 한 주막에서 사오빈 날에 드워프에게 귀를 얻어맞았는데, 율레까지 귀에서 소리가 났어."

멜피가 말했다.

"드워프 부대가 군대 행렬의 맨 끝이로군. 이제 행군은 다 끝났으니 길이 빌 거야. 벌써 한낮이라고, 이제 길을 떠나야 해."

용병이 손으로 차양을 만들어 한낮의 태양을 올려다봤다.

부적과 미약도 파는 노쇠한 상인이 말했다.

"군인들이 남쪽으로 많이 가고 있네요. 분명 큰 전쟁이 되겠군요. 사람들에겐 불행이 닥칠 겁니다! 군대도 손해가 막심하겠지. 칼과 화재로 얼마나 많은 사람들이 죽을까. 매일 저녁 보이는 저 별똥별이, 시뻘건 꼬리를 끌고 가는 걸 보세요. 별똥별의 꼬리가 회색이거나 흐릿하면, 그건 겨울 질병을 뜻하는 겁니다. 열, 흉막염, 담, 콧물, 아니면 물과 관련된 재해, 이를테면 홍수나 폭우, 장마 같은 거죠. 반면에 붉은빛은 열, 피, 불, 혹은 불에서 태어나는 쇠를 뜻해요. 사람들에게 무서운 재앙이 닥칠 거예요! 대학살과 인간 살육이…… 예언처럼 되겠죠. '시체가 12척이나 쌓이고 텅 빈 땅에는 늑대가 우짖으리라, 인간은 다른 인간의 자취에 키스하리라……' 우린 큰일이 난 거라고요!"

"왜 우리가 큰일이 난다는 거요? 유성은 높이 날아가는데. 닐프가드에서도 보일 거 아니요? 이나 계곡은 말할 것도 없고. 이나 계곡 사람들은 메노 코에훈이 다가온다고 말하고 있소. 검은 군대도 하늘은 보고 있고 유성도 보고 있겠지. 저 유성이 우리가 아니라 그들에게 대재앙을 예고하고 있다는 생각은 안 해본 거요? 산더미같이 쌓이게 될 시체는 그들이라고."

용병이 차갑게 상인의 말을 끊으며 반박했다.

"바로 그거지! 우리가 아니라 그들이 큰일 난 거라고, 검은 군대가!"

두 번째 용병이 외쳤다.

"아주 제대로 요약하셨군요."

"당연하죠."

일행은 비지마를 둘러싼 숲을 지나 들판과 방목용 풀밭에 들어섰다. 여러 종류의 말들이 풀을 뜯고 있었다. 기마부대의 말, 수레를 끄는 말, 무거운 마차를 끄는 말 등등. 3월이라 들판에 나 있는 풀은 고양이 눈물 정도에 불과했지만, 그래도 건초를 가득 실은 마차가 있었고 건초 헛간도 눈에 들어왔다. 그때 오쿨티흐가 입술을 핥으며 외쳤다.

"저것 좀 봐! 말들이네! 아무도 지키고 있지 않아! 그냥 골라서 가져가기만 하면……."

"조용히 해! 아, 이 녀석이 기마병 되는 게 소원이거든요, 그래서 저렇게 말들만 보면……."

강꼬치고기가 씩씩거리더니 아부하듯 용병들을 향해 잇몸을 드러내 보였다.

"기마병? 놈팡이 주제에 소원이 대단하군! 기껏해야 마구간 지기나 되겠지, 쇠스랑으로 말똥이나 치우고 널판때기에 담아서 버리고!"

용병이 콧방귀를 뀌며 비아냥거렸다.

"뭐 그렇죠, 나리."

일행은 계속해서 길을 가다가 작은 호수와 울퉁불퉁한 밭이랑으로 가는 방죽 길에 이르렀다. 그러자 오리나무 꼭대기 위, 빨간 기와로 덮인 호숫가에 서 있는 비지마의 성 탑들이 보였다.

"자, 이제 거의 다 왔군요. 그런데 이게 무슨 냄새지?"

상인이 말했다.

"으으! 지독하네. 이게 무슨 냄새야?"

멜피가 얼굴을 찡그렸다.

"나라에서 월급을 받는 병사들이 굶어 죽은 냄새겠지."

등 뒤에서 강꼬치고기가 용병들은 듣지 못하게 나지막이 중얼거렸다.

"코가 마비될 지경이군. 뭐, 군인 수천 명이 여기서 겨울을 났으니까. 군인들도 밥은 먹어야 하고, 먹으면 싸야 할 거 아니야? 자연의 법칙이니 뭐 어쩌겠어! 싼 건 아마 여기 밭이랑으로 가져와서 제대로 묻지도 않고 그냥 버렸겠지. 꽁꽁 얼었던 겨울에야 어떻게든 괜찮았겠지만, 이제 봄이 되니까…… 으으, 퉤!"

용병이 침을 뱉으며 말했다.

"그리고 새로운 병사들이 또 들어오면 옛날 똥 위에 새 똥을 더하겠지. 저 윙윙거리는 소리 들리나? 저건 파리들이야. 봄치고는 엄청나게 많군! 얼굴을 가려, 눈이나 입으로도 마구 들어오니까. 저 빌어먹을 똥파리들. 서두릅시다. 후딱 지나가는 게 최선이야."

다른 용병도 침을 탁 뱉으며 뇌까렸다.

밭이랑은 지나왔지만 냄새를 피할 수는 없었다. 예상과는 반대로, 도시와 가까워질수록 악취가 더 심해지는 것 같다고 샹은 확신했다. 냄새는 더욱더 다채로워지고 그 범위가 점점 더 넓어졌다. 도시를 둘러싸고 있는 부대와 막사 주변에서도 악취가 풍겼다. 거대한 야전병원 근처에만 가도 악취가 진동했다. 사람들이 많이 오가는 교외도 악취를 풍겼고, 쌓아놓은 수비벽도 악취를 풍겼으며, 도시의 성문도, 도시의 방어벽도, 광장과 골목길도 악취를 풍겼고, 성벽도 악취를 풍겼다. 다행인 것은 코가 악취에 익숙해져서 똥이건 썩은 고기건 고양이 오줌이건, 아니면 야전 식당이건 이제 아무렇지도 않다는 것이었다.

어디에나 파리가 있었다. 끈질기게 윙윙거리며 눈으로, 귀로, 코로 날아들었다. 도저히 쫓아낼 수가 없었다. 차라리 얼굴에 붙은 놈들을 때려죽이는 편이 더 나았다. 아니면 씹어버리든지.

거대한 성문 그늘에서 나오자마자, 벽에 그려진 큰 그림이 눈길을 끌었다. 그림 속 기사는 손가락질로 그들을 가리키고 있었고, 그림 밑에는 대문자로, '당신은? 이미 입대했는가?'라고 써 있었다.

"이제 갑니다, 간다고요. 불행히도."

그 문구를 본 용병이 중얼거렸다.

그 그림과 비슷한 그림들은 많았다. 거의 모든 벽마다 그림이 그려져 있었다. 손가락질을 하고 있는 기사가 제일 많았지만 불타는 시골과 닐프가드인의 창에 찔린 아기를 배경으로 반백의 머리를 풀어헤친 '어머니 조국' 그림도 많았다. 또한 칼과 이빨에서 피를 뚝뚝 흘리는 엘프 그림들도 있었다.

쟝은 문득 주위를 둘러보다가 일행 중 자신과 두 명의 용병, 그리고 늙은 상인만 있다는 것을 알아챘다. 강꼬치고기와 오쿨티흐, 징집당한 농사꾼 아들 둘과 멜피가 자취를 감춘 것이다.

"그럼 그렇지, 그래. 네 친구들은 기회가 오자마자 사라진 거라고. 첫 짱돌에 바로 꼬리를 내린 거야. 하지만 내 생각을 말해줄까? 그들과 이렇게 떨어진 게 다행이야. 다시는 그런 놈들과 어울리지 말라고."

용병이 쟝을 유심히 바라보자 쟝이 중얼거렸다.

"멜피가 안타까워요. 멜피는 사실 착한 녀석이거든요."

"누구나 자신의 운명은 스스로 선택하는 법이지. 넌 우리를 따라와라. 어디서 입대 신청을 하는지 알려주마."

용병들과 쟝은 땅 한가운데 둔덕 위에 처형대가 놓여 있는 작은 광장으로 향했다. 처형대를 둘러싸고 그 주변에는 오락을 즐기러 온 도시 사람들과 군인들이 모여 있었다. 묶여 있는 죄수는, 바로 전에 진흙 덩어리로 얼굴을 얻어맞아 침을 뱉으며 울고 있었다. 군중은 웃으며 환호했다. 그때 용병이 소리쳤다.

"아이쿠! 저것 좀 봐, 지금 처형대에 묶인 놈! 푸존 아냐? 뭣 때문에 저렇게 된 거지?"

"농사를 지어서요."

양모 모자를 쓰고 늑대 털가죽 옷을 입은 뚱뚱한 도시인이 말했다.

"뭐라고 했소?"

"농사를 지어서요. 씨를 뿌려서 저렇게 됐죠!"

뚱뚱한 남자가 재차 강조하며 말했다.

"미안하지만 그건 완전 헛다리를 짚은 건데! 내가 푸존을 좀 아는데, 저 사람은 구두장이라고. 구두장이 아들이고, 구두장이 손자란 말이오. 태어나서 밭을 갈거나 씨를 뿌리거나 뭘 수확한 적은 한 번도 없을 거요! 내가 장담하는데 씨를 뿌렸다는 건 헛다리를 짚은 거라니까, 정말로."

용병이 어이없다는 듯 웃으며 말하자 도시 남자가 벌컥 화를 냈다.

"경관이 직접 한 말이에요! 씨를 뿌린 죄로 저녁까지 저 처형대에 묶여 있을 거라고요! 닐프가드인들이 시켜서, 닐프가드인들의 은화를 받고 씨를 뿌린 거지. 그게 무슨 곡식이었는데, 뭘 뿌렸더라, 외국에서 들여온 씨앗인데…… 잠시만…… 아! 패배주의 씨앗!"

"아, 그렇군! 나도 들었지, 그런 얘기를. 닐프가드의 첩자들과 엘프들이 우물과 샘에 병균을 뿌리고, 시냇물에는 여러 가지 독을 타서 오염시킨다고 하더군요. 독말풀, 독미나리, 문둥병과 패배주의지."

이야기를 듣고 있던 늙은 상인이 외치듯 말하자 늑대 털가죽 옷을 입은 도시 남자가 고개를 끄떡였다.

"그렇다니까요. 어제는 엘프 두 명이 교수형을 당했어요. 분명 독을 퍼뜨렸기 때문일 거예요."

"이 거리를 돌아가면, 주막이 하나 나오는데, 그곳에 징집위원회가 있어. 네가 잘 아는 테메리아의 백합꽃이 그려진 커다란 천이 펼쳐져 있을 거야. 길은 잘 찾아갈 수 있겠지? 건강하게 지내고. 신들이 우릴 더 나은 시절에 다시 만나게 해주시면 좋겠네. 어르신도 안녕히 가시고요."

용병이 방향을 가리키며 설명을 해준 뒤 작별 인사를 건네자 상인이 크게 헛기침을 했다.

"용감하신 군인분들, 잠시만요, 도와주신 것에 대해…… 감사 표시를……."

상인은 가슴팍과 상자들을 뒤적이며 말했다.

"아닙니다, 착하신 양반. 이미 지난 일이고, 더 얘기할 것도 없습니다."

용병이 웃으며 사양했다.

"총탄을 막아주는 마법의 크림은 어떻습니까? 편도선과 통풍, 마비, 비듬과 부스럼에도 틀림없이 잘 듣는 약은요? 아니면 벌이나 독사, 뱀파이어에게 물렸을 때 바르는 고약은 어떻습니까? 아니면 나쁜 눈의 저주를 피할 수 있는 부적은요?"

노쇠한 상인은 상자 아래에서 주섬주섬 무언가를 꺼내 들며 물었다.

"그럼 혹시, 배탈이 났을 때 잘 듣는 약이 있습니까?"

두 번째 용병이 심각한 얼굴로 묻자 표정이 확 밝아진 상인이 외쳤다.

"있지요! 이건 마법의 뿌리로 만든 정말 좋은 약입니다. 향기로운 약초도 함께 들어 있죠. 식사 후 세 방울이면 됩니다. 가져가십시오, 고마우신 군인 분들."

"고맙습니다. 그럼 안녕히 가십시오. 잘 가라, 얘야. 행운을 빈다!"

"정직하고 현명하고 예의 바른 사람들이야. 쉽게 만날 수 있는 사람들이 아니지. 자네도 나를 도와줬으니, 자, 뭘 줄까? 번개를 피하는 부적? 위석*? 마녀의 저주를 막는 거북이 돌은 어떤가? 향불을 피우는 데 쓰는 시체의 이빨도 있고, 말려놓은 악마의 똥도 있지. 이걸 오른쪽 신발 안에 넣으면……."

용병들이 군중 속으로 사라지자 상인은 쟝에게도 고마움을 표하며 또다시 무언가를 주섬주섬 꺼내 들었다.

쟝은 여기저기 집집마다 벽에 휘갈겨 쓴 '빌어먹을 전쟁은 이제 그만'이라는 낙서를 정신없이 지우고 있는 사람들에게서 시선을 돌리며 말했다.

"괜찮습니다. 이제 갈 시간……."

"아하! 이게 좋겠네, 젊은이, 젊은 사람들에겐 이게 딱 좋지. 이건 아주 귀한 거야, 나도 딱 한 개밖에 없어. 마법의 부적이지. 이걸 지니고 있으면 시간과 공간이 아무리 떨어져 있더라도 소중한 사람은 자네를 잊지 못하지. 자, 여길 보라고. 여기를 이렇게 열면 이 안에 얇은 파피루스 종이가 들어 있네. 그 종이 위에 내가 갖고 있는 마법의 잉크로 사랑하는 사람의 이름을

* 위석(胃石): 소, 양, 낙타 등 되새김질을 하는 동물들의 위장에 생기는 결석으로 해독제로 쓰였다.

쓰기만 하면, 그 처자는 절대로 자네를 잊지 않고 마음이 바뀌지도 않을 거야. 배신을 하지도 않고, 자네를 버리지도 않아. 어떤가?"

상인은 상자에서 놋쇠로 된 하트 모양의 메달을 꺼냈다.

"흠…… 글쎄요……."

쟝은 얼굴을 조금 붉혔다.

"자, 이름이 뭔가, 그 처자 이름?"

늙은 상인은 막대기를 마법의 잉크에 담궜다.

"……시리, 시릴라요."

"자, 됐네. 가져가게."

"쟝! 맙소사, 여기서 도대체 뭘 하고 있는 거지?"

쟝은 몸을 홱 돌렸다. 그리고 순간적으로 생각했다. 내 과거는 모두 남겨두고 떠나왔다고 생각했는데, 이제 모든 것이 새로워지리라 생각했는데, 도대체 왜 끊임없이 아는 사람들이 나타나는 거야?

"데니스 크랜머 님……."

두꺼운 코트를 입고 동체갑옷에 철로 된 완갑과 꼬리가 달린 높은 여우털 모자를 쓴 드워프가 매서운 눈길로 쟝과 상인을 살펴보더니 다시 쟝을 바라보았다.

"여기서 도대체…… 악마 수백에게 걸고 묻겠는데, 대체 여기서 뭘 하고 있는 거지, 쟝?"

드워프는 눈썹과 턱수염과 콧수염을 동시에 치켜올리며 엄하게 다그쳤다.

쟝은 잠시, 친절한 상인의 도움을 받아 거짓말을 해볼까 싶었다. 하지만 그 생각은 바로 접었다. 엘란더 왕궁 경호실에서도 일했던 데니스 크랜머는 결코 속여 넘길 수 없는 드워프로 정평이 나 있지 않은가. 시도할 가치도 없었다.

"군대에 입대하려고요."

그 다음 질문이 무엇인지 쟝은 이미 알고 있었다.

"네네케가 허락했나?"

그 물음에 대답할 필요도 없었다. 데니스 크랜머는 수염 난 턱을 끄떡이며 말했다.

"도망쳤군. 신전에서 도망친 거야. 네네케와 신녀들은 너 때문에 머리카락을 쥐어뜯으며 괴로워하고 있는데……."

"편지를 써놓고 왔어요. 크랜머 님…… 저도 어쩔 수 없었습니다…… 저도…… 적들이 국경까지 왔는데 아무것도 하지 않고 앉아만 있을 수는 없었어요…… 우리 조국이 위험에 처해 있는데…… 게다가 시리가…… 네네케 어머니는 절대로 허락하지 않으셨을 거예요. 하지만 신전 수련소녀의 4분의 3은 이미 전쟁터로 갔어요. 저만 허락하지 않고…… 하지만 저도……."

"그래서 도망쳤다, 이건가? 성스러운 악마 수백에게 걸고, 널 막대기에 꽁꽁 묶어서 속달 우편으로 엘란더까지 보내야 하는데! 신녀들이 올 때까지 성 아래 토굴에 널 가둬놓으라고 해야 하는데! 내가 정말……."

데니스 크랜머는 험상궂게 눈썹을 찡그린 채로 씩씩거렸다.

"마지막으로 식사를 한 건 언제지, 쟝? 입에 따뜻한 음식을 넣어본 게 언제냐고?"

"진짜 따뜻한 음식이요? 사흘 전…… 아니, 나흘 전이요."

"따라오너라."

"천천히 먹어라, 애야. 씹지도 않고 그렇게 넘기는 건 건강에 안 좋아. 서두를 게 뭐 있어? 누가 안 뺏어 먹는다."

데니스 크랜머의 친구 중 하나인 드워프 졸탄 치베이가 말했다.

쟝은 그 말을 확신할 수 없었다. '털북숭이 곰' 여관의 홀에서는 지금, 주먹을 주고받는 싸움질이 한창이었다. 벽난로처럼 옆으로 퍼진 탄탄한 체격의 드워프들이 서로 주먹질을 하고 있는 소리가 자원부대 군인들의 고함과 동네 창녀들의 박수 소리를 넘어 쿵쿵 울리고 있었다. 마룻바닥이 흔들리고, 가구와 그릇이 바닥으로 넘어지고 떨어졌다. 터진 코에서 나오는 코피가 빗방울처럼 주위로 마구 흩뿌려지고 있었다. 쟝은 싸움질을 하던 드워프 중 하나가 자신이 앉아 있는 장교용 식탁으로 쓰러져, 돼지 족발이 들어 있는 나무 접시와 삶은 콩이 든 사발, 토기로 만든 잔을 엎어버리진 않을까 노심초사했다. 일단 삼킨 음식은 빼앗을 수도 없고 엎을 수도 없으리라는 생각에 기름진 고기토막을 꿀꺽 삼켰다.

"난 잘 모르겠다고, 데니스. 이 아이가 사제라면 도대체 무슨 이유로 입대를 하겠다는 거야? 사제라면 전쟁을 해서는 안 되잖아."

쉘든 스켁스라는 이름의 드워프는 주먹질이 오가는 와중, 라이트 훅에 거의 맞을 뻔했는데도 몸을 피하지 않고 말했다.

"이 녀석은 신전에서 자랐을 뿐, 사제는 아니야."

"젠장, 난 인간들의 미신적인 종교는 정말 이해할 수 없어. 물론 다른 이의 종교에 대해 뭐라고 할 수는 없지만…… 여기 이 젊은이를 봐, 신전에서 교육을 받았지만 사람을 죽이는 것에는 아무런 거부감이 없지. 특히 닐프가드인이라면, 안 그런가, 젊은이?"

"밥 좀 먹게 놔둬, 스켁스."

쟝은 돼지 족발 한 조각을 꿀꺽 삼키고 입에 삶은 콩 한 줌을 때려 넣었다.

“그 질문이라면 대답할 수 있어요. 그러니까 이런 거죠, 정의로운 전쟁에는 참여해도 된다. 중요한 것을 수호하기 위해서는…… 그래서 입대하려는 거예요, 어머니 조국이 부르는…….”

“좀 보라고. 인간이 우리와 비슷한 종족이고, 친척이고, 우리가 똑같은 뿌리에서 왔다는 말이 얼마나 정확한지 한번 보라니까. 그 증거가 바로 우리 앞에 앉아 콩을 씹고 있군. 다른 말로 하자면, 바보같이 저렇게 열을 내는 놈들이 드워프 젊은이들 사이에도 잔뜩 있다는 거지.”

쉘든 스켁스가 주위에 앉은 이들을 둘러보며 말했다.

“특히나 마예나 전투 이후엔 더 그렇지. 전투에서 한 번 이기고 나면 입대자가 급증하거든. 이나 강의 상류로 닐프가드의 메노 코에훈 부대가 물과 땅만 남기고 모든 것을 베어버리면서 올라가고 있다는 소문이 퍼지면 줄어들겠지.”

졸탄 치베이가 냉정하게 말했다.

“하지만 반대로 늘어나면 어쩌나 싶군. 난 말이지, 자원병은 신뢰를 못하겠어. 탈영병의 반은 자원병들이라고.”

데니스 크랜머가 중얼거렸다.

“어떻게…… 어떻게 그런 말씀을 하실 수 있으십니까. 전 이념적인 이유로…… 정의로운 이 전쟁…… 어머니 조국…….”

쟝은 목이 막힐 지경이었다. 쟝의 느낌으로는 주막의 기둥이 흔들리는 듯한 일격에 싸우고 있던 드워프 중 한 명이 쓰러졌는데, 바닥 사이 틈에 있던 먼지들이 공기 중으로 일었다. 쓰러진 드워프는 벌떡 일어나지 않고 그대로 드러누워 이상하고 어색하게 손과 발만 꿈틀거리고 있었는데, 그 모습은 마치 등딱지가 뒤집힌 채 누워 있는 딱정벌레 같았다.

데니스 크랜머가 자리에서 일어났다.

"이제 정해졌군! 마예나 전투에서 엘카나 포스터의 영웅적인 죽음으로 공석이 된 보병부대의 지휘관 자리는 이제…… 잠깐, 이름이 뭐라고 했지?"

데니스 크랜머는 주막 전체를 훑어보며 큰 소리로 선언하다 말고 물었다.

"블라스코 그란트!"

주먹 싸움의 승리자는 바닥에 이빨을 뱉으며 대답했다.

"……블라스코 그란트가 맡게 된다. 지휘관 임명에 대해 다른 의견 있는가? 없다고? 좋아. 주인장! 맥주!"

"우리가 무슨 얘기를 하고 있었지?"

데니스의 물음에 졸탄 치베이가 손가락을 하나씩 꼽으며 읊었다.

"정의로운 전쟁, 자원병, 탈영병……."

"바로 그거야. 내가 무슨 말을 하려고 했냐면, 그건 탈영병과 배신하는 자원병에 대한 거야. 신트라의 비세게르드 군대를 생각해봐. 개자식들, 깃발조차 바꾸지 않았다고. 그 얘기는 자유부대의 용병들에게 들었어. 달콤한 변덕쟁이 줄리아네 부대원들에게. 마예나에서 줄리아네 부대가 신트라 놈들과 붙었다는 거야. 신트라인들이 닐프가드 부대의 선봉에 섰다더군. 이전에 쓰던 그 사자 깃발을 앞세우고……."

"어머니 조국이 불렀나보군. 그리고 시리 황후가."

스켁스가 우울한 목소리로 끼어들며 중얼거렸다.

"조용히 해."

데니스가 화를 내자 지금까지 아무 말도 없이 앉아 있던 드워프 야르펜 지그린이 입을 열었다.

"진심으로 하는 말인데 조용히, 침묵보다 더 조용히 입 닥쳐. 첩자가 있을까봐 그러는 게 아니라, 너희가 아무것도 모르고 되는대로 지껄이기 때문이지."

"그럼 지그린, 네놈은 뭐 아는 거라도 있어?"

스켁스가 턱수염을 쭉 내밀며 물었다.

"있지. 하지만 한마디만 하지. 에미르 바 엠레이스건 타네드에서 소요를 일으킨 마법사들이건, 아니면 진짜 악마가 나타난다 하더라도, 누구도 그 여자아이에게 뭔가를 강요할 수는 없어. 그 아이를 꺾을 수는 없다고. 내가 알아. 왜냐하면 난 시리를 아니까. 에미르와의 결혼은 다 뜬소문이야. 바보 같은 놈들이나 속는 거지. 그 여자아이의 운명은 달라. 전혀 다르지."

"멋대로 지껄이는군. 정말 그 여자애를 아는 것처럼, 지그린."

스켁스가 비꼬듯 중얼거렸다.

"그만둬. 그 운명 이야기는 야르펜 지그린 말이 맞아. 난 믿는다고. 증거도 있어."

갑자기 졸탄 치베이가 화를 냈다.

"아하, 쓸데없이 이런 얘기는 해서 뭐에 써? 시릴라, 에미르, 운명…… 멀고 먼 이야기지. 우리한테는 더 가까운 문제가 있다고, 메노 코에훈과 '중부' 특수부대 말이야."

쉘든 스켁스가 손을 휘저으며 말했다.

"음, 아무래도 우린 큰 전투를 피할 수 없을 것 같군. 어쩌면 역사상 가장 큰 전투가 될지도 몰라."

졸탄 치베이가 한숨을 쉬었다.

"그 전투가 끝나면 많은 것들이, 정말 많은 것들이 정해지겠지."

데니스 크랜머가 중얼거렸다.

"끝나는 것도 많을 테고."

"다…… 전부 다 끝나는 거예요."

쟝은 중얼거리면서도 반사적으로 입을 가리고 트림을 했다.

드워프들은 아무 말 없이 한동안 쟝을 바라보았다. 마침내 졸탄 치베이가 입을 열었다.

"무슨 말인지 잘 모르겠는데, 젊은이. 무슨 생각으로 한 말인지 설명 좀 해보라고."

"평의회…… 엘란더의 평의회에서는 이 전쟁에서 이기는 게 왜 그렇게 중요한가에 대해서…… 이 전쟁이…… 다른 모든 전쟁을 끝낼 거라고 그랬거든요."

쟝은 말을 더듬으며 설명했다.

쉘든 스켁스는 코웃음을 치다가 맥주를 턱수염에 흘렸고, 졸탄 치베이는 목소리를 높였다.

"그렇게 생각하시지 않나요?"

이번엔 데니스 크랜머가 코웃음 칠 차례였다. 야르펜 지그린은 진지한 표정으로 쟝을 찬찬히, 다정하게 바라보다가 심각하게 말했다.

"얘야, 저길 봐. 저기 음식이 차려진 곳에 에반젤리나 파르가 앉아 있지. 뭐, 인정은 해야 할 거야. 대단하지, 굉장하다고 할 수 있어. 그럼에도 에반젤리나가 모든 창녀를 다 끝장낸 건 아니라고."

좁고 사람이 없는 막다른 길에서 데니스 크랜머가 멈춰 서더니 입을 열었다.

"칭찬을 해줘야 할 것 같은데, 쟝. 뭐 때문인지 아나?"

"아니요, 모르겠는데요."

"모르는 척하지 마. 내 앞에서는 그럴 필요 없다. 그 시릴라 얘기가 나왔을 때, 눈 하나 깜짝 안 한 건 잘한 일이야. 그리고 더욱더 잘한 건 입도 뻥끗 안 했다는 거지. 아니, 아니…… 바보 같은 표정 짓지 말고. 난 네네케의 신전 벽 뒤에서 많은 일이 있었다는 걸 알고 있어, 아주 많은 일이. 게다가 아까 상인이 들고 있던 메달에 누구의 이름을 쓰는지도 봤지. 앞으로도 계속 그렇게 행동해야 해. 계속 말이다, 쟝. 시리 문제뿐만이 아니야…… 아니, 뭘 그렇게 쳐다보는 거야?"

드워프는 쟝의 얼굴이 시뻘게지는 것을 못 본 척하며 물었다.

길 한쪽에 자리한 곡식 창고 벽에 석회를 이용해 날림체로 쓴 글씨가 보였다. '전쟁이 아니라 사랑을 하라.' 그리고 그 밑에는 누군가 작은 글씨로 이렇게 갈겨썼다. '아침마다 똥을 싸라.'

"저딴 건 보지도 말라고, 이 바보야! 저런 표어를 보는 것만으로도 잡혀갈 수 있어, 그리고 말 한마디 잘못했다가 기둥에 묶여서 채찍질 당하고 등껍질이 홀라당 벗겨질지도 모른다고. 이곳의 판결은 신속하지, 아주 신속해!"

데니스 크랜머가 화를 냈다.

"저도 봤어요. 기둥에 묶인 구두장이요. 패배주의를 퍼뜨렸다는 이유로."

쟝이 웅얼거렸다.

"아마도 그 퍼뜨렸다는 말의 의미는, 군에 입대하는 아들을 배웅하면서 애국적인 환호성을 지르지 않고 울었다는 의미일 거야. 그보다 더 심각한 진짜 패배주의를 퍼뜨리는 행위에 대해서는 다르게 대응하지. 이리 와봐, 보여줄 테니."

드워프가 쟝의 소매를 잡아끌며 심각하게 말했다.

둘은 같이 광장으로 향했다. 쟝은 손으로 입과 코를 가리며 한 발짝 물러섰다. 커다란 돌로 된 교수대에 열댓 구의 시체가 매달려 있었다. 어떤 시체들은 부패의 정도와 냄새로 보아 상당히 오래된 것 같았다. 데니스 크랜머가 파리를 쫓으며 말했다.

"저 사람은 벽과 담장에 바보 같은 표어를 썼지. 저쪽 사람은, 전쟁은 귀족들에게나 중요한 일이고 닐프가드의 징집병들은 자신의 적이 아니라고 말했어. 저기 저 사람은 술에 취해 이런 얘기를 떠들었지. '창이란 게 뭔지 아나? 그건 귀족들의 무기인데 창끝에는 가난한 자가 꽂혀 있다고.' 그리고 저기, 저 맨 끝에 여자 보이나? 저 여자는 마차를 끌고 다니면서 군대 옆에서 영업을 했던 포주였는데, 그 마차에 이렇게 써놨지, '군인들이여, 오늘을 즐겨요, 내일은 안 될지도 모르니.'라고."

"단지 그것 때문에 저렇게 됐단 말이에요?"

"거기다 데리고 있던 아가씨 중 한 명이 임질에 걸렸던 거야. 그것만으로도 이미 생활 수칙을 어겼다는 죄목과 군의 사기를 저하시켰다는 죄목까지 성립되는 거지."

쟝은 자기 딴에는 군인답다고 생각한 자세로 꼿꼿이 섰다.

"알겠습니다, 크랜머 님. 하지만 제 걱정은 하지 마세요. 전 패배주의자도 아니고……."

"아무것도 이해하지 못했군. 그리고 아직 말 안 끝났다, 중간에 끼어들지 마라. 저기 마지막에 목 매달린 사람은 어떤 첩자가 하는 말에 낚여서 큰 소리로 '당신 말이 맞아요, 2 더하기 2는 4가 되는 게 맞죠.'라고 말한 죄로 교수형을 당했어. 알겠다고 이제 말해봐라."

"알겠습니다, 조심할게요. 하지만 크랜머 님…… 사실은 어떻게 된…….”

쟝이 조심스럽게 주위를 둘러보며 속삭이자 드워프 역시 주위를 돌아보며 나직이 말했다.

“사실, 메노 코에훈 사령관이 이끄는 ‘중부’ 특수부대는 약 10만 정도의 규모로 북쪽을 향해 전진하고 있다. 만약 베르덴에서 막히지만 않았더라면, 이미 이곳에 도착했겠지. 어떻게든 대화가 성사되면 좋지. 사실상 테메리아도 르다니아도 코에훈을 막을 힘이 없으니까. 전략적 경계선이 되는 폰타르 강 이전에 말이야.”

“폰타르 강은 여기서 더 북쪽이잖아요.”

“그게 내가 하고 싶었던 말이다. 하지만 기억해라, 이 이야기에 대해서는 입에 자물쇠를 채워야 한다.”

“꼭 지킬게요. 하지만 제가 이제 부대에 들어가면, 그래도 입을 다물어야 하나요? 군대에도 첩자가 있나요?”

“선봉대에? 전선 가까이? 그렇진 않아. 첩자들이 뒤에서 그렇게 열을 내는 건, 전선 앞으로 나서기 싫어서야. 게다가 투덜거리고 불평하고 욕한다고 해서 병사들을 죄다 교수형에 처하면, 전쟁은 누가 하나? 하지만 쟝, 입은 조심해야 한다. 특히 시리 얘기는 절대로 입 밖에도 내지 마라. 내 말을 명심해. 똥파리도 닫힌 덫에는 들어오지 않아. 자, 이제 가자, 징집위원회에 데려다주마.”

“가셔서 절 추천하는 말이라도 한마디 거들어주실 수 있으세요, 크랜머님?”

쟝은 희망 섞인 눈길로 드워프를 바라보았다.

“맙소사, 멍청한 소리를 하는군. 여긴 군대라고! 내가 널 추천해주고 네

편을 들어준다면, 그건 네 등에 '왕따'라고 황금실로 수놓는 것과 똑같아! 그랬다간 군 생활이 지옥이 될 거다."

"그럼 드워프 부대에…… 당신들의 부대로……."

"상상도 하지 마라."

"왜요, 드워프 부대는 드워프만 들어갈 수 있으니까요? 난 인간이라서 안 된다는 건가요?"

쟝이 씁쓸한 목소리로 물었다.

"그렇지."

넌 안 된다, 데니스 크랜머가 생각했다. 넌 안 돼. 왜냐하면 난 아직 네네케에게 갚지 못한 빚이 있으니까. 넌 전쟁에서 살아남아야 한다. 마하캄의 자원부대, 다른 종족, 열등한 종족으로 구성된 그 군대에게는 언제나 가장 끔찍한 사명, 가장 힘든 임무가 주어질 거야. 다시는 돌아오지 못하는 곳으로, 인간을 보낼 수는 없는 곳으로 보내지겠지.

"그럼, 괜찮은 부대에는 어떻게 하면 들어갈 수 있나요?"

표정이 어두워진 쟝이 물었다.

"네 생각에는 어디가 그렇게 들어가고 싶을 정도로 좋은 부대로 보이나?"

쟝은 마치 파도 소리처럼 요란하게 울리는, 폭풍우 속의 우렛소리처럼 울리는 노랫소리를 듣고 몸을 돌렸다. 크고 굳세며 자신감에 넘치고 쇠처럼 단단한 노랫소리였다. 이미 그런 노래를 들어본 적이 있었다.

성에서 이어진 작은 길에 세 줄로 정렬한 용병들이 말에 올라타 행군하고 있었다. 맨 앞, 회색 수말을 타고 사람 해골 세 개가 달려 있는 장대 아래로 지휘관의 모습이 보였다. 매부리코에 땋은 회색 머리를 길게 늘어뜨린 남자였다.

"아담 '아듀' 판그라트." 데니스 크랜머가 중얼거렸다.

용병들의 노랫소리가 우렁차게 쿵쿵 울렸다. 말발굽 소리가 더해지자 용병들의 소리는 점점 더 차오르며 높이높이 도시의 하늘을 가로질렀다.

마누라도 애인도 눈물을 흘리지 않네
피 묻은 흙이 우리를 덮으러 올 때에도
우리는 금화를 위해, 붉은 태양 같은 금화를 위해
용맹하게 나가네, 전쟁터로 나가네!

"어떤 부대에 들어가고 싶으냐면…… 저런 부대라면 얼마나 좋을까요! 저런 곳이라면……."

장이 기마대에서 눈을 떼지 못한 채 중얼거리자 크랜머가 장의 말을 막았다.

"누구나 자기 노래가 있지. 누구나 자신의 피 묻은 흙을 덮게 되고. 운명이 인도하는 대로 말이지. 그 대가로 돈을 받건, 안 받건 간에. 장, 전쟁에서 공평한 건 노래와 행군, 그리고 줄 맞춰 서는 것뿐이야. 그런 후에 전장에서는 누구에게나 자신의 운명이 있지. '아듀' 판그라트의 용병부대도, 보병도, 수송부대도…… 빛나는 갑옷을 입고 아름다운 깃털을 꽂았든, 낡은 발싸개를 하고 벼룩이 들끓는 털가죽을 입었든, 순종 말을 타고 있든, 방패 뒤에 서 있든…… 누구나 서로 다른 각자의 운명에 맡기는 거지! 자, 저기 징집위원회가 보이는군. 입구에 간판 보이지? 저기가 네 길이다, 군인이 되고 싶다면. 가거라, 장. 건강해라. 이 모든 일이 끝나고 다시 보도록 하자."

드워프 데니스 크랜머는 소년티를 벗지 못한 장이 징집위원회가 차지한 주막 안으로 들어갈 때까지 눈으로 그 모습을 좇았다.

"아니면…… 다시는 보지 못하거나. 누구에게 어떤 운명이 정해져 있는지는 알 수 없지. 어떻게 될지는 아무도 모르니까."

데니스 크랜머는 작은 목소리로 덧붙였다.

"말은 탈 줄 아나? 활이나 석궁 등 다룰 수 있는 건 있나?"

"아니요, 하지만 읽고 쓸 줄은 압니다. 고대 룬어도…… 고어도 알고요."

"칼은 다뤄봤나? 창검술은 배웠나?"

"……〈전쟁의 역사〉 책을 읽었어요. 펠리그람 장군이 쓰신 거요. 그리고 로데릭 드 노벰브레의 저작도……."

"아니면 혹시 요리라도 할 줄 아나?"

"아니요, 못합니다…… 하지만 계산은 상당히 잘……."

징집 장교는 얼굴을 찌푸리며 손을 흔들었다.

"유식하신 분이네! 이게 오늘 벌써 몇 번째야! B-P-P 쪽으로 보내. 자, 넌 B-P-P로 가라. 이 종이를 가지고 시의 남쪽 끝으로 내려가. 그리고 마리보의 문을 통해서 호숫가로."

"하지만……."

"다 찾아갈 수 있어. 자, 다음!"

"쟝! 어이, 쟝! 기다려!"

"멜피?"

"그래, 나야! 나라고, 히히, 나야!"

멜피는 흐느적거리며 벽을 붙들었다.

"무슨 일이야?"

"무슨 일이냐고? 헤헤! 아무것도 아니야! 좀 마셨지! 닐프가드의 패배를 빌며 마셨다고! 어후, 쟝, 다시 만나서 좋다. 널 어디선가 잃어버린 줄 알았어…… 내 진정한 친구……."

쟝은 마치 얻어맞은 것처럼 뒤로 물러섰다. 멜피에게서는 싸구려 맥주와 미심쩍은 술 냄새 외에도 양파와 마늘, 그리고 악마나 알 수 있을 만한 지독한 냄새가 났다.

"아니 그럼, 다른 진정한 친구들은 어디 있는데?"

쟝은 비꼬는 목소리로 물었다.

"강꼬치고기? 내가 말해주지. 지옥에나 가라고 해! 쟝, 내 생각에 강꼬치고기는 나쁜 놈이야."

멜피가 얼굴을 잔뜩 찡그렸다.

"영리하네. 빨리도 알아챘어."

"그럼! 그럼! 날 속이는 놈은 악마에게 잡혀갈 거라고! 걔가 어떻게 하려고 했는지 알아? 왜 여기, 비지마에 와서 입대를 한다고 했겠어? 쟝, 넌 걔랑 걔 친구들도 우리처럼 군대에 가려는 줄 알았지? 하, 그건 네가 잘못 생각한 거야. 걔가 무슨 속셈이었는지 알아? 말해도 믿지 못할걸!"

멜피는 쟝이 비꼬는 걸 전혀 알아채지 못하고 말을 이었다.

"믿을게."

"그 녀석은 여기서 말이랑 군복을 훔치려고 한 거야. 그 군복을 입고 군인인 척하려고!"

멜피가 자랑스럽게 이야기를 마쳤다.

"걸려서 목이나 날아가라지."

"당연하지! 난 그냥 바보 같은 오그라벡이랑 밀튼, 그 시골뜨기들이 강꼬치고기에게 속은 게 안됐을 뿐이야. 그놈이랑 어울렸다가는 걔들도 목이 날아간다고, 젠장. 그러거나 말거나, 촌뜨기들! 넌 어떻게 됐어?"

멜피는 발을 헛딛으며 벽 앞에 서서 바지를 끌렀다.

"어떤 면에서?"

"징집위원회에서 어디로 가라고 했어? 난 벌써 배치됐거든. 마리보 문을 지나 시내 남쪽으로 가라고 했어. 넌 어디로 가야 해?"

멜피는 흰 벽에 오줌을 갈기며 물었다.

"나도 남쪽으로."

"하! 그럼 같이 싸우러 가는 건가?"

멜피는 몇 번 껑충껑충 뛰더니 몸을 부르르 떨고는 바지를 잠갔다.

"그건 아니야. 난 내 능력이 쓰일 만한 곳에 배치됐어. B-P-P로."

쟝은 무시하듯 멜피를 내려다보았다.

"당연히 그렇겠지. 넌 배웠으니까! 너처럼 똑똑한 사람은 뭔가 중요한 일을 하는 곳에 배치했을 거야, 평범한 부대가 아니라. 뭐, 어쩌겠어? 하지만 잠시 동안은 같이 갈 수 있겠네. 시내 남쪽 끝까지 같이 가면 돼."

멜피는 딸꾹질을 하며 쟝에게 끔찍한 냄새를 뿜었다.

"그러네."

"그럼 가자."

"가자."

"여긴 아닌 것 같은데."

천막이 쳐진 마당에서 어깨에 긴 장대를 메고 먼지를 쓸고 있는 꾀죄죄한

졸병들을 보고 쟝이 말했다. 졸병들 모두 오른쪽 다리에 건초를 묶고 있었고, 왼쪽에는 짚단을 묶고 있었다.

"잘못 찾아온 것 같은데, 멜피."

"지푸라기! 건초! 지푸라기! 건초! 똑바로 해, 씹할!"

마당 안에서 졸병들을 지휘하는 장교의 목소리가 들렸다.

"천막 위에는 깃발이 휘날리고 있는데. 한번 봐봐, 쟝. 올 때 네가 길에서 말했던 그 백합 아니야? 깃발? 맞네. 군대? 맞네. 그러면 여기라는 거야. 제대로 찾아왔다고."

"넌 맞게 왔을지도 몰라. 하지만 난 잘못 왔어."

"저기, 울타리에 누가 서 있네. 가서 물어보자."

그 후로는 모든 게 순식간에 진행되었다.

"새로 왔나? 징집? 서류 내놔! 씹할, 왜 둘이 같이 서 있지? 제자리 걷기를 하라고! 서 있지 말고, 씹할! 좌향좌! 뒤돌아, 씹할! 오른쪽으로! 뛰어! 돌아와, 씹할! 듣고 외워! 일단 병참장교에게 가! 가서 군장을 받아! 사슬갑옷, 군화, 창, 씹할, 투구랑 칼! 그 다음에는 연병장으로! 저녁이 될 때까지 준비 완료! 씹할! 빨리 안 가아아아!"

병장이 찢어질 듯 고래고래 소리를 지르자 쟝이 확실치 않은 듯 주위를 둘러보았다.

"잠시만요, 제 생각에 전 다른 부대……."

"뭐어어어어!"

"죄송합니다, 장교님. 단지 전 착오가 생기는 것을 방지하고 싶어서…… 왜냐하면 징집 사관께서 분명히…… 분명히 저는 B-P-P로, 그러니까 저는……."

"그게 여기야, 이놈아. 여기가 바로 네 자리라고. B-P-P는 불쌍한 망할 보병대라는 뜻이지."

장교라는 소리를 듣고 약간 기분이 좋아진 병장이 코웃음을 치며 대꾸했다.

"도대체 왜 우리가 당신들에게 세금을 내야 한단 말이죠? 우린 이미 낼 건 다 내고 왔어요."

로코 힐데브란트가 다시 말했다.

"오, 이것 봐라, 잘난 척하는 하플링이네! 이미 돈을 냈다고? 하, 정말 다 내셨는지 궁금하군. 그런 이야기가 있어. 일요일엔 뭘 할까 했던 칠면조가 있었는데, 토요일에 목이 댕강 날아갔단 말이지!"

훔친 말의 안장 위에서 다리를 벌리고 앉은 강꼬치고기는 일당을 향해 이빨을 드러내 보였다. 오쿨티흐와 클라프로스, 밀튼과 오그라벡도 함께 낄낄거렸다. 최고의 농담이다. 그리고 앞으로의 재미도 보장되어 있었다.

로코는 이 도적들의 불쾌하고 달라붙는 시선을 느끼며 주위를 돌아보았다. 집 앞에는 부인인 인카르빌리아 힐데브란트와 딸인 알로에와 야스민이 서 있었다.

강꼬치고기와 그의 일당은 하플링 여자들을 보고 역겨운 웃음을 지었다. 앞으로의 재미는 확실히 보장되어 있었다.

반대편 길의 생울타리 너머로 힐데브란트의 조카인 임파티엔티아 반데르벡, 애칭으로 임피라고 불리는 아가씨가 나타났다. 정말 예쁜 아가씨였다. 도적들의 웃음은 더 끈적끈적해지고 더 끔찍해졌다.

"이봐, 난쟁이, 국왕의 군대에게 돈을 내고, 음식을 주고, 말을 내놓고,

우리 안에서 암소를 꺼내라고. 해가 질 때까지 여기 계속 서 있을 수는 없잖아? 오늘 안에 돌아볼 마을들이 아직 더 있다고."

강꼬치고기가 재촉했다.

"왜 우리가 돈을 내고 그런 걸 제공해야 합니까? 당신들은 그게 군대에 보급하는 거고, 우릴 보호하기 위해서라고 말하지만, 우리가 굶게 되면 누가 우리를 보호해줍니까? 우린 이미 겨울을 나는 동안 세금도 냈고, 토지세도 냈고, 인두세, 지세도 냈고, 집보유세도 냈고, 가축세도 냈고, 추수세도 다 냈습니다. 악마나 알겠지, 또 뭐를 내란 말입니까! 뿐만 아니라 이 동네에서는 내 아들도 포함해서 네 명이나 군에서 물자 수송을 하고 있다고! 그리고 다른 사람도 아니고 바로 내 매제인 밀로 반데르벡, 러스티가 야전병원의 외과의사입니다! 군에서 아주 중요한 인물이죠. 내 말은 우린 우리의 의무를 충분히 다하고 있는데...... 도대체 뭘 어떻게 더 내란 말입니까? 도대체 무슨 이유로, 뭐에 쓰려고요? 그리고 왜?"

로코 힐데브란트의 목소리는 조금 떨리고 있었지만, 그 안에는 분노와 저항이 서려 있었다.

강꼬치고기는 하플링의 부인인 비베르벨트 가문에서 온 인카르빌리아 힐데브란트를 계속 바라보고 있었다. 그리고 두 딸인 알로예와 야스민도. 거기다 마치 인형처럼 귀여운, 초록색 원피스를 입은 임피 반데르벡도. 샘 호프마이어와 그의 할아버지, 늙은 홀로페르네스도. 미친 듯이 곡괭이로 마당을 파고 있는 할머니 페튜니아도. 그리고 마을의 다른 하플링들을 비롯해 자기 집과 울타리 너머에서 겁먹은 채 이쪽을 바라보고 있는 여자들과 아이들도 둘러보고 있었다.

"왜냐고? 내가 말해주지. 왜냐하면 넌 흉측한 난쟁이고, 다른 종족이고

근본도 없는 놈이기 때문이지. 너처럼 역겨운 놈의 것을 뺏으면, 신들이 좋아하실 테니까. 너 같은 놈에겐 그렇게 하는 게 애국하는 길이지. 그리고 난 너의 둥지에 불을 지르고 싶어 죽을 지경이거든. 너희 딸년들과 해보고 싶어 죽을 지경이야. 그리고 우린 다섯 명의 건장한 군인들이고, 너흰 한 줌밖에 안 되는 난쟁이 똥자루잖아. 이제 알겠냐, 왜인지?"

강꼬치고기는 안장에서 몸을 굽힌 채 공포에 질린 하플링의 눈을 바라보며 씩씩댔다.

"이제 알겠군. 여기서 떠나, 커다란 사람들. 여기서 나가라고. 나쁜 놈들 같으니. 우린 아무것도 못 준다."

로코 힐데브란트가 천천히 말했다.

강꼬치고기는 몸을 쭉 펴더니 안장에 걸려 있는 칼을 향해 손을 뻗었다.

"덤벼! 전부 죽여버려!"

강꼬치고기의 혀 짧은 소리가 울려 퍼졌다.

너무 빨라서 거의 보이지도 않을 정도의 동작으로 로코 힐데브란트는 수레로 몸을 숙이더니 나뭇가지로 짠 깔개 밑에 숨겨놓은 손도끼와 석궁을 꺼내 들고는 뺨까지 확 당겨 강꼬치고기가 소리를 지르느라 벌린 입안으로 화살을 박아 넣었다.

비베르벨트 가문에서 온, 아내 인카르빌리아 힐데브란트가 팔을 공중에서 힘차게 휘두르자 빙글빙글 돌며 날아온 낫이 가속도가 붙어 정확히 밀튼의 목에 명중했다. 밀튼은 피를 토하더니 우습게도 다리를 흔들며 말 엉덩이에서 굴러떨어졌다. 오그라베은 비명을 지르며 말발굽 아래로 쓰러졌는데, 그의 배에는 홀로헤르네스 할아버지의 전지가위가 나무로 된 손잡이 끝까지 박혀 있었다.

덩치 큰 클라프로스는 할아버지를 향해 손도끼를 들고 덤벼들었지만, 임피 반데르벡이 던진 송곳에 눈을 찔리더니 돼지 같은 소리로 비명을 지르며 안장에서 떨어졌다.

오쿨티흐는 말을 돌려 도망치려 했지만, 페튜니아 할머니가 뛰어가 허벅지에 낫을 박았다. 오쿨티흐는 비명을 지르며 말에서 떨어졌으나 발이 마구에 걸렸고, 겁에 질린 말은 오쿨티흐를 질질 끌며 날카로운 나무 울타리를 가로질렀다. 질질 끌려가던 오쿨티흐가 울면서 비명을 질렀는데, 그 뒤를 마치 두 마리 늑대처럼 곡괭이를 든 페튜니아 할머니와 구부러진 전지가위를 든 임피가 쫓아가고 있었다.

홀로페르네스 할아버지가 크게 코를 들이마셨다. 강꼬치고기가 처음 지른 비명부터 홀로페르네스 할아버지가 코를 훌쩍이는 데까지는, '하플링들은 정말 빠르고 모든 종류의 무기를 정확히 던져 명중시킨다'라는 문장을 말하는 정도의 시간이 소요되었다.

로코는 집 앞 계단에 앉았다. 그 옆에 부인인 비베르벨트 가문의 인카리빌리아 힐데브란트가 다정하게 함께 자리했다. 딸들인 알로예와 야스민은 샘 호프마이어가 부상당한 이들을 처리하고 죽은 이들의 옷을 벗기는 작업을 돕고 있었다.

초록색 원피스를 입고, 피로 물든 소매를 팔꿈치까지 접어올린 임피가 돌아왔다. 페튜니아 할머니도 숨을 헐떡이며 다리를 절면서 천천히 돌아오고 있었다. 할머니는 궁시렁궁시렁 불평을 늘어놓으며 허리에 손을 얹은 채 피투성이가 된 곡괭이를 지팡이 삼아 걸었다. 아이고, 할머니가 많이 늙으셨어, 늙으셨다고, 힐데브란트는 생각했다.

"이 도둑놈들을 어디에 묻을까요, 로코 님?"

샘 호프마이어의 물음에 로코 힐데브란트는 아내의 등을 끌어안은 채 하늘을 보았다.

"자작나무 숲이 좋겠지. 지난번 그놈들 옆에."

브레모어의 맬콤 구트리 씨의 놀랄 만한 모험은 이미 여러 신문에서 떠들썩하게 소개되어, 런던의 '데일리 메일'의 '희한한 사건'란에 몇 줄이 실리기도 했다. 하지만 우리 독자 모두가 '트위드'보다 더 아랫동네에서 발행되는 신문을 읽는 것은 아니며, 혹 읽는다 해도 '데일리 메일'보다는 좀 더 진지한 신문을 구독하고 계시리라 생각하고, 이 사건의 전말에 대해 소개하도록 하겠다.

올해 3월 10일, 맬콤 구트리 씨는 낚싯대를 들고 로흐 글라스카녹 호수로 나섰다. 그곳에서 아무것도 없는 곳(구트리 씨의 말을 인용한 바에 따르면)과 안개 사이에서 얼굴에 큰 상처가 있는 어린 아가씨가 검은 암말(구트리 씨의 말을 인용)을 타고 하얀 유니콘(구트리 씨의 말을 인용)과 함께 솟아나왔다는 것이다. 어린 아가씨는 놀라서 기둥처럼 굳은 구트리 씨에게 말을 걸어왔는데, 구트리 씨의 증언에 따르면 그 언어는 '프랑스어나 대륙의 다른 나라 말' 같은 외국어였다고 한다. 구트리 씨가 프랑스어나 대륙의 다른 나라 언어는 전혀 하지 못했기 때문에 대화는 불가능했다. 어린 아가씨와 같이 있던 동물들은 사라졌는데, 구트리 씨의 증언에 따르면 마치 '아름다운 황금빛 꿈처럼' 자취를 감췄다고 한다.

구트리 씨의 꿈은 분명 싱글 몰트 위스키처럼 아름다운 황금빛이었을 것이다. 구트리 씨는 하얀 유니콘들과 하얀 쥐들, 그리고 호수의 괴물들을 충분히 볼 수 있을 만큼의 위스키를 마시는 것으로 알려져 있다. 그러므로 우리가 던지고 싶은 질문은 다음과 같다. '낚시 금지 기간이 끝나기 나흘 전에 낚싯대를 들고 로흐 글라스카녹 호수에는 도대체 왜 갔는가?'

1906년 3월 18일자 '인베르네스 위클리' 중에서

제 7 장

휘몰아치는 바람과 함께 하늘은 서쪽에서부터 어두워졌고 파도처럼 밀려오는 구름들이 별자리들을 하나씩 가렸다. 용자리, 겨울 처녀자리, 일곱 염소자리, 그리고 가장 오랫동안, 가장 환하게 빛나던 큰 눈조차.

지평선 위의 하늘이 잠시 번쩍하는 번개와 함께 밝아졌다. 우르릉하고 울리는 천둥이 메아리쳤다. 휘몰아치는 바람은 더 거세지고 눈으로 먼지와 마른 나뭇잎이 마구 들어왔다.

유니콘은 히힝 하고 울며 머릿속으로 신호를 보내왔다. 시리는 유니콘의 말을 바로 이해했다.

시간 낭비할 수 없어. 우리의 유일한 희망은 빨리 도망치는 것뿐이야. 우리에게 맞는 장소, 우리에게 맞는 시간으로. 별의 눈, 서두르자.

난 세상들의 주인이야, 시리는 스스로에게 일렀다. 난 오래된 피, 시간과 장소를 지배해.

나는 라라 도렌의 피를 잇고 있어.

이후아라쿠악스가 히힝 하고 울며 시리를 재촉하자 켈피는 길게 이어지는 울음소리로 대답했다. 시리는 장갑을 꽉 끼며 말했다.

"난 준비가 됐어."

귓가에서 쉭쉭 소리가 났다. 번쩍하는 밝은 빛, 그리고 어둠.

저녁 전의 고요한 호수 수면 위에 떠 있는 배에 앉아 호수 바닥에 걸린 찌를 빼내려고 낚싯줄을 끌어당기며 욕하는 낚시 왕의 목소리가 들려왔다. 이어서 노를 놓는 소리가 쿵 하고 울렸다.

니무에는 조바심이 나는지 헛기침을 했고, 콘드비라무르스는 창문에서 몸을 돌리고 또다시 수채화 위로 몸을 굽혔다. 특히 한 장의 그림이 시선을 사로잡았다. 머리카락을 휘날리고 있는 여자아이가 앞다리를 들어 올린 까만 암말 위에 올라탄 모습이었다. 그 옆에 있는 하얀 유니콘 역시 앞다리를 들고 있었는데, 유니콘의 갈기도 여자아이의 머리처럼 휘날리고 있었다.

"전설의 바로 이 부분에 대해서는, 역사학자들 모두 한목소리로 지어낸 이야기라고, 동화적 장식이나 환각적인 비유라고 말해요. 이런 의견에 아랑곳하지 않고 화가들과 판화가들은 이 에피소드를 아주 좋아하죠. 시리와 유니콘을 그린 그림은 정말 많아요. 이건 뭘까요? 바닷가 해안 절벽에 선 시리와 유니콘. 이건 또 뭘까요? 마치 마약의 트랜스에서나 볼 법한 밤의 풍경이네요. 두 개의 달이 뜬 밤하늘을 배경으로 함께 있는 시리와 유니콘."

콘드비라무르스의 물음에도 니무에는 아무 말이 없었다.

"한마디로 어딜 보나 시리와 유니콘 그림이에요. 시리와 유니콘이 세상들의 미로에서 헤매는 그림, 시간의 심연 아래 있는 시리와 유니콘."

콘드비라무르스가 종이들을 책상 위로 던지며 말했다.

"시리와 유니콘. 시리와 유니콘이 마치 유령처럼 아무것도 없는 곳에서 나타나는 거지, 호수의 고요한 수면 위로…… 그 호수는 어쩌면 계속 같은 호숫가가 아닐까? 다른 시간과 다른 공간이 마치 자물쇠처럼 잠긴 채 계속 회전하는 상태지만 사실은 같은 장소라면?"

니무에가 창문 너머와 호수, 배와 그 위에서 움직이는 낚시의 왕을 바라보며 말했다.

"네? 그게 무슨 말씀이세요?"

"환상. 다른 차원과 다른 공간, 다른 장소, 다른 시간에서 온 이들을 환상이라고 부르지. 누군가의 인생을 바꿔놓기도 하는 환상. 그리고 자기 자신의 인생과 운명을 바꾸는…… 전혀 모르는 채로 말이야. 그들에게는 그저 다음 장소에 지나지 않겠지만. 그 장소와 그 시간이 아닌…… 또다시 몇 번이나 계속 잘못 찾아오게 되는 장소와 시간……."

니무에는 콘드비라무르스를 보고 있지 않았다.

"니무에 선생님, 꿈꾸는 사람은 바로 저예요. 제가 꿈속의 환상과 그림을 보기 위해 와 있는 거라고요. 선생님께서 그렇게 말씀하시면…… 지금 말씀하시는 건 마치…… 꿈에서 보신 것처럼 이야기하시잖아요."

갑자기 높아진 목소리와 욕설로 짐작해봤을 때, 낚시의 왕은 낚시찌를 호수 바닥에서 끌어내지 못하고 낚싯줄만 끊어 먹은 것 같았다. 니무에는 아무 말 없이 그림을 바라보았다. 시리와 유니콘의 그림이었다. 한동안 침묵하던 니무에가 차분한 목소리로 말했다.

"내가 한 이야기는 사실 꿈에서 본 거야. 꿈에서 여러 번 본 거지. 그리고 한 번은 깨어 있는 상태에서 봤어."

츄우호프에서 말보르크까지는 조건이 따라줘도 닷새는 걸리는 길이었다. 츄우호프의 사령관이 빈리히 폰 크니프로드 수도원장에게 보내는 서신은 무조건 성령강림절까지 전달해야 했기 때문에 기사인 헨릭 폰 슈벨보른은 무사히, 지체 없는 여정을 비는 일요일 기도를 마치자마자 길을 나섰다. 신중하지만 확실하게. 호위병들은 기사의 이런 태도가 매우 마음에 들었는데, 호위부대는 쾰른에서 온 빵집 아들인 하소 플랑크가 이끄는 여섯 명의 말 탄 궁수들로 구성되어 있었다. 궁수들과 플랑크는 욕설을 늘어놓으며 소리를 지르고 목이 부러져라 달리도록 재촉하다가 결국, 시간에 맞추지 못하면 모든 잘못을 호위부대에게 돌리는, 수도원 기사로서는 말도 안 되는 거짓말을 늘어놓는 그런 기사들의 행태에 익숙했다.

날씨는 흐렸지만 따뜻했다. 가끔씩 부슬비가 내렸고 협곡에는 안개가 서려 있기도 했다. 무성한 푸른 풀이 가득 자라 있는 언덕은 헨릭에게 고향 튀링겐과 어머니, 그리고 한 달 동안 여자를 품지 못했다는 사실을 생각나게 했다. 헨릭은 궁수들 뒤에서 달리며 천천히 발터 폰 데어 포겔베이데의 발라드를 부르고 있었다. 플랑크는 안장에 앉은 채로 졸고 있었다.

누가 착한 여인들을 사랑하는가
모든 악한 행동들을 반성하라

가는 길은 순탄했고, 마지막까지 그렇게 순탄할 것만 같았다. 하지만 정오가 다 되었을 무렵 기사 헨릭은 길 아래쪽에서 반짝이는 호수의 수면을 보았다. 내일이 금요일이니, 금육(禁肉)의 날을 대비해서 생선류의 식량을 확보하기에 딱 알맞은 때였다. 헨릭은 호숫가로 내려가 어촌이 있는지 살펴보라고 일렀다.

호수는 굉장히 컸는데, 그 위에는 섬까지 하나 있었다. 호수의 이름을 아는 사람은 없었지만, 분명 '무슨무슨 성스러운 호수'라는 이름으로 불릴 것이다. 이 이교도의 나라에서는 마치 조롱이라도 하듯 호수 두 개 중 하나는 '성스러운 무슨무슨 호수'라는 이름이 붙어 있었다.

말발굽에 호수 가장자리에 있던 민물조개들이 부서졌다. 호수에는 안개가 자욱했지만, 그럼에도 이곳에는 배도, 그물도, 개미 새끼 한 마리도 없다는 것을 알 수 있었다. 다른 곳을 찾아봐야겠군, 헨릭 폰 슈벨보른은 생각했다. 먹을 만한 생선이 없다면 어쩔 수 없지, 말린 고기라도 먹고 말보르크에 도착하면 고해성사를 해야겠군, 신부님이 죄의 고백에 대한 보속을 주면 죄스러운 행위는 끝나는 거겠지.

그렇게 명령을 내리려는 찰나, 투구 아래 머릿속에서 무엇인가 쉭쉭거리는 소리가 나고 호위병 중 한 명인 하소 플랑크가 찢어질 듯 비명을 질렀다. 헨릭은 주위를 살펴보다가 몸이 굳어버리고 말았다. 그는 반사적으로 성호를 그었다.

말 두 마리가 있었다. 한 마리는 흰색이었고, 다른 한 마리는 검정색이었다. 하얀 말의 이마에 나사 모양으로 꼬인 뿔이 달려 있는 것을 보고 더욱더 공포에 질렸다. 또한 검은 말 위에는 회색빛 머리의 여자아이가 앉아 있었는데, 머리카락은 뺨이 안 보이도록 묶여 있었다. 이 환상들은 땅을 딛고 있는 것처럼 보이지 않았다. 땅뿐만 아니라 물에 닿아 있는 것처럼도 보이지 않았다. 마치 호수 위에 드리운 안개 사이로 떠 있는 것만 같았다.

그때 검은 말이 히힝 하고 울었다.

"어어, 이레 록케, 이레 테드! 스퀘스'메."

회색 머리의 여자아이가 아주 잘 들리는 분명한 목소리로 말했다.

"성 우르슐라 님이시여, 우리의 수호성녀님……."

얼굴이 백지장처럼 창백하게 질린 하소가 중얼거렸다. 다른 궁수들도 입을 쩍 벌리고 제자리에 얼어붙은 채로 모두 성호를 긋고 있었다.

헨릭 역시 성호를 긋고는 떨리는 손으로 안장 옆에 매달린 칼집에서 칼을 꺼내 들었다.

"하일리게 마리아! 무테 고테스! 스테 미어 베이!"

헨릭 폰 슈벨보른은 큰 소리로 외쳤다. 기사 헨릭은 이날 용맹한 폰 슈벨보른 가문에 수치가 되지 않았다. 또한 사라센인들이 십자군 기사단을 상대로 검은 악마를 풀어놓았던 다미에타 전투에서 도망치지 않은 소수의 기사 중 한 명이었던 디트릭 폰 슈벨보른의 이름 앞에서도 부끄럽지 않았다. 박차를 가해 달리는 말의 속도를 높이며 굴복하지 않던 선조들을 떠올린 헨릭은 말발굽으로 민물조개들을 깨부수며 환영을 향해 달려갔다.

"수도원 기사단과 성 게오르그의 이름을 걸고!"

하얀 유니콘은 마치 문장의 그림처럼 앞발을 들며 일어섰고 여자아이도 놀란 것 같았다. 무슨 일이 벌어질지 아무도 예상할 수 없는 상황이었다. 그 순간, 호수에서 피어오르는 갑작스러운 안개로 이 이상한 환영은 돌멩이를 맞은 스테인드글라스처럼 여러 색으로 흩어지고 말았다. 그리고 모든 것이 사라졌다, 모든 것이. 하얀 유니콘도, 검은 말도, 이상한 여자아이도.

헨릭의 종마는 물을 튀기며 호수로 들어가다 말고 멈춰 서서 머리를 흔들고 울더니 이빨로 재갈을 씹었다. 하소 플랑크는 내켜하지 않는 자신의 말을 겨우 달래며 헨릭에게 다가갔다. 헨릭은 거친 숨을 몰아쉬며 헐떡거렸고 그의 눈은 마치 금육의 날 먹는 물고기처럼 튀어나와 있었다.

"성 우르슐라의 성스러운 유골에 걸고, 성 코르둘라와 쾰른의 만천 명의 성처녀 순교성인들에 걸고…… 저게 뭐였습니까, 기사님? 기적인가요, 환상인가요?"

하소 플랑크가 간신히 입을 떼며 물었다.

"악마의 장난이야! 흑마술! 마법! 저주받을 이교도들의 더러운 마법……."

수도원 기사 헨릭 폰 슈벨보른이 그제야 창백해진 얼굴로 이를 딱딱 부딪치며 말했다.

"여길 빨리 떠납시다, 기사님. 빠르면 빠를수록…… 펠플린은 별로 멀지 않아요. 교회 종소리가 들리는 곳으로 어떻게든 빨리……."

숲으로 들어가기 전 구릉에서 헨릭은 마지막으로 주위를 돌아보았다. 바람이 안개를 날려버리고, 벽처럼 늘어선 나무에도 가려지지 않은 잔잔한 호수의 수면 위로 잔물결이 일었다.

물 위로 커다란 물수리들이 맴돌고 있었다. 그 모습을 잠시 지켜보던 헨릭이 중얼거렸다.

"신을 믿지 않는 이교도들의 지역이야. 우리 독일 십자기사단이 이곳에서 악마를 몰아내는 데 상당한 노력과 어려움이 따르겠군."

"작은 말아, 너무 불평불만만 늘어놓고 싶지는 않지만, 난 내 세상으로 빨리 가야 해. 나와 가까운 사람들이 날 필요로 한다는 건, 너도 알잖아. 그런데 우린 호수에서 처음엔 우스꽝스러운 네모 무늬 옷을 입은 시골 아저씨를 만나고, 그 다음엔 손도끼를 들고 소리를 지르는 더러운 무리를 만나고, 결국엔 등에 검은 십자 무늬를 새긴 미친놈까지 만났다고. 이 시간들이, 이 장소들이 아니야! 부탁이니까 제대로 좀 해봐, 제발."

시리가 양심의 가책과 야유를 동시에 담아 말했다.

이후아라쿠악스가 히힝 하고 울더니 뿔을 끄떡거리며 시리에게 어떤 생각을 전달했다. 그게 무슨 말인지 시리는 이해가 되지 않았다. 그걸 고민하기에는 시간이 없었고, 머릿속으로 다시금 차가운 밝은 빛이 쏟아졌으며, 귀에서는 쉭쉭거리는 소리가 나고, 목덜미는 개미가 기어가듯 간질거렸다.

이윽고 또다시 검고 부드러운 무(無)가 시리를 둘러쌌다.

니무에는 즐겁게 웃으며 남자의 손을 끌어당겼다. 낮게 자란 자작나무와 오리나무, 덤불과 넘어진 나무둥치 사이를 둘은 뛰어다녔다. 고운 모래사장이 펼쳐진 물가에서 니무에는 샌들을 벗어던지고 원피스를 걷어 올리더니 맨발로 첨벙첨벙 호숫가의 물속을 걷기 시작했다. 남자 역시 신발을 벗었지만 물로 들어가진 않았다. 그는 외투를 벗어 모래 위에 깔았다.

니무에가 남자에게 뛰어가 양손으로 남자의 목을 끌어안고 까치발을 들었지만, 니무에에게 키스하기 위해서 남자는 몸을 잔뜩 숙여야 했다. 니무에의 별명이 괜히 엄지 공주인 것은 아니었다. 하지만 열여덟 살의 마법사 수련생인 니무에를 감히 별명으로 부르는 건 아주 가까운 사람들뿐이었다. 그리고 극소수의 남자들뿐.

남자는 니무에의 입술에서 입술을 떼지 않은 채, 드러난 목덜미 안쪽으로 손을 집어넣었다. 이후에는 모든 게 빨리 진행되었다. 둘은 모래사장에 펼쳐진 외투 위에 있었고 니무에의 원피스는 허리 위까지 올라간 상태였다. 니무에의 허벅지는 남자의 허벅지를 강하게 감쌌고, 손바닥은 남자의 등을 거칠게 어루만졌다. 보통 때처럼 남자가 너무 성급하게 니무에를 가지려 들었고 니무에는 이를 악물었지만, 흥분한 남자의 리듬을 금방 따라잡았다.

이미 여러 번 경험했으니까.

남자는 이상한 소리를 내고 있었다. 그의 등 뒤로 니무에는 하늘 위로 날아가는, 환상적인 형태의 적운을 보았다. 곧이어 무언가 울리는 소리가 났다. 마치 바다 밑바닥에 가라앉은 거대한 종이 울리는 듯한 소리였다. 니무에의 귓속이 갑자기 울렸다. 마법이야, 고개를 돌리며 자기 위에 누워 있는 남자의 팔과 뺨에서 벗어나려던 니무에는 생각했다.

호숫가 옆, 호수의 수면 바로 위에 하얀 유니콘이 서 있었다. 그 옆에는 검은 말이 있었다. 그리고 검은 말 위에는…….

저건 내가 아는 그 전설이잖아, 니무에의 머릿속으로 생각이 스쳐갔다. 저 이야기를 알아! 내가 어렸을 때, 아주 어린아이였을 때 방랑하는 이야기꾼 할아버지 포그비즈드가 해준 이야기였어…… 여자 위쳐 시리…… 뺨에 상처가 난…… 검은 암말 켈피…… 유니콘들…… 엘프의 나라…….

이 현상을 전혀 알아채지 못한 남자의 움직임은 더 급박해졌고, 그의 신음 소리 역시 점점 더 우스워졌다.

"으악, 또 잘못 왔잖아! 이 시간, 이 장소가 아니야! 그리고 저것 좀 봐, 하필이면! 죄송합니다."

검은 암말 위에 있던 여자아이가 말했다.

환영은 흐려지더니 마치 그림을 그려놓은 유리가 깨지듯 순식간에 무지갯빛과 금빛의 반짝이는 조각으로 흩어져버렸다. 그러고는 모두 사라지고 말았다.

"안 돼! 안 돼! 가지 마! 싫어!"

니무에는 소리치며 무릎을 펴고 남자에게서 빠져나오려고 했지만 그럴 수가 없었다. 남자는 힘이 세고 무거웠던 것이다. 그는 신음 소리를 내며 몸이 굳어졌다.

"오오, 니무에…… 오오오!"

니무에는 비명을 지르며 남자의 등을 이빨로 물었다.

둘은 외투 위에서 숨을 헐떡이며 몸이 달아오른 채로 누워 있었다. 니무에는 호수의 끝을, 거품이 인 수면과 바람이 불어 옆으로 누운 갈대를 바라보았다. 사라진 전설이 남긴, 무채색의 희망 없는 허공을 바라보았다.

니무에의 코끝에서 눈물이 방울져 떨어졌다.

"니무에…… 무슨 일 있어?"

"있었지, 물론. 아무 말도 하지 말고 안아줘. 아무 말도 하지 마."

니무에는 남자를 꼭 끌어안았지만 시선은 호수에 고정되어 있었다.

"무슨 일이 있었는지 내가 알지. 땅이 흔들렸던 거지?"

남자는 으쓱해하며 잘난 척하듯 웃었다.

니무에는 슬프게 웃었다. 그리고 잠시 침묵한 후 말했다.

"그뿐만이 아니야, 그게 전부가 아니라고."

광채. 어둠. 다음 장소.

다음 장소는 어둡고 불길하고 끔찍했다.

시리는 반사적으로 안장에 앉은 채 몸을 움츠렸다. 충격을 받아서였다. 켈피의 발굽은 가속도가 붙은 채로 무언가 아프고 딱딱하고 평평한 바위처럼 꿈쩍하지 않는 것에 부딪치고 있었다. 오랫동안 아무것도 없는 무(無)의 부드러움에 익숙해져 있다가 느닷없이 이렇게 딱딱한 것을 접하게 되자 당황스럽고 불쾌해진 켈피는 히힝 하고 큰 소리로 울며 순식간에 방향을 틀더니 이빨이 흔들릴 정도로 세차게 발굽을 굴렀다.

또 다른 충격은 은유적인 의미의 충격이었는데, 그건 냄새였다. 시리는 비명을 지르며 소매로 입과 코를 가렸다. 눈에 눈물이 맺히는 것이 느껴졌다.

주변은 온통 시큼하면서도 찌르는 듯한, 진하고 달라붙는 듯한 악취와 숨이 막힐 듯한 지독한 탄내로 가득했다. 뭐라고 형언할 수도 없고, 지금까지 맡아본 그 어떤 냄새와도 비슷하지 않은 냄새였다. 그럼에도 시리는 이것이 썩는 냄새라는 것을, 시체가 부패하면서 나는 냄새라는 것을, 파괴와 해체의 냄새라는 것을 알 수 있었다. 또한 파괴되어 이렇게 악취를 풍기는 것이라면 살아 있었을 때도 아름답지 않았으리라는 것도 짐작할 수 있었다. 켈피는 콧김을 뿜으며 머리를 흔들고 콧구멍을 좁혔다. 켈피와 시리 옆에 나타난 유니콘 역시 주저앉았다가 펄쩍 뛰어오르며 세차게 발을 찼다. 딱딱한 바닥이 진동하면서 시끄러운 메아리가 되어 되돌아왔다.

밤이었다. 새까맣고 더러운, 끈끈하고 냄새나는 옷에 둘러싸인 듯한 어둠이었다.

시리는 별을 보려고 고개를 들었지만, 아무것도 없었다. 중간중간 화염처럼 어른거리는 붉은빛의 심연 외에는.

"아우, 우웩! 여기는 아니야! 이 시간도 아니고! 절대로 아니야!"

시리는 입을 열자마자 시큼한 악취가 입술 위에 내려앉는 것을 느끼며 얼굴을 찡그렸다.

유니콘이 히힝 하고 울며 머리를 흔들고, 뿔은 재빨리 짧은 활 모양을 그렸다.

켈피의 발굽이 디디고 있던 것은 바위였지만, 기이하게도 너무나 부자연스럽게 반들반들하고 탄내와 더러운 재의 악취를 풍기고 있었다. 시리는 자신이 보고 있는 것이 길이라는 것을 깨닫는 데까지 상당한 시간이 걸렸다. 이 불쾌하고 기분 나쁜 딱딱함에 진력이 났다. 시리는 켈피를 옆으로, 한때 나무였으나 지금은 끔찍하게 말라붙은 뼈대처럼 보이는 죽은 나무 옆으로 몰았다. 그 죽은 나무에는 누더기를 썩은 수의처럼 걸친 시체들이 매달려 있었다.

유니콘은 히힝 울며 시리에게 신호를 보내고 경고했다. 하지만 이미 너무 늦었다. 이상한 길과 말라버린 나무들 뒤로는 무언가가 잔뜩 쌓여 있었는데, 그 아래로는 수직으로 떨어지는 날카로운 절벽이 있었다. 시리는 비명을 지르며 미끄러지는 켈피를 뒤꿈치로 찼다. 켈피는 몸을 홱 틀고는 잔뜩 쌓여 있는 무언가를 발굽으로 밟아 짓이기고 있었다. 그것들은 무언가의 조각들이었는데, 정체 모를 그릇 같은 것이었다. 켈피의 발굽 아래서도 그 조각은 부서지지 않고, 커다란 물고기의 부레처럼 징그러우리만치 부드럽게 달라붙듯 짓이겨질 뿐이었다. 무언가 질척거리면서 풍기는 냄새 때문에 시리는 안장에서 떨어질 뻔했다. 켈피는 커다랗게 울며 이 쓰레기터를 벗어나 위쪽으로 향했다. 시리는 지독한 냄새에 콜록거리며 켈피의 목을 끌어안았다.

그곳을 간신히 빠져나오자 기이한 길의 불쾌한 딱딱함이 다행스럽고 반갑게 느껴졌다. 숨을 헐떡이던 시리는 분지를 채우고 있는 검은 호수의 물을 바라보았다. 수면은 죽은 것처럼 보였고, 물이 아니라 식어버린 타르처럼 반질거리고 있었다. 호수 뒤편, 쓰레기터 한쪽에는 타고 남은 조각들과 재들이 쌓여 있었고 그 뒤로는 먼 곳에서 번쩍이는 불꽃으로 인해 하늘이 붉게 타오르는 듯 보였고, 피어오르는 연기마저도 붉게 보였다.

유니콘은 콧소리를 냈다. 시리는 소매로 눈물을 닦으려고 했지만 소매

전체가 먼지에 뒤덮여 있다는 걸 알았다. 비듬 같은 허연 먼지들이 허벅지와 안장 머리, 켈피의 갈기와 목에도 쌓여 있었다. 냄새는 숨이 막힐 지경이었다.

"끔찍해. 토할 것 같아…… 끈적끈적해. 여기서 떠나자…… 여기서 빨리 떠나자, 작은 말아."

시리가 중얼거리자 유니콘이 귀를 세우더니 콧김을 내뿜었다.

그건 너만이 할 수 있어. 어서 해.

"내가? 혼자? 너의 도움 없이?"

유니콘은 뿔을 끄떡였다.

시리는 머리를 긁적이며 한숨을 쉬더니 눈을 감았다. 그리고 집중했다.

처음에는 불신과 포기, 공포밖에 떠오르지 않았다. 하지만 곧 차가운 밝은 빛이, 지식과 힘의 밝은 빛이 시리를 휘감았다. 시리는 그 힘과 지식이 어디서 오는 것인지 알 수 없었다. 하지만 자신이 할 수 있다는 것은 알았다. 스스로 원하기만 한다면 할 수 있다는 것을 말이다.

시리는 굳어버린 듯한 죽은 호수와 쓰레기의 매캐한 연기, 뼈대만 앙상하게 남은 나무들을 응시했다. 멀리서 화염에 의해 하늘이 밝아지고 있었다.

"다행이야! 이게 나의 세상이 아니라서 다행이야, 정말로!"

시리가 바닥에 침을 뱉자 유니콘이 의미심장하게 히힝 하고 울었다. 시리는 유니콘이 무엇을 말하려고 하는지 알고 있었다. 시리는 손수건으로 눈과 코, 입을 닦으며 말했다.

"내 세상이라고 하더라도 진정한 내 세상은 아니야. 시대가 다르니까. 분명 다른 시간대라고. 이건 과거이거나……."

시리는 문득 말을 멈춘 채 침묵하다가 먹먹한 목소리로 말했다.

"……과거야. 이건 분명 과거의 세상일 거야."

다음 장소에서 시리는 비구름을 만났다. 쏟아지는 비는 은유가 아니라 진짜 축복처럼 느껴졌다. 비는 따뜻하고 향기로웠으며 여름 냄새와 풀 냄새, 진흙과 퇴비 냄새가 났다. 더러운 것들을 씻어내고, 정화시키고, 카타르시스에 젖어 들게 했다.

하지만 카타르시스라는 것이 다 그렇듯 오래 지속되면 지루하고, 견딜 수 없는 것이 되기 마련이다. 온몸을 씻어주던 빗물은 잠시 뒤, 견딜 수 없을 정도로 몸을 흠뻑 적셨고 옷깃 사이로 줄줄 흘러들어 오면서 끔찍하게 추워지기 시작했다. 시리 일행은 다시 자리를 옮겼다.

왜냐하면 이곳 역시 그 장소가, 그 시간이 아니었기 때문이다.

다음 장소는 아주 따뜻한 곳이었는데, 사실 따뜻한 게 아니라 매우 더워서 시리와 켈피, 유니콘은 몸이 마르면서 마치 세 개의 주전자처럼 김을 내뿜고 있었다. 숲 끝에서 태양빛에 이글이글 익고 있는 헤더 덤불이 보였다. 이곳이 거대한 숲이라는 것과 울창하고 접근이 불가한 야생의 원시림이라는 것을 금방 알 수 있었다. 시리의 마음속에는 희망이 샘솟았다. 어쩌면 여긴 브로킬론의 숲일 수도 있어. 드디어 아는 장소에, 제대로 된 장소에 온 거야.

시리와 켈피와 유니콘은 원시림의 가장자리를 천천히 달렸다. 시리는 이정표가 될 만한 것을 찾아보았다. 유니콘은 코를 바삐 움직이며 머리와 뿔을 높이 쳐들고 주위를 살펴보았다. 불안해하는 것 같았다.

"왜 그래, 작은 말아? 누가 우리를 쫓아오는 것 같니?"

유니콘의 히힝 하는 울음소리의 의미는 텔레파시가 없어도 바로 이해할 수 있었다.

"우리가 아직…… 충분히 멀리 도망쳐 온 게 아닌가?"

이 질문에 대한 유니콘의 대답은 좀처럼 이해할 수가 없었다. 멀리와 가까이라는 개념이 없다고? 나선형이라니? 무슨 나선?

시리는 유니콘의 대답을 이해하지 못했다. 하지만 불안감만큼은 그대로 전염되었다.

뜨거운 헤더 덤불 역시 제대로 된 장소도, 시간도 아니었다.

그것을 알게 된 것은 더위가 조금 가신 저녁이었다. 숲 위의 하늘에는 하나의 달이 아닌, 두 개의 달이 떠 있었던 것이다. 하나는 크고, 하나는 작았다.

다음 장소는 바닷가로 경사가 가파른 절벽이 있는 곳이었다. 멧비둘기들이 괴상한 모양의 바위에 몸을 부딪치고 있었다. 바닷바람 냄새가 풍겨왔고, 제비갈매기들이 소리를 지르고, 검은머리갈매기들과 슴새들이 하얗게 층을 이루어 울퉁불퉁한 바위들을 뒤덮고 있었다.

바다는 어두운 구름이 내린 수평선까지 탁 트여 있었다.

아래쪽, 돌이 가득한 해안에서 시리는 자갈 속에 부분적으로 묻혀 있는 머리가 큰 거대한 물고기의 뼈를 보았다. 하얗게 바랜 턱에서 뻗어 나온 이빨들은 최소한 세 뼘은 될 만큼 컸고 물고기의 벌린 입은 말을 타고 들어가 물고기의 몸통뼈까지 행진할 수 있을 정도로 컸다.

시리는 이곳이 자신의 세상인지, 자신이 살던 시대에 이런 물고기가 존재하는지 알 수 없었다.

절벽 끝까지 말을 타고 둘러보는데 갈매기와 앨버트로스들은 전혀 겁을 내지 않았고 길을 비켜주기는커녕, 켈피와 이후아라쿠악스의 발등을 쪼려고 했다. 시리는 이 새들이 인간도, 말도 본 적이 없다는 것을 깨달았다. 유니콘은 말할 것도 없고.

이후아라쿠악스는 히힝 울며 머리와 뿔을 흔들었다. 불안해하는 것 같았다. 그럴 법도 했다.

그 순간 캔버스 천 같은 게 찢어지는 소리가 났다. 제비갈매기들이 비명을 지르고 날개를 펄럭이며 날아올라 순식간에 시야가 새 떼들로 뒤덮였다. 벼랑 위의 공기가 갑자기 진동하며 마치 유리 위에 물을 뿌린 것처럼 뿌옇게 변했다. 그러더니 유리처럼 깨져버렸다. 그 깨진 틈을 통해 새카만 것이 쏟아지더니, 그 안에서 말 탄 기수들이 나왔다. 어깨 위로는 망토를 펄럭이고 있었는데, 적갈색과 아마란스빛, 진홍빛의 망토는 석양으로 붉게 물든 하늘을 연상케 했다.

데아르그 루아드리, 붉은 기사들.

새들의 울음과 유니콘의 울부짖음이 메아리치기도 전에 시리는 켈피의 머리를 돌려 달리고 있었다. 하지만 공기는 다른 쪽에서도 또 한 번 갈라지더니 갈라진 틈을 통해 망토를 날개처럼 펄럭이는 또 다른 기사들이 쏟아져 나왔다. 수색대의 반원형 대열이 시리 일행을 벼랑으로 몰아세웠다. 시리는 비명을 지르며 칼집에서 자신의 칼, 제비를 빼 들었다.

유니콘이 보낸 신호가 너무나 날카로워서 시리의 머릿속에 바늘처럼 꽂혔다. 이번엔 바로 이해할 수 있었다. 유니콘은 길을 알려주고 있었던 것이다. 원형의 빈틈. 유니콘은 두 발로 서서 찢어질 듯한 소리로 울부짖더니 위협적으로 뿔을 들이대고는 엘프들을 위협하며 앞으로 달려 나가기 시작했다.

"작은 말아!"

도망쳐, 별의 눈! 절대로 잡히면 안 돼!

시리는 켈피의 갈기에 바짝 몸을 붙였다.

그때 두 엘프가 시리 앞을 막아섰다. 긴 손잡이가 달린 올가미를 들고 있었는데, 켈피의 목에 던지려고 했다. 켈피는 단 한순간도 속도를 늦추지 않은 채로 날렵하게 머리를 돌려 피했다. 시리는 단칼에 두 번째 올가미의 고리를 베어버리고 고함을 지르며 켈피를 더 빨리 달리게 했다. 켈피는 폭풍 같은 속도로 달려 나갔다.

하지만 다른 기사들이 발뒤꿈치까지 바싹 추격해왔다. 그들의 외침과 말발굽 소리, 펄럭이는 망토 소리가 들려왔다. 작은 말은 어떻게 되었을까, 시리는 생각했다. 이들이 작은 말을 어떻게 한 걸까?

하지만 깊게 생각할 여유가 없었다. 절대로 잡히면 안 된다는 유니콘의 말은 옳았다. 시리는 공간 속으로 숨어들어야 했다. 시간과 공간의 미로 속으로 사라져야만 했다. 시리는 집중해보려고 애썼지만 공포에 질린 탓인지 머릿속에는 허공만이, 점점 커져가는 소음만이 가득했다.

나에게 마법을 건 거야, 시리는 생각했다. 날 마법으로 마비시키려는 거야. 그럴 수는 없어! 마법도 그 효력이 미치는 범위가 있어, 내 근처로는 오지 못하게 할 거야!

"달려, 켈피!"

검은 말은 머리를 쭉 빼고 바람처럼 질주했다. 시리는 켈피의 목을 껴안고 바람의 저항을 받지 않기 위해 거의 눕듯이 몸을 바싹 붙였다.

시리의 등 뒤에서 들려오던, 조금 전까지만 해도 크고 위험할 정도로 가까웠던 고함 소리가 잦아들면서 겁먹은 새들의 울음소리에 묻히고 있었다. 어느덧 그 소리들은 완전히 멀어졌다.

켈피는 폭풍처럼 달렸다. 바닷바람이 귀에서 비명처럼 울릴 정도로.

멀리서 들려오는 수색대의 외침 속에는 분노가 서려 있었다. 붙잡을 수 없다는 걸 깨달은 모양이었다. 이 검은 말을 결코 따라잡을 수 없다는 것을 말이다. 조금도 지치지 않고 가볍고 부드럽게, 치타처럼 유연하게 달리는 이 검은 말을.

시리는 뒤를 돌아보지 않았다. 하지만 수색대가 오랫동안 자신을 쫓아왔음을 알고 있었다. 그들의 말이 숨을 헐떡거리고 비틀거리며 거품을 문 채로 쓰러질 때까지. 그제야 그들은 아무짝에도 쓸모없는 위협과 저주만을 시리에게 퍼부었을 것이다.

켈피는 그렇게 계속 바람처럼 달렸다.

이번에 도망쳐온 장소는 건조하고 바람이 많이 불었다. 울부짖듯 몰아치는 매서운 바람이 시리의 뺨을 타고 흐르던 눈물을 금방 말려버렸다.

시리는 혼자였다. 또다시 혼자. 아무도 없이 혼자.

방랑자, 영원한 떠돌이, 시간과 공간의 열도*들 사이, 망망대해에서 길을 잃은 뱃사람.

희망을 잃어가고 있는 뱃사람.

바람이 쉭쉭거리며 갈라진 땅 위의 말라비틀어진 잡초 위로 불고 있었다.

바람은 눈물도 말려버렸다.

머릿속에는 차가운 밝은 빛이, 귀에서는 쉭쉭거리는 소리가 들려왔다.

---

* 열도(列島): 길게 한 줄로 늘어선 형태의 섬들을 의미한다.

단 하나의 소리, 마치 소라고둥 안쪽에서 들려오는 듯한 소리만이 들려왔다. 목덜미를 타고 개미가 기어가는 것 같았다. 부드러운 검은빛의 무(無).

새로운 장소. 다른 장소.

장소들의 열도.

"오늘은 좋은 밤이 될 것 같아. 그게 느껴져."

니무에가 털가죽 외투를 두르며 말했다.

콘드비라무르스는 이와 비슷한 말을 벌써 몇 번이나 들었지만, 아무 말도 하지 않았다. 왜냐하면 저녁노을로 불타는 호수를 앞에 두고, 뒤로는 마법의 거울과 마법의 태피스트리를 걸어놓은 채 발코니에 앉아 있는 것 역시 처음이 아니었기 때문이다.

호수에서는 수면 위를 울리며 낚시 왕의 욕설이 들려왔다. 낚시의 왕은 실패한 낚싯줄 던지기, 줄 당기기, 건져 올리기 등등 낚시에서의 불만족스러운 결과를 생생한 단어들로 자주 표현하곤 했다. 레퍼토리가 한층 다양해진 것을 보니 이날 낚시 성적이 형편없는 모양이었다.

"시간은 시작도 끝도 없지. 시간은 마치 자기 이빨로 자신의 꼬리를 물고 있는 뱀, 우로보로스와 같아. 모든 순간에 영원이 숨어 있지. 그리고 영원은 그것을 이루는 순간순간으로 되어 있고. 영원은 순간들이 모인 열도와 같아. 그 열도 사이를 항해할 수도 있지. 다만 그 항해는 매우 어렵고 길을 잃게 되면 상당히 위험하지. 그러니 불빛으로 길잡이가 되어줄 수 있는 등대가 있으면 좋을 거야. 안개 사이에서 목소리를 들을 수 있다면 좋겠지……."

니무에는 잠시 침묵하다가 다시 말을 이었다.

"우리가 관심을 갖고 있는 그 전설은 어떻게 끝나지? 너나 나나 그 전설이 어떻게 끝나는지 알고 있는 것처럼 생각하지. 하지만 뱀 우로보로스는 자기 이빨로 자신의 꼬리를 물고 있어. 그러니 전설이 어떻게 끝나는지, 그 결과는 지금부터 시작되는 거야, 바로 이 순간에. 전설의 결말은 시간의 열도에서 길을 잃은 뱃사람이 등대의 불빛을 언제 알아채느냐에 달려 있어. 부르는 목소리를 듣고서."

호수에서는 욕설과 풍덩하는 물소리, 노가 노걸이에 부딪치는 소리가 들려왔다.

"오늘은 좋은 밤이 될 거야. 하지 전의 마지막 밤이지. 달은 줄어들어. 태양은 세 번째 집에서 네 번째 집으로, 염소-물고기 자리로 옮겨가지. 점을 치기에 가장 좋은 때야…… 가장 좋은…… 콘드비라무르스, 집중해."

콘드비라무르스는 이전에도 여러 번 했던 것처럼 니무에가 시키는 대로 집중하며 천천히 트랜스에 빠지기 시작했다. 니무에가 말했다.

"시리를 찾아. 저 별들 사이에, 저 달빛 사이 열도 어딘가에, 장소들 사이 어딘가에 있어, 혼자서. 시리는 도움을 필요로 하고 있어. 우리가 도와야 해, 콘드비라무르스."

관자놀이에 주먹을 얹고 집중. 귀에서는 마치 소라고둥에서 나는 듯한 바람 소리가…… 섬광. 갑작스럽고 부드러운 검은빛의 무(無).

시리는 불타는 장작더미를 보았다. 쇠사슬로 기둥에 묶인 여인들이 울부짖으며 자비를 구했고, 주위를 둘러싼 군중들은 환호성을 지르며 웃고 춤을 추었다. 커다란 도시가 불길이 이글거리는 맹렬한 화재에 뒤덮이고 무너지는 지붕에서 불꽃이 튀며 타들어가는 것도 보았다. 다리가 두 개 달린 거대한 도마뱀들이 묶인 채 서로 싸우고 있었고, 선명한 피가 발톱과 발 사이에서 흐르는 것도 보았다.

수백 개의 똑같이 생긴 하얀 풍차와 그 풍차의 날씬한 날개들이 돌고 있는 장소도 있었다. 수백 마리의 뱀들이 쉭쉭거리며 바위 위에 똬리를 틀고, 뱀 비늘이 바닥에 쓸리면서 스르륵 소리를 내는 장소도 있었다.

오로지 어둠밖에 없던 장소도 있었다. 그 어둠 속에는 목소리와 속삭임과 걱정이 있었다. 또 다른 장소들도 있었다. 그러나 어느 곳도 시리가 원하는 그 장소가 아니었다.

이제 장소에서 장소로 옮겨 다니는 것이 꽤 수월해진 시리는 시험을 해보기 시작했다. 시리가 무서워하지 않는 장소 중 한 곳은 원시림 앞의 따뜻한 헤더 덤불, 두 개의 달이 뜨는 곳이었다. 두 개의 달이 뜨는 풍경을 기억 속에서 불러내 머릿속에서 자신이 원하는 것을 계속 생각한 후, 집중을 하고 몸을 긴장시킨 뒤 무(無) 속으로 빠져들었다.

두 번째 시도 만에 성공했다.

성공에 고무된 시리는 더 대담한 시험을 해보기로 했다. 지금까지 장소들뿐 아니라 여러 시간대를 다녀오지 않았던가. 비소고타도 그런 말을 했고, 엘프들도, 유니콘들도 그렇게 얘기했다. 사실 그 전에도 스스로 인식하지 못했을 뿐 경험한 적이 있었다. 얼굴에 상처를 입었을 때, 추적자들을 뒤로하고 나흘이라는 시간을 뛰어넘어 도망쳤던 것이다. 그래서 비소고타가 아무리 계산을 해봐도 그 날짜들을 제대로 헤아릴 수 없었던 것이고.

그러니 그것이 혹시 기회가 아닐까? 시간을 뛰어넘는 것이?

시리는 시험해보기로 했다. 예를 들어 불타는 도시가 과거에도 불탔고 지금도, 앞으로도 영원히 불타고 있는 것은 아니리라. 만약 도시가 불타기 전에 도착할 수 있다면? 아니면 그 후에?

시리는 화재의 현장 한가운데 떨어졌고 그 바람에 눈썹과 속눈썹을 그을리며 불타는 도시를 도망치는 이재민들 사이에 엄청난 공포를 일으켰다.

그런 뒤에 안심이 되는 헤더 덤불이 있는 곳으로 이동했다. 이렇게까지 위험을 무릅쓸 필요는 없는 것 같아, 이러다가 무슨 일이 생길지 모르겠어, 시리는 생각했다. 장소를 이동하는 게 더 나은 것 같아, 이제 장소 이동만 하자. 다른 곳에 가보자고. 아는 장소, 내가 기억하고 있는 장소들, 그리고 떠올렸을 때 기분이 좋아지는 장소로.

시리는 멜리텔레 신전부터 시작했다. 대문과 건물, 공원, 작업실, 수련소녀들의 기숙사, 예니퍼와 살았던 방을 떠올리면서. 주먹을 관자놀이에 가져다 대고 집중하며 네네케와 에우르네이드, 카티에, 작은 이올라를 떠올렸다.

하지만 아무 일도 일어나지 않았다. 자라들이 휘파람 소리를 내고 개구리들이 시끄럽게 울고 있는, 모기와 안개로 자욱한 늪지대에 다다랐을 뿐이었다.

또 다른 시도를 해보았지만, 결과는 전혀 나아지지 않았다. 케어 모헨, 스켈리게 열도, 파비오 작스가 일하던 고스 벨렌의 은행. 닐프가드인들이 점령하고 있는 것을 알고 있었기 때문에 신트라는 시험해보지 않았다. 대신 예니퍼와 함께 쇼핑을 하러 갔던 비지마를 시험해보았다.

현인이며 연금술사이고 천문학자이자 점성술가인 아르헤니우스 크란츠는 딱딱한 의자에 앉아 망원경 구멍에 눈을 맞춘 채 온몸을 비틀고 있었다.

일주일 전부터 하늘에서 보이기 시작한, 매우 강력한 힘을 가진 커다란 유성에 대한 관찰과 조사가 필요했기 때문이다. 아르헤니우스 크란츠가 봐왔던 불타는 빨간 꼬리를 가진 이런 유성은 보통 큰 전쟁이나 대화재, 학살을 알리는 것이었다. 하지만 지금 상황으로 봤을 때, 예언의 역할을 했다고 하기에는 조금 늦은 것이 사실이었다. 왜냐하면 닐프가드와의 전쟁이 한창이었고 대화재와 학살은 그야말로 일상이 되어 누구나 예상할 수 있었기 때문이었다. 다만, 천체의 움직임을 잘 알고 있는 아르헤니우스 크란츠는 이를 통해 언제, 몇 년 후에, 아니면 몇 백 년 후에 이런 유성이 다시 나타날지 계산해서 지금보다는 준비를 좀 더 잘할 수 있지 않을까 하는 희망을 가지고 있었다.

아르헤니우스 크란츠는 자리에서 일어나 엉덩이를 문지르며 방광을 비우러 나갔다. 베란다 난간 틈을 통해서. 집주인 여자가 뭐라고 하건 말건 언제나 베란다 아래의 모란 꽃밭에 해결하는 것이 습관이었다. 화장실까지는 너무 멀었고, 시간을 그런 데 낭비할 생각은 전혀 없었다. 일을 접고 멀리까지 나가는 것은 생각할 시간을 잃어버리는 것이었고, 학자라면 누구라도 용납할 수 없는 일이었다.

난간에 서서 바지춤을 벌리고 비지마의 불빛이 호수 위에 반사되는 것을 바라보았다. 아르헤니우스 크란츠는 한숨을 내쉬며 별을 올려다보았다.

별과 별자리. 겨울 아가씨, 일곱 마리 염소, 주전자. 어떤 이론에 따르면 저것들은 그저 반짝이는 빛이 아니라, 세상들이라고 했다. 다른 세상들. 우리와는 우주만큼 떨어져 있는 세상들…… 언젠가는 저 다른 장소들, 다른 시간과 우주로도 여행이 가능할 거라고 나는 믿어. 그래, 언젠간 분명히 가능할 거야. 무슨 방법을 찾아내겠지. 하지만 그건 전혀 다른 종류의 생각을 필요로 할 거야, 좀 더 전환적인 생각, 오늘날 우리를 억누르고 있는 이성적 인식이라는 엄격한 코르셋을 탈출하는…….

아, 아르헤니우스는 자리에서 펄쩍 뛰며 생각했다. 만약 그렇게만 된다면…… 어떤 식으로든 깨달음이 와서 제 길로 들어설 수만 있다면! 그런 단 한 번의 기회가 찾아온다면…….

그때였다. 발코니 아래에서 무언가 번쩍하며 별빛처럼 흩어지더니 광채 속에서 말이 나왔다. 말은 기수를 태우고 있었고, 기수는 여자아이였다.

"안녕하세요, 적절한 시간이 아니라 죄송하네요. 여기가 어디인지 알 수 있을까요? 여긴 무슨 시간대인가요?"

여자아이는 예의 바르게 말했다.

아르헤니우스 크란츠가 침을 꼴깍 삼키며 말을 더듬자 여자아이가 참을성을 가지고 명확히 되풀이해 물었다.

"여긴 어디죠? 그리고 시간대는요?"

"어어…… 그…… 으……."

말이 히힝 하고 울었고, 여자아이는 한숨을 쉬었다.

"봐, 또 잘못 온 거야. 잘못된 장소, 잘못된 시간이라고! 하지만 대답이라도 해주세요, 아저씨! 알아들을 수 있는 말로요. 여기가 무슨 사람들이 말을 못하는 그런 장소는 아니잖아요!"

"에에……."

"한마디라도 좋으니까, 제발요."

"헤……."

"맙소사, 바보 같은 아저씨네, 도대체 왜……."

여자아이는 중얼거리더니 그대로 사라졌다. 말과 함께.

아르헤니우스 크란츠는 입을 다물었다. 잠시 난간 옆에 서서 밤하늘과 호수, 호수 위로 반사되는 비지마의 불빛을 보았다. 그러고는 바지춤을 올리고 망원경 앞으로 돌아왔다.

유성은 빠르게 하늘을 가로지르고 있었다. 유성을 시선에서 놓쳐서는 안 된다. 우주의 심연 사이로 없어지기 전까지 그 자취를 좇아야만 한다. 이건 기회이고, 학자는 기회를 놓쳐서는 안 된다.

어쩌면 다르게 시도해봐야 하는 게 아닐까, 헤더 덤불 위에 뜬 두 개의 달을 바라보며 시리는 생각했다. 지금은 두 개의 초승달이 되어, 하나는 작고 하나는 크지만 덜 뾰족한 달이었다. 장소나 얼굴 같은 건 아예 생각도 하지 말고, 그냥 간절하게 바라기만 한다면…… 아주 간절하게, 정말 간절하게, 마음속으로부터…….

해봐서 손해 볼 건 없잖아?

게롤트. 난 게롤트에게 가고 싶어. 게롤트에게, 정말로.

"으악, 안 돼! 이게 뭐야, 여기가 어디야!"

시리의 외침에 켈피가 히힝 하고 울며 콧구멍에서 김을 내뿜고는 눈 속에 발자국을 찍으며 자기도 같은 의견이라고 대답했다.

거센 바람이 휘파람 소리를 내며 불어오는 통에 시야를 가렸고, 작은 눈발들이 손과 뺨을 따갑게 할퀴었다. 냉기가 몸속 깊숙이 파고들어 관절을 늑대처럼 물어뜯었다. 시리는 숨을 몰아쉬며 어깨를 움츠리고는 추위를 막는 데 아무런 소용이 없는 보잘것없는 옷깃 사이로 목을 파묻었다.

왼쪽 오른쪽 모두 위협적인 산봉우리들로 둘러싸여 있었다. 회색의 거대한 바위산들은 그 꼭대기가 어디인지 알아볼 수 없을 정도로 눈보라와 안개 속에 가려져 있었다. 계곡 아래로는 엄청나게 물이 불어난 강이 얼음덩어리와 함께 세차게 흐르고 있었다. 주위의 모든 것이 하얗고 추웠다.

내 능력이 이렇지 뭐, 시리는 코가 얼어붙는 것을 느끼며 생각했다. 내 힘은 고작 이 정도야. 세상들의 주인이라고? 그게 무슨 소리야! 난 게롤트에게 가고 싶다고 했는데 겨울과 눈보라뿐인 아무것도 없는 이런 곳에 떨어지다니.

"켈피, 가자. 어서 움직여, 이러다 얼어 죽겠어!"

시리는 추위로 얼어붙은 손가락으로 고삐를 움켜잡으며 말했다.

"가자, 켈피! 여긴 우리가 오려고 했던 곳이 아니야. 가자, 따뜻한 헤더 덤불이 있는 곳으로. 하지만 일단은 집중해야 해. 시간이 조금 걸릴 수도 있어. 그러니까 움직여!"

켈피는 콧구멍에서 김을 내뿜었다.

눈보라가 몰아치고, 눈은 얼굴에 달라붙고 눈썹에 맺혔다. 얼음장 같은 바람이 우는 듯한 소리를 내며 세차게 불어왔다.

"저기 좀 봐! 저기 좀 보라고! 저기 발자국이 있어! 누군가 저기로 말을 타고 간 거야!"

앵글로메가 눈보라 소리보다 더 큰 목소리로 외쳤다.

"뭐라고? 뭐라고, 앵글로메?"

게롤트는 귀가 어는 것을 막기 위해 머리에 두르고 있던 목도리를 내리고 물었다.

"발자국! 말발굽 자국이 있다고요!"

"이런 곳에 무슨 말이 있다는 거야? 말이 여기를 어떻게 오겠어?"

카히르 역시 소리를 지를 수밖에 없었다. 눈보라 소리가 더 거세지고 산스레투르 강이 콸콸거리며 흐르는 소리 또한 점점 더 커지는 것 같았다.

"직접 보라고요!"

"정말이군요. 자취가 있어요. 하지만 이게 정말 말일까요?"

레지스가 말했다. 일행 중 유일하게 얼어붙은 티가 전혀 나지 않았는데, 당연한 일이지만 낮은 온도에도 높은 온도에도 딱히 반응하지 않았다.

"말일 리 없어. 이렇게 사람들과 멀리 떨어진 곳에 말이라니…… 저건 분명 야생동물의 발자국일 거야. 산양 아닐까?"

카히르가 뺨과 코를 세게 문지르며 대꾸했다.

"산양이라고? 바보! 내가 말이라고 하면, 말인 거야!"

앵글로메가 고함을 질렀다.

밀바는 여느 때와 같이 이론보다는 실제를 선호했다. 안장에서 뛰어내리더니 몸을 굽히며 여우 털로 만든 커다란 삼각형 모자를 뒤로 젖혔다. 한동안 발자국을 살피던 밀바가 말했다.

"코흘리개 말이 맞아. 말이야. 그것도 편자가 있는 말이군. 하지만 눈보라가 쓸고 지나가서 더 알 수 있는 건 없어. 다만 여기로, 저기 협곡 쪽으로 간 건 분명해."

"하! 내가 그랬잖아! 이곳에 사는 사람이 있다고! 근처에! 이 길로 계속 가면 따뜻한 오두막집이라도 나오지 않을까? 모닥불이라도 쬐게 해주지 않을까? 묵었다 가라고 할지도 모르잖아?"

앵글로메가 요란하게 손을 흔들며 떠들었다.

"그럴 일은 없어, 절대로. 석궁이나 맞지 않으면 다행이지."

카히르가 비웃으며 말했다.

"가던 길로 계속 가고 강 근처에 있는 편이 더 현명할 것 같군요. 그러면 최소한 길을 잃게 될 위험은 없으니까. 그리고 산스레투르 강 하류에는 가죽 공장이 있어요. 그곳에서는 분명 우리를 받아줄 겁니다."

레지스가 모든 것을 다 안다는 듯 상황을 정리하고는 게롤트를 바라봤다.

"게롤트, 어떻게 생각하나요?"

게롤트는 아무 말도 하지 않고 휘날리는 눈발을 바라보고 있었다.

"발자국을 쫓아갑시다."

게롤트가 마침내 결정을 내렸다.

"정말……."

레지스가 무슨 말인가를 하려 했지만 게롤트가 그의 말을 막았다.

"발자국을 쫓아가자! 달려, 빨리!"

모두들 말을 달렸지만 많이 달리지는 않았다. 계곡 아래로는 얼마 내려가지도 못했다.

"끝났네. 있다가 없어졌어. 엘프 서커스 같네."

앵글로메가 새로 내린 깨끗한 눈을 바라보며 말했다.

"이제 어쩔 거요, 위쳐? 발자국이 끝났어. 눈보라에 다 날아갔다고."

카히르가 안장에서 몸을 돌렸다.

"눈보라에 날아간 게 아니야. 여기, 이 협곡까지는 그렇게 거센 바람이 안 내려와."

밀바가 반대 의견을 말했다.

"그럼 말은 어떻게 된 거지?"

카히르의 물음에 밀바는 어깨를 으쓱하더니 안장에서 몸을 움츠린 채 팔에 머리를 파묻었다.

"그럼 말은 어디로 사라진 거야? 없어졌다고? 하늘로 날아가기라도 했다는 건가? 아니면 우리 모두가 꿈을 꾼 건가? 게롤트, 어떻게 생각해?"

카히르가 포기하지 않고 계속 물었다.

협곡 위에서 바람이 세차게 불어대며 빗자루처럼 눈을 쓸어냈다.

"왜 우리에게 발자국을 쫓아가자고 했나요, 게롤트?"

레지스가 게롤트를 찬찬히 바라보며 물었다.

"나도 모르겠어. 뭔가…… 뭔가…… 느낌이 있었어. 뭔가 닿는 듯한…… 뭔지는 모르겠지만. 레지스, 당신 말이 맞아. 산스레투르 강으로 돌아가서 강을 따라 계속 갑시다. 옆으로 빠지거나 다른 길로 새지 말고, 그러다간 어떻게 될지 모르니까. 레이나르가 말한 것처럼 진짜 겨울과 더 나쁜 날씨가 말뢰르 능선에서 기다리고 있을 테니. 그곳에 도착할 무렵에는 우리 모두 상태가 좋아야 해. 이렇게 서 있지 말고 돌아가자."

"이상한 말이 어떻게 됐는지는 알아내지 않고?"

"어떻게 알아내? 쓸어낸 것처럼 자국이 없어졌는데. 정말 산양이었던 건 아닐까?"

게롤트가 씁쓸하게 말했다.

밀바는 이상하다는 듯 게롤트를 바라봤지만 더는 아무 말도 하지 않았다.

다시 강으로 돌아왔을 때 수수께끼의 발자국은 바람에 날아가고 축축한 눈에 덮여 사라졌다. 산스레투르 강의 붉은 잿빛 물 위에 수많은 얼음 조각들이 소용돌이 치고 있었고 커다란 얼음덩어리들은 빙글빙글 돌고 있었다.

"내가 할 말이 있는데, 비웃기 없기야."

앵글로메가 불쑥 말을 꺼냈다.

모두 고개를 돌려 앵글로메를 바라봤다. 방울 달린 양모 모자를 귀까지 푹 눌러쓴 채 추위로 코와 뺨이 새빨개지고 두꺼운 털가죽 옷을 입은 앵글로메의 모습은 난쟁이처럼 우스꽝스러웠다.

"아까 그 발자국 말이야, 내가 밤꾀꼬리 일당이랑 같이 있었을 때 겨울 산에는 마법에 걸린 말을 타고 얼음 악마들의 대장인 산의 왕이 돌아다닌다고 했어. 그와 진짜로 마주치게 되면, 바로 죽는 거야. 게롤트, 어때요? 그게 정말 가능……."

"물론 가능하지. 자, 갑시다. 말뢰르 능선까지 서둘러 가야 해."

게롤트는 앵글로메의 말을 막으며 일행을 재촉했다.

거센 눈발이 얼굴을 때리며 몰아치고 세찬 바람이 불어왔다. 눈보라는 휘파람 소리를 내며 몰아치고 얼음 악마들은 무서운 소리로 울부짖고 있었다.

시리가 다다른 헤더 덤불은, 알고 있던 그 덤불이 아니라는 것을 바로 깨달았다. 저녁이 될 때까지 기다릴 것도 없이, 이곳에는 두 개의 달이 뜨지 않으리라는 것도 알고 있었다.

말을 달려 도착한 숲은 그 숲과 마찬가지로 접근이 불가능한 원시림이었지만 차이는 확연했다. 이를테면 이 숲에는 자작나무가 훨씬 많고 너도밤나무는 훨씬 적었다. 그 숲에서는 새를 본 적도 없고 소리도 들리지 않았지만, 이곳에는 새가 잔뜩 있었다. 그 숲에서 헤더 덤불 사이에 있는 것이라고는 모래와 이끼뿐이었지만, 여긴 석송이 양탄자처럼 깔려 있었다. 켈피의 발굽 아래로 뛰어다니는 귀뚜라미들조차 다르게 느껴졌다. 뭔가 더 익숙했다.

그리고 갑자기…… 시리의 심장이 쿵쿵 뛰었다. 풀이 잔뜩 자란 버려진 길이 보였던 것이다. 숲 깊숙한 곳으로 통하는 길이었다.

시리는 주위를 둘러보고 이 이상한 길이 더 뻗어 있지 않고, 여기가 끝이라는 것을 확신했다. 이 길이 숲으로 들어가는 길이 아니라 숲에서 나오는 길이라는 것을. 더 이상 지체하지 않고 켈피의 옆구리를 차며 시리는 나무들 사이로 들어갔다. 정오까지 달려볼 거야, 시리는 생각했다. 만약 정오까지 아무것도 나오지 않는다면 다시 돌아가 반대 방향으로, 헤더 덤불을 뒤로하고 달려봐야지.

시리는 중요한 것은 어떤 것도 놓치지 않겠다는 듯 주위를 주의 깊게 살피며 달렸다. 덕분에 참나무 둥치 너머를 내다보는 노인을 보았다.

노인은 키가 작았지만 허리가 굽진 않았고 마로 된 셔츠와 바지를 입고 있었다. 발에는 나무껍질로 만든 웃기는 모양의 커다란 슬리퍼를 신고 있었다. 한쪽 손에는 울퉁불퉁한 나무 지팡이를 들고, 다른 손에는 버드나무 바구니를 들고 있었다. 얼굴은 자세히 보지 못했다. 큰 챙이 달린 모자를 푹 눌러써서 얼굴을 가리고 있었고, 그 아래로 볕에 그을린 코와 곱슬곱슬한 턱수염이 보였다. 시리가 먼저 말을 건넸다.

"무서워하지 마세요. 당신을 해치지 않아요."

수염이 센 노인은 이쪽저쪽 다리에 무게를 옮기더니 모자를 벗었다. 동그란 얼굴에는 검버섯이 얼룩덜룩 나 있었지만 혈색이 붉고 주름도 별로 없었다. 다만 눈썹은 거의 없었고 작은 턱은 쑥 들어가 있었다. 하얗게 센 긴 머리는 목 뒤로 땋아 묶었지만 정수리 쪽은 완전히 대머리라 늙은 호박처럼 누렇게 빛났다.

시리는 자신의 어깨 위로 불쑥 튀어나온 칼자루를 노인이 쳐다보고 있다는 것을 알아챘다.

"겁내지 마세요."

시리가 다시 말하자 노인은 웅얼거리며 찬찬히 대꾸했다.

"헤헤! 헤헤, 아가씨. 숲 할아버지는 아무도 무서워하지 않아. 겁이 없거든, 헤헤."

노인은 웃었다. 이빨이 아주 커다랬는데 아래와 위가 잘 맞지 않고 턱이 심하게 들어가 있어서 더 돌출되어 보였다. 그래서 웅얼거리는 소리로 말하고 있는 것이다.

"숲 할아버지는 여행자들을 두려워하지 않지. 산적도 안 무서워. 숲 할아버지는 가난하지, 불쌍하지. 숲 할아버지는 착해, 아무도 해치지 않아, 헤헤."

노인은 또다시 웃어 보였다. 웃을 때마다 온통 이빨만 보이는 것 같았다.

"아가씨는 숲 할아버지가 안 무서운가?"

노인의 물음에 시리는 콧방귀를 뀌었다.

"아니, 안 무서운데요. 나도 겁이 없어서요."

"헤, 헤헤. 그렇군!"

노인은 지팡이를 디디며 시리 쪽으로 한 걸음 다가왔다. 켈피가 콧김을 내뿜자 시리가 켈피의 고삐를 당기며 노인에게 경고했다.

"이 말이 낯선 사람은 싫어해서요. 물 수도 있어요."

"헤헤, 숲 할아버지는 다 알지. 예의가 없는 나쁜 말! 그런데 우리 아가씨는 어디에서 왔나? 그리고 어디로 가는 길인가?"

"그건 얘기가 길어요. 이 길은 어디로 통해요?"

"헤헤! 우리 아가씨는 그것도 모르나?"

"질문을 질문으로 대답하지 말고요, 제발. 이 길은 어디로 가는 길인가요? 여긴 어디에요? 그리고…… 시대는요?"

노인은 또다시 커다란 이를 드러내 보이며 뉴트리아처럼 이빨을 움직였다.

"헤헤, 지금이 무슨 시대냐고? 오, 아가씨가 멀리, 아주 멀리서 왔구먼!"

노인이 쩝쩝거리는 소리를 내며 웅얼거리자 시리는 적당히 고개를 끄떡였다.

"네, 멀리서 왔어요. 다른……."

"다른 시간과 다른 장소에서 왔구먼. 숲 할아버지는 다 알지. 숲 할아버지는 짐작이 가지."

노인이 시리의 말을 대신 끝맺어주었다.

"뭐가요? 뭘 짐작해요? 뭘 아는데요?"

시리가 흥분한 목소리로 물었다.

"숲 할아버지는 아는 게 많지."

"말해봐요, 어서요!"

"배는 안 고픈가? 목이 마르지 않아? 피곤하지? 원한다면 숲 할아버지가 집으로 데려가 먹을 것도 주고 마실 것도 주지. 우리 집에서."

노인이 커다란 이빨을 내밀었다.

시리는 오랫동안 휴식이나 먹을 것에 대해 생각할 정신이 없었다. 지금 이 이상한 노인에게서 이런 소리를 듣자 갑자기 위가 쪼그라들고 창자는 말라비틀어지고 혀는 안쪽으로 말려 들어가는 것만 같았다. 노인은 모자의 챙 아래로 시리를 관찰하고 있었다.

"숲 할아버지 집에는 먹을 것이 있지. 샘물도 있고, 말한테 먹일 건초도 있지. 착한 할아버지를 물려고 한 나쁜 말도 먹여주지. 헤, 숲 할아버지 집에는 다 있어. 그리고 시간과 장소에 대해 이야기도 할 수 있지…… 하나도 멀지 않아, 금방이지. 여행자 아가씨, 그러면 같이 가시려나? 가난한 할아버지 집이라고 무시하는 건 아니겠지?"

노인이 웅얼거리며 하는 이야기를 잠자코 듣고 있던 시리가 침을 꿀꺽 삼켰다.

"앞장서세요."

노인은 돌아서더니 빽빽한 숲 사이, 거의 보이지도 않는 길을 지팡이로 힘차게 짚으며 어기적어기적 걸어갔다. 시리는 나뭇가지 아래로 고개를 잔뜩 숙인 채 켈피의 고삐를 꼭 잡고 노인의 뒤를 따랐다. 켈피는 정말로 노인을 물어뜯거나 최소한 모자 정도는 노리고 있었다.

노인의 말과는 달리 그의 집은 전혀 가깝지 않았다. 들판에 있는 집에 도착했을 때, 해는 거의 중천에 솟아 있었다.

숲 할아버지의 집은 필로티 기둥 위에 지어진 그림 같은 오두막집이었는데, 지붕은 그때그때 있는 재료로 여러 번 수리한 티가 역력했다. 오두막의 벽은 돼지가죽 같은 것으로 둘러쳐져 있었다. 오두막 앞에는 나무로 된 교수대 같은 기이한 구조물과 낮은 테이블, 그리고 도끼가 꽂혀 있는 나무둥치가 있었다. 오두막 뒤로는 돌과 진흙으로 만든 아궁이가 있었는데, 불에 그을린 커다란 냄비가 걸려 있었다. 노인이 오두막을 지팡이로 가리키며 자랑스럽게 말했다.

"여기가 숲 할아버지 집이지. 숲 할아버지는 여기 살지. 여기서 자고, 저쪽에서 요리를 하고. 요리할 만한 게 생기면 말이지. 황무지에서 먹을 걸 얻는 건 쉽지 않아. 여행자 아가씨는 보리쌀 좋아하나?"

"좋아해요, 다 좋아요."

시리는 또다시 침을 꿀꺽 삼켰다.

"고기를 넣어서? 기름에? 아니면 베이컨을 넣고?"

"음……."

노인은 유심히 관찰하는 듯한 시선으로 시리를 바라봤다.

"아가씨는 최근에 고기나 베이컨은 못 먹은 것 같은데, 안 그래? 말라깽이 아가씨, 말라깽이! 뼈와 가죽만 있네! 헤헤! 그런데 저건 뭐지? 아가씨 등 뒤에?"

시리는 세상에서 가장 오래되고 가장 유치한 속임수에 속아 넘어가 뒤를 돌아보았다.

그 순간 마디가 울퉁불퉁한 지팡이의 무시무시한 일격이 시리의 관자놀이에 정확히 떨어졌다. 반사적으로 손을 들어 머리가 계란처럼 완전히 깨지는 것을 막을 수 있었다. 하지만 시리는 정신을 차리지 못하고 혼란스러워하며 바닥으로 쓰러졌다.

노인은 커다란 이빨을 드러내더니 시리에게 달려들어 또다시 지팡이를 휘둘렀다. 시리는 양손으로 머리를 막는 데 성공했지만, 덕분에 양손은 힘없이 축 늘어졌다. 왼팔은 다친 게 분명했고 손바닥뼈는 으스러진 것 같았다.

노인은 풀쩍 뛰어오르더니 다른 쪽에서 시리의 배를 지팡이로 공격했다. 시리는 비명을 지르며 몸을 웅크렸다. 그러자 노인은 매처럼 덤벼들어 시리의 얼굴을 땅에 처박고는 무릎으로 찍어 눌렀다. 시리는 몸을 긴장시키고 뒤로 발차기를 했지만 헛발질에 그쳤다. 시리는 재빨리 작전을 바꿔서 이번엔 팔꿈치로 세게 내리찍어 명중시켰다. 노인은 분노의 괴성을 지르고는 주먹으로 시리의 뒤통수를 엄청난 힘으로 쳤고 시리는 얼굴을 모랫바닥에 박을 수밖에 없었다. 노인은 곧장 시리의 머리채를 잡고 입과 코를 땅바닥에 처박았다. 숨이 막히는 것이 느껴졌다. 노인은 시리의 얼굴을 계속 짓누르며 등에서 칼을 뽑아 던져버렸다. 그러고는 바지춤 근처를 더듬거리더니 단추를 찾아 풀었다. 시리는 비명을 지르며 모래를 뱉어냈다. 노인은 시리를 더 세게 잡아 누르고 꼼짝 못하게 하더니 시리의 머리카락을 자신의 주먹에 감고 시리의 바지를 난폭하게 찢어버렸다.

"헤헤, 이제야 숲 할아버지에게 예쁜 엉덩이가 왔네. 후후, 숲 할아버지는 오랫동안 이런 건 갖지 못했지."

노인이 쌕쌕거리며 웅얼거렸다.

시리는 갈퀴 같은 마른 손이 역겹게 더듬는 것을 느끼며 모래와 솔잎으로 가득한 입을 벌려 비명을 질렀다.

"조용히 누워 있어, 아가씨."

시리는 노인이 엉덩이를 주무르며 침을 삼키는 소리를 들었다.

"숲 할아버지는 이제 젊지가 않지, 바로는 안 되지. 천천히…… 하지만 걱정 말라고, 숲 할아버지는 할 건 하니까, 헤헤! 그리고 쩝쩝, 식사 시간이 오지! 쩝……."

노인이 갑자기 하던 말을 멈추고는 꽥하고 비명을 질렀다.

붙들고 있던 힘이 약해진 것을 느낀 시리는 뒷발질을 하며 몸을 빼내 용수철처럼 튀어 올랐다. 시리는 곧바로 무슨 상황인지 확인부터 했다.

켈피가 몰래 들어와 숲 할아버지의 머리채를 이빨로 물어 위로 들어 올린 것이었다. 노인은 비명을 지르고 꽥꽥거리며 몸부림을 치고 발을 버둥거리다가 켈피의 입에 자신의 머리채 상당 부분을 남기고 나서야 간신히 벗어나는 데 성공했다. 노인은 허겁지겁 지팡이를 잡으려 했지만 시리가 발로 차버렸다. 두 번째 발길질로 노인을 걷어차려고 했지만, 바지가 허벅지까지 내려가 있어서 실패하고 말았다. 시리가 바지를 다시 끌어올리는 데 든 시간을 노인은 현명하게 이용했다. 곧장 나무둥치가 있는 곳으로 달려가 박혀 있던 도끼를 빼 들고는 여전히 화가 나 있는 켈피에게 휘둘러 쫓아낸 것이다. 노인은 소리를 지르며 끔찍한 이빨을 드러낸 채 도끼를 치켜들고 시리에게 덤벼들었다.

"숲 할아버지는 아가씨를 꼭 해먹어야겠어! 그 전에 먼저 토막을 내는 한이 있어도! 숲 할아버지는 토막도 좋고 전체도 좋지!"

노인은 사납게 소리를 질렀다.

시리는 노인을 쉽게 상대할 수 있으리라 생각했다. 곰팡내 나는 늙은이가 아닌가. 하지만 그건 큰 착각이었다. 거대한 슬리퍼에도 불구하고 노인은 풀쩍풀쩍 뛰며 팽이처럼, 토끼처럼 경쾌하게 움직이면서 손잡이가 휘어진 도끼를 도살업자처럼 익숙하게 휘둘렀다. 새까맣고 날카로운 도끼날이 몇 번이고 시리에게 닿았을 때에야 시리는 여기서 빠져나갈 수 있는 방법은 도망치는 것밖에 없다는 것을 깨달았다.

하지만 우연이 시리를 살렸다. 뒤로 물러서던 시리가 자신의 칼을 밟은 것이다. 시리는 번개같이 칼을 들었다.

"도끼를 버려, 땅바닥에. 이 더러운 노인네. 그럼 내가 살려줄 수도 있어. 조각내지 않고."

시리는 칼집에서 쉭 하고 칼을 뽑아 들며 숨을 몰아쉬었다.

노인은 멈칫했다. 숨을 헐떡이며 씩씩거리는 노인의 수염엔 더러운 침이 잔뜩 매달려 있었다. 하지만 무기는 버리지 않았다. 시리는 노인이 손가락으로 도낏자루를 만지작거리는 것과 눈에 광기 어린 분노가 담겨 있는 것을 보았다.

"좋아! 오늘 기분 좀 내볼까!"

시리는 칼을 풍차처럼 휘두르기 시작했다.

잠시 동안 노인은 무슨 상황인지 이해하지 못하는 듯 시리를 바라보더니 이를 드러내고 눈이 튀어나온 채 소리를 지르며 시리에게 덤벼들었다. 시리는 이미 진력이 나 있었다. 재빠른 반 회전으로 몸을 피하고는 팔꿈치 위로 치켜올린 칼을 세차게 휘둘렀다. 양팔을 베인 노인은 손에서 피를 흩뿌리며 도끼를 놓쳤지만 손가락을 쫙 편 채로 곧장 시리에게 덤벼들었다. 시리는 옆으로 풀쩍 뛰어 최소한의 움직임으로 짧게 목을 내리쳤다. 꼭 목을 베어야 했기 때문이라기보다는 불쌍해서였다. 양쪽 팔의 정맥을 모두 잘랐기 때문에 출혈로 곧 죽을 수밖에 없었다.

노인은 목이 베였는데도 불구하고 믿기 힘들 정도로 숨이 끊어지지 않은 채 벌레처럼 꿈틀거리고 있었다. 시리는 그 위에 섰다. 아직도 입속에 모래가 남아 있었다. 시리는 노인의 등에 모래가 섞인 침을 뱉었다. 그리고 모래를 다 뱉기 전에 노인의 숨통이 끊어졌다.

교수대를 연상케 했던 집 앞의 기이한 구조물에는 쇠고리와 도르래가 걸려 있었다. 테이블과 나무둥치는 반들반들하고 기름으로 끈끈했으며 끔찍한 냄새가 났다.

마치 도살장 같았다.

시리는 부엌에서 아까 전에 얘기가 나왔던 보리쌀 요리를 발견했는데, 기름이 잘잘 흐르는 요리 속에는 고깃덩어리와 버섯이 잔뜩 들어 있었다. 시리는 배가 너무 고팠지만, 그걸 먹어서는 안 된다는 느낌이 들었다. 들통에 담긴 물을 조금 마시고, 쪼글쪼글 말라버린 작은 사과 하나를 먹었다.

집 뒤로는 계단이 있는 지하 광이 하나 있었다. 깊고 선선한 광이었다. 광

앞에는 고깃기름이 담긴 냄비가 놓여 있고, 천장에는 고기가 매달려 있었다. 무언가의 반쪽이었다.

순간 시리는 마치 악마가 쫓아오기라도 하는 것처럼 계단에 마구 부딪치며 광에서 뛰쳐나왔다. 쐐기풀 덤불에서 넘어지는 바람에 발걸음을 멈추고 비틀비틀 오두막집으로 다시 돌아온 시리는 집의 기둥을 양손으로 붙들었다. 위장에는 거의 아무것도 없었지만, 오랫동안 구토를 했다.

광에 매달려 있던 반쪽의 무언가는 어린아이의 시신이었다.

시리는 숲에서 냄새에 이끌려 물이 고여 있는 오래된 웅덩이를 발견했다. 숲 할아버지라던 작자가 쓰레기와 먹지 못하는 부분을 버리는 곳이었다. 진흙 속에서 해골과 갈비뼈, 골반뼈를 발견한 시리는 공포에 질렸다. 자신이 살아남은 이유는 노인의 색욕 때문이었다는 것을, 노인이 오로지 재미를 보고 싶어 했기 때문이었다는 것을 깨달았다. 만약 노인의 배고픔이 역겨운 성욕보다 더 강했더라면, 지팡이가 아니라 도끼로 머리를 찍었을 것이다. 교수대에 다리를 매달아둔 채 창자를 파내고 껍질을 벗겨서 식탁에 올려놓고 몸을 가른 다음 나무둥치에 놓고 토막을…….

시리는 머리가 핑핑 도는 통에 휘청거렸고, 부어오른 왼쪽 손이 끔찍하게 아팠다. 하지만 시리는 노인의 시체를 숲으로 끌고 와 그의 희생자들이 버려진 냄새나는 웅덩이 속에 처박았다. 시리는 다시 돌아와 지하 광으로 내려가는 입구를 나뭇가지와 둥치로 막고, 오두막을 비롯한 노인의 거처에 마른 나뭇가지를 둘러쌓았다. 그리고 네 모퉁이 모든 곳에 정성스럽게 불을 붙였다.

불은 상당히 잘 타올랐다. 이글거리는 불길이 오두막을 집어삼키기 시작하자 시리는 그곳을 떠났다. 갑자기 소낙비가 내리더라도 그 자리의 자취가 완전히 사라질 만큼 불길이 타오르는 것을 확인한 뒤였다.

손의 상태는 생각보다 나쁘지 않았다. 물론 부어올라 아팠지만, 뼈는 상하지 않은 것 같았다.

저녁이 다가오자 하늘에는 달이 하나만 떠올랐다. 하지만 시리는 이곳을 자신의 세상이라고 인정하고 싶지 않았다.

그리고 필요 이상 머물고 싶은 마음도 없었다.

"오늘, 오늘은 말이야, 좋은 밤이 될 거야. 그런 느낌이 와."

니무에가 중얼거리자 콘드비라무르스는 한숨을 쉬었다.

수평선은 황금빛과 붉은빛으로 불타고 있었다. 수평선에서부터 섬까지, 호수의 수면도 똑같은 빛으로 물들었다.

니무에와 콘드비라무르스는 발코니의 안락의자에 앉아 있었다. 등 뒤로는 마호가니 틀이 있는 거울과 산속의 호수를 내려다보는 벼랑 위의 작은 성이 그려진 태피스트리가 있었다.

이게 벌써 몇 번째일까, 콘드비라무르스는 생각했다. 도대체 몇 번이나 어둠이 내린 후, 캄캄해질 때까지 이렇게 앉아 있었던 걸까? 아무런 성과도 없이, 이야기만 하면서.

추워지고 있었다. 니무에와 콘드비라무르스는 털가죽으로 몸을 감쌌다. 호수에서 낚시 왕의 배가 삐걱거리는 소리가 들렸지만, 배는 보이지 않았다. 눈이 멀 것 같은 해질녘의 노을빛에 배도 가려져 있었다. 콘드비라무르스가 하던 얘기를 다시 이어가기 시작했다.

"그런 꿈을 자주 꿔요. 제가 아무것도 없는 얼음 벌판에 서 있는 거예요. 하얀 눈과 태양빛에 빛나는 얼음밖에 없어요. 주위엔 온통 눈과 얼음밖에 없어요. 그리고 조용해요. 너무 조용해서 고요함이 귓속에서 울리는 것만 같아요. 이상한 고요, 죽음의 고요……."

니무에는 무슨 말인지 안다는 듯 고개를 끄떡였다. 하지만 아무 말도 하지 않았다.

"갑자기, 갑자기 무슨 소리가 들리는 것 같아요. 발밑에서 얼음이 떨리는 게 느껴져요. 무릎을 꿇고, 눈을 손으로 만져봐요. 얼음은 유리처럼 투명해요. 1송젠 아래 호수 바닥의 돌과 헤엄치는 물고기를 다 볼 수 있는 산속의 깨끗한 호수처럼요. 난 볼 수 있어요…… 그리고 들어요…… 도움을 청하는 사람들의 목소리를. 거기 아래, 얼음 아래 깊숙이…… 얼어붙은 세상이 있어요."

니무에는 이번에도 침묵한 채 아무 말도 하지 않았다.

"물론 저는 이 꿈이 어디에서 시작된 것인지 알고 있어요. 이틀린느의 예언이겠죠. 백색 서리, 추위와 늑대의 눈보라 얘기죠. 눈과 얼음 속에서 죽어가는 세상, 예언의 말로 하자면 몇 세기 후에 다시 태어나기 위해서, 정화되고 더 나은 모습으로."

"세상이 새로 태어난다는 예언…… 난 정말로 믿어. 더 나아진다는 건 잘 모르겠지만."

니무에가 마침내 작은 목소리로 말했다.

"네?"

"내가 무슨 말을 했는지 들었잖아."

"잘 못 들었어요. 니무에, 백색 서리에 대해선 이미 수천 번도 넘게 추운 겨울이 올 때마다 '이번이 바로 백색 서리다'라고 말해왔잖아요. 지금 와서는 어린아이들조차 겨울이 아무리 추워도 이 세상에 위협이 될 거라고는 생각지 않아요."

"그렇군, 아이들은 그렇게 생각하지 않는구나. 하지만 난 믿어."

"어떤 논리적인 근거라도 있으신가요? 아니면 엘프의 예언은 절대로 틀리지 않는다는 신비한 믿음 때문인가요?"

콘드비라무르스가 약간의 야유를 담아 물었다.

니무에는 자신이 덮고 있는 털가죽의 털을 뽑으며 오랫동안 아무 말도 하지 않다가 잠시 후, 조금은 선생다운 어조로 말했다.

"이 지구는 둥그런 모양으로 태양의 주위를 돌고 있지. 그건 동의하지? 아니면 너도 요즘 유행하는 반대의 학설을 주장하는 쪽에 속하니?"

"아니, 아니에요. 태양중심설을 믿고 지구가 둥글다는 것도 믿어요."

"좋아. 그러면 지구의 수직 축이 기울어져 있다는 사실과 태양을 도는 지구의 궤도가 완전한 원형이 아니라 타원형이라는 것도 동의하지?"

"배웠어요. 하지만 전 천문학자가 아니니……."

"천문학자까지는 필요 없어, 논리적인 생각만 할 수 있으면 돼. 지구는 태양을 타원형의 궤도로 돌고 있으니 가끔은 태양과 가까이 있고, 가끔은 멀리 있어. 지구가 태양에서 멀리 떨어질수록 논리적으로, 더 추워지는 거지. 축이 수직에서 더 많이 기울어지면 기울어질수록 지구의 북반구에는 빛이 더 적게 내리쬐는 거야."

"그것도 논리적이네요."

"그 두 가지 요소, 그러니까 타원 궤도와 기울어진 축은 변화할 수 있는 거지. 주기적으로 말이야. 타원은 더욱더 타원형이 될 수도, 그러니까 좀 더 길쭉한 타원형이 되고, 축 또한 좀 더 기울어질 수 있는 거지. 기후에서의 극단적인 조건들은 이 두 가지 요소가 동시에 일어나면서 생겨. 타원이 최대한 길쭉해지는 것과 축이 약간 더 기울어지는 것이지. 태양을 도는 지구는 원일점*에서 가장 적은 빛과 가장 적은 열을 받게 되고 기울어진 축의 끝부분인 극지방은 더욱더 그 영향을 많이 받는 거지."

"그렇겠군요."

"북반구에 일조량이 적어지면 눈이 더 오랫동안 오게 돼. 하얗고 반짝이는 눈이 햇볕을 반사하면서 온도는 더욱더 내려가게 되지. 덕분에 눈은 더 오래 쌓여 있게 되고 점점 더 큰 덩어리로 굳어져서 아예 녹지 않거나 아주 잠시 동안만 녹게 돼. 눈이 더 많아지고, 더 오래 쌓여 있을수록 점점 더 그 표면은 하얗고 반짝이게 되는데……."

"알겠어요."

"눈은 계속 오고, 점점 더 많이 오지. 그럼 해류를 따라 남쪽에서 따뜻한 공기가 올라오고 차가운 북쪽 대륙을 만나서 물을 뿌리게 돼. 따뜻한 공기가 물로 변하고 눈으로 내리게 되는 거지. 온도 차이가 많이 날수록 강수량은 더 많아져. 강수량이 많아지면 녹지 않는 하얀 눈이 점점 더 늘어나지. 점점 더 추워지고. 온도 차이가 더 많이 나고 공기의 수분이 물로……."

"알겠어요."

"눈으로 쌓인 층이 너무 무거워지면 그게 굳어서 얼음층처럼 되는 거야. 빙하지. 우리가 알고 있듯이 그 위로 계속 눈이 내리면서 더 단단히 굳어져. 빙하는 더 커지고 점점 더 두꺼워질 뿐 아니라 옆으로도 넓어지면서 점점

* 원일점(遠日點): 지구가 태양에서 가장 멀리 떨어질 때의 지점.

더 많은 면적을 차지하게 되지. 하얀 구역이…….”

“태양빛을 반사하는 하얀 구역이군요.”

콘드비라무르스가 고개를 끄떡이며 말을 이었다.

“점점 더 추워지고, 추워지고, 더 추워지는 거죠. 이틀린느의 예언에 나오는 백색 서리. 하지만 그런 대재앙이 가능할까요? 북극에 항상 있었던 그 얼음이, 어느 날 갑자기 남쪽으로 내려와 뭉개버리고 파괴하면서 모든 것을 덮어버릴 수 있을까요? 극지방의 빙원이 얼마나 빨리 증가할까요? 1년에 몇 센티미터 정도일까요?”

“알고 있겠지만, 프락세다만에서 얼지 않는 유일한 부동항은 폰트 바니스지.”

니무에가 호수를 바라보며 말했다.

“알아요.”

“지식을 좀 더 넓혀봐. 100년 전에는 프락세다만의 어떤 항구도 얼지 않았어. 탈가르에서는 오이와 호박이 자랐고, 케인고른에서는 해바라기와 루피너스를 재배했다는 기록이 많이 남아 있지. 지금은 당연히 기를 수 없고, 방금 말한 야채들은 더 이상 그곳에서 자라지 못해. 너무 춥기 때문이지. 케드웬에 포도원이 있었다는 건 알고 있어? 남아 있는 기록에 따르면 그쪽 포도로 만든 포도주의 가격이 매우 쌌다고 하니까 최고급품은 아니었겠지만. 그래도 그곳의 시인들은 그 포도주를 찬양했다고. 지금 케드웬에서 포도나무는 아예 자라지도 못해. 최근의 겨울들 모두 너무 추워서 엄청난 냉기에 포도나무가 다 죽어버렸기 때문이지. 식물이 자라지 못하는 정도가 아니라, 아예 죽는 거지. 파괴하는 거야.”

“알겠어요.”

"그러니 무슨 이야기를 더 할 수 있을까? 11월 중순이면 탈가르에 눈이 내리고 하루에 50마일씩 남쪽으로 그 눈이 내려간다는 사실? 12월과 1월 사이에는 알바 강에도 눈보라가 친다는 사실? 100년 전만 해도 알바 강에 눈이 온다는 건 대사건이었어. 우리 지역에서 눈과 호수가 4월에야 녹는다는 건 아이들도 다 알고 있지. 그리고 모든 아이들은 어째서 4월을 꽃이 피는 달이라고 부르는지 이상하게 생각해. 넌 그걸 이상하게 생각한 적은 없니?"

"그다지요. 우리 동네 비코바로에서는 4월을 꽃피는 달이 아니라 꽃의 눈물이라고 해요. 아니면 엘프어로 비르케라고 부르거나요. 하지만 무슨 말씀을 하시는지는 알겠어요. 각각의 달 이름은 옛 시대에서 기원하고, 당시에는 4월이면 모든 것들이 꽃을 피웠던……."

"그 옛 시대라는 것이 고작 100년, 120년 전이야. 그건 지구의 나이로 생각해봤을 때 어제나 다름없어. 이틀린느의 말이 맞았던 거야. 이틀린느의 예언은 이루어질 거라고. 세상은 얼음층 아래에서 멸망할 거야. 세상의 문명이 멸망한 건 파괴하는 여인, 곧 시리의 잘못이야. 그 여인에게는 구원의 길을 열 수 있는 가능성이 있었지만, 전설이 말해주듯 그렇게 하진 않았어."

"그 이유를 전설은 밝히지 않았어요. 고작해야 흐릿하고 순진한 교훈을 통해서만 설명했죠."

"그게 맞아. 하지만 사실은 사실로 남지. 사실은 백색 서리야. 북반구의 문명은 멸망에 직면해 있어. 점점 더 커지는 빙하의 얼음 밑으로 사라질 거야, 영원히 얼어붙어서 눈과 함께. 하지만 공포에 질릴 필요는 없어. 그렇게 되기 전까지 아직 시간이 있으니까."

해가 완전히 지고 호수 수면에 드리워진 눈이 멀듯했던 빛이 사라졌다. 이제 물 위에는 좀 더 부드럽고 연한 빛이 드리워져 있었다. 이니스 비트레

섬의 탑에는 달이 떴다. 황금 동전을 반으로 가른 듯한 밝은 달이었다.

"얼마나요? 선생님 생각에는 그 시간이 얼마나 남았죠? 우리에게 시간이 얼마나 있나요?"

콘드비라무르스가 물었다.

"많아."

"얼마나요, 니무에 선생님?"

"한 3000년 정도."

호수 위의 배에서 노가 쿵 하고 부딪치는 소리가 나더니 낚시의 왕이 욕을 했다. 콘드비라무르스는 크게 한숨을 내쉬더니 말했다.

"조금 안심이 되었어요. 하지만 조금만요."

그 다음 장소는 시리가 가본 곳들을 통틀어 가장 끔찍한 장소 중 하나였다. 순위를 매긴다면 분명 열 번째 안에, 그것도 목록의 위쪽에 위치할 만한 곳이었다.

그곳은 항구, 항구의 운하였다. 부두와 기둥에 묶인 배와 갤리선, 수많은 돛대와 움직이지 않는 바람에 무겁게 늘어진 돛도 보였다. 그 주변으로 연기가 스멀스멀 차오르고 있었고 냄새나는 연기가 뭉게뭉게 피어오르고 있었다.

연기는 운하 위에 기울어져 있는 오래된 건물 뒤에서도 피어오르고 있었다. 그쪽에서는 째지는 듯한 어린아이의 울음소리도 들려왔다.

켈피는 히힝 울더니 세게 머리를 저으며 뒤로 물러났고 발굽으로 자갈을 부스러뜨렸다. 시리가 바닥을 내려다보니 죽은 쥐들이 있었다. 쥐들은 곳곳에 있었다. 창백한 분홍빛 발을 늘어뜨린 채 고통 속에서 몸을 비틀다가 죽은 쥐들이.

여긴 뭔가 문제가 있어, 시리는 공포가 밀려드는 것을 느끼며 생각했다. 여긴 뭔가 잘못됐어, 여기서 도망치자, 여기서 최대한 빨리 도망쳐!

그물과 끈이 잔뜩 걸려 있는 기둥 옆에 윗옷의 앞섶을 풀어헤치고 팔에 머리를 파묻은 남자가 앉아 있었다. 몇 걸음 떨어진 곳에는 다른 남자가 드러누워 있었다. 자고 있는 것처럼 보이지는 않았다. 켈피의 발굽이 바로 옆에 있는 돌바닥을 내딛는데도 꿈쩍하지 않았다. 시리는 축 늘어져 있는 빨랫감에서 풍기는 지독한 악취를 피하며 달렸다.

오래된 건물 중 어떤 문에 석회 또는 하얀 물감으로 그린 십자 표시가 보였다. 지붕 뒤로는 검은 연기가 솟아오르고 있었다. 어린아이는 울고 있었고, 누군가 멀리서 고함을 지르는 소리, 가까이 있는 누군가는 기침을 하며 헉헉거리는 소리를 내고 있었다. 개가 울부짖었다.

시리는 손바닥이 간지러운 것 같아서 자신의 손을 들여다보았다.

손에는 마치 회향 씨 같은, 까만 점 같은 벼룩이 우글거리고 있었다.

시리는 목이 터져라 비명을 질렀다. 공포와 징그러움에 온몸을 떨며 손을 마구 휘저어 몸에서 벼룩을 떨어내려고 했다. 깜짝 놀란 켈피가 갑자기 달리는 바람에 시리는 떨어질 뻔했다. 켈피를 허벅지로 꽉 잡은 채 양손으로 머리를 털고, 겉옷과 윗옷을 털었다. 켈피는 연기 가득한 거리로 달려 들어갔다. 거리에 들어선 시리는 경악하며 또다시 비명을 질렀다.

그곳은 지옥이고 연옥이었으며 악몽 중의 악몽이었다. 흰색의 십자 무늬가 칠해진 집들, 타고 있는 천 무더기, 죽은 이들, 한 명씩 쓰러져 있거나, 포개져 쌓여 있는 이들, 그리고 살아 있는 이들, 고통으로 볼이 쑥 들어간 헐벗은 유령들, 뭉개진 똥 위를 기며 시리가 알지 못하는 언어로 소리를 지른

다. 시리를 향해 끔찍한 붉은 반점으로 뒤덮인 바싹 마른 손을 내밀…….

도망쳐! 여기서 도망쳐!

아무것도 없는 검은빛의 무(無), 장소들의 열도 사이, 아무것도 없는 곳에서조차 시리는 오랫동안 그곳의 연기와 악취를 떨쳐낼 수 없었다.

다음 장소 역시 항구였다. 이곳에도 부두가 있었고, 기둥들이 서 있는 운하가 있었다. 운하에는 외돛 상선과 함선에 싣는 대형 보트들과 여러 배들, 숲처럼 빽빽한 돛대들이 있었다. 하지만 이곳의 돛대 위로는 갈매기들이 요란하게 날아다녔고, 평범하고 익숙한 악취가 풍겼다. 젖은 나무와 타르 냄새, 바닷물 냄새, 그리고 세 가지 종류의 물고기인 신선한 물고기, 신선하지 않은 물고기, 튀긴 물고기 냄새가 물씬 풍겼다.

근처의 외돛 상선 위에서는 두 남자가 고래고래 소리를 지르며 싸우고 있었다. 시리는 그들이 무슨 말을 하고 있는지 이해했다. 청어 가격 이야기였다.

별로 멀지 않은 곳에는 주막이 있었고, 열린 문을 통해서 곰팡내와 맥주 냄새가 새어나왔다. 그리고 사람들의 목소리와 무언가 부딪치는 소리, 웃음소리도 흘러나오고 있었다. 누군가 욕이 섞인 노래의 후렴구를 계속 반복하며 부르고 있었다.

루네드, 바'르드 테'엘라이네 아르세,
아엔 아 메아스 아일 아엔 스파르세.

시리는 이곳이 어디인지 알아챘다. 갤리선의 뱃머리에 적힌 배 이름을 자세히 보기도 전에, 배 이름이 '에발 무이레'라는 것을 알 수 있었다. 그리고 그 배가 떠나온 항구가 바칼라라는 것도. 그곳이 어디인지는 시리도 알고 있었다.

닐프가드였다.

시리는 그게 누구든 자신에게 주의를 기울이기 전에 바로 도망쳤다.

하지만 무(無) 속에 잠기기 전에, 이전 장소에서 시리에게 달라붙었던 벼룩이, 시간과 공간의 여행을 시리의 겉옷 주름 속에서 견뎌낸 벼룩이 부두를 향해 길게 뛰어내렸다.

그날 밤 벼룩은 듬성듬성 털이 빠진 시궁쥐의 몸에 안착했다. 이 시궁쥐로 말할 것 같으면 시궁쥐들 사이에서 벌어진 오랜 싸움을 견뎌내고 그 증거로 귀를 거의 다 물어뜯긴 백전노장 수컷 시궁쥐였다. 그날 밤 벼룩과 시궁쥐는 함께 배에 올랐다. 그리고 다음 날 아침에는 이미 항해를 시작했다. 아주 오래되고 상태가 좋지 않은 매우 더러운 바지선 위였다.

바지선의 이름은 '카트리오나'였다. 이 이름은 앞으로 역사에 기록된다. 하지만 이 당시에는 그 사실을 아무도 몰랐다.

다음 장소는 믿을 수 없을 정도로 평화로운 시골 풍경이 펼쳐져 있어서 놀랄 수밖에 없었다. 물 위로 드리운 버드나무와 오리나무, 참나무 가지 아래로 게으르게 흐르는 평화로운 강, 날렵한 아치형의 돌다리 바로 옆에는 갈대숲과 접시꽃 사이에 담쟁이넝쿨과 스위트피로 뒤덮인 작은 주막이 있었다. 입구에는 간판이 흔들리고 있었는데 금박으로 글씨가 새겨져 있었다. 시리가 처음 보는 외국어였다. 하지만 간판에는 매우 알아보기 쉬운 그림도 그려져 있어서, 시리는 이 주막의 이름이 '검은 고양이'라고 짐작했다.

주막에서 새어나오는 냄새는 온몸을 마비시켰다. 시리는 오래 고민하지 않았다. 등의 칼을 고쳐 매고 안으로 들어갔다.

주막 안에는 사람이 거의 없었는데, 식탁 하나에만 시골 사람으로 보이는 남자 셋이 앉아 있었다. 남자들은 시리를 쳐다보지도 않았다. 시리는 벽을 등지고 구석에 앉았다.

주막집 주인은 깨끗한 앞치마를 두르고 삼각형의 두건을 쓴 풍만한 여자였는데 시리에게 다가와서 무엇인가를 물었다. 목소리는 찰랑거리듯 울리며 노래하는 것 같았다. 시리는 입을 벌리고 손가락으로 자신의 입을 가리킨 다음 배를 감싼 후 겉옷에서 은 단추 하나를 잡아떼어 식탁 위에 올려놓았다. 이상한 시선을 느낀 시리가 단추 하나를 더 떼려는 순간, 주인 여자는 손짓으로 시리를 제지하고 쉬쉬거리는, 하지만 듣기 좋게 울리는 단어로 무언가를 말했다.

단추의 대가는 야채가 잔뜩 들어 있는 진한 수프 한 그릇과 훈제 고기, 콩요리가 담긴 냄비, 빵, 물을 타서 희석시킨 포도주였다. 한 숟가락을 뜬 시리는 눈물이 나올 것만 같았다. 하지만 정신을 차리고 천천히 먹기 시작했다. 차려진 음식을 음미하면서.

여주인이 다가와 무슨 말인가를 하면서 양손을 모아 한쪽 뺨 옆에 대며 고개를 기울였다.

자고 갈 거니?

"모르겠어요. 자고 갈지도 모르겠네요. 어쨌든 물어봐주셔서 감사해요."

대답하는 시리를 유심히 지켜보던 주막집 여주인은 웃으며 부엌으로 들어갔다.

시리는 허리띠를 풀고 벽에 등을 기대었다. 그리고 이제 어떻게 할지 생각했다. 이 장소는 지금까지 갔던 장소들에 비해서 포근한 느낌이었고, 좀 더 머물고 싶은 기분이 들었다. 하지만 낯선 사람을 지나치게 믿는 것은 위험했고, 부주의는 치명적이라는 것도 알고 있었다.

간판에 그려진 그림과 똑같이 생긴 검은 고양이가 어디선가 나타나 시리의 종아리에 몸을 비비며 등을 쭉 폈다. 시리가 고양이를 쓰다듬자 고양이는 시리의 손에 머리를 살짝 가져다 대더니 자신의 가슴 털을 핥기 시작했다. 시리는 그 모습을 가만히 바라보고 있었다.

시리는 쟝이 불한당처럼 보이는 놈들과 모닥불 옆에 앉아 있는 것을 보았다. 모두들 나무토막 탄 것 같은 무언가를 열심히 씹고 있었다.

"쟝?"

"그럴 수밖에 없어요. 펠리그람 사령관이 쓴 〈전쟁의 역사〉에서 읽었죠. 그럴 수밖에 없는 거예요, 조국이 필요로 하면."

쟝은 붉게 타는 모닥불을 바라보며 말했다.

"뭐가 그럴 수밖에 없다는 거야? 먹고 있는 건 숯이야?"

"맞아요, 그렇죠. 어머니 조국이 부르니까요. 그리고 조금은 개인적인 이유도 있고요."

"시리, 안장 위에서 졸지 마라. 이제 시내로 들어서는 거야."

예니퍼가 말했다. 두 사람은 함께 말을 타고 시내에 들어섰다.

시내에 자리한 집들의 모든 문에는 흰 물감이나 초석으로 그린 거대한 십자 표시가 있었다. 태우고 있는 시체 더미 주변은 냄새 고약한 연기로 자욱했다. 예니퍼는 보지 못한 것 같았다.

"예쁘게 꾸며야 해."

예니퍼의 얼굴 앞, 말의 귀 사이로 거울이 공중에 떠 있었다. 빗은 허공에서 춤을 추며 검은 곱슬머리를 빗고 있었다. 예니퍼는 마법만 쓸 뿐, 손은 아예 쓰지 않고 있었다. 왜냐하면…… 왜냐하면 예니퍼의 손은 피로 얼룩진 채 뭉개져 있었기 때문이다.

"엄마! 도대체 무슨 일이에요?"

"일어나라, 얘야."

코엔이 말을 이었다.

"고통을 견디고 일어나, 다시 빗 위로 올라가! 안 그러면 두려움이 생기고 말 거다. 죽을 때까지 겁을 내면서 살 거냐?"

코엔의 노란 눈이 무섭게 빛났다. 코엔은 하품을 했다. 뾰족한 이빨이 하얗게 빛났다. 그건 코엔이 아니었다. 고양이였다. 검은 고양이…….

군대의 행렬이 몇 마일이나 행군하고 있었고 그 위로는 장대와 깃발들이 펄럭이며 휘날렸다. 쟝도 행렬에 끼어 행군하고 있었다. 머리엔 둥그런 투구를 쓰고 손에는 창을 들고 있었는데, 창이 너무 길어서 무게중심을 잃지 않으려면 양손으로 번갈아가며 받쳐야 했다. 북소리가 울리고 둥둥거리며 군가가 울려 퍼졌다. 기둥 아래로는 까마귀들이 울고 있었다. 수많은 까마귀들이…….

호숫가, 부서진 거품들이 몰려온 삭은 갈대 밭. 호수에는 섬이 있었다. 그리고 섬에는 탑이 있었다. 뾰족뾰족한 흉벽, 돌출된 총안으로 울퉁불퉁한 두꺼운 벽. 탑 위로는 진한 남색의 저녁 하늘에 황금 동전을 반으로 가른 듯한 달이 빛났다. 발코니의 안락의자에는 두 여자가 털가죽을 두르고 앉아 있었다. 배 위에는 남자 한 명이…….

거울과 태피스트리.

시리는 고개를 돌렸다. 식탁 맞은편에 에레딘 브리악 글라스가 앉아 있었다.

“네가 모를 리 없지. 넌 피할 수 없는 운명을 그저 지연시키고 있는 것뿐이야. 넌 우리 거야, 그리고 우린 널 잡을 거야.”

그는 고른 이를 드러내 보이며 웃음 지었다.

“절대 그럴 수 없어!”

“넌 우리에게 돌아오게 되어 있어. 시간과 공간을 조금 떠돌다가 나선에 이르게 되지. 그리고 그 나선에서 우린 널 잡을 거야. 너의 세상과 시간으로는 이제 다시 돌아가지 못할 거야. 이미 늦기도 했고. 가봤자 아무도 없어. 네가 알았던 사람들 모두 오래전에 죽었어. 그들의 무덤 위에는 풀이 자라고 폐허가 되어 있겠지. 그들의 이름도 잊혔어, 너의 이름도.”

“거짓말! 난 믿지 않아!”

“네가 뭘 믿을지는 너의 개인적인 문제지. 다시 말하지만, 넌 곧 나선에 다다르게 되고 난 거기서 널 기다릴 거야. 사실 너도 그걸 원하는 거 아닌가? 메 엘라이네 루네드.”

“구역질이 날 것 같아!”

“우리 아엔 엘르는 그런 걸 다 느낄 수 있지. 넌 나에게 끌렸고 날 원했지만, 그걸 무서워했잖아. 넌 날 원했고 아직도 원하고 있어, 지라엘. 나를, 내 손을, 나의 손길을…….”

에레딘의 손이 닿자 시리는 반사적으로 벌떡 일어났고 식탁 위에 있던, 다행스럽게도 다 마신 잔이 엎어졌다. 칼을 찾으려 했지만 재빨리 정신을 차렸다. 지금 있는 곳은 ‘검은 고양이’ 주막이야, 한잠 푹 자야 해, 이 식탁 위에서. 시리의 머리카락을 만졌던 손은 쾌활한 주막집 여주인의 손이었다. 시리는 이런 손길을 별로 좋아하지 않았지만, 여주인에게서는 다정함과 선함이 스며 나오고 있어서 차마 싫은 티를 낼 수는 없었다. 시리는 주막집 여주인이 머리를 쓰다듬도록 내버려두고 미소를 띤 채 찰랑거리며 노래하는 듯한 말소리를 들었다. 시리는 지쳐 있었다.

"난 가야 해요."

시리가 마침내 입을 열었다.

주막집 여주인은 웃으며 노래하듯 찰랑거렸다. 어떻게 된 것일까, 시리는 생각했다. 왜 모든 세계와 모든 장소와 모든 시간과 모든 언어에서 이 한 단어만큼은 언제나 이해할 수 있는 것일까? 왜 항상 비슷한 것일까?

"네, 엄마한테 가야 해요. 우리 엄마가 기다려요."

주막집 여주인은 시리를 현관까지 배웅해주었다. 시리가 안장에 오르기 전, 갑자기 여주인은 자신의 풍만한 가슴 안으로 시리를 꼭 끌어안았다.

"안녕히 계세요, 감사합니다. 가자, 켈피."

시리는 잔잔한 강 위에 걸린 아치형의 돌다리로 곧장 달려갔다. 켈피의 말발굽 소리가 돌바닥 위에서 울릴 때, 시리는 뒤를 돌아보았다. 주막집 여주인은 여전히 주막 앞에 서 있었다.

집중, 주먹은 관자놀이 옆에. 귀에서는 소라고둥을 귀에 댔을 때처럼 쉭쉭 소리가 났다. 번쩍하는 빛, 그리고 갑작스럽고 부드러운 검은빛의 무(無).

"행운을 빈다, 딸아! 가는 길에 행운이 있기를!"

블렁에서 오세르로 가는 길에 있는 퐁-쉬흐-욘느의 'Au Chat Noir(검은 고양이 집)'의 주인인 테레사 라펭이 멀어져 가는 시리를 향해 소리쳤다.

집중, 주먹은 관자놀이 옆에. 귀에서는 소라고둥을 귀에 댔을 때처럼 쉭쉭 소리가 났다. 번쩍하는 빛, 그리고 갑작스럽고 부드러운 검은빛의 무(無).

장소. 호수, 섬, 탑, 황금 동전을 반으로 가른 듯한 달, 달빛이 수면 위로 빛나는 선을 그리는 곳, 호수에 떠 있는 배, 낚시하는 남자…….

탑의 발코니에 있는 것은…… 두 여자?

콘드비라무르스는 경악하며 소리를 지르고는 손으로 입을 틀어막았다. 낚시의 왕은 닻을 풍덩하고 빠뜨리고는 투덜거리며 욕을 하더니 그 역시 입을 벌린 채 그대로 움직임을 멈췄다. 니무에는 미동도 없이 꼼짝하지 않았다.

호수 수면에 비친 달의 빛줄기에 마치 바람이라도 지나간 듯 주름이 지기 시작했다. 곧이어 호수 위의 저녁 공기가 깨진 스테인드글라스처럼 갈라졌다. 그 갈라진 틈에서 검은 말이 나왔다. 기수를 태운 말이었다.

니무에는 차분하게 손을 뻗어 주문을 외우기 시작했다. 거치대 위에 세워놓은 태피스트리가 갑자기 불타기 시작하더니 가지각색의 빛들로 밝아졌다. 그 빛이 타원형의 거울에 반사되어 춤추기 시작하더니 유리 위에서 색색의 벌떼들처럼 뭉쳐져 무지갯빛 환영으로 점점 더 넓어지며 주위를 대낮처럼 밝히는 빛줄기로 변했다.

검은 말은 앞발을 들고 서서 거칠게 울부짖었다. 니무에는 양팔을 활짝 펴고 주문을 외쳤다. 공기 중에서 형성되는, 점점 커지는 형체를 본 콘드비라무르스는 집중했다. 형체는 곧바로 선명해졌다. 포털이었다. 문, 그 뒤로 보이는 것은…….

난파선이 가득한 수평선과 날카로운 바위 절벽, 그곳에 자리한 성, 산속 호수의 검은 물 위에…….

"저쪽이야!"

니무에가 있는 힘껏 절규하듯 외쳤다.

"저기, 저 길로 가야 해! 파베타의 딸 시리! 포털로 들어가! 운명과의 만남으로 이어지는 길로 어서 가! 시간의 수레바퀴가 잠기도록! 뱀 우로보로스의 이빨이 자신의 꼬리를 물기를!"

"더는 지체하지 마! 서둘러! 사랑하는 사람들을 어서 구해! 저쪽이 맞는 길이야, 여자 위쳐!"

켈피는 또다시 울부짖었고, 들어 올린 앞발을 또 한 번 휘둘렀다. 말 위에 앉아 있는 여자아이는 고개를 저으며 태피스트리와 거울이 만들어낸 형상을 바라보고 있었다. 머리를 쓸어 넘기자 뺨에 난 끔찍한 상처가 드러났다.

"날 믿어, 시리! 날 알잖아! 오래전에 날 본 적이 있잖아!"

니무에가 외쳤다.

"기억해요. 당신을 믿어. 고마워요."

목소리가 들려왔다.

니무에와 콘드비라무르스는 가속을 붙인 검은 말이 가볍고도 춤추는 듯한 발걸음으로 밝은 포털의 빛 속으로 들어가는 것을 보았다. 상이 흐려지면서 사라지기 직전, 둘은 잿빛 머리의 여자아이가 안장에서 그들을 향해 몸을 돌려 손을 흔드는 모습을 보았다.

모든 것이 사라졌다. 호수의 수면은 차츰 잠잠해졌고, 밝아졌던 달빛은 다시 부드러워졌다.

너무나 조용해서 씩씩거리는 낚시 왕의 숨소리가 들리는 것 같았다.

차오르는 눈물을 참으며 콘드비라무르스는 니무에를 꼭 껴안았다. 작은 여자 마법사가 떨고 있는 것이 느껴졌다. 그렇게 둘은 서로를 꼭 끌어안은 채 침묵했다. 마침내 두 사람은 세상들의 문이 사라진 곳을 향해 돌아서며 한목소리로 외쳤다.

"행운을 빌어요, 여자 위쳐! 당신이 가는 길에 행운이 있기를!"

〈하권에서 계속〉